● 首都师范大学文学院 主编

励耘学术
LI TIAN XUE SHU
16

学苑出版社

图书在版编目（CIP）数据

唳天学术．第 16 辑/首都师范大学文学院主编．—北京：学苑出版社，2022.4
ISBN 978 – 7 – 5077 – 6413 – 0

Ⅰ.①唳…　Ⅱ.①首…　Ⅲ.①文学理论－文集 ②语言学－文集
Ⅳ.①I0 – 53 ②H0 – 53

中国版本图书馆 CIP 数据核字（2022）第 064711 号

责任编辑：乔素娟
出版发行：学苑出版社
社　　　址：北京市丰台区南方庄 2 号院 1 号楼
邮政编码：100079
网　　　址：www.book001.com
电子邮箱：xueyuanpress@163.com
销售电话：010 – 67601101（销售部）、010 – 67603091（总编室）
印　刷　厂：北京建宏印刷有限公司
开本尺寸：787mm × 1092mm　1/16
印　　张：17
字　　数：382 千字
版　　次：2022 年 7 月第 1 版
印　　次：2022 年 7 月第 1 次印刷
定　　价：68.00 元

前　言

《唳天学术》是由首都师范大学文学院主编，以首都师范大学文学院学科研究方向为主要内容，以在校博士研究生和硕士研究生为基本作者队伍，面向青年读者的学术性辑刊。

作为主办单位的首都师范大学文学院，已有 50 多年的历史。现有六个专业，分别是汉语言文学（师范）、汉语言文学（非师范）、秘书学、戏剧影视文学、文化产业管理、汉语国际教育，并有中国语言文学一级学科博士学位授予权。拥有一个国家级重点学科、三个北京市重点学科，还拥有中国语言文学博士后流动站。此外，还设有教育部重点文科研究基地——中国诗歌研究中心。首都师范大学文学院目前已形成了比较完整的学科群体、开放性的学术氛围和良好的学术传统，涌现出一批在国内外学术界有较高声望的学者，以及在学术界有一定影响的中青年学术骨干，与此同时，研究生教育也有了长足的发展，研究生质量得到稳步的提高。

为检阅首都师范大学文学院研究生的学术成果，鼓励和引导同学们积极投身科学研究，加强与兄弟院校及学术界的交流，并希望通过首都师范大学文学院同学的一得之见，推进相关学科的发展与建设，我们特创办《唳天学术》辑刊，每年出版。作者队伍以首都师范大学文学院的博士研究生和硕士研究生为主，今后我们也将适当选发兄弟院校研究生的优秀论文。

本刊之所以命名为"唳天学术"，是因为首都师范大学文学院原有的学生社团多是以"唳天"为名，包括唳天剧社、唳天文学社、唳天诗社等。"唳天"二字本是指仙鹤、鸿雁等鸣禽在辽阔的天空中自由地鸣叫，我们用它来作为这本学术辑刊的名字，意在为同学们的科学研究提供一个广阔的境域，同时也是为了强调一种学术自由的精神。

波兰天文学家哥白尼在公布他的日心说的时候，在扉页上引用了阿尔齐诺斯的一句名言："一个人要做一个哲学家，必须有自由的精神。"其实不只是做一个哲学家，做一个语言文学研究者，也一样要有自由的精神。有了自由的精神，才可能有健全的、独立的人格，才敢于敞开自己的心扉，不怕世俗的嘲笑和冷眼，在任何情况下都敢于说真话，不去欺世盗名，不去迎合流俗，不去装神弄鬼。有了自由的精神，才能超越传统的认识，摆脱狭隘的思维方式的拘囿，让思维在广阔的时间和空间中流动，才能调动自己意识和潜意识中的积累，才能有卓尔不群的发现。

《唳天学术》强调自由的精神，同时强调严谨的学风和严格的学术规范。为使我们培养的研究生适应国家对高层次人才的需要，为强化他们独立的科研能力，我们注重加强学术环境的营造，聘请国内外多名著名学者来院讲学，让学生打开眼界。我们还制订了研究生课程规划和有关毕业论文写作的措施，对开题报告、论文指导以及论文答辩等环节都提出了比较严格而又切实可行的要求，以不断提高首都师范大学文学院研究生的培养质量。这将从根本上保证《唳天学术》的学术水准。

"晴空一鹤排云上，便引诗情到碧霄。"科学研究是最富于独创性的精神劳动，愿年轻学子的心灵毫无拘束地在广阔的宇宙中自由遨游，《唳天学术》将成为你们腾飞的踏脚石。

吴思敬

目　　录

·中国古代文学·

从对《流寓草》的评价看陈子龙的诗学思想 …………………… 郭睿康（ 3 ）

钟嵘《诗品》魏陈思王植条"情兼雅怨"新见 …………………… 侯晓沁（12）

《搜神记》中的"征"与"应" …………………………………… 王兆伦（20）

《放胆诗》选本研究 ……………………………………………… 毕淑惠（30）

"江山之助"新释 ………………………………………………… 周　阳（38）

·中国现当代文学·

卢前：新文化运动里的"焦虑症患者"
　　——从"园丁"和长篇小说《燃犀》谈起 …………………… 苏丽杰（49）

·比较文学与世界文学·

万有文库中的西方文学译介及其影响 …………………………… 罗英华（75）

一场动态的积极构建
　　——《萍踪寄语》和《莫斯科日记》中的苏联形象对比研究 … 强安琪（85）

辛亥革命前后《泰晤士报》报道的北京政权演变 ……………… 李欣悦（96）

论孟京辉戏剧与中国先锋戏剧的关系
　　——以话剧《恋爱的犀牛》为例 …………………………… 倪佳晨（106）

《鼠疫》中的公共空间书写 ……………………………………… 王震宇（120）

·文艺学·

"清峻"与"雅润"
　　——刘勰诗学理想中的嵇康诗风 …………………………… 张玉洁（131）

论在参与式文化背景下的粉丝、演员与角色 …………………… 魏梦雪（140）

·语言学·

语气词"的"及其音变形式的基频特征分析 …………………………… 赵冬雪(151)
网络用语中语气助词"的"的音变形式探究
　　——以"滴"和"哒"为例 ………………………………………… 韩　越(158)

·汉语国际教育·

体系内语法与体系外语法的接口
　　——"赋值还原法"在紧缩俗语中的尝试 ……………………… 贾瑞鑫(167)
基于口语语料库留学生习得汉语状语语序偏误研究 ……………… 田亚晴(177)
面向汉语教学的双音节形容词重叠的句法语义功能研究 ………… 蔡秀菊(187)
基于语料库选择连词"还是"和"或者"的异同考察 ………………… 许夏晴(199)
浅析"互联网+"背景下的汉语在线教学发展现状与趋势 ………… 王雪雯(207)
小学语文课堂教学中教师关怀性倾听之观察研究 ………………… 任墨涵(217)
北京话语音变异分析
　　——以通州区永乐店镇尖村为例 ………………………………… 杨平悦(228)
留学生使用"所以"的语用偏误分析 ………………………………… 杨　琳(243)

·文化产业、影视文学·

浅析疫情下的网络媒体泛娱乐化现象 ……………………………… 张　越(255)
粉丝参与网络文学改编剧生产的机制与影响研究 ………………… 和　爽(260)

·中国古代文学·

从对《流寓草》的评价看陈子龙的诗学思想

郭睿康

摘 要：在不同的文献记载中，陈子龙对方以智的《流寓草》有"悲歌已甚"和"怨而不怒"两种评价。通过对《流寓草》本身以及陈子龙诗学思想的考察可知，"悲歌已甚"更符合《流寓草》的真实面貌，也更符合陈子龙的真实想法。陈子龙之所以对其有"怨而不怒"的评价，一方面是由于诗序的文体要求，另一方面是为了维护自己以雅正为核心的诗学思想体系。我们由此可以看到，在明末特殊的社会现实的影响下，诗学理论与诗歌创作呈现出一种紧张的关系。

关键词：陈子龙；《流寓草》；诗学思想；雅正

陈子龙是明清之际文坛的重要人物。他创立几社，提倡文学复古，在诗歌创作方面也取得了非凡的成就。作为云间派的领袖，陈子龙与当时文坛上的许多重要人物有交往，方以智便是其中之一。从现存的资料中可以看出，两人不仅交往密切，而且在诗学思想上有很多互动。在陈子龙现存的文集中，有一篇《方密之〈流寓草〉序》，其中对方以智的诗集《流寓草》有这样的评价："予受而读之，大约皆忧愁感慨之作也。然其情怨而不怒，其词整浑而达，其气激壮而沉实。"① 按照这样的说法，方以智的诗应该是符合儒家"温柔敦厚"的诗教思想的。然而在方以智自己的文集中，却有截然相反的说法。方以智在《熊伯甘〈南荣集〉序》中转述陈子龙的话说："卧子览余《流寓草》，诫予曰：'悲歌已甚，不祥。'"② 在《宋子建〈秋士集〉序》中，方以智也说："卧子尝累书诫我：'悲歌已甚，不祥'。"③ 在《膝寓信笔》中，方以智又说："陈卧子读余《七解》及答舒章诗文，大念之。寄书曰：'君近下笔颓激过当，人无故而如此，不祥。'"④ 按照方以智的说法，陈子龙认为他的《流寓草》并不符合儒家"温柔敦厚"的诗教思想，还对此颇为不

---

① 王英志. 陈子龙全集 [M]. 北京：人民文学出版社，2011：780.
② 方以智. 浮山集 [M]. 清康熙此藏轩刻本.
③ 方以智. 浮山集 [M]. 清康熙此藏轩刻本.
④ 吴运兴. 方以智诗歌研究 [D]. 长春：吉林大学硕士学位论文，2012：495.

满,并致书劝诫方以智。

面对上述两种说法,我们应该如何理解呢?这两种说法是否都可信?如果陈子龙真的有过这种自相矛盾的表述,那么哪一种表述才是他内心的真实想法?他又为何会对同一部诗集做出这两种截然相反的评价呢?笔者认为,通过对这些问题的分析和思考,我们可以更深入地理解陈子龙的诗学思想。

一、对《流寓草》评价的真实性

我们首先要讨论的是记载的真实性问题,也就是说,这两种观点是否都出自陈子龙之口。陈子龙在自己的文章中所说的话自然不用怀疑,因此我们需要重点讨论的便是方以智所转述的陈子龙的话。按照方以智在《宋子建〈秋士集〉序》中的说法,陈子龙曾经在书信中表达了对《流寓草》"悲歌已甚"的评价。但是在现存的陈子龙文集中,并没有找到相关的内容。当然,这可能是由于陈子龙的作品散佚,抑或是虽曾有过这样表述而后进行了删改,所以我们尚不能以此质疑方以智这段记载的真实性。

既然文献无征,那么我们就需要从其他侧面考察这段记载的真实性,也就是方以智和陈子龙的关系。通过对两人诗文作品的考察可以发现,方以智与陈子龙不仅交往密切,而且在诗学思想方面十分契合。方以智在《陈卧子诗序》中说:"余束发时为诗,即与天下言诗者不合,年二十,及交云间陈子卧子,志相得也。"[1] 按方以智生于万历三十九年(1611),其二十岁时当崇祯三年(1630)(古时人说的是虚岁),而按陈子龙生于万历三十六年(1608),则两人相识时陈子龙为二十三岁。可知两人相识于青年之时,而年龄相仿。且依方以智所说,当时他的诗学思想与众人皆不相合,而独与陈子龙志同道合,这更为二人之后的深厚友谊奠定了基础。在两人的诗集中,均有不少与对方的赠答唱和之作。在陈子龙殉节之后,方以智还作《哭陈卧子》一首,语极沉痛,可见两人感情之深。鉴于两人的关系如此亲密,我们有理由相信,方以智所转述的陈子龙之言是可信的。

如果我们相信方以智的记载,即陈子龙确实对他的《流寓草》做过"悲歌已甚"的评价,那就代表陈子龙出于某种原因在某一场合说了违心之语。那么接下来的问题就是:"怨而不怒"和"悲歌已甚"这两种评价,哪种更接近陈子龙的真实想法。

首先,根据方以智所说,陈子龙是在书信中向他表达"悲歌已甚"的看法,而"怨而不怒"则是陈子龙为《流寓草》作序时所表达的观点。从文体的角度来说,书信比序更加私人化,也就更能反映出作者的真实想法。

其次,从《流寓草》本身来看,其整体风貌更接近"悲歌已甚"的评价。《流寓草》为方以智生前所编定的诗集,据任道斌《方以智年谱》可知,此诗集中作品的创作时间为

---

[1] 方以智. 浮山集 [M]. 清康熙此藏轩刻本.

崇祯七年（1634）至崇祯十一年（1638）间。① 在此期间，方以智因家乡桐城民变而寓居南京，遂将这一时期所创作的诗歌集结刊行，名为《流寓草》。考察方以智《流寓草》中的诗歌，我们可以发现，相比于"怨而不怒"的评价，"悲歌已甚"才更符合《流寓草》的实际情况。《流寓草》中有大量对社会现实的描写，不仅情感基调极为沉痛，而且屡屡讥讽朝廷。例如《田稼荒》一诗，方以智在序言中写道："贼去而春已过矣，农事尽废，田家流亡，死丧在道，百里且无人烟，故乡之人传闻如此，能不悲哉！"其诗云："田稼荒，农夫亡，老幼走者死道旁。走入他乡亦饿死，朝廷加派犹不止。壮者昼伏夜行归，归看鸡犬人家非。贼去尚余一茅屋，官军又来烧不足。"② 诗人先用白描的手法写出了村中荒凉凄惨的景象，接下来针对朝廷不顾百姓死活而仍然加派赋税的暴虐政策进行了无情的揭露，最后又控诉了官军仗势欺压百姓的无耻行径。诗中对农村惨状的描写历历如画，对朝政与官军的控诉虽然以冷峻的笔调流出，却饱含强烈的愤慨之情。正如徐世溥在为《流寓草》所作之序中所说："密之独能于转徙流离中自为诗歌，文辞隐系当世，岂所谓怀文讥刺者耶！抑发愤著以自见耶！"③

除了对社会现实的描写与讥讽，《流寓草》中还有大量对内心悲苦之情的抒发。这类诗篇大都慷慨悲壮，情难自已。笔者注意到，《流寓草》中经常出现对"痛哭"和"大笑"的描写，甚至有时将二者结合在一起。例如《行路难》其十云："有时痛苦反云乐，有时大笑声亦吞。""歌罢大笑复大哭，城下暂居且勿卜。"（《毋自苦行与农父怀曹梁父》）"伤心当痛苦，大笑复何如。"（《放歌寄左碛人齐方壶山中》）"拟成封事饥还哭，乍按嬴文笑不疑。"（《读刘招即赠》）"仰视常大笑，俯首常涕泣。"（《至酒行为社广集补作》）"悲来可以大笑，何必人前涕洟。"（《悲歌》）这两种极端的情绪几乎同时出现，本身是不合常理之事，而诗人正是以这种方式来表达内心极度的矛盾和愁苦。纵观《流寓草》中的诗作，方以智在南京的生活尚可说是安稳，而且还时常与朋友们饮酒赋诗，但是他内心又无时无刻不牵挂着家乡的情况与天下的局势。在这样的心态下，"大笑"既包含了对无能的当权者的嘲笑，也包含了一种自我解嘲的情绪；"痛哭"既包含了对自己坎坷遭遇的慨叹，也包含了对时局的无奈。如此极端的情绪表达，显然不符合所谓"怨而不怒"的评价。

另外，方以智对自己作品的定位也更倾向于"悲歌已甚"。在《陈卧子诗序》中，方以智说："或曰：诗以温柔敦厚为主，近日变风颇放已甚，毋乃噍杀？余曰：是余之过也。然非无病而呻吟，各有其不得已而不自知者。"④ 方以智虽然没有指名道姓，但是根据其他的文献记载可知，这里的"或曰"就是陈子龙对《流寓草》的评价。面对陈子龙的质疑，方以智虽然承认自己有过，但是又说自己是不得已而为之。也就是说，方以智变相承

---

① 任道斌. 方以智年谱 [M]. 合肥：安徽教育出版社，1983：87.
② 方以智. 流寓草 [M]. 明别集丛刊本.
③ 方以智. 流寓草 [M]. 明别集丛刊本.
④ 方以智. 浮山集 [M]. 清康熙此藏轩刻本.

认了《流寓草》中的作品确实是"悲歌已甚"。

通过上述分析，笔者认为，"悲歌已甚"更符合《流寓草》的真实情况，也更符合陈子龙心中真实的想法。

二、陈子龙以雅正为核心的诗学思想

既然陈子龙对《流寓草》的真实看法是"悲歌已甚"，他又为何要在为《流寓草》所作的序中将它说成"怨而不怒"呢？笔者认为，这与陈子龙的诗学思想有关。

罗宗强先生在《明代文学思想史》中说："他的文学思想的核心是回归经典，回归雅正。"① 陈子龙没有专门的论诗著作，他的诗学思想主要体现在他所作的众多诗序中。这些论诗的文字虽然分散，但是其中包含着一个内在的、完整的诗学思想体系，而这个体系的核心就是雅正。陈子龙曾多次在他的论诗文字中表达其对于雅正的追求，可以说，雅正是陈子龙心中最高的审美追求。在陈子龙的诗学思想中，雅正的内涵是多方面的，而其中一个很重要的方面就是情感的中和。陈子龙在《〈佩月堂诗稿〉序》中说："若乃荡轶而不失其贞，颇怨而不失其厚，寓意远而比物近，发词浅而蓄意深，其在志气之间乎！今我与若偶流逸焉，谐漫轻俊则入于淫，淫则弱；偶振发焉，壮健刚激则入于武，武则厉。求其和平而合于大雅，盖其难哉！"② 可以看出，陈子龙继承了"温柔敦厚"的诗教传统，他理想中的诗歌应该在情感上具有一种中和之美。

在陈子龙的诗学思想中，雅正这一概念还与"时"有密切的联系，而这一点在以往的研究中被讨论得并不充分。早在《毛诗序》中，儒家学者就将诗歌与时运联系起来，提出了所谓"风雅正变"的理论。《毛诗序》云："治世之音，安以乐，其政和。乱世之音，怨以怒，其政乖。亡国之音，哀以思，其民困。"③ 陈子龙显然继承了这种理论，他在《〈皇明诗选〉序》中说："世之盛也，君子忠爱以事上，敦厚以取友；是以温柔之音作，而长育之气油然于中。文章足以动耳，音节足以竦神。王者乘之，以致其治。其衰也，非辟之心生，而亢厉微末之声著。粗者可逆，细者可没，而兵戎之象见矣。王者识之，以挽其乱。故盛衰之际，作者不可不慎也。"④ 在陈子龙看来，只有盛世的诗歌才能达到温柔敦厚的境界，也就是他理想中的雅正之作；而世运一旦衰落，诗歌也会随之衰落。故而在陈子龙的许多议论中，诗歌是被"时"决定的。例如他在《〈佩月堂诗稿〉序》中说："和平者，志也；其不能无正变者，时也。夫子野之乐，即古先王之乐也。奏之而雷霆骤作，风雨大至，岂非时为之乎？诗则犹是也。"⑤ 又如他在《〈三子诗选〉序》中将诗歌创

---

① 罗宗强. 明代文学思想史 [M]. 北京：中华书局，2013：852.
② 王英志. 陈子龙全集 [M]. 北京：人民文学出版社，2011：790.
③ 阮元. 十三经注疏 [M]. 北京：中华书局，2009：564.
④ 王英志. 陈子龙全集 [M]. 北京：人民文学出版社，2011：779.
⑤ 王英志. 陈子龙全集 [M]. 北京：人民文学出版社，2011：790.

作比作虫鸟之鸣，并说："时乎为之，物不能自主也。"① 其实不论是"世"还是"时"，实际上指的都是一个时代的政治，也就是说，在陈子龙看来，政治的优劣决定了诗歌的优劣。

如果仅从文学内部来讲，陈子龙的这种"政治决定论"的诗学思想虽然未必正确，但是也足以自圆其说。然而，若将这一理论置于陈子龙所生活的时代，就会遇到一些困境。第一个困境就是对于本时代的判断：他究竟是生活在一个盛世还是衰世？如果站在我们今天的角度看，陈子龙所处的明末无论如何也不能算一个盛世。但是问题在于，按照陈子龙的理论进行推导，如果这个时代是盛世，那么这个时代的作者，包括陈子龙自己，所创作的诗歌也就自然是雅正之作；但如果这是一个衰世，这个时代的诗歌也就不可能是雅正之作。换言之，如果陈子龙承认自己处于一个衰世，那么他自己以及同时代人的诗歌创作就成了无价值、无意义的事。所以陈子龙总是拼命强调，他所处的时代是一个盛世。这种表述在他的论诗文字中比比皆是，例如他在《〈皇明诗选〉序》中强调，他与李雯等人之所以编订《皇明诗选》是因为"圣天子汇中和之极，金声而玉振之，移风易俗，反于醇古"②。又如他在《〈仿佛楼诗稿〉序》中勉励李雯道："今天子锐意太平，景运连赫，方用群策，以定鸿业。而我辈属在草莽，不得与末谋。惟当竭才思，成文章，比于歌虞颂鲁之作，以饰我明一代之盛。李子勉之！"③ 这样的颂圣之言，我们不应该将他视为场面话而轻易忽视，而应将其视为陈子龙诗学思想体系中的重要一环。

当然，陈子龙对崇祯皇帝有如此高的评价，不全是出于建构自己诗学思想体系的考虑，也在一定程度上反映出他当时的某种心态。陈子龙生于万历末年，而其一生中主要的政治活动和文学活动则集中在崇祯时期。在明朝的历代帝王中，崇祯皇帝并不能算"亡国之君"，尤其是相比于在他之前的万历和天启，崇祯皇帝即位以后确实让士大夫们看到了国家振兴的希望。尤其是他在即位之初便马上罢免阉党，同时为东林党人平反，种种举措确实鼓舞了当时的士大夫们的士气。《明史·庄烈帝本纪》云："帝承神、熹之后，慨然有为。即位之初，沉机独断，刈除奸逆，天下想望治平。"④ 陈子龙自然也受到这种气氛的感染，这在他的文集中也有所体现。在崇祯皇帝下诏禁毁阉党用来攻击东林党人的《三朝会典》后，陈子龙当时虽然尚未踏入仕途，却以代拟的方式撰写了《拟上纳词臣言诏毁〈三朝要典〉群臣谢表》；在崇祯皇帝为东林党人平反之后，他又分别为被阉党害死的黄尊素和周顺昌撰写了《赠太仆卿忠谏黄白安先生祠堂碑》和《祭周忠介公墓文》。在这几篇文章中，他都对崇祯皇帝表现出极大的赞颂之情。这种心态，自然也对他的诗学思想，尤其是关于"时"的看法产生了影响。至少崇祯皇帝执政初期的一些举措可能让陈子龙觉得，通过一番努力，还是可以让这个国家走上正轨的，而他关于雅正的创作主张也是可以

---

① 王英志. 陈子龙全集 [M]. 北京：人民文学出版社，2011：807.
② 王英志. 陈子龙全集 [M]. 北京：人民文学出版社，2011：780.
③ 王英志. 陈子龙全集 [M]. 北京：人民文学出版社，2011：788.
④ 张廷玉. 明史 [M]. 北京：中华书局，1974：355.

随之实现的。

然而，虽然陈子龙在文章中一再强调崇祯皇帝是圣明之君，强调自己所处的是一个盛世，但现实情况却并非如此。崇祯皇帝即位之后，虽然在政治上有一定的作为，但是并不能挽救已经日薄西山的"大明"王朝。各地的农民起义、满族的入侵、朝中的党争，社会现实中的种种危机都威胁着陈子龙所谓的"盛世"。在诗歌方面，一个突出的表现就是大量"变风变雅"之作的出现，方以智的《流寓草》就是其中之一。即使是陈子龙自己，也写下了如《小车行》这样直接反映民生疾苦的诗作。这些"变风变雅"之作显然在一定程度上让陈子龙的诗学思想体系陷入了某种"困境"。因为在陈子龙所建构的诗学图景中，崇祯时代是一个盛世，而盛世是不应该出现这种"变风变雅"之作的。

陈子龙自己可能也意识到了这种"困境"，故而他有意识地进行了一些修正，这体现在他对"变风变雅"之作的态度上。在《〈佩月堂诗稿〉序》中，陈子龙说："和平者，志也；其不能无正变者，时也。夫子野之乐，即古先王之乐也。奏之而雷霆骤作，风雨大至，岂非时为之乎？诗则犹是也。我岂曰有静而无慕也，有褒而无刺也？非然，则左徒何为者，而曰'不淫''不怨'，乃兼之也。"① 在这段话中，陈子龙以"子野之乐"来比喻"变风变雅"之作。"子野"即古代著名的乐师师旷，《韩非子·十国》中记载，师旷为晋平公演奏极为悲伤的"清角"之乐，结果"一奏之，有玄云从西北方起；再奏之，大风至，大雨随之，裂帷幕，破俎豆，隳廊瓦，坐者散走，平公恐惧，伏于廊室之间"②。再结合他后文所说的"慕"和"刺"，我们可以推之，陈子龙心中的"变风变雅"之作是那些情感抒发过于激烈的作品。而陈子龙认为，这些作品与"先王之乐"一样具有合法性，而这种合法性的来源是"志"。陈子龙认为，虽然由于"时"的作用，诗人会创作出一些情感抒发比较激烈的作品，但是只要诗人心中依然保有一份中和的志气，就仍然可以做到"怨而不怒"，也就不违背雅正的标准。而诗人之所以能保有这种中和的志气，本质上还是由时代决定的。在陈子龙的诗学思想体系中，"志"是连接作品与时代的中间环节。在上文所引的《〈皇明诗选〉序》的文字中，陈子龙便表示，盛世之时，作者会有"长育之气油然于中"，而乱之时，则会有"非辟之心生"，而这种内心志气的表现就是诗歌。也就是说，只有好的时代才会产生这种中和之志。由此我们可以推测，陈子龙的言外之意是，崇祯时代虽然有很多内忧外患，但总体上还是一个好的时代，所以这个时代虽然产生了一些情感表达比较激烈的"变风变雅"之作，但是诗人仍然能够保有一份中和的志气，故而这些作品也符合雅正的标准。

三、文学批评、理论建构与写作策略

如果仅仅从理论建构的层面来讲，虽然面临一些理论上的困境，但是陈子龙基本上能

---

① 王英志. 陈子龙全集[M]. 北京：人民文学出版社，2011：790.
② 王先慎. 韩非子集解[M]. 北京：中华书局，1998：65.

够做到自圆其说。然而当陈子龙面对具体的文学作品展开文学批评时,情况又发生了变化,为方以智《流寓草》所作的这篇序最能说明问题。

序是一种比较特殊的文体,正如左东岭老师在《中国文学思想史研究的文体意识》一文中所指出的,作序者既要总结概括所序者的特点,同时也常常在文中表达自己的观念。① 然而,作序者的观念未必总是与所序者完全相合,这就使得作序者在写作时往往需要极力调和二者之间的关系。同时,为他人作序又是一种社交活动,作序者有时会出于人际关系的考虑而使用一些"春秋笔法"。

陈子龙在为《流寓草》作序时,就面临这些问题。作为一个有很强理论自觉意识的文人,陈子龙必然要在为他人作序时表达自己的诗学思想,也就是以雅正为核心的诗学思想。通过上文的分析,我们已经知道方以智的《流寓草》其实并不符合陈子龙心中雅正的标准。然而,由于陈子龙和方以智情谊深重,所以陈子龙也不能在序这种比较正式的文体中直接批评方以智。但是,若是为了维护好友而违背自己一贯的诗学主张,想必陈子龙也是不愿意的。所以,他只能在序中使用一些迂回的叙述策略,以达到既赞扬方以智又维护自己诗学思想体系的目的。

通过对陈子龙这篇序中叙述策略的分析,我们可以更好地把握陈子龙是如何处理上述问题的。在这篇序中,陈子龙先是叙述了《流寓草》的创作背景,然后对其进行评价。如果说"悲歌已甚"和"怨而不怒"是两种截然相反的评价,那么"忧愁感慨之文"的评价则介于两者之间。也就是说,陈子龙在行文时,先抛出一个比较中性的评价,对《流寓草》进行了一个相对客观的总结概括,但是他马上笔锋一转,将其纳入了"怨而不怒"的范畴,也就是纳入了自己的诗学思想体系之中。

接下来,陈子龙又论述了"忧愁感慨之文"的合法性:

> 今夫歌颂、酬献之作,应乎人者也,应乎人者其言饰;忧愁感慨之文,生乎志者也,生乎志者其言切。故善观世变者,其与忧愁感慨之文可以见矣。夫才士失职,不得在乡里,困顿于羁旅,栖迟于道途。其发为词章,故无怪其鲜和平之气者。②

陈子龙认为,相比于应酬之作,"忧愁感慨之文"没有那些虚伪的文饰,能够更加真实地反映出作者内心的情志,也能更加真实地反映出世道的变化。"才士失职"云云,事实上是暗指方以智的遭遇,而陈子龙认为,在这样的境遇之中,其诗作中缺少和平之气也是可以理解的。值得注意的是,陈子龙在这里暗示方以智的诗缺少和平之气,而这显然偏离了雅正的标准。但是,陈子龙又对这种现象表现出一定程度的理解和同情,同时也赋予"忧愁感慨之文"某种存在的合法性。

接下来,陈子龙从文学史的角度出发,展开了一段对"忧愁感慨之文"的讨论:

---

① 左东岭. 中国文学思想史研究的文体意识[J]. 文学评论,2018(2):175–184.
② 王英志. 陈子龙全集[M]. 北京:人民文学出版社,2011:781.

> 然又有异，此岂人力哉！建安中，还能兵起，孔璋托身于河朔，仲宣投足于荆楚。其诗哀伤而婉，不离《雅》也，此霸图之启也。梁、陈丧乱弘多，其君子纤以荒，无忧世之心焉，微矣。天宝之末，诗莫盛于李、杜。方是时也，栖甫岷峨之颠，放白江湖之上。然李之词愤而扬，杜之词悲而思，不离乎《风》也，王业之再造也。大中而后，其诗弱以野，西归之音渺焉不作，王泽竭矣。夫建安、天宝之间，诗人欲肆其感悼无聊之志，何所不至？而齐、梁、大中以后岂其人皆无忠爱凄恻之旨乎？故曰时为之也。①

在这段论述中，有两点值得关注：第一是对两种"忧愁感慨之文"的区分，第二是对"时"的强调。陈子龙将文学史上的"忧愁感慨之文"分为两类：建安、天宝之诗为一类，其特点是不偏离风雅的标准；齐、梁、大中之诗为另一类，它们的特点是纤弱和荒淫。显然，陈子龙所肯定的是前一种，而他同时暗示方以智的诗歌乃是属于前一种的。在陈子龙看来，造成这种不同的原因是"时"。也就是说，建安、天宝时期的诗人之所以能不离风雅之旨，本质上是因为他们身处"霸图之启"和"王业之再造"的时期；而齐、梁、大中时期的诗人则是处于"王泽竭矣"的时期，所以只能创作出背离风雅之旨的作品。我们可以看出，这段论述完全符合陈子龙一贯的诗学思想体系。

经过上述一系列的论述，陈子龙便顺理成章地推出了这样的结论："今观子之诗，于忧愁感慨之中，深厚雄拔。自非盛世，此音何来哉？"也就是说，陈子龙认为他与方以智所处的时代还是一个盛世，所以方以智才会创作出这样"怨而不怒"的作品。就这样，陈子龙通过上述一系列的叙述策略，巧妙地将方以智的《流寓草》融入自己的诗学思想体系，既照顾了他与方以智的关系，又维护了自己的诗学观念。虽然这种融合是以一定的误读为代价的，但是至少单纯从论述层面来看，陈子龙达到了自圆其说的效果，如果不结合相关的背景资料进行考察，我们很难发现其中的问题。

值得注意的是，类似的论述模式不止一次出现在陈子龙所作的序中。除《方密之〈流寓草〉序》外，如《〈申长公诗稿〉序》《〈宋尚木诗稿〉序》《文用昭〈雅似堂诗稿〉序》等篇都有类似的论述。可以看出，陈子龙对这一类问题基本上是采取同样的处理方式。这类现象既反映了陈子龙的诗学理论与当时诗坛创作实际的矛盾关系，又体现出陈子龙极力调和这种矛盾的尝试。

参考文献

[1] 阮元．十三经注疏［M］．北京：中华书局，2009．
[2] 方以智．浮山集［M］．清康熙此藏轩刻本．
[3] 方以智．流寓草［M］．明别集丛刊本．
[4] 张廷玉．明史［M］．北京：中华书局，1974．

---

① 王英志．陈子龙全集［M］．北京：人民文学出版社，2011：781．

［5］王先慎. 韩非子集解［M］. 北京：中华书局，1998.
［6］王英志. 陈子龙全集［M］. 北京：人民文学出版社，2011.
［7］任道斌. 方以智年谱［M］. 合肥：安徽教育出版社，1983.
［8］罗宗强. 明代文学思想史［M］. 北京：中华书局，2013.
［9］吴运兴. 方以智诗歌研究［D］. 长春：吉林大学硕士学位论文，2012.

（郭睿康　首都师范大学2018级硕士生　指导教师：左东岭）

钟嵘《诗品》魏陈思王植条"情兼雅怨"新见

侯晓沁

摘　要：《诗品》对汉魏以来120多位诗人追根溯源，品鉴高低。纵观《诗品》全书，钟嵘推崇曹植极高，而"情兼雅怨"，历来解释纷多。本文认为"雅"并非指《小雅》，而是指雅正，是与怨相对的风格；其"怨"亦非《楚辞》之"怨"，"情兼雅怨"是《国风》本来就具有的情感风貌，与曹植"其源出于《国风》"的定位相一致，与《小雅》和《楚辞》无关。

关键词：钟嵘；诗品；曹植；"情兼雅怨"

钟嵘在《序》中称曹植为"文章之圣"，在曹植条中溢美之词更是无以复加。评其诗则"骨气奇高，词采华茂，情兼雅怨，体被文质"，论其地位则"粲溢今古，卓尔不群。嗟乎！陈思之于文章也，譬人伦之有周孔，鳞羽之有龙凤"，可见钟嵘诗学理想的典范是曹植。钟嵘评价既高，故其诗只出于《国风》，则显得片面与不科学，学者多将"情兼雅怨"与《小雅》和《楚辞》相联系，则钟嵘论诗之三源流（《国风》、《楚辞》和《小雅》）集于曹植一身，可谓合理。笔者考察《诗品》其他条评语、曹植诗歌和《国风》与《楚辞》的情感特征，联系钟嵘所处的时代与其创作《诗品》的意旨，对"情兼雅怨"提出新见。

一、"情兼雅怨"之旧说

对"情兼雅怨"的解释历来分歧甚大，其异议在于"雅怨"二字。一种观点认为"雅"是指《小雅》。代表观点如下。

古直笺："《史记·屈原传》：'《国风》好色而不淫，《小雅》怨诽而不乱。若《离骚》者，可谓兼之矣'，'情兼雅怨'，谓兼《国风》《小雅》之长也。"① 古直认为"情兼

---

① （南朝梁）钟嵘. 诗品［M］. 古直笺，许文雨讲疏，杨焄辑校，上海：上海古籍出版社，2020：44.

雅怨"本于司马迁对屈原之评价，《国风》是雅情，而《小雅》是怨诽，"雅"指《小雅》。

曹旭注："陈思有忧生之嗟，故乐府赠送，杂诗诸什，皆具《小雅》怨诽之致。"① 陈延杰亦认为"怨诽"乃《小雅》特点，"雅"是《小雅》。

周振甫与上述二人之说同，又有所发挥。周说："他（钟嵘）推崇曹植的诗为'情兼雅怨'，这是本于司马迁推崇屈原《离骚》，《史记·屈原传》：'《国风》好色而不淫，《小雅》怨诽而不乱。若《离骚》者，可谓兼之矣。'又说：'屈原之作《离骚》，盖自怨生也。''情兼雅怨'，认为曹植的诗兼有《诗经》的《小雅》和《离骚》的怨恨，即就风格说，出于《国风》，就思想感情说，兼有《小雅》和《离骚》的雅正和幽怨。"② 周振甫认为《小雅》是雅正的，《离骚》是怨诽的，但似有将"雅"作《小雅》与雅正两种解释相合之意。

将"雅"作为《小雅》解释的还有叶长青的《钟嵘诗品集释》，杜天縻注的《广注诗品》，汪中的《广注诗品》，赵仲邑的《钟嵘诗品译注》，吕德申的《钟嵘诗品校释》。③

另一种将"雅"解释为"典雅、雅正"，是一种与"怨"相对的美学风格。

曹旭说："钟嵘把诗歌情感分为两种不同的美学类型，即源出于《诗经》的"雅"和源出于《楚辞》的怨。雅为雅正，代表典雅和高层次、高品位的美学原则。怨为怨诽，代表了汉魏以来以悲为美的思想。"④ 曹旭认为"雅"是《诗经》的特点，而"怨"是《楚辞》的风格。

萧华荣说："在钟嵘看来，'雅情'是《国风》系的主要特点，'怨情'是《楚辞》系的主要特点。'雅情'是那种含有讽谕、规诲、抒发怀抱的思想感情，'怨情'是指那种失意、哀怨之情。"⑤ 萧华荣与曹旭相比，"雅情"由《诗经》缩小到《国风》，"怨情"还是指《楚辞》。

以上诸家对"雅"义释有二，即雅正与《小雅》，"怨"情所指或为《小雅》、或为《楚辞》，无论哪种解释都与《小雅》与《楚辞》有关。笔者联系《诗品》其他条的概括以及对《国风》、《小雅》与《楚辞》的特点概述和态度，与以上众说有所不同，姑且论之。

二、"情兼雅怨"新见

在解释"情兼雅怨"之前，应先明白钟嵘评骘诗人的逻辑，那就是其源之所出，与其

---

① （南朝梁）钟嵘，曹旭集注．诗品集注［M］．增订本．上海：上海古籍出版社，2011：124.
② （南朝梁）钟嵘，周振甫译注．诗品译注［M］．北京：中华书局，2017：38.
③ 李定广．"情兼雅怨"的内涵与曹植诗的"集大成"地位［J］．上海师范大学学报（哲学社会科学版），2014，43（6）：88-89.
④ 曹旭．钟嵘的文学观念及诗学理想［J］．上海师范大学学报，1996（1）：61.
⑤ 萧华荣．诗品注译［M］．郑州：中州古籍出版社，1995：80.

后面评语是因果关系,评语的论述不可能与其源之所出有抵牾。李陵条曰:"其源出于《楚辞》,文多凄怆,怨者之流。"李陵其诗歌风貌出于《楚辞》,故而有"凄怆"和"怨"的特点,(上品)诗人中源出于李陵的是班婕妤和王粲。汉班婕妤条曰:"其源出于李陵。……怨深文绮,得匹妇之致……";王粲条曰:"其源出于李陵。发愀怆之词,文秀而质羸。"从班婕妤和王粲的评语可以看出,其诗歌因出于李陵,故而"怨深文绮""愀怆之词"与李陵"文多凄怆,怨者之流"的风格一致,也是其情感所在,《诗品》中《楚辞》一脉的评语皆类于此。

明白钟嵘的论诗逻辑,再解"情兼雅怨",则应当重视曹植其诗源之所出。《诗品》言曹植"其源出于《国风》"。《诗品》所论诗人,有三大源流:《国风》、《小雅》与《楚辞》。直接源于《国风》的是曹植与《古诗》,直接源于《楚辞》的是李陵,《国风》与《楚辞》一脉其余皆从直接源流而出,而《小雅》一脉仅阮籍一人。第一节提到诸家认为"情兼雅怨"之雅本于《小雅》,是太拘泥于司马迁评《离骚》有《小雅》的怨诽之语,司马迁与钟嵘对《小雅》风格的评价存在差异。钟嵘认为《小雅》的特点不是怨诽,而是不重雕饰与词语质鄙,并没有说《小雅》具有"怨诽"的情感。试看阮籍条评语:

> 其源出于《小雅》。无雕虫之巧(功)。而《咏怀》之作,可以陶性灵,发幽思。言在耳目之内,情寄八荒之表。洋洋乎会于《风》《雅》,使人忘其鄙近,自致远大,颇多感慨之词。厥旨渊放,归趣难求。颜延年注,怯言其志。①

因阮籍认为其源出于《小雅》,故而紧承之句"无雕虫之巧"言其质朴的风格。阮籍《咏怀》诗,虽然质朴,但是可以陶冶性灵,阐发深远之思想。《咏怀》之作虽然堪称深远,但钟嵘还是言明其本来语言"鄙近"的特点,和"无雕虫之巧"词异而理同。王运熙说:"阮籍诗长于怨诽,语言比较质朴,'无雕虫之巧'风格确与《小雅》为近。"王运熙认为阮籍诗语言质朴与《小雅》风格相似较为正确,但云"阮籍诗长于怨诽"恐脱离阮籍条的意旨。《咏怀》仅言其风格深远,意旨难寻,不以情感怨诽为特征。《诗品》全书有怨诽之情的是《国风》与《楚辞》,不及《小雅》。周振甫在阮籍条下引注:"《文选》李善注:颜延年曰:'嗣宗身仕乱朝,常恐罹谤遇祸,因兹发咏,故每有忧生之嗟。虽志在刺讥,而文多隐避。百代之下,难以情测,故粗明大意,略其微旨也。'"② 按钟嵘对颜延年注解的采纳,因阮籍"文多隐避,百代之下,难以情测",故而《诗品》阮籍条中重在说明阮籍诗歌的远大,寄托的遥深,没有说因阮籍认为出于《小雅》故有怨诽之情。仅重视阮籍身世与《小雅》怨诽之合,而忽视钟嵘《诗品》对《小雅》风格的评价恐失当。

《诗品》中"雅"字时有出现,除阮籍条指的是《小雅》外,其余均指风格,无一处表明是《小雅》的怨诽之意。嵇康条"伤渊雅之致";应璩条"雅意深笃";颜延之条"经纶文雅";鲍照条"颇伤清雅之调";任昉条"拓体渊雅";曹彪、徐干条"亦能闲雅

---

① (南朝梁)钟嵘,周振甫译注. 诗品译注 [M]. 北京:中华书局,2017:41.
② (南朝梁)钟嵘,周振甫译注. 诗品译注 [M]. 北京:中华书局,2017:41–42.

矣";谢庄条"气候清雅";檀、谢七君条"得士大夫之雅致乎"。可见"雅"都是就风貌而言,多有"雅正、典雅"之意,并无怨诽。王顺娣说:"从行文语气来看,'雅怨'应为并列关系……。在'情兼雅怨,体被文质'一句中,'情'指思想感情,'体'指风格体貌,'兼'与'被'同义,都是'兼有、具备'的意思。可见,两句的逻辑结构完全相同,'雅怨'与'文质'相对应。而'文质'是指文采和质朴两种相对的风格,是并列句式,那么相应地,'雅怨'也应是并列句式,指两种相对的美学风格。因此,从行文语气来看,'情兼雅怨'之'雅'不是《小雅》之雅,而是指相对于'怨'的一种美学风格。"① 李定广也看到了这种并列关系,但有所不同。他说:"在两句对仗互文的前提下,笔者以为,'情兼雅怨'之'雅',应是指《小雅》及其所代表的风格,'情兼雅怨'之'怨'应是指《楚辞》及其所代表的风格。"②《毛诗序》曰:"至于王道衰,礼义废,政教失,国异政,家殊俗,而变风、变雅作矣。"③既然变风中含有怨,则不需要附会《小雅》。"情兼雅怨"中"怨"既是怨诽,"雅"则无须重复采《小雅》之怨诽。"情兼雅怨"释义为情感兼有雅正与哀怨的风格,则"雅""怨"是形容词,内则言其情感,外则体现风貌,诗歌内在的情感基调与其外在风貌一致。所以此"雅"指的是雅正、典雅之风格,与怨相对,并非指《小雅》,因曹植"源于《国风》",故其内在情感是雅正与典雅的。

"情兼雅怨"既非《小雅》之"怨",又被认为是《楚辞》之"怨"。一个很大的理由是《诗品》中《楚辞》一脉是"怨"的典型,虽知《国风》一脉有怨,但不及《楚辞》深,试举例论之。

《国风》一脉之言怨:(上品)古诗条"其源出于《国风》。……文温以丽,意悲而远……虽多哀怨,颇为总杂……";(上品)曹植条"其源出于《国风》。……情兼雅怨,体被文质……";(上品)左思条"其源出于公干。文典以怨,颇为精切,得讽喻之致"。

《楚辞》一脉之言怨:(上品)李陵条"其源出于《楚辞》,文多凄怆,怨者之流";(上品)班婕妤条"其源出于李陵。……词旨清捷,怨深文绮……";(上品)王粲条"其源出于李陵。发愀怆之词,文秀而质羸";(中品)刘琨条"其源出于王粲,善为凄戾之词";(中品)沈约条"固知宪章鲍明远也,所以不闲于经纶,而长于清怨"。

《国风》一脉的《古诗》和曹植是典范,这两者的评语都云有"怨",且有文有质。上引《诗品》全书《楚辞》一脉之怨就比例来说,仅比《国风》一脉多两例,但就上品诗人来说,言怨则《国风》一脉与《楚辞》相当。王粲之后,《楚辞》一脉评语少及怨情,更注重说明文采重与气格弱,《国风》一脉曹植与《古诗》之后气骨雄于《楚辞》,

---

① 王顺娣. "情兼《雅》怨"还是"情兼雅怨"——关于钟嵘《诗品》"情兼雅怨"的校释问题 [J]. 古籍整理研究学刊, 2006 (2): 73.
② 李定广. "情兼雅怨"的内涵与曹植诗的"集大成"地位 [J]. 上海师范大学学报(哲学社会科学版), 2014, 43 (6): 90.
③ 郭绍虞. 中国历代文论选 [M]. 上海: 上海古籍出版社, 2001: 63.

但文采略逊。《楚辞》与《国风》的显著差异应在文采与气格方面，而不是怨情。总论则《国风》一脉：有怨诽，有文采，有气格；《楚辞》一脉，有怨诽，有文采，但气格弱于《国风》一脉。如此则曹植之怨不必和《楚辞》同，《国风》一脉本就具有。不应以《楚辞》与《国风》之后风格各有所偏重去反论曹诗的风格，曹植是《国风》的代表人物，岂可用其流去品第其源。

  《楚辞》与《国风》二者之"怨"哪个更符合曹植，以曹植身世与诗歌证之，当是《国风》之怨。屈原与曹植都是其国宗亲，但屈原被流放，其所处在庙堂之外，草野之中，无所顾忌，上责君王不察，下斥群小乱政，故而其情怨深，其词激切。刘勰《文心雕龙·辨骚》所谓"依彭贤之遗则，从子胥以自适，狷狭之志也"。反观陈思虽"号则六易，居实三迁"①，但未曾忘记建功立业，加之受朝廷监视，故其情内敛敦厚，虽有怨但仅止于奸邪，不及君王。其受灌均奏罪，有《责躬诗》之自省，《赠白马王彪》是其"愤而成篇"（《赠白马王彪序》），但"鸱枭鸣衡轭，豺狼当路衢。苍蝇间白黑，谗巧反亲疏"②之句只是痛斥奸邪离间，没有指责曹丕的失察。屈原虽对故国不能忘怀，眷眷相恋，但毕竟最后彻底失望，班固评为"露才扬己，忿怼沉江"。而曹植终生希冀建功立业，言怨却有节制，不曾自尽以泄愤。《国风》中的弃妇虽然怨恨丈夫负心，但终希望丈夫回心转意，不曾决绝。程俊英《谷风》题解中云："《白头吟》中的女子，秉性刚烈，一闻其所爱的人已经变心，便毅然分手：'闻君有两意，特来相决绝'……而《谷风》中的女子，虽知其夫已然变心，尚曲意规劝'黾勉同心，不宜有怒'；对于其夫因好色而喜新厌旧，但云'采葑采菲，无以下体'，何其委婉；即使在被弃离之后，犹'行道迟迟，中心有违'，充满不能自决之情。"③曹植笔下的思妇和弃妇，其感情风格尤与《国风》中《谷风》一类相同。如《杂诗》中"愿为南流景，驰光见我君"；《七哀诗》中"君怀良不开，贱妾当何依？"；《弃妇诗》中"晚获为良实，愿君且安宁"；《美女篇》中"盛年处房室，中夜起长叹"。曹植诗中的女子感情忧伤但不过激，只是自怨自艾，有中和之美。以程俊英题解之女相类，则曹植为《谷风》之女而屈子为《白头吟》之女也。孙明君说："曹植诗歌的情感特征可以概括为：'哀而且怨、怨而不怒、哀而不伤'，即其诗歌以'哀怨'为基调，在哀怨的基调之上又具有'怨而不怒'与'哀而不伤'的色彩。此一情感特征之中，既深受原始儒学人文精神与诗学理想的辐射，亦有老庄哲学与道教神仙思想的投影，同时它包孕着两汉'温柔敦厚'、'发乎情，止乎礼义'的正统诗教观。此一情感特征，使其诗歌艺术形成了既含蓄蕴藉、低回要眇，又骨气充盈、远举豪逸的表情方式。"④可见，

---

① （三国魏）曹植. 曹植集［M］.（清）朱绪曾考异.（清）丁晏铨评. 杨焄点校. 上海：上海古籍出版社，2019：51.
② （三国魏）曹植. 曹植集［M］.（清）朱绪曾考异.（清）丁晏铨评. 杨焄点校. 上海：上海古籍出版社，2019：100.
③ 程俊英，蒋见元. 诗经注析［M］. 北京：中华书局，2017：99.
④ 孙明君. 三曹与中国诗史［M］. 北京：商务印书馆，2013：254.

曹植诗中虽有怨但终寄希望，不同于《楚辞》，其"温柔敦厚"的中和之怨与《国风》相同。

有论者认为，曹植诗歌多本屈原之香草美人与比兴之义，故而其哀怨之情源于《楚辞》。刘勰《文心雕龙·辨骚》云：

> 故其陈尧、舜之耿介，称禹、汤之祗敬，典诰之体也；讥桀、纣之猖披，伤羿、浇之颠陨，规讽之旨也；虬龙以喻君子，云霓以譬谗邪，比兴之义也；每一顾而掩涕，叹君门之九重，忠怨之辞也。观兹四事，同于《风》《雅》者也。①

香草美人是比兴之义，《楚辞》中"比兴之义"与"忠怨之辞"同于《国风》与《小雅》，则其怨不必取效《楚辞》。钟嵘认为五言诗的创作是学习四言诗而来，《诗品序》云："夫四言文约意广，取效《风》《骚》，便可多得。"《风》是指《国风》，《骚》指的是《离骚》，或者说《楚辞》。到底是取效其一，还是二者兼取，钟嵘未曾言明，笔者认为二者皆可。《诗品》出于《国风》者，钟嵘看到了与《楚辞》一脉的相互影响。谢灵运条："其源出于陈思，杂有景阳之体，故尚巧似，而逸荡过之，颇以繁富为累。"上品中的张协（景阳）条云："其源出于王粲。"王粲源于李陵，而李陵又源于《楚辞》。曹植之前有《诗经》和《楚辞》，钟嵘大可以评谢灵运之思维明言曹植是受《楚辞》与《小雅》影响，但未涉及一语，可见钟嵘认为曹植五言诗只出于《国风》而无他源，亦不受其他影响。罗根泽说："什么是《国风》、《小雅》和《楚辞》的精神面貌呢？……就他认为从《国风》、《小雅》和《楚辞》衍出的《古诗》、曹植、李陵和阮籍看来，精神实质是'怨'。"②《国风》中本就有怨，则与曹植源流"其源出于《国风》"之说相合，则其雅正与悲怨之情，取效《国风》较为合理。

三、钟嵘宗经之意旨探析

钟嵘的诗学观与刘勰宗经的文学观有相似之处。《诗品序》言其创作的原因："观王公缙绅之士，每博论之余，何尝不以诗为口实，随其嗜欲，商榷不同。淄渑并泛，朱紫相夺，喧议竞起，准的无依。"《诗品》的品第是要树立一个准则，以矫正时人之弊，所谓"朱紫相夺"是宗法对象有误。《诗品》中《国风》一脉评价高于《楚辞》一脉，则其确有宗经之意。刘勰《文心雕龙·宗经》云："迈德树声，莫不师圣，而建言修辞，鲜克宗经。是以楚艳汉侈，流弊不还。"刘勰和钟嵘同处齐梁重绮丽的文风之下，二人认为艳丽的文风开端于《楚辞》。《诗品序》云："次有轻薄之徒，笑曹、刘为古拙，谓鲍照羲皇上人，谢朓今古独步。而师鲍照，终不及'日中市朝满'，学谢朓，劣得'黄鸟度青枝'。徒自弃于高明，无涉于文流矣。"时人认为曹植与刘桢古拙，文采不足，皆学谢朓与鲍照。

---

① （南朝梁）刘勰著，范文澜注. 文心雕龙注 [M]. 北京：人民文学出版社，1958. 上卷.
② 罗根泽. 罗根泽古典文学论文集 [M]. 上海：上海古籍出版社，1985：196.

列于中品的谢朓其源出于谢混,而谢混出于张华,鲍照出于"二张",张协、张华属于《楚辞》一脉,《国风》与《楚辞》之高下可见分晓。两人共推崇《诗经》为诗歌的源头与典范,企图用《诗经》来矫正时代文风,在宗经的立场上,钟嵘和刘勰持相同态度。

严羽《沧浪诗话·诗辨》曰:"行有未至,可加工力,路头一差,愈骛愈远,由入门之不正也。故曰:学其上,仅得其中;学其中,斯为下矣。"[①] 学谢朓与鲍照本就不入文流,学《楚辞》一脉则是所谓"学其中,斯为下矣"。取效《国风》一脉"文章之圣"的曹植与刘桢,则是"学其上,仅得其中"。如果说"情兼雅怨"是曹植兼得《小雅》之"雅"与《楚辞》之"怨",或者说《小雅》与《楚辞》之怨诽,曹植本于《国风》的风貌就被淡化,"文章之圣"的曹植以高就低,以上学下,有违情理。按照钟嵘的意旨,较合理的解释应该是《国风》本兼雅怨,自齐梁以来,文章但求新变,不本经典,故钟嵘立此宗经之论。齐梁间人以为经典仅雅正绮而丽不及《楚辞》,故而刘勰《文心雕龙·征圣》虽云"然则圣文之雅丽,故衔华而佩实者也",恐不行于当时,尤见疑于后世。钟嵘认为《国风》本含"雅怨"被附和于《小雅》与《楚辞》就不足为奇。其序对于品第的高低尚有谦逊之词"至思三品升降,差非定制,方申变裁,请寄知者尔",但对其源流所出之论则未尝礼让,乃定宗经之根本也。《南史·钟嵘传》中,顾皓言钟嵘"位末名卑",在那个上自帝王、下及公侯倡导文风艳丽的年代,人微言轻的钟嵘对源出于《国风》的曹植评价甚高,盖有宗经之微旨?作为"准的"的曹植诗歌的"情兼雅怨"特征被比附于《小雅》与《楚辞》,恐非钟嵘的本意。

结　语

钟嵘标榜陈思为"文章之圣",常人以为其仅出于《国风》,情理似有不妥,因古来大家,必须要博采众长。曹植崇高的文学地位,其本出于《国风》,以《楚辞》与《小雅》辅之,则钟嵘论诗高明,后人解释合理,可谓两全其美。然钟嵘既敢品第高低,诗则三品,源则三流,后人讥讽诟病,亦一家之言,不同俗说。后人认为钟嵘品诗的不合理性正是其书的独创之功,故陈思诗歌不必同祖《风》《骚》。所以,解释"情兼雅怨"从钟嵘评曹植"其源出于《国风》"的逻辑即可,不必附会《楚辞》与《小雅》,以希得广泛赞同。

参考文献

[1] (南朝梁) 钟嵘. 诗品 [M]. 古直笺. 许文雨讲疏. 杨焄辑校. 上海:上海古籍出版社,2020.

[2] (南朝梁) 钟嵘, 曹旭集注. 诗品集注 [M]. 增订本. 上海:上海古籍出版社,2011.

[3] (南朝梁) 钟嵘, 周振甫译注. 诗品译注 [M]. 北京:中华书局,2017.

---

① (南宋) 严羽. 沧浪诗话 [M]. 普慧,孙尚勇,杨遇青,评注. 北京:中华书局,2014:1.

［4］李定广.“情兼雅怨”的内涵与曹植诗的"集大成"地位［J］.上海师范大学学报（哲学社会科学版），2014，43（6）.

［5］曹旭.钟嵘的文学观念及诗学理想［J］.上海师范大学学报，1996（1）.

［6］萧华荣.诗品注译［M］.郑州：中州古籍出版社，1995.

［7］王运熙.钟嵘《诗品》论诗人的继承关系及其流派［J］.中州学刊，1986（6）.

［8］王顺娣.“情兼《雅》怨”还是"情兼雅怨"——关于钟嵘《诗品》"情兼雅怨"的校释问题［J］.古籍整理研究学刊，2006（2）.

［9］郭绍虞.中国历代文论选［M］.上海：上海古籍出版社，2001.

［10］（三国魏）曹植.曹植集［M］.（清）朱绪曾考异.（清）丁晏铨评.杨焄点校.上海：上海古籍出版社，2019.

［11］程俊英，蒋见元.诗经注析［M］.北京：中华书局，2017.

［12］孙明君.三曹与中国诗史［M］.北京：商务印书馆，2013.

［13］（南朝梁）刘勰著，范文澜注.文心雕龙注：上卷［M］.北京：人民文学出版社，1958.

［14］罗根泽.罗根泽古典文学论文集［M］.上海：上海古籍出版社，1985.

［15］（南宋）严羽.沧浪诗话［M］.普慧，孙尚勇，杨遇青评注.北京：中华书局，2014.

（侯晓沁　首都师范大学2018级硕士生　指导教师：冷卫国）

《搜神记》中的"征"与"应"

王兆伦

摘　要：《搜神记》中大量存在"征"与"应"的事件叙述逻辑和文本结构方式，乃干宝"阴阳五行""灾异"思想信仰和史官身份共同作用的产物，与先代"灾异"书写同中有异。"征"与"应"相系联的叙述模式具有独特性、真实感、现场感，干宝存史求实的信念使《搜神记》走向了更为现实的追求记述的信实品格的一路，而并未萌蘖出所谓自觉的"小说创作"的虚构性观念。"征"与"应"的关联当与其思想意旨和文本存在方式有关。这些认识有助于对《搜神记》进行更为精细切实的研究。

关键词：《搜神记》；"征"与"应"；"灾异"书写；信史品格

古代与近现代关于"小说"的认识存在差异，古今"小说"之意义有本质区别。《搜神记》是众多如今被视作"六朝志怪小说"的著述中的一种①，与之有关的研究成果五花八门，却鲜有学者能够确实摆脱"小说"这一限定性的因素——唐人所编《隋书·经籍志》之目录将其列入史部杂传类，直到宋时，《搜神记》才出现在《新唐书·艺文志》的"小说家"类；且就现有文献材料来看，干宝本人自始至终从未提及自己之作为"小说"。因此，欲对《搜神记》进行切中肯綮的研究，须摒弃以今例古的狭见，破除"文学史建设"的功利思维，揭去后人所粘的"小说"标签，切实从《搜神记》的文本内容出发，寻求牵涉《搜神记》的写作意图和干宝所寄寓之思想信仰的线索。

《搜神记》中大量存在"征"与"应"相关联的事件叙述逻辑和文本结构方式，这不仅与《汉书·五行志》相似，且通观李剑国《新辑搜神记》多据《宋书》《晋书》《宋志》《晋志》等中古正史中所称"干宝云"的内容对《搜神记》旧辑本进行辨别、补辑和校正（晋）干宝，②；后世史家对干宝关于"征"与"应"的叙述和解释多有采纳。这种

---

① 据鲁迅《中国小说史略》考索，持此说者可追溯至时代胡应麟。（明）胡应麟. 少室山房笔丛（二十八）[M]. 北京：中华书局，1958：282-283.

② （晋）干宝，（南朝宋）陶潜. 新辑搜神记 新辑搜神后记 [M]. 李剑国辑校. 北京：中华书局，2007：100-116.

相似和认可显示出个中政治性、历史性、可信性的信史特质，表明"征"与"应"的叙述方式当与《搜神记》内在的思想意旨和文本存在方式有关。

一、《搜神记》中"征""应"相联的原理阐发

"征"，书中也言"兆""象""妖""祥""瑞"，即征兆、预兆；"应"，也言"验"，即应验、生效；"占"，也称"筮"，即占卜、推算。干宝在记述中常以"占""筮"引出"征"与"应"之间的关联。

关于"征""应"相联的思想，《搜神记》中有些记述值得注意。

一为李剑国新辑本中被视作卷一〇至一五《妖怪篇》序论的第109条《妖怪》，一为新辑本中被视作卷一六至卷二〇《变化篇》序论的第199条《变化》，其理论性、概括性很强①，与书中其他单纯记述事件的条目颇为扞格。②考虑到现存《搜神记》的文字内容并篇章结构已非原貌，《搜神记序》的文字亦有缺佚，似乎存在此二条记述原本并非正文内容而是承担着总论功能的可能③，因而如今也可将其视作直接表露干宝思想、信仰的较为直接的史料。

《妖怪》条④中直接阐述了干宝对"妖怪""征"等现象的原因及内在关系的认识：

> 妖怪者，盖是精气之依物者也。气乱于中，物变于外。形神气质，表里之用也，本于五行，通于五事，虽消息升降，化动万端，然其休咎之征，皆可得域而论矣。⑤

其中"五行""五事""休咎之征"，当为干宝援引《尚书·洪范》中"洪范九畴"的概念：

> 初一曰五行。次二曰敬用五事。……次八曰念用庶征。……一、五行。一曰水，二曰火，三曰木，四曰金，五曰土。水曰润下，火曰炎上，木曰曲直，金曰从革，土爰稼穑。润下作咸，炎上作苦，曲直作酸，从革作辛，稼穑作甘。二、五事。一曰貌，二曰言，三曰视，四曰听，五曰思。貌曰恭，言曰从，视曰明，听曰聪，思曰睿。恭作肃，从作乂，明作晢，聪作谋，睿作圣。……八、庶征。曰雨，曰旸，曰燠，曰寒，曰风。曰时五者来备，各以其叙，庶草蕃庑。一极备，凶；一极无，凶。曰休征：曰肃，时雨若；曰乂，时旸若；曰晢，时燠若；曰谋，时寒若；曰圣，时风若。曰咎征：曰狂，恒雨若；曰僭，恒

---

① （晋）干宝，（南朝宋）陶潜. 新辑搜神记 新辑搜神后记［M］. 李剑国辑校. 北京：中华书局，2007：165，257，259.

② 按：李剑国实则转述汪绍楹旧辑本的观点，两段文字乃据《法苑珠林》辑。据张庆民《〈搜神记序〉初探》：《搜神记》既已有序，且"天有五气"（即《变化》）并非只谈变化问题，故而汪、李二氏之每篇之前还有小序的说法值得怀疑。

③ 张庆民.《搜神记序》初探［J］. 文学遗产，2013（6）：55–63.

④ （晋）干宝，（南朝宋）陶潜. 新辑搜神记 新辑搜神后记［M］. 李剑国辑校. 北京：中华书局，2007：165.

⑤ 部分句读较原文有改动。

旸若；曰豫，恒燠若；曰急，恒寒若；曰蒙，恒风若。①

"五行"即水、火、木、金、土，"敬用五事"即恭敬地做好貌、言、视、听、思五个方面的事情，"庶征"——雨、旸、燠、寒、风诸多自然现象的出现情况实与"五事"的作为及其肃、乂、晢、谋、圣的实际效果相关联，显示出不同的"休"（即美好）、"咎"（即过失）之"征"。在《搜神记》中，干宝将"妖怪"视作与"五事"相通而同本于"五行"的变化现象，认为其与现实政治得失相关的"休咎之征"固然不一而足，却也是能够把握、考论的。

《变化》条中"天有五气，万物化成"的论述也将"五行"之"气"与"圣德"相联系，认为万物的变化皆有政治德行之所由，这个过程是有"道"可依循的。

由此可见，《妖怪》《变化》二条阐明了依托《尚书》生成的变化万端之"征"与现实政治状况的内在关系——"征""应"相联这一基本原理，为《搜神记》中"征"与"应"的记述提供了理据。

二、"征"与"应"叙述方式的生成原因

干宝在《妖怪》《变化》二条中对"征""应"的论述时显示出的对《尚书》、"五行"等思想观念的笃信和服膺源出于其思想和信仰，且与其身份职务有关。

据《晋书》干宝本传，知干宝自幼即勤学博览、颇有才器，先为佐著作郎，后在王导的引荐下"领国史"，著有史书《晋纪》。② 同时，干宝天性爱好阴阳术数，且对京房、夏侯胜等人所作之"传"有所留意和思索。

据《汉书·眭两夏侯京翼李传》载，夏侯胜曾跟从同族的夏侯始昌学习《尚书》及《尚书大传》，善说"灾异"。③ 夏侯始昌是继董仲舒、韩婴之后为汉武帝所器重的儒士、"经术士"，通五经、明阴阳，所推断柏梁台之"灾日"得"应"，曾在昌邑王得宠时担任其太傅。且两夏侯皆与昌邑王有关，夏侯胜曾依据《尚书大传》以"天久阴而不雨"之"征"推断出臣下霍光谋废昌邑王之"应"。夏侯胜正确"预言"了"征"之后的"应"，受到了权臣霍光的推重：霍光认为"经术"能够用来谋划废立皇帝、制定国策，有益于稳定社会、安定统治，于是夏侯胜得到重用，《尚书》、"经术"便为至高权力所用。④ 又：

---

① （西汉）孔安国传，陆德明音义. 尚书［M］. 刻本. 相州：相台岳氏家塾本.
② （唐）房玄龄等. 晋书［M］. 刻本. 武英殿二十四史本.
③ （东汉）班固撰，颜师古注. 前汉书［M］. 刻本. 武英殿二十四史本.
④ 相关引文如下：(夏侯胜) 从始昌受《尚书》及《洪范·五行传》，说灾异。……会昭帝崩，昌邑王嗣立，数出。胜当乘舆前谏曰："天久阴而不雨，臣下有谋上者，陛下出欲何之？"王怒，谓胜为妖言，缚以属吏。吏白大将军霍光，光不举法。是时，光与车骑将军张安世谋欲废昌邑王。光让安世以为泄语，安世实不言。乃召问胜，胜对言："在《洪范传》曰：'皇之不极，厥罚常阴，时则下人有伐上者'，恶察察言，故云臣下有谋。"光、安世大惊，以此益重经术士。后十余日，光卒与安世共白太后，废昌邑王，尊立宣帝。光以为群臣奏事东宫、太后省政，宜知经术，白令胜用《尚书》授太后，迁长信少府，赐爵关内侯，以与谋废立，定策安宗庙，益千户。

京房曾师事焦赣，焦赣之学长于以六十四卦的"占"法说解"灾变"、之"验"，京房得其精髓。京房曾以"日蚀，又久青亡光，阴雾不精"① 之"征"言中西羌将反之"应"，且他认为，以功劳推举贤才则功业可成，因此会有祥瑞之"征"与"应"，相反，以毁誉品评选拔人才则会使功业荒废，招致"灾异"之"征"。②

易知，夏侯胜、京房等人的"说灾异"正是以"灾异"之"征"占卜推断"应"。汉初，董仲舒类比《春秋》《左传》等典籍中对"灾异"记载和解说，将阴阳、五行思想凸显，形成了"天人感应"说，以自然灾异讨论社会政治；上述《洪范五行传》更是将这种思想具体化、理论化、细致化、类型化，依附《尚书》提升了"说灾异"的全面性、可操作性和"科学合理"性；夏侯胜、京房、刘向、刘歆、王充、班固等人则发挥了承前启后的作用，京房依托《易》之卦象以"占验"，班固则首开正史"五行志"之先，汇编历来的"灾异"之论，王充《论衡·订鬼》篇依托《洪范》论述妖怪（"征"）的产生：

> 天地之气为妖者，太阳之气也。妖与毒同，气中伤人者谓之毒，气变化者谓之妖。世谓童谣，荧惑使之，彼言有所见也。荧惑火星，火有毒荧。故当荧惑守宿，国有祸败。火气恍惚，故妖象存亡。龙，阳物也，故时变化。鬼，阳气也，时藏时见。阳气赤，故世人尽见鬼，其色纯硃。蜚凶，阳也。阳，火也。故蜚凶之类为火光，火热焦物，故止集树木，枝叶枯死。《鸿范》五行二曰火，五事二曰言。言、火同气，故童谣、诗歌为妖言。言出文成，故世有文书之怪。③

王充认为，《洪范》所言五事之二"言"与五行之"火"同气，童子属"阳"，"阳"即"火"，妖为阳气所成，故而童子歌谣为妖言，属于"文书之怪"。《订鬼》篇④ 从道理层面论述了前篇《纪妖》篇所记述的前代的妖祥所显示出的吉凶之象（"征"）的应验（"应"）实例，辨析了时人关于妖祥、鬼怪的各种说法⑤，篇中提及，妖祥的种类很多，鬼也是其中一种；妖祥与瑞应的原理和本质是一样的，都是天地间祸福之至（"应"）的"兆象"（"征"）；妖祥可以预先显示人事未来的吉凶，也可能因为某事的发生而同时出现——但它并非造成吉凶结果（"应"）的原因，而仅仅是其结果或吉或凶的昭示物

---

① （东汉）班固撰，颜师古注. 前汉书 [M]. 刻本. 武英殿二十四史本.
② 相关引文如下：(京房) 治《易》，事梁人焦延寿。延寿字赣。……其说长于灾变，分六十四卦，更直日用事，以风雨寒温为候；各有占验。房用之尤精。……永光、建昭间，西羌反，日蚀，又久青亡光，阴雾不精。房数上疏，先言其将然，近数月，远一岁，所言屡中，天子说之。数召见问，房对曰："古帝王以功举贤，则万化成，瑞应着，末世以毁誉取人，故功业废而致灾异。宜令百官各试其功，灾异可息。"
③ （东汉）王充. 论衡 [M]. 程荣校刻本. 四部丛刊子部据上海涵芬楼藏明通草堂本影印.
④ （东汉）王充. 论衡 [M]. 程荣校刻本. 四部丛刊子部据上海涵芬楼藏明通草堂本影印.
⑤ 相关引文如下：一曰：人且吉凶，妖祥先见。人之且死，见百怪，鬼在百怪之中。故妖怪之动，象人之形，或象人之声为应，故其妖动不离人形。天地之间，妖怪非一，言有妖，声有妖，文有妖，或妖气象人之形，或人含气为妖。……鬼之见也，人之妖也。天地之间，祸福之至，皆有兆象，有渐不卒然，有象不猥来。天地之道，人将亡，凶亦出；国将亡，妖亦见。犹人且吉，吉祥至；国且昌，昌瑞至矣。故夫瑞应妖祥，其实一也。而世独谓鬼者不在妖祥之中，谓鬼犹神而能害人，不通妖祥之道，不睹物气之变也。国将亡，妖见，其亡非妖也。人将死，鬼来，其死非鬼也。亡国者，兵也；杀人者，病也。……妖之见出也，或且凶而豫见，或凶至而因出。

("征")。

自春秋至魏晋,"灾异""阴阳""五行""妖怪"等思想、"经术"之大用如同一个幽灵,逐渐成为整个社会的集体无意识,决定了时人的世界观和面对社会人生万事的思考模式、处理方式。天性对阴阳术数有极大兴趣、崇信夏侯和京房等人学说的干宝更无法逃开"灾异"书写与阐释的文化传统影响;同时,他作为"领国史"之职的佐著作郎,有充分的条件可以参阅前代史籍。据现存《搜神记序》:

> 虽考先志于载籍,收遗逸于当时,盖非一耳一目之所亲闻睹也,亦安敢谓无失实者哉!卫朔失国,二传互其所闻;吕望事周,子长存其两说。若此比类,往往有焉。从此观之,闻见之难,由来尚矣。夫书赴告之定辞,据国史之方策,犹尚若兹,况仰述千载之前,记殊俗之表,缀片言于残缺,访行事于故老,将使事不二迹,言无异途,然后为信者,固亦前史之所病。然而国家不废注记之官,学士不绝诵览之业,岂不以其所失者小,所存者大乎!今之所集,设有承于前载者,则非余之罪也;若使采访近世之事,苟有虚错,愿与先贤前儒分其讥谤,及其著述,亦足以明神道之不诬也。群言百家不可胜览,耳目所受不可胜载,今粗取足以演八略之旨,成其微说而已。幸将来好事之士录其根体,有以游心寓目而无尤焉。①

此段文字前当有缺文。就现存语段看,起首干宝即义愤填膺地道出,由于史官不可能亲身经历、闻睹一切事情,考索前史、搜集当世之事都无法弥补由来已久的"闻见之难"的存在,因此在史籍的撰述中"失实"是无法避免的;虽然世代如此,干宝仍认为在保存史料的功能面前这些失实是可以被允许的。干宝作为史官,肩负存史的使命感、责任感,秉持追求信实完整的史官修养以及承认失实虚错确乎存在的谦逊态度,在不断完善中一以贯之。虽《晋纪》已散佚,但是其《晋纪总论》因入选《文选》而得以留存,由此一史论可管窥干宝著史之"务以实录""直而能婉"的"良史"手笔。

于是,在思想信仰和身份责任的共同作用下,在《妖怪》《变化》条中干宝沿袭汉代以降王充、班固诸家的观点,以《尚书·洪范》之"五行""五事"讨论"妖怪"与"变化"。"妖怪"与"妖祥"同义,指怪异不祥的事物,即吉凶之"征"。干宝认为,禀受了一种"气"则会化成与之相应的"形",并具有相匹配的"性";精气依附于物,精气的侵入扰乱了物内在原本的气,使物的外表发生变化,从而产生妖怪;而神、气与形、质的表里变化之中更为深刻的原因和规律则以"五行"为本、同"五气"相联、与"五事"相通,而且虽然其中消长变化运动的端绪纷繁、难以把握,但它所反映出的吉凶之"征"所预示的"应"的切实关联都是可以在某一个范围中讨论的。这就是《搜神记》中"征"与"应"的核心思想,因而书中侈谈"灾异"。

此外,在"征"与"应"的撰记之下,干宝多会引《易》及京房《易传》《易妖》

---

① (晋)干宝,(南朝宋)陶潜. 新辑搜神记 新辑搜神后记[M]. 李剑国辑校. 北京:中华书局,2007:19-20.

等书中言论作为依据，以显示其解释或推断的合理性、正确性，这颇有些"以诗为证"的意味；《搜神记》也充分吸收了《汉书·五行志》中对自然现象的"灾异"事例之"征"和社会政治中的"应"相比附系联的记述材料、叙述方法和思维方式，又于他书旁征博引，在史料处理、整合和记述上显示着其一贯的实录精神、史笔素质和史官担当，可谓对汉代以来史官"五行""灾异"书写传统的承继。

三、"征"与"应"叙述方式的模式类型

与王充、班固相比，干宝对于"征""应"的认识更为全面精要，且在著述的真实性、史传性中融入了信仰和寄托，因而《搜神记》中的"征""应"的事件叙述逻辑和文本结构方式显示出对"灾异"书写继承之上的独特性——虽然延续了《汉书·五行志》确立的"一灾一事"即"一'征'一'应'"的记述原则，但是对"征"与"应"之间的相互生发采取了不同叙述模式。

（一）有"征"无"应"

只详细叙述"征"，也就是某种神异变化的非常现象的具体情况，但并未为这一"征"寻求确切的现实事件之"应"。如：

> 鲁哀公八年，郑有女子一生四十子，其二十人为人，二十人死。其九年，晋有豕生人，能言。吴赤乌七年，有妇人一生三子。①

> 周烈王之六年，林碧阳君之御人产二龙。②

此二条皆仅叙述神异非常之"征"，但并未对此进行解释，也没有系联史事作为"应"。又如：

> 周隐王二年四月，齐地暴长，长丈余，高一尺五寸。京房《易妖》曰："地长四时暴，占：春、夏多吉，秋、冬多凶。"历阳之郡，一夕沦入地中而为泽水，今麻湖是也。不知何时。《运斗枢》曰："邑之沦，阴吞阳，下相屠焉。"③

此条在叙述地理上的非常之"征"后，仅依据《易妖》《运斗枢》等书籍对其进行理论层面解释，最终并未系联"应"。

另外，干宝虽沿袭前人观点，认为天地自然对与人的行为举止相关之五事均有它固有的特定的吉凶的征兆，但他也意识到"应"与"征"的联系并非一定必然。例如在《京邑讹言》一条末尾对于"征"，干宝论断"此事未之能论"，即明言有些情况下无法以

---

① （晋）干宝，（南朝宋）陶潜. 新辑搜神记 新辑搜神后记 [M]. 李剑国辑校. 北京：中华书局，2007：169.
② （晋）干宝，（南朝宋）陶潜. 新辑搜神记 新辑搜神后记 [M]. 李剑国辑校. 北京：中华书局，2007：170.
③ （晋）干宝，（南朝宋）陶潜. 新辑搜神记 新辑搜神后记 [M]. 李剑国辑校. 北京：中华书局，2007：170-172.

"征"与"应"的叙述模式进行解释,故而《搜神记》中有"征"无"应"的条目比比皆是。

(二) 有"征"有"应"

这种情况较为复杂,有几种不同类型。一种是先叙述神异非常之"征",随后将其与以现实事件相系联,称之为该现象的"应",这是书中"灾异"之"征"与"应"的基本叙述模式。仅略举一例:

> 吴孙亮五凤二年五月,阳羡县离里山大石自立。孙皓承废故之家得位,其应也。①

此条中,"大石自立"这一非常现象为后来"孙皓承废故之家得位"之"征",这一征兆具有预示的性质,而与之相联的"应"被直接点出。

但是在有些条目中,对于"征"与"应"之间的关联,干宝并非直言而已,而是稍着笔墨进行具体的描述,或者详细解释,或者完善细节。例如:

> 汉平帝元始元年二月,朔方广牧女子赵春病死,既棺殓,积七日,出在棺外。自言见夫死父,曰:"年二十七,汝不当死。"太守谭以闻,说曰:"至阴为阳,下人为上。厥妖人死复生。"其后王莽篡位。②

> 元帝太兴中,王敦镇武昌,武昌灾,火起,兴众救之,救于此而发于彼,东西南北数十处俱应,数日不绝。此臣而行君,亢阳失节。是为王敦陵上,有无君之心,故灾也。③

> 自明帝终魏世,青龙黄龙见者,其皆主废兴之应也。魏土运,青,木色也,而不胜于金,黄得位、青失位之象也。青龙多见者,君德国运,内相克伐也,故高贵乡公卒败于兵。④

此三条皆对"征"与"应"相系联的"占"的过程有细致的分析之语,或引用前代"灾异"论的言论或对"应"进行敷衍,其"占"中蕴含明晰的"阴阳""五行"思想。类似的还有《管辂筮王基》条,载管辂对王基家中的屡次出现的妖怪之"征"进行卜卦和解释,准确推知妖怪的具体现象,而卦中"不见其凶",故他认为这些妖怪并非"咎妖之征",反倒可能是"吉祥"之"征",而后王基果然升迁。这一条中,干宝详细记述了管辂卜筮的全过程,将"征"与"应"具体切实的系联情况完整呈现,还借管辂之口发表了对于万物变化、变异无常且无优劣的观点,记述翔实而独具现场感,增强了真实性。

---

① (晋) 干宝,(南朝宋) 陶潜. 新辑搜神记 新辑搜神后记 [M]. 李剑国辑校. 北京:中华书局,2007:208.
② (晋) 干宝,(南朝宋) 陶潜. 新辑搜神记 新辑搜神后记 [M]. 李剑国辑校. 北京:中华书局,2007:190-191.
③ (晋) 干宝,(南朝宋) 陶潜. 新辑搜神记 新辑搜神后记 [M]. 李剑国辑校. 北京:中华书局,2007:242-243.
④ (晋) 干宝,(南朝宋) 陶潜. 新辑搜神记 新辑搜神后记 [M]. 李剑国辑校. 北京:中华书局,2007:207.

又一种是先叙述所谓的"应",再叙述"征",其叙述逻辑为社会人事导致了某种自然事象的变异。如:

> 周宣王三十三年,幽王生,是岁有马化为狐。①

此条旨在强调周幽王的出生导致了马化狐,暗含对幽王的品评。人事在先,而所谓"征""象"后见。

又一种是叙述"征"并"占"之后,记述人为的主动的应对"应",有弥补或防范的用意。如:

> 鲁定公元年秋,有九蛇绕柱,占,以为九世庙不祀,乃立炀宫。②

此条中,对于"九蛇绕柱"之"征",占卜后便"立炀宫"以主动应对"九世庙不祀"之"应",乃亡羊补牢的考虑。

又一种是将不同时代的相同的"征"并举,系联以相同的"应"。如:

> 夏桀之时厉山亡,秦始皇之时三山亡,周显王三十二年宋大邱社亡,汉昭帝之末陈留昌邑社亡。京房《易传》曰:"山默然自移,天下有兵,社稷亡也。"故会稽山阴琅邪中有怪山,世传本琅邪东武海中山也,时天夜,风雨晦冥,旦而见武山在焉,百姓怪之,因名曰怪山。时东武县山,亦一夕自亡去,识其形者,乃知其移来。今怪山下见有"东武里",盖记山所自来,以为名也。又交州郁州山移至青州。凡山徙,皆不极之异也。③

此条将夏、周、秦、汉等世代相同的"山亡"之"征"排比而论,引京房《易传》之说统一进行解释,并落实到当世的"山徙"之"异"(即"征")上,系联以"不极"之"应"。"不极之异"当与《尚书·洪范》中所言"皇极"有关:"建用皇极""皇建其有极"即言君主须有至高之准则,"不极"即与《汉书》中所言相同,即君主将失其位之意。

除上述叙述模式的特点之外,《搜神记》中的"征"与"应"的范围也有所拓宽。首先,其记述不限于当时,自先秦春秋至汉魏晋及近世的"征"与"应",干宝皆载。再者,所描述的"征"的类型多种多样,不拘自然"灾异"一格,覆盖天文天象、地理区域、动物植物、建筑器物、生活人体、生死孕育、童谣讹言、歌舞甚至服制、配饰、相貌、穿着等自然与社会人生的方方面面。例如《中兴服制》一条即以晋中兴时人所著帻、袴等服饰的形制为"征",与王敦造反之"应"相系联进行了细致阐释,有理有据。还有,与"征"相系联的"应"也出现许多政治事件之外的大众世俗生活的内容,如《东

---

① (晋)干宝,(南朝宋)陶潜. 新辑搜神记 新辑搜神后记 [M]. 李剑国辑校. 北京:中华书局,2007:168-169.
② (晋)干宝,(南朝宋)陶潜. 新辑搜神记 新辑搜神后记 [M]. 李剑国辑校. 北京:中华书局,2007:173.
③ (晋)干宝,(南朝宋)陶潜. 新辑搜神记 新辑搜神后记 [M]. 李剑国辑校. 北京:中华书局,2007:166.

莱陈氏》一条中的"征"与"应"均为平民之事而不涉及政治内容。

与先代"灾异"书写往往牵合政治事件相比,《搜神记》中"征"与"应"的叙述均显示出一种更为宽泛的普世化、世俗化、民间化、生活化的倾向,阐释亦趋于适度,牵强附会的内容有所弱化。

四、余论:《搜神记》的信史追求

《搜神记》中的"征"与"应"乃干宝思想信仰和史官身份共同作用的产物,因而与先代"经术士"、诸子和史家的"灾异"书写同中有异。除上述特点之外,书中"征"与"应"相系联的内容及"占"的过程具有很强的现场感、真实感,具有史传的品格。胡应麟《少室山房笔丛》有言曰:"小说,子书流也,然谈说理道,或近于经,又有类注疏者,记述事迹,或通于史,又有类志传者。"① 知胡应麟已然意识到"小说家"之作所显示出的"经""史"追求。

只是《搜神记》的记述事迹中有不少现在看来显然是虚构的内容,然而,这些虚构成分并不是源自所谓自觉的"小说创作"观念,而是源于汉魏以来的关于"灾异"的认识与阐释思维的集体无意识,胡应麟谓之"未必尽设幻语";并且,干宝在对"征"与"应"的叙述中实际上已经显露出与传统"灾异"书写中的言之凿凿的一"征"一"应"相背离的、如今看来较为理性的意识——干宝并未在"灾异"书写之中迷失,并未因"俗流喜道"而盲目地追求所述事件的奇异色彩去肆意虚构、记述"怪力乱神",反而在存史求实的信念之下走向了更为现实的追求记述之信实的品格的一路。

参考文献

[1] (晋)干宝,(南朝宋)陶潜. 新辑搜神记 新辑搜神后记 [M]. 李剑国,辑校. 北京:中华书局,2007.
[2] 张庆民.《搜神记序》初探 [J]. 文学遗产,2013 (6).
[3] (西汉)孔安国传,陆德明音义. 尚书 [M]. 刻本. 相州:相台岳氏家塾本.
[4] (唐)房玄龄等. 晋书 [M]. 刻本. 武英殿二十四史本.
[5] (东汉)班固撰,颜师古注. 前汉书 [M]. 刻本. 武英殿二十四史本.
[6] (东汉)王充. 论衡 [M]. 程荣. 校刻本. 四部丛刊子部据上海涵芬楼藏明通草堂本影印.
[7] 胡应麟. 少室山房笔丛 [M]. 北京:中华书局,1958.
[8] 鲁迅. 中国小说史略 [M]. 北京:人民文学出版社,2006.
[9] 熊明. 中国古代小说史论 [M]. 北京:中国文联出版社,2018.
[10] 张庆民. 魏晋南北朝志怪小说通论 [M]. 北京:首都师范大学出版社,2000.
[11] 邓裕华.《搜神记》研究 [M]. 北京:中国社会科学出版社,2015.
[12] 张庆民.《搜神记》研究二题 [J]. 文学遗产,2008 (4).
[13] 王瑶. 中古文学史论 [M]. 北京:商务印书馆,2017.

---

① 胡应麟. 少室山房笔丛 [M]. 北京:中华书局,1958:374.

［14］［日］小南一郎.中国的神话传说与古小说［M］.孙昌武译.北京：中华书局,1993.

［15］范宁.论魏晋志怪小说的传播和知识分子思想分化的关系［J］.北京大学学报（哲学社会科学版）1957（2）.

［16］潘建国.《搜神记》的形成：以前代故事文本辑采为例［J］.中国高校社会科学,2019（4）.

（王兆伦　首都师范大学2018级硕士生　指导教师：刘尊举）

《放胆诗》选本研究

毕淑惠

摘　要：《放胆诗》为清代吴震方所编的唐诗选本，选录唐杜甫、白居易以下35家五七言古诗156首，共有两卷。现存清康熙四十四年（1705）学古堂刻本，国家图书馆善本阅览室有藏。前人多认为其所收诗作总体上具有想象奇特、造语险怪一类的特点。吴震方所作《放胆诗》，主要是针对当时学诗者拘泥于格调、法式，僵化地学习唐诗作法的情况，希望能够以前人作品引导学诗者放胆而作、大胆创新，因而所收之诗作，多为唐人在句法、格调、法式、题材等方面有所创新的作品，且多为恣肆奔放的长篇古体诗，是一部很有特点的唐人诗歌选集。在清初多元的诗学背景下，《放胆诗》对放胆和创新的提倡，在文学史上有其重要意义。

关键词：《放胆诗》；唐诗选本；吴震方

《放胆诗》[①]为清代吴震方所编的唐诗选本，共有两卷，所选之诗，往往在形式或内容上有新异之处。《唐诗总集纂要》中说："《放胆诗》编成于清康熙四十一年（1702），选录唐杜甫、李白以下三十五家五七言古诗一百五十六首，略按世次先后排列（稍有错杂）。此书特点在不同于一般唐诗选本之多录近体，讲求格调、神韵、声律、法式，而是着重收辑想象奇诡、造语险怪、恣肆奔放的古诗长篇（含多首联句诗）。"[②]可以说，《放胆诗》是一部很有特点的清代唐诗选本。

此书现存清康熙四十四年学古堂刻本，国家图书馆善本阅览室藏清康熙年间线装刻本，应即为此刻本。书分上、下二卷，共两册，白口双边。字体皆楷体，较美观。封面写"放胆诗，卷上"字样，无内封。正文前有朱彝尊序、吴震方自序和目录。朱彝尊序字较大，半叶8行，行18字，吴震方自序和目录、正文皆小字，半叶10行，行25字。朱彝尊序首页有三个章，其中两个小章，应为"吴荌之印"和"瀛山"。目录首页有两个章，其

---

① （清）吴震方. 放胆诗[M]. 刻本. 学古堂，1705（康熙四十四年）.
② 陈伯海，李定广编著. 唐诗总集纂要（下）[M]. 上海：上海古籍出版社，2016：654.

中一个亦应为"吴荚之印"。正文首页和末页都有"北京图书馆藏"小印,正文首页另有两个章,其中一个亦应为"吴荚之印"。卷下首页亦三章,如上卷首页章,卷下正文首页印如上卷正文首页印,末页亦如上卷。其卢肇《汉堤诗》一页,有"吴荚之印"和"瀛山"小印。吴荚其人,史书未载。笔者搜罗资料,发现清吴脉鬯的《昱青堂诗集》有"蓬莱吴荚柏柳堂刻本",以及《易经卦变解八卦说》亦有清道光二十年吴荚刻本,推测《放胆诗》的"吴荚之印"和"瀛山"小印可能即此吴荚,为清末人。

一、吴震方生平

吴震方为清康熙年间学者、刻书名家,浙江石门人,出身于嘉兴望族石门洲泉吴氏。其人生平交游十分广泛,著述也颇丰,但正史无传,生平事迹只散见于官私册籍。今人对其研究较少。

《四库全书总目提要》中记载其生平:"震方字青坛,石门人。康熙己未进士,官至监察御史。"① 据梁建考证,吴震方大约生于崇祯十五年,卒年不详,但康熙五十一年前后尚且在世:"吴氏同乡好友劳之辨《说铃续集序》有'今且与余垂垂俱老矣''青坛七十二,余较青坛又加二焉'云云,据此可推其生年。……康熙五十一年(1712)吴关杰《读书质疑序》称,吴氏撰成《读书质疑》后,'命序于杰,杰不敢辞',故为之序。……其《冬夜笺记序》云'康熙己酉公车入都',即康熙八年(1669)入京应试举人。其《恭纪圣恩诗》小序云:'康熙己未科蒙皇上亲拔二甲第一名进士,由庶常改授御史,二十五年以言事落职。四十二年恭遇皇上南巡幸浙,四月十七日奉特旨复还原职。'这段自述,较为简略交代了其大半生的际遇。"② 《国朝御史题名》则称:"字右绍,号青坛,浙江仁和籍石门人。康熙己未进士,由翰林院庶吉士改陕西道御史。"③ 对吴震方的字、号有不同记载,不过基本可知吴震方应是于康熙年间由科举入仕的,其后官至监察御史,康熙年间也就是他的主要活动时间。

关于吴震方家世,据梁建考证,应为石门洲泉吴氏:"自始祖廷尉吴公在东汉迁入此境,繁衍成为当地望族,人称'千岁吴'。吴氏一支自其曾祖开始,即冠缨不绝。吴震方生于明末动荡之时,成长而仕于清。"④ 吴震方的祖父吴之屏为"万历二十六年的举人,天启二年的进士,历新城、南城知县"⑤;吴震方的父亲吴尔埙亦为明臣,曾慷慨陈奏,后又投奔史可法军队抗清,抗清失败以后,断指畀葬、投井殉明,忠贞高节,为典型的有操守的士大夫,《明史》将其与史可法同载一传,不过,吴尔埙殉明之时,吴震方年纪尚

---

① (清)永瑢等编. 四库全书总目提要[M]. 上海:商务印书馆,1933:86.
② 梁健. 吴震方生平、家世及交游考[J]. 嘉兴学院学报,2019(3):13.
③ (清)黄叔璥. 国朝御史题名[M]. 刻本,1887(光绪十三年):8.
④ 梁健. 吴震方生平、家世及交游考[J]. 嘉兴学院学报,2019(3):15.
⑤ 梁健. 吴震方生平、家世及交游考[J]. 嘉兴学院学报,2019(3):15.

幼，恐怕对父辈经历和世事变幻的感悟并不深切，因而长大以后，仍仕于清廷。无论如何，我们可以由吴震方家世情况看到，吴震方出身望族，家族中世代为官，因而必定自小受到良好的教育，同时，也能够有机会与许多明末清初的文学大家有交往。

因家世原因，吴震方交游较为广泛，与众多康熙朝初年的权贵，特别是朝廷中枢人物都有来往，如吴震方曾为顺、康之际位极人臣的王崇简《冬夜笺记》作序，而王崇简曾为吴震方的父亲撰写墓志铭，吴震方还成为王崇简之子王熙的门生："王熙传世的《王文靖公集》卷首附有吴氏所作序，序称是应王熙子王裕三之请而撰，落款题'陕西道监察御史石门受业吴震方'云云。"① 这些与吴震方有交游的人，有不少是吴家的世交，特别是与吴震方的父亲有同年之谊。

除了与朝中权贵（如王崇简、王熙父子）有交际以外，吴震方与当时一些学问大家，"如朱彝尊、查慎行、梁佩兰、毛奇龄、田雯、汪楫、徐釚、汪琬、吴兆骞、仇兆鳌、徐元文等也都有交往，这些在各自诗文集中可找到酬唱印记。"② 吴震方曾与朱彝尊、查慎行联句："初六日，游长庆寺。同吴震方、查慎行联句。"③《放胆诗》正文前，亦有朱彝尊为之所作的序。因而吴震方的诗学观点，不可避免地受到这些人的影响，《放胆诗》的编辑和成书，亦对此有所体现。

吴震方一生著述颇多，仅《四库全书》就收录了其《读书正音》《岭南杂记》《晚树楼诗稿》《朱子论定文钞》等作。此外，吴震方还编撰有《读书质疑》、《东轩晚语》、《放胆诗》、《说铃》丛书等。其中《说铃》丛书汇集清初诸家笔记；《岭南杂记》为吴震方游历广东的见闻，记载了不少有关岭南地方风俗和物产的资料。《放胆诗》则为其编选唐人诗歌的选本，提倡放胆求新，《晚树楼诗稿》则为吴震方自己的诗集。

二、《放胆诗》编选特点

对于《放胆诗》，前人多认为其所收诗作总体上具有想象奇特、造语险怪一类的特点。黄裳云："所收李杜韩诸家古体长篇，皆豪纵之作。"④ 孙琴安认为其书："全书分上、下二卷，所选全是五七言长篇。凡想象奇特，造语险怪，瑰丽奔放者皆加收录。"⑤《唐诗总集纂要》评论说："此书特点在不同于一般唐诗选本之多录近体，讲求格调、神韵、声律、法式，而是着重收辑想象奇诡、造语险怪、恣肆奔放的古诗长篇（含多首联句诗）。"⑥ 颇具代表性的是《唐诗学文献集粹》：

---

① 梁健. 吴震方生平、家世及交游考 [J]. 嘉兴学院学报, 2019 (3): 18.
② 梁健. 吴震方生平、家世及交游考 [J]. 嘉兴学院学报, 2019 (3): 20.
③ 张宗友.《朱彝尊年谱》[M]. 南京: 凤凰出版社, 2014: 434.
④ 黄裳. 前尘梦影新录 [M]. 济南: 齐鲁书社, 1989: 182.
⑤ 孙琴安. 唐诗选本六百种提要 [M]. 西安: 陕西人民教育出版社, 1980: 334.
⑥ 陈伯海, 李定广编著. 唐诗总集纂要（下）[M]. 上海: 上海古籍出版社, 2016: 654.

但是，优秀诗人向来不为定式所限，他们大胆展开艺术想象，充分运用各种表现手段，别出心裁，标新立异，酣畅淋漓地表达情思，巧妙地刻画独特的艺术形象，成功地创造自有丰满的艺术世界。这类出人意表的佳作，清人吴震方美其名曰"放胆诗"，并有选本用以倡扬。①

认为《放胆诗》主要收录那些出人意表、别出心裁，不为定式所限的诗作。总体而言，前人认为《放胆诗》的突出特点在于：专选五七言古体，且着重收辑那些不为定式所限、想象奇特、造语险怪、瑰丽奔放的诗作。细观《放胆诗》，的确具有这些特征，但同时我们又应注意到吴震方对"正大"的推崇。

《放胆诗》收录了35家（又于崔珏《道林寺》后附韦蟾、唐扶二人各1首）诗人作品，皆为五七言古体诗，共156首。基本按时间顺序排列。按次为杜甫诗19首（其中1首《同元使君春陵行》附元结后，1首《岳麓山道林二寺作》附崔珏后），李白诗6首，任华2首，王昌龄1首，元结2首，韩愈22首（其中收录了一些联句诗），轩辕弥明1首（实际上为其与韩愈等联句），柳宗元4首（《献平淮夷雅表》分为两篇诗），张籍1首，孟郊4首，李贺5首，卢仝7首，刘叉2首，白居易18首，元稹2首，刘禹锡4首，杜牧3首，李商隐4首，王建12首，戴叔伦1首，卢纶1首，刘言史1首，张碧2首，李涉2首，卢肇1首，郑嵎1首，皮日休12首，陆龟蒙3首，司空图1首，吴融3首，崔珏1首（后又附韦蟾、唐扶各1首），薛逢1首，赵抟1首，苏拯3首，詹敦仁1首。上卷以杜甫、韩愈诗最多，下卷以白居易、王建、皮日休诗最多。

同时，我们注意到《放胆诗》中不少诗之后有注，上卷注较多，下卷较少，其注多为对收诗原因的解释，有些也对诗歌本身作简单评点。比如，其于杜甫《壮游》《送重表侄王砯评事使南海》《饮中八仙歌》《杜鹃》《无家别》《曲江三章章五句》《狂歌行赠四兄》后有注，详细解释其收诗原因。或为集中说明杜甫"爱君忧国之诚艰危致身之节"，或为"诗史信为可据"，或言杜诗之"创格"之处，或为杜甫"忧国忧民沉痛恺恻"的代表作等。② 这些诗后评注，对我们理解吴震方选诗之标准以及《放胆诗》的编选特点，是有帮助的。

我们在此基础上对《放胆诗》编选特点作简单分析。

首先，《放胆诗》所选之诗，皆为五七言古体，有豪纵之气，能使人开拓心胸，确具恣肆奔放的特点。如杜甫《自京赴奉先县咏怀五百字》《北征》《壮游》，李白《经乱离后天恩流夜郎忆旧游书怀赠江夏韦太守良宰》《蜀道难》《梦游天姥山别东鲁诸公》等，皆长篇古体，气势磅礴，正如吴震方《放胆诗序》中所言之"长江大河之篇"。

其次，《放胆诗》实际上重点注意收录在格调法式上有所创新的作品。例如，其所收

---

① 陈伯海. 唐诗学文献集粹［M］. 上海：上海古籍出版社，2016：1038.
② 本文中引用《放胆诗序》《放胆诗跋》及其中诗句和评注，皆出自康熙四十四年学古堂刻本，国家图书馆善本阅览室藏。

录的杜甫《饮中八仙歌》,吴震方在其后注云:"此诗有两眠字、两天字、两船字、三前字,乃自为八章,非故作重韵也,此系创格,古未见其体,后人亦不能学。"所关注的是杜甫此诗"创格"。其于《杜鹃》诗后,亦在注中说:"以上四诗皆少陵自创新格,诗人之所未有,标此数章,以见诗格之宏肆奇变,非詹詹小言,拘束格律声调者所得窥其涯涘也。"对杜甫的《三吏》《三别》,则评价说:"以时事创为新题,古今独绝。"他又在杜甫《曲江三章章五句》后总结:"公此诗学三百篇七歌学离骚,新安吏,新婚别诸作,学古乐府,俱自开堂奥,不肯优孟古人。"分别关注杜甫在诗歌法式、题材等方面的创新性。说明吴震方选这些诗,所重视的实际上是这些诗在格调、法式、题材等方面的创新。

再次,《放胆诗》的确亦收录造语险怪之作品,这种特点在其所收韩愈作品以及韩愈与他人联句诗中呈现得尤为明显。吴震方于《征蜀联句》诗后注云:"韩孟竞取奇字,以示奥博……等字,俱未经人手。"他还收录韩愈等人想象奇特、造语险怪的《南山诗》《石鼓歌》《月蚀诗效玉川子作》等作品。这些诗作,多用生僻字,亦多吟不常入诗之景物,可以说具有奇诡险怪的特征。

最后,我们也要注意到,《放胆诗》中收录的并不全是那些奇特险怪的作品,尤其是下卷中,他所收录的白居易等人《秦中吟》《琵琶行》等诗作,并无险怪奇诡之处,而主要是在题材或格式上有所创新。他甚至还评价韩愈的《南山诗》说:"此诗,向之论者以比少陵北征,余谓奇纵过之,而恳切正大不及也。"说明在"奇纵"和"正大"之间,他仍是倾向于"正大"的。我们注意到,大体上,吴震方收诗和批注的时候,仍关注诗歌是否"雅正"。一些诗作本身在体式或章法之类等方面具有特殊性,因而被吴震方收入《放胆诗》中,但他又格外注意其诗中寄托讽喻之旨。比如,他解释李白写娥皇女英传说的《远别离》诗是:"托诸篇章,聊以致其爱君忧国之志",又如,他在韩愈和卢仝特别奇特险怪的《月蚀诗》后都详加批注,将其解释为"讽刺宦官横恣"的作品。对于他所重视的韩愈,第一首选择的是其歌颂唐宪宗的《元和圣德诗》。吴震方还评价柳宗元的《献平淮夷雅表》为"弘大纯粹,真可奏之清庙、被之管弦",与韩愈《元和圣德诗》相较,韩愈诗"不免霸气",可见他更喜爱"弘大纯粹"的作品。他在《放胆诗跋》中也指出,阎朝隐《猫儿鹦鹉篇》"体裁怪诞,诡鄙可笑,张说当时以为风雅罪人",可见他的标准并不是以怪为尊,而应是怪而不邪。

总体而言,吴震方所编选《放胆诗》,实际上应主要是编选那些在句法、格调、法式、题材等方面有所创新的作品,同时,他又更推崇这些作品中具"清庙明堂之作、长江大河之篇"的特点的诗作,而并非一味推崇险怪。因而这些作品总体上是特点,通常都在句法、格调、法式或题材等方面有所创新。

此外,值得注意的是在上卷中,任华诗仅2首,分别为寄杜甫、李白诗,在元结、崔珏诗后又附杜甫诗;韩愈22首诗后的轩辕弥明仅1首诗,实为其与韩愈等人的联句诗。柳宗元《献平淮夷雅表》后之注解将其与韩愈《元和圣德诗》相比较,张籍诗1首为《祭退之》,孟郊、李贺、卢仝、刘叉等亦与韩愈皆有结交,卢仝《月蚀诗》与韩愈唱和,两首诗后皆有大段注解说明此二诗的创作背景、创作动机和创作内容。可见,吴震方在编选《放胆诗》上卷时,是明显地以杜甫、韩愈诗为尊。而卷下所收诗人较多,以白居易、王建、皮日休数量为多,其余多零散地收集一二首而已。

三、《放胆诗》诗学思想

吴震方编《放胆诗》,其中亦反映出其本人的一些诗学主张。

首先,《放胆诗》主张不拘格调、大胆创新。吴震方在《放胆诗》的序中说:

> 宋谢叠山论文曰:凡学文初要胆大、终要心小,由粗入细、由俗入雅、由繁入简、由豪荡入纯粹。其所选文章轨范,自汉迄宋,凡六十有九篇,别为放胆文、小心文,是虽为当日场屋之资,然学文之法无逾此矣。余谓维诗亦然。今子弟学诗者,往往从近体入手,先为声律所拘、句字所囿,后虽涉笔古诗,上者尊尚选体,次则摹画盛唐,下者则乐为陆放翁、杨诚斋等诗,辄欲追踪元白,不知其风格弥下、去古益远,即唐人清庙明堂之作、长江大河之篇,亦有惊若河汉者矣。夫作诗始于放胆,终于小心,若先以小心御之,则铢铢而较、寸寸而度,以为某字非唐音、某句非唐调、某转非唐法,而其间空疏者,辄以平浅俚近文其固陋,思欲踵武前难矣。兹辑唐人之诗,大言炎炎,不拘资格,开拓宇宙,直抒胸臆者,得若干首,即名放胆诗。初学读之,心如太空、目如岩电、鼻端出火、耳后生风,摆脱俗下拘挛之病,然后按脉切理、细析秋毫,渐造简雅纯粹之境,则学诗之道得矣。宁曰以放胆毕其业哉。①

从中,我们可以看到吴震方编《放胆诗》,其目的基本上是针对当时学诗者"铢铢而较、寸寸而度"的情况,针对他们拘泥于格调、法式,僵化地学习唐诗作法的问题,希望能够通过选录唐代诗人"清庙明堂之作、长江大河之篇",引导学诗者在创作初期放胆而作,"摆脱俗下拘挛之病",解决"拘挛"的问题,然后再"按脉切理、细析秋毫,渐造简雅纯粹之境"。在《放胆诗跋》中,吴震方也表示了这种观点:"要之,初学作诗,构思虑其窒塞,下笔苦其拘谨,宜读此以开拓其心胸,使长短、纵横、疾徐、开合,投之所之,无不如意,自然灵通变化,目无坚垒,即为古近各体,沛然莫御矣。"朱彝尊在其为《放胆诗》所作的序中也说:"则青坛不欲误天下后世之学诗者也,今夫胆勇怯之不齐、热者毛焦、亏者爪干、竭者发枯、薄者易惊、病者善太息,盖虽欲放而不能,善医者何以治之?犀株也,火铃也,沃以三斗之酒也,俾观斯集焉可矣。"可以看到,吴震方对清初学诗者"拘挛"的问题是有不满的,要解决"拘挛"的问题,首要的是创作者要做到"放胆",要做到"放胆",就应当读一些内容或形式上有所创新、能够开拓心胸的作品,《放胆诗》中所选,即是这样一些作品。

---

① (清)吴震方. 放胆诗 [M]. 刻本. 1705(康熙四十四年).

其次，吴震方推崇诗歌创作要创新大胆的同时，亦主张诗歌作品的"雅正"。他认为学诗者在摆脱"拘挛"的问题之后，最好是"渐造简雅纯粹之境"，创作出"简雅纯粹"的作品。《放胆诗跋》中亦云："因与子侄论诗，为辟此门径，非敢以为诗家定论也。"跋中还解释了何以不收初唐四子作品和阎朝隐《猫儿鹦鹉篇》等诗的原因，他认为初唐四子作品"已作陈言"，阎朝隐《猫儿鹦鹉篇》则"体裁怪诞，诒鄙可笑"。吴震方在《放胆诗》中所推崇的，应是有所创新又怪而不邪的诗作。可以说，吴震方并不是专一地仅仅尊崇"放胆"之诗，而是在当时众人都拘泥于格调法式的情况下，希望开辟新的门径。

此外，《唐诗学文献集粹》提出，吴震方编选《放胆诗》的深层动机："深层动机则是由于当时一些唐诗论者仍恪守明代格调论诗的积习，动辄以格调不合古式而訾今人，崇古而为之所拘，故他鼓励人们学习唐人放胆诗，写诗时不为既定的格式、作法所限，穷己之力以突破传统的禁锢，立志求新立异"。①《清人选唐诗研究》作者魏强则认为，吴震方《放胆诗》针对的是王士禛神韵说："显然吴震方虽然没有说编选的针对性，然与'淡远空寂'的神韵诗截然相反的不就是'直抒胸臆'的'放胆诗'？"②这一观点认为，神韵诗主张的是以山水景物为题材的、追求冲融淡远境界的、隐藏情感的诗歌，而当时的叶燮则以理、事、情、识、才、胆、力论诗，这是与神韵说不同的主张，叶燮又在《原诗》中提出"唯胆能生才"，与吴震方"放胆"的主张异曲同工。因而，《放胆诗》对王士禛神韵诗学可能是有所针对的。这一说法也不是完全没有道理。

可见，总体而言，吴震方编选《放胆诗》，主张的是学诗要大胆创新，不拘格调，而在追求新异的同时，又重视诗歌主旨的"雅正"，追求"简雅纯粹"的境界。

结　语

吴震方《放胆诗》多选唐诗中在字句、格调、法式、题材等方面有创新之处的诗作，以针对当时学诗者拘泥于格调法式的问题，引导他们放胆而作，大胆创新、直抒胸臆，是一部很有特点的唐人诗歌选集。《唐诗总集纂要》认为："自元结《箧中集》、姚铉《唐文粹》之后，专选唐代古体诗的选本较为罕见，本书的出现自因康熙时期多元的诗学背景，在唐诗学史上亦有特殊意义。"③《唐诗学文献集粹》亦云："诗倡放胆，带有思想解放的意义。"④《放胆诗》在文学史上，自有其重要价值。

参考文献

[1]（清）吴震方. 放胆诗 [M]. 刻本. 学古堂，1705（康熙四十四年）.

---

① 陈伯海. 唐诗学文献集粹 [M]. 上海：上海古籍出版社，2016：1038.
② 魏强. 清人选唐诗研究 [M]. 苏州：苏州大学出版社，2016：158.
③ 陈伯海，李定广编著. 唐诗总集纂要（下）[M]. 上海：上海古籍出版社，2016：655.
④ 陈伯海. 唐诗学文献集粹 [M]. 上海：上海古籍出版社，2016：1038.

[2] 陈伯海,李定广编著. 唐诗总集纂要(下)[M]. 上海：上海古籍出版社, 2016.
[3] (清) 永瑢等编. 四库全书总目提要[M]. 上海：商务印书馆, 1933.
[4] 梁健. 吴震方生平、家世及交游考[J]. 嘉兴学院学报, 2019 (3).
[5] (清) 黄叔璥. 国朝御史题名[M]. 刻本, 1887 (光绪十三年).
[6] 张宗友. 朱彝尊年谱[M]. 南京：凤凰出版社, 2014.
[7] 黄裳. 前尘梦影新录[M]. 济南：齐鲁书社, 1989.
[8] 孙琴安. 唐诗选本六百种提要[M]. 西安：陕西人民教育出版社, 1980.
[9] 陈伯海. 唐诗学文献集粹[M]. 上海：上海古籍出版社, 2016.
[10] 魏强. 清人选唐诗研究[M]. 苏州：苏州大学出版社, 2016.

(毕淑惠　首都师范大学2018级硕士生　指导教师：刘航)

"江山之助"新释

周 阳

摘 要: "江山之助"是《文心雕龙·物色》中提出的一个理论命题,贯穿《物色》篇始终对于其本义的解释,学界有多种声音。实际上,江山应指自然景色,而非政治因素。"江山之助"的内涵有两个层面:其一,江山有助于激发创作兴致;其二,江山为文学创作提供了丰富的素材。"江山之助"的最终指向是助力为文者达到虽旧弥新,物色尽而情有余的终极目标。

关键词: 江山;江山之助;物色;本义

《物色》篇是《文心雕龙》第四十六篇,学界关于其位置问题、内容问题多有争论,给予了高度关注。本文以"江山之助"这一术语为切入点,从"江山"的本义,"江山之助"的内涵以及其背后的"缘情"因素,对《物色》篇进行探讨。

一、"江山"的本义

"江山之助"语出《物色》篇篇末:"若乃山林皋壤,实文思之奥府,略语则缺,详说则繁。然屈平所以能洞监风骚之情者,抑亦江山之助乎!"① 若想明晰"江山之助"是何意,对"江山"二字的解读尤为重要,然对于"江山"的解读,诸家意见不一,总结起来有三种,兹将不同解读列举如下。

第一种解读认为"江山之助"即自然山川的帮助,"江山"即大自然中的景物。如骆鸿凯先生云:"此言物色之有助于文思也。"② 戚良德先生将此句翻译为"大概是得到了楚

---

① (南朝梁)刘勰著,范文澜注. 文心雕龙注[M]. 北京:人民文学出版社,1958:694-695.
② 黄侃. 文心雕龙札记[M]. 北京:商务印书馆,2014:221.

国山川的帮助吧？"① 祖保泉先生认为"江山之助"是指"楚国山河大地对屈原的感召力"②。众学者虽表述不同，但大体都将"江山"与"物色"与自然界本就存在的客观实在物等同了起来。

第二种解读认为"江山"象征着对不幸命运的抗争，以汪春泓先生的《关于〈文心雕龙〉"江山之助"的本义》一文最具代表性。"'江山'并非指一般的自然景物，上述语境中'江山'一词的使用，都有遥远和阻隔之意。"③ 文章中列举不同作品中江山的用法，意在表明"江山"并非江河山川，山林皋壤是庙堂之高的对立面，"江山"与朝廷相对，涉及社会政治方面的因素，"江山之助"于屈原，则是其特殊的政治经历造就了他非凡的文学成就，蕴含着强烈的抒情和鲜明的政治立场。

第三种解读认为"江山之助"是泛指外在环境对于文章创作的帮助，"江山"所指的外在环境包括自然地理环境与人文社会环境两个方面。章尚正先生的《"江山之助"论的拓展与深化》中提到："它把审美对象由普泛的万物浓聚到以江山为代表的山水世界，而且这个山水世界显然是集自然美与人文美为一体的人化山水，故而屈原能藉此而'洞监风骚之情'。"④ 章说中的"江山之助"不单指自然景色的功用，人文社会的因素也不容小觑，前两种说法兼而有之。

有鉴于此，关于"江山"一词本义的探究是很有必要的。笔者更认同第一种解读，即"江山"的本义仅指自然山水，并未涉及社会政治因素以及抗争不幸命运等方面的内容。理由有如下几点。

首先，从《文心雕龙》写作的整体时代背景看。刘勰在《明诗》篇中言："宋初文咏，体有因革，庄老告退，而山水方滋……"⑤ 这是刘勰所处时代的大环境。西晋文风"结藻清英，流韵绮靡"⑥，文人对辞藻的华美以及细腻的技巧有了更高的追求，但过度地锤炼辞采与技巧，使得文章渐失真实与淳朴。永嘉南渡，文人偏处江南一隅，明丽的山水使他们的心态与趣味发生了变化，罗宗强先生在论及东晋时期江南山水给士人所带来的审美趣味的变化时曾说："是江南山水的独特风貌造就了东晋士人的山水审美趣味。当时的著名士人，大多活动于从首都建康南到会稽、永嘉，西南至浔阳一带，相当于现在的南京南至绍兴、温州，西南至九江。这一地域内，有中国最秀丽的山川。他们聚会最多的地方，是会稽。……这一带的山川，峰峦叠翠，碧水澄潭，云遮雾绕，明秀中蕴含灵气，引人遐想。……会稽一带的山水给了人以温润明秀的美的熏陶。"⑦ 江南的自然山水造就了山水审美情趣。山水审美情趣的形成又为山水诗的出现奠定了基础。这一时代自然山水对

---

① 戚良德. 文心雕龙校注通译 [M]. 上海：上海古籍出版社，2008：522.
② 祖保泉. 文心雕龙解说 [M]. 合肥：安徽教育出版社，1993：921.
③ 汪春泓. 关于《文心雕龙》"江山之助"的本义 [J]. 文学评论，2003（3）：133-139.
④ 章尚正. "江山之助"论的拓展与深化 [J]. 绥化师专学报. 1999（1）：18-22.
⑤ （南朝梁）刘勰著，范文澜注. 文心雕龙注 [M]. 北京：人民文学出版社，1958：67.
⑥ （南朝梁）刘勰著，范文澜注. 文心雕龙注 [M]. 北京：人民文学出版社，1958：674.
⑦ 罗宗强. 魏晋南北朝文学思想史 [M]. 北京：中华书局，1996：126-127.

文人的影响，以及文人大面积描写绝美山水的做法，正与《物色》篇篇末的"江山之助"相呼应。

其次，纵观《文心雕龙》全书，它有着严密的内在逻辑。列于《物色》篇前的《时序》篇，讲的是时代变迁、政治社会等非自然因素与文学的关系，所谓"时运交移，质文代变，古今情理，如可言乎！"①，而《物色》篇与之呼应，讲的是自然与文学之关系。王运熙先生在《〈物色〉篇在〈文心雕龙〉中的位置问题》一文里讲道："《时序》论述时代（包括政治、社会、学术思想等）与文学创作的关系，《物色》论述自然景物与文学创作的关系，正是在论述外界事物或环境与文学创作关系这一点上，有着共同之处。"② 因此，从前篇篇旨来看，"江山"仅指自然因素，不包含社会政治等其他因素。

再次，将"江山之助"这一术语本义的讨论放入文章整体中，从《物色》全篇讨论的主要内容看，《物色》篇讨论了三个问题。一，四季变换对万事万物有感召启发的作用，从而使人心神荡漾，产生创作欲望。"春秋代序，阴阳惨舒，物色之动，心亦摇焉。"③ 刘勰对由物到情，再由情到辞的转换过程并未详细说明，提及情之发生与辞之表达，都是为了强调物之变化是文章形成之根源。二，标举《诗》《骚》摹写景物的长处，《诗经》写景"以少总多，情貌无遗矣"④，《离骚》"触类而长，物貌难尽，故重沓舒状"⑤。三，反对齐梁以来"文贵形似"的写景方法，指出不能如镜取形、灯取影一般描写自然景物，是因为"物有恒姿，而思无定检"⑥，指明"并据要害""善于适要"才是正确的方法。大体来说，涉及自然景物对作者、对文学创作的影响，以及该如何描写自然景物两个方面，文章论述的重点始终放在自然景物上。诚如郭晋稀先生所言："作者著《物色》，以为文章有借于江山风物之助；然反对'文贵形似，窥情风景之上，钻貌草木之中'，不能不辩也。"⑦ 因此，关于"江山"的解读自然不可脱离大主旨而过度衍生。

此外，"物色"一词于文中所指，也影响着对"江山之助"的理解。本篇中刘勰多次运用与"物"或"物色"有关的表述和内容。论述万物皆有感时以玄驹、丹鸟为例，赞颂《诗经》体物之妙时以桃花、杨柳、鸟鸣、虫吟、出日、雨雪为例，赞曰中提及的也是山水林木，从头至尾无一不是自然之物。涂光社先生言："刘勰所谓'物色'之'物'，即自然万物。"⑧ 王元化先生《释〈物色篇〉心物交融说》一文中也写道："'写气图貌，既随物以宛转；属采附声，亦与心而徘徊'，二语互文足义。气、貌、采、声四事，指的是自然的气象和形貌。写、图、属、附四字，则指作家的摹写与表现……'物'可解释作

---

① （南朝梁）刘勰著，范文澜注．文心雕龙注［M］．北京：人民文学出版社，1958：671．
② （南朝梁）刘勰著，王运熙注．《物色》篇在《文心雕龙》中的位置问题［J］．文史哲，1983（2）：67-70．
③ （南朝梁）刘勰著，范文澜注．文心雕龙注［M］．北京：人民文学出版社，1958：693．
④ （南朝梁）刘勰著，范文澜注．文心雕龙注［M］．北京：人民文学出版社，1958：694．
⑤ （南朝梁）刘勰著，范文澜注．文心雕龙注［M］．北京：人民文学出版社，1958：694．
⑥ （南朝梁）刘勰著，范文澜注．文心雕龙注［M］．北京：人民文学出版社，1958：694．
⑦ 郭晋稀校注．文心雕龙［M］．长沙：岳麓书社，2004：385．
⑧ 涂光社．《文心雕龙·物色》发微［J］．古代文学理论研究，1982（6）：107．

客体,指自然对象而言。"① 因此,"江山"自然也具有与四时风物相似的意思。

最后,将目光收回这一句上。"若乃山林皋壤,实文思之奥府,略语则缺,详说则繁。然屈平所以能洞监风骚之情者,抑亦江山之助乎!"② 有学者以"然"字为转折义,"抑亦……乎"为反问语气,从而推论此句是跳出《物色》篇以外而言,得出"江山"是与前文论述的自然风物截然相反的意思。但这样的推论缺少逻辑上的支撑。笔者认为,如何对连词进行解释,并不能对"江山之助"本义的理解起决定性作用。"抑亦……乎"既可表反问,也可表推测。若"抑亦……乎"表推测,理解为"或许……吧!",该句可译为:然而屈原之所以可以洞察到描绘物色的正确方法,或许是山川大河的帮助吧!与前文所述内容连贯,承接而来。若将"抑亦……乎"表反问,理解为"难道……吗?",该句则可译为:然而屈原之所以可以洞察到描绘物色的正确方法,难道是山川大河的帮助吗?当然不仅是山河大川的帮助,而是承继《诗经》得来的摹写方法,是因方借巧的巧思之所在,是《诗》《骚》之"体要"。这与刘勰从经典中总结出的指导为文者的方法论相照应,也符合刘勰一贯的"宗经"思想。因此,不管"江山"是承接上文,还是引出关键,其本义仍是自然山水。

刘勰于《物色》篇篇末以屈原为例,并非看重屈原被贬、报国无门的特殊政治经历。一来是屈原所处的楚地确实山清水秀,环境优美,物类繁复。《汉书·地理志》云:"楚有江汉川泽山林之饶"③,墨子亦云:"荆有云梦,犀兕麋鹿满之,江汉之鱼鳖鼋鼍为天下富"④。特色鲜明的自然风物使屈原能够以此为根展开天马行空、绚烂多彩的想象。《楚辞》中大量使用的香花、香草,如石兰、杜衡、春兰、秋菊、椒也都源自楚国的大山大河。二来是因为屈原有极高的艺术造诣,能有效地使用"江山之助",将景与情完美地融合,写出垂范后人的经典之作。亦如《辨骚》篇所言"虽取镕经意,亦自铸伟辞"⑤。从《诗经》到《楚辞》,对景物的描写与把握并非一成不变,刘勰将《诗经》奉为写景的最佳样本,却未言《诗经》如此炉火纯青的写景手法是如何练就的,可将其看为静态的,而《楚辞》在承继《诗经》,向它靠拢的过程中,所进行的通与变确是后世文人应加以学习的,这也是刘勰为何在论述即将结束时,将屈原与"江山"并举的缘由所在。

综上所言,无论从大的时代背景还是文章论述主旨、单句的解读来看,"江山之助"的本义都与自然风景紧密联系在一起。

二、"江山之助"的内涵

上文论述了"江山"的本义确指自然山水,"江山"更是在创作兴致的激发、描摹对

---

① 王元化. 文心雕龙讲疏 [M]. 上海:上海古籍出版社,1992:90-91.
② (南朝梁)刘勰著,范文澜注. 文心雕龙注 [M]. 北京:人民文学出版社,1958:694-695.
③ (汉)班固. 汉书 [M]. 北京:中华书局,1962:1666.
④ 吴旭民. 墨子 [M]. 上海:上海古籍出版社,2014:258.
⑤ (南朝梁)刘勰著,范文澜注. 文心雕龙注 [M]. 北京:人民文学出版社,1958:47.

象的提供上对文章写作有不小的助益。

"江山"有助于激发创作兴致。《物色》篇开篇即言"春秋代序,阴阳惨舒,物色之动,心亦摇焉。盖阳气萌而玄驹步,阴律凝而丹鸟羞,微虫犹或入感,四时之动物深矣。"① 春夏秋冬时序的更替,会使自然景物随之产生变化,多变的自然景物使人心绪波动,产生微妙、难以言说的冲动,将目之所及转换为文字,落到纸上。这种景物触发的创作冲动古已有之。《礼记·乐记》云:"音之起,由人心生也。人心之动,物使之然也。感于物而动,故形于声。"② 这段话讲的是音乐由人心产生,人心的触动,是物造成的,感物而动,所以外现在音声上。古代诗、乐、舞三位一体,因此,虽言音乐,但于文同样适用。陆机的《文赋》更明确地提出了四时之变、自然景色对触发作者文思的作用。《文赋》云:"遵四时以叹逝,瞻万物而思纷。悲落叶于劲秋,喜柔条于芳春。"③ "瞻万物而思纷",看见万物而思绪翻腾,翻腾的思绪是作文的第一步,陆机此处的"万物"应与后面的"落叶""柔条"相照,指自然景物。钟嵘的《诗品序》中也说:"气之动物,物之感人,故摇荡性情,形诸舞咏。……若乃春风春鸟,秋月秋蝉,夏云暑雨,冬月祁寒,斯四候之感诸诗者也。"④ 钟嵘于此处,强调的仍是春秋冬夏四种气候下不同景致对文人的感召。陆机、刘勰和钟嵘三人所言大旨相同,这种认知的产生离不开古人对"天"的敬畏,以及"天人合一"的思想。三人在自然景物变化之前都提到了四时之变。四时之变源于天,而天是带有神秘色彩的,人作为天地万物中的一个组成部分,微虫尚感物而动,人自然不能无动于衷。由此不难看出,"江山之助"的第一层作用即是对人的激发、感召,从而打开作文的第一步。

"江山"于文的第二个助益便是提供了形态各异的描写对象。"江山"在这方面的助力并非在晋宋之际才形成的,《诗经》中的灼灼桃花,依依杨柳,《离骚》中的山峰嵯峨,草木葳蕤,汉赋模山范水,气势浩荡,便可知"江山"一直是诗文的组成部分。晋宋之际山水诗的发展日趋成熟,文人游历各处,幽山深谷,清泉小溪,花鸟虫鱼皆细致观察,亲身感受。虽曾走入"窥情风景之上,钻貌草木之中"⑤ "俪采百字之偶,争价一句之奇"⑥ 的误区,但不得不承认自然风物确实大量出现于当时文人的笔下。如谢朓《晚登三山还望京邑》描写登山远眺京城之美景就言"余霞散成绮,澄江静如练。喧鸟覆春洲,杂英满芳甸"⑦;鲍照《日落望江赠荀丞》"乱流灇大壑,长雾匝高林。林际无穷极,云边不可寻"⑧,将日暮时分所见江景之壮丽描摹得细致入微;谢灵运《过始宁墅》中有"白云抱

---

① (南朝梁)刘勰著,范文澜注. 文心雕龙[M]. 北京:人民文学出版社,1958:693.
② (清)阮元. 十三经注疏[M]. 北京:中华书局,1980:1527.
③ (晋)陆机. 陆机集[M]. 北京:中华书局,1982:1.
④ (梁)钟嵘. 诗品[M]. 北京:人民文学出版社,2009:1-28.
⑤ (南朝梁)刘勰著,范文澜注. 文心雕龙[M]. 北京:人民文学出版社,1958:694.
⑥ (南朝梁)刘勰著,范文澜注. 文心雕龙[M]. 北京:人民文学出版社,1958:67.
⑦ 逯钦立. 先秦汉魏晋南北朝诗[M]. 北京:中华书局,1983:1430-1431.
⑧ 逯钦立. 先秦汉魏晋南北朝诗[M]. 北京:中华书局,1983:1286-1287.

幽石，绿筱媚清涟"①，景象清丽。以上均是"江山"作为描写对象融入诗作中的例子，诸如此类，比比皆是。正如刘勰所言"山林皋壤，实文思之奥府"，一则触发灵感，二则提供素材。

三、"江山之助"背后的缘情因素

"江山之助"于《物色》全篇的其他理论命题而言，有引出与衬托的意义，其实，"江山之助"真正能发挥到极致的关键还在于"情致"与"通变"，"江山""物色"的背后有缘情的因素，正如戚良德先生所指出的："《物色》篇虽以极为生动的笔调描述了自然界四季景色对诗人的深情触动，却仍然落实到了如何描摹这种感情的问题……"②

"江山"有触发灵感的功效，这是一种较为短暂的瞬间冲动，《神思》篇历来被视为与《物色》篇紧密相关，其中有言："登山则情满于山，观海则意溢于海"③，这种贯注高山，融入大海的不可名状的冲动，再深入发展就是与所见之景紧密结合的"情"，也就是"情以物迁"。"是以献岁发春，悦豫之情畅；滔滔孟夏，郁陶之心凝；天高气清，阴沉之志远；霰雪无垠，矜肃之虑深。"④四句写四季景致不同，它们作用于人心的感受也不同，然而夏天就一定是郁闷烦躁的吗？冬天就一定是庄重严肃的吗？于自然规律而言，决定四时之景的是"天"，但于文章和为文者而言，决定文本中"物色"的是"情"，正所谓，"岁有其物，物有其容；情以物迁，辞以情发。"⑤"情"是由"物"到"辞"转换中的纽带。不同个体看到相同的景色，感受必然是千差万别，秋天既可能是凄凉的也可能是辽阔的，刘勰同样意识到了这一点，诗人受外界景物的感召所产生的遐想是无穷无尽的。这种情与景的结合最终会诉诸文本，"写气图貌，既随物以宛转；属采附声，亦与心而徘徊"。⑥此句与《神思》篇中的"神与物游"十分相似，但不尽相同，王元化先生有一段话说得很是中肯，"刘勰早已在论述想象问题的《神思篇》中提出过'思理为妙，神与物游'的说法，以明'神与物冥'之旨，他绝不会再在论述文学与自然关系的《物色篇》中踏步不进，重复前说。相反，他是用更深入的探讨去补充、去丰富、去发展自己在《神思篇》中已经提出过的论点的。'随物宛转，与心徘徊'这句话，就是刘勰对于'神与物冥'更进一步的发挥"。⑦由此，"随物宛转，与心徘徊"并非简单的心物交融现象，而是在文本形成的过程中，情与物的相互影响、相互补足、相互制约，既由物到情，也由情到物。物色启发情思，诉诸文本，在最初的状态中，物起主导作用，但物的呈现也并非毫无

---

① 逯钦立.先秦汉魏晋南北朝诗［M］.北京：中华书局，1983：1160.
② 戚良德.文心雕龙校注通译［M］.上海：上海古籍出版社，2008：35-36.
③（南朝梁）刘勰著，范文澜注.文心雕龙注［M］.北京：人民文学出版社，1958：493-494.
④（南朝梁）刘勰著，范文澜注.文心雕龙注［M］.北京：人民文学出版社，1958：693.
⑤（南朝梁）刘勰著，范文澜注.文心雕龙注［M］.北京：人民文学出版社，1958：693.
⑥（南朝梁）刘勰著，范文澜注.文心雕龙注［M］.北京：人民文学出版社，1958：693.
⑦ 王元化.文心雕龙讲疏［M］.上海：上海古籍出版社，1992：90.

章法，出现在文本中的物色经过了"情"的渲染，情在这一阶段又引领着物，"江山"按照想要表达的情思改易形状。

"情以物迁，辞以情发"，"江山之助"不能仅是对思绪的启发，对描摹对象的提供，最终是要落实到文本上的。故而，"江山之助"最深层的内涵，贯穿着《物色》全篇的是刘勰意图说明"江山之助"是有条件的。吴林伯先生的《〈文心雕龙〉义疏》中解释"江山之助"的"助"字时说："助，表示产生情思的因素，江山只起辅佐作用。"① 这样的说法，揭示了自然风景于文章的帮助不是决定性的。面对"有恒姿""貌难尽"的物，"虽旧弥新""晓会通也"境界的达到，不是仅凭"江山"之力就可以的，刘勰试图用反问的方式提出"江山之助"的命题，以启示关注"江山"背后的东西。因此，"情"于文章的作用就显得尤为重要，刘勰针砭时弊，提出的"以少总多""善于适要"等具体的方法论，也是在"情"的主导下，帮助"江山"焕发光彩。

"以少总多"是刘勰从《诗经》对景物的描摹中总结出的第一要则，《诗经》描写自然景物，"一言穷理，两字穷形"②，用字精简，又可抓住事物的主要特征，表面上看这是对遣词造句、观察景物的规范，但对事物主要特征的抓取也受作者情思的影响，同时，不可忽略"以少总多"的积极结果是"情貌无遗"。"情"与"貌"是两个方面，描摹景物不仅要形似，更要神似。"貌"即风貌、面貌，是"江山"表层的东西，也就是追求形似，"情"字则代表神似的要求，揭示了"以少总多"不仅要用简洁的语言概括景物的形状，也要蕴含为文者想要表达的情思，描写景物的词句是要在"情"与"貌"两个维度都满足"以少总多"的要求的。比如《诗·周南·桃夭》以"灼灼"描绘桃花的艳丽，"灼灼"二字不仅准确地概括了桃花之鲜，还蕴藏着诗人想要表达的明媚与欢快，描述用词与诗歌意图传达之情感较为协调。只有这样，才能使文章经得起千百年的推敲。刘勰提倡用字的精简并不等于描摹景物用词越少越好，从《诗经》到《楚辞》再到汉赋，物态描写的繁复是时代发展的大趋势，所以他也并非对细致摹写景物持全盘否定的态度，而是强调要把握一个"度"，把握"度"的主导因素就是"情"，景物描写的繁复与简洁不仅针对文辞，也针对文情。当"物貌难尽"之时，屈原进行适当的舒展和重沓是刘勰所标举的，一则因为屈原的"重沓舒状"仍抓住景物要点，不出"约言"的大体范围，二则因为屈原融情致于其中，在情、貌两方面均做到"以少总多"。刘勰之后又提出的颜色词的使用，也再次强调了"度"的重要性。《诗》《骚》中运用颜色词恰当有节制，如果颜色词频繁使用，那么就过于杂乱且掩盖景物的本质特征，含混作者想要表达的情思了。反观辞赋家和晋宋文人，他们在描写景物时显然就没把握好度，不仅词句冗长，于情的方面更是毫无可取之处。因此，"以少总多"是"江山之助"下的更深层次的要求，它蕴含着"情"的意味，以"江山"襄助的有限性，来强调"以少总多"的重要性。

---

① 吴林伯. 文心雕龙义疏 [M]. 武汉：武汉大学出版社，2002：576.
② （南朝梁）刘勰著，范文澜注. 文心雕龙注 [M]. 北京：人民文学出版社，1958：694.

面对当时日渐浮华、流于形式的文风，刘勰尖锐地指出，即使寒来暑往，四季更替，但物貌是恒定有常的，如何使这旧景换新颜成了一个亟待解决的问题。刘勰指出的明路是"善于适要"。戚良德先生将"适要"解释为"抓住事物的本质特征"[①]，祖保泉先生则说"恰当地抓住要领"[②]，笔者以为，"善于适要"更强调要抓住《诗》《骚》中描写自然景物的要领，学习《诗》《骚》的写作手法。因为在称赞《诗经》状物能够"以少总多"时，就包含了体物要体"物"之关键，所以在后面的论证中，刘勰必将更进一步，意在让后进锐笔学习经典中的方法。如果能在学习异代经典的基础上，融入自身的情致，加以贯通，才可算是达到极致。刘勰言："古来辞人，异代接武，莫不参伍以相变，因革以为功，物色尽而情有余者，晓会通也。"[③] 因此，真正通达的境界还是以"情有余"为最终指向，"情"贯穿着向经典学习和通变的全过程。屈原就是一位在情致和通变上都达到了极致的典范。《诗经》是我国古代诗歌的开端，其地位不言自明，但也带有高高在上无法期及的意味，《楚辞》承继《诗经》而来，更直接、实在地提供了它如何承继的过程，是一个生动的学习范本。在情致的方面，他"洞鉴《风》《骚》之情"，有充沛而真实的情感，在通变的方面，他既通《诗经》之要义，也别开天地另造《楚辞》。所以刘勰才于文末单提屈平，意在表明屈原的伟大成就，不仅是楚国"江山之助"，更是有情致与通变的助力于其中的。

综上所述，刘勰"江山之助"的本义就是指自然景色的帮助，不包括社会人事。江山于文学创作，承担着触发灵感、启发情思的作用，也提供了文学描写的对象，扮演着素材宝库的角色。但是仅有"江山"是远远不够的，只有充分发挥情致的作用，承继经典，因革通变，才能把"江山"的功力发挥到极致。

参考文献

[1]（南朝梁）刘勰著，范文澜注. 文心雕龙注 [M]. 北京：人民文学出版社，1958.

[2] 黄侃. 文心雕龙札记 [M]. 北京：商务印书馆，2014.

[3] 戚良德. 文心雕龙校注通译 [M]. 上海：上海古籍出版社，2008.

[4] 祖保泉. 文心雕龙解说 [M]. 合肥：安徽教育出版社，1993.

[5] 汪春泓. 关于《文心雕龙》江山之助的本义 [J]. 文学评论，2003（3）.

[6] 章尚正.《江山之助》论的拓展与深化 [J]. 绥化师专学报，1999（1）.

[7] 罗宗强. 魏晋南北朝文学思想史 [M]. 北京：中华书局，1996.

[8] 王运熙.《物色》篇在《文心雕龙》中的位置问题 [J]. 文史哲，1983（2）.

[9] 郭晋稀校注. 文心雕龙 [M]. 长沙：岳麓书社，2004.

[10] 涂光社.《文心雕龙·物色》发微 [J]. 古代文学理论研究，1982（6）.

[11] 王元化. 文心雕龙讲疏 [M]. 上海：上海古籍出版社，1992.

---

① 戚良德. 文心雕龙校注通译 [M]. 上海：上海古籍出版社，2008：519.
② 祖保泉. 文心雕龙解说 [M]. 合肥：安徽教育出版社，1993：911.
③（南朝梁）刘勰著，范文澜注. 文心雕龙注 [M]. 北京：人民文学出版社，1958：694.

[12] （汉）班固. 汉书［M］. 北京：中华书局，1962.
[13] 吴旭民. 墨子［M］. 上海：上海古籍出版社，2014.
[14] （清）阮元. 十三经注疏［M］. 北京：中华书局，1980.
[15] （晋）陆机. 陆机集［M］. 北京：中华书局，1982.
[16] （南朝梁）钟嵘. 诗品［M］. 北京：人民文学出版社，2009.
[17] 逯钦立. 先秦汉魏晋南北朝诗［M］. 北京：中华书局，1983.
[18] 吴林伯. 文心雕龙义疏［M］. 武汉：武汉大学出版社，2002.

（周阳　首都师范大学2018级硕士生　指导教师：郭丽）

·中国现当代文学·

卢前：新文化运动里的"焦虑症患者"
——从"园丁"和长篇小说《燃犀》谈起

苏丽杰

摘　要：本文从《胡适日记》生发出问题，以卢前化名"园丁"在《饮虹周刊》上发表影射胡适的长篇小说《燃犀》为中心，提炼出《燃犀》中"卢前叙事"与"胡适叙事"的相异点，并从心理、文学、文化三个层面对《燃犀》进行分析，进而把卢前及其文学行为关联到新文化运动后期的思想史动态中，考察他在"前园丁时代""园丁时代""后园丁时代"作为一代文学青年文学观念的变迁，以及游离于学术和政治之间的话语选择。

关键词：卢前；《燃犀》；"园丁"；胡适；新文化运动

《胡适日记全编》的第三卷和第五卷中，有两则日记颇值得注意。

（一）1921 年 8 月 16 日

　　叶圣陶作了一篇小说，用我在苏州的演说作一个影子，颇有意思。①

在此之前，《胡适日记》中并未如此夸赞过哪一位青年白话小说家，这次却直接在日记中收录了叶圣陶小说《脆弱的心》的后半部分。收录部分集中描绘了"许博士"（胡适原型）的形象及其演说《小学教师的趣味》，并叙述了苏州当地小学教师在听了许博士演讲之后的反应，使胡适觉得"颇有意思"。

（二）1928 年 4 月 25 日

　　昨读四月廿日贵报副刊《饮虹周刊》第六期中的小说《燃犀》，其中引有我的诗句，我才知道此书中的人物有我和蔡子民、林琴南等，何识时即胡适之，凌近兰即林琴南，来河清即蔡鹤卿，即蔡子民先生。
　　…………
　　本来这种用活人做材料的小说是很不容易做的，做的好也不过成一种闲话的资料，

---

① 胡适. 胡适日记全编（3）1919—1922 [M]. 曹伯言整理. 合肥：安徽教育出版社，2001：435.

做的不好便成了造谣言的乱谈了。"园丁"先生有志作文学，似宜向真材料中去努力，不宜用这种不可靠的传说材料。①

这是胡适附在日记中的一封信，曾托《京报》编辑林哲民转给《燃犀》的作者"园丁"先生。两则日记都牵涉到20世纪20年代"以胡适为原型"的小说创作，不同的是胡适对两部作品的态度。从公开信中，能判断胡适对园丁这部小说并不满意。为何胡适觉得叶圣陶的小说"颇有意思"，却对《燃犀》格外不满？"园丁"先生又是何许人呢？他创作《燃犀》又有什么目的？华中师范大学历史系教授瞿骏的一篇文章《胡适、"园丁"与〈燃犀〉》中讨论过这些问题。瞿骏考证出"园丁"为曲学家吴梅的得意弟子卢前，并且对《燃犀》的创作动机进行了简要阐释。这里就不再列举具体细节考证"园丁"此人即为卢前，也就是卢正绅、卢冀野②。在瞿骏看来，卢前创作《燃犀》是出于"'新新党'对于'旧人物'和'新党'之风闻、传说、想象的集成"。他从"生活环境"和"历史环境"两方面对卢前的创作动机进行了说明，把《燃犀》的创作定性为"'易代'之际的文学青年展示'代际超越'的冲动"，并且认为《燃犀》折射出"国民大革命后新情势与胡适个人命运的碰撞"。③ 瞿文通过对人物及其行动的考证，把卢前关联到社会思想史的动态之中正是文史研究的特色所在。

但是综合卢前在新文化运动后期的表现，以"园丁"为中心，对卢前进行详细考察还有深入的必要。仔细研读瞿文就会发现，瞿文存在一个"向下的空白"：他并未将卢前作为一代文学青年，对其文学创作及文学观念的变迁进行探讨。另外，正如瞿文所言，后世研究卢前的人并不知道他还用过"园丁"这个笔名，在研究中就会缺少很多重要面向。而且此前卢前研究的核心在于曲论方面，较少有人对其新诗理论及文学创作进行过详细把握，包括朱禧的《卢冀野评传》，更没有注意到卢前以"园丁"为中心的文学活动。那么，重新回到《饮虹周刊》中讨论《燃犀》，对于卢前以"园丁"为中心的文学活动的考察、与胡适观念的分野，以及和新文化运动之间的关联都有重要意义。所以本文往前追溯到"前园丁时代"卢前文学观念的雏形，向后延展到"后园丁时代"卢前游离于学术与政治双重维度下的话语选择，剥离出卢前在新文化运动中的"焦虑症患者"形象，并在此基础上再次讨论瞿文结尾对"政教如何相维"的反思。

一、"前园丁时代"：从玫瑰社到创造社

"前园丁时代"是卢前文学观念产生的源头。在"前园丁时代"，新文化运动如火如

---

① 胡适. 胡适日记全编（5）1928—1930［M］. 曹伯言整理. 合肥：安徽教育出版社，2001：63.
② 卢前（1905—1951），原名正绅，字冀野，自号饮虹、小疏、中心鼓吹者，南京人，戏曲史研究专家、散曲作家、剧作家、诗人。主要剧作：《饮虹五种》《楚凤烈》传奇十六出、《窥帘》或《女惆怅囊》《孔雀女》。戏曲史论著有：《明清戏曲史》《中国戏曲概论》《读曲小识》《论曲绝句》《饮虹曲话》《冶城话旧》。2006年，中华书局收集卢前各方面的代表作，出版了一套《冀野文钞》，分为《曲学四种》《文史论稿》《笔记杂钞》《诗词曲选》四辑。
③ 瞿骏. 胡适、"园丁"与《燃犀》［N］. 文汇报，2017-08-04（W06）.

茶的阶段，卢前已经对当时沉闷的文坛感到焦虑，想方设法去改变文坛沉寂的现状：尝试用白话新诗翻译泰戈尔的《新月集》；成立玫瑰社，创办《心潮》杂志；《心潮》停刊以后，又转投创造社。而从玫瑰社转投创造社，又是卢前文学生涯的一个重要节点。

（一）"热潮"与"歧路"

1919年，14岁的卢前在南京高师附中走上了文学之路，此时他还用着自己的原名"卢正绅"。正值新文化运动蓬勃开展的时期，胡适已经成为青年人心中的领袖，不能否认少年卢前没有受到新文学和白话文运动的冲击。只不过这个时候，他还处于新文学感知的懵懂期，跟随潮流用白话翻译印度诗人泰戈尔的诗歌《新月集》。从1913年开始，钱智修、陈独秀、刘半农等人已经开始翻译泰戈尔的作品。20世纪20年代初，泰戈尔作品在中国的翻译形成热潮，郑振铎又以《小说月报》和《文学旬刊》为阵地，系统全面地介绍、探究泰戈尔。身处诗体大解放的年代，中学生卢前也注意到了泰戈尔短小精悍、灵动而又有神韵的诗歌，他与李祖荫一起开始在"新式"报刊上发表泰戈尔译诗。①

作为南京高师附中"三年级学生"，卢前自然不仅在这些"新式"报刊上积极投稿，还加入了刊物的所属社团——上海新潮社和新人社。1920年初上海新潮社由张静庐、曹靖华成立，同年3月《新的小说》月报创刊，到次年6月出版第三卷第一期，易名《新晓》，在中国文坛有一年多的寿命。这个社团主张把文学当作训练思想的最好工具，用新的文化来改造旧社会，用新的思想来改造旧道德，其文学姿态实在不能不让人想起罗家伦、傅斯年创办北京《新潮》"欲为未来中国社会之先导，引导中国同浴于世界文化之流"的宣言②。《新的小说》易名前后，卢前都有白话诗作发表。

最值得注意的还是他在《新人》杂志上发表的大批泰戈尔译诗。《新人》杂志是"新人社"领导王无为创办的刊物，与《新的小说》创刊只隔一月，社员多为上海和各地文教界人士。作为五四运动时期的新村主义团体，新人社主要介绍国外新村主义学说，也对中国各种社会问题进行研究，探求解决问题的方法，以达到社会进步的目的。而卢前也确为"新人社"社员，他的名字被清楚地列在《新人社社员目录》中。③《新人》杂志的"太谷儿专号"里卢前与李祖荫合译了20首泰戈尔译诗，颇能看出新人社及李祖荫对这位青年学生的器重。译诗之余，卢前还注意到了泰戈尔对教育的创见。他曾在《中等教育》上发表过一篇《泰戈尔之Shouti–Niketan学校》，介绍泰戈尔创办学校的目的来启发中国教育界。④

可是，1928年"园丁时代"的卢前回忆自己的诗歌生涯时，却把创作白话文译诗的

---

① 1921年"卢正绅"的文学活动列举如下：李祖荫，卢正绅. 太谷儿诗：元始[J]. 新晓（第3卷），1921（1）：50；李祖荫，卢正绅. 新月集[J]. 新人（第1卷），1921（7-8）：153-169；卢正绅. 剧本：一夜[J]. 新的小说（第2卷），1921（4）：53-55；卢正绅. 泰戈尔之Shouti–Niketan学校[J]. 中等教育，1921（4）：1-5.
② 陈青生. 曹靖华与上海"新潮社"[J]. 新文学史料，2007（3）：203-205.
③ 据《新人社社员目录》，《新人》第1卷，1921（7-8）：177.
④ 卢正绅. 泰戈尔之Shaouti–Niketan学校[J]. 中等教育，1921（1）：1-5.

这段经历定性为"歧路"。他认为"新文化运动渐渐扩大起来,诗体改革说甚嚣尘上"的时候,自己却"苦的彷徨歧路,在这里面荒废了好几年,不知道涵养自己的诗趣,领略真实的诗境,探讨古贤的意境"①。"苦的彷徨歧路"当然是20年代青年学生的普遍状态,但"荒废"一词却有夸大之嫌疑,只能说在1921年的动乱节点上,少年卢前加入"新人社"和"新潮社",利用泰戈尔译诗进行了一番白话诗歌的新尝试。在文坛沉浮几年之后的卢前拿着后设"质疑白话诗和新文化运动"的态度去审视以前的自己,难免会产生这种否定心理。

(二) 一曲"玫瑰复活歌"

1921年新人社停止活动,"泰戈尔"译诗的尝试也只在卢前的世界里存在了一年的光景。毕业之后,16岁的卢前报考东南大学,中文试卷成绩优异,却因为数学零分而名落孙山。1922年他再次投考东南大学,以"特别生"的身份被破格录取,就读国文系。同年9月,曲学大师吴梅来到东南大学授学,卢前遂跟从吴梅治曲。不可否认,在东南大学这几年,吴梅对卢前的文学创作与人生走向都发挥了巨大作用。② 卢前反复投考东南大学,与"南京高师附中-东南大学"之间的渊源和其对传统文化的重视都有关联。众所周知,1921年梅光迪召集胡先骕、吴宓等人在南京高师附中-东南大学相聚,结为"学衡社",公开反对新文学、新文化,守护传统文化。随后,《学衡》杂志在南京创刊,全面抨击新文化运动。从南高师毕业的卢前,对"学衡派"的系列主张肯定不会陌生。只不过《学衡》杂志在东南大学创刊的前几年,卢前还是学生,恐怕没有资格发表文章,所以他集合一批文学青年,成立社团,创办刊物,浩浩荡荡地进行新尝试。

进入东南大学以后,卢前开始用笔名"冀野"组织文学团体玫瑰社,并创办刊物《心潮》。《心潮》与上海"新潮社"和北京《新潮》构成了一种潜在的对抗关系。他们打着"纯文学"的旗号,欲以"沉闷空气"中青年学生如潮水般起伏的"心潮",来带动文学的"新潮流",这无异于此前《新的小说》在上海创建第二个"新潮"的策略。1922年7月30日,卢前诸人在《民国日报·觉悟》的"文坛消息"栏目正式发表《玫瑰社直言》:

我们深信现在的空气太枯寂了,太沉闷了。

非艺术不足以挽救,所以我们不能不下积极的工夫努力去创造新文学,一方面还要消极地去改造旧文学,因此就担负着三项任务:

一 创作:希望收获些可笑可哭的作品,使烦恼悲哀的人们得了无穷的安慰,并期在世界文坛上能占一位置。

二 介绍:采译东西洋第一流的作品,以提高我们评赏艺术的能力。

---

① 园丁. 诗历 [J]. 开明 (上海1928) 第2卷, 1929 (4): 175-178.
② 朱禧. 卢冀野评传 [M]. 南京:江苏古籍出版社, 1994:25.

三 整理：把历代无系统之有生命的作品，重以科学组织，使成完美无疵的结构。①

这年 10 月 8 日下午三点到五点半，玫瑰社第一次常会报告召开，主席卢冀野，书记洪瑞钊，成员王兆俊、吴江冷、李祖荫"，制订了刊行《心潮》的种种计划。②这个计划酝酿了足足一年，等到 1923 年元月《心潮》才正式发行，第一期又重复刊载了之前发表过的《玫瑰社宣言》，而且里面的文章皆为社员两三年前所做。从第一期开始，《心潮》杂志上发表的作品除了小说和诗歌创作以外，还翻译了海涅和泰戈尔的诗歌，介绍莫里哀及其他英国文学家的剧作。创作、介绍与翻译并重，小说、诗歌与戏剧皆有，玫瑰社诸人如"园丁"般谱写着一曲"玫瑰复活歌"。

卢冀野作为主席，更准确说应该是编者，自然成了《心潮》的核心人物。第一期他翻译了托尔斯泰的《猴子与豌豆》《童子御车》，泰戈尔的《法官》，海涅的《海有他的珠》，创作童话剧《燕子与蝴蝶》，散文诗《夕阳之下》（阳春三写于南高之梅园）、《猫头鹰与太阳》、《归》，长诗《玫瑰复活歌》，并与吴江冷、洪为法三人一起出版玫瑰社丛书第一种《绿水》；第二期评论《红叶杂记》，还发表小说《不幸的琴弦》《梦的诱惑》，戏剧《小小的》，诗歌《讴歌者之悲哀》。两期内容均涉及各类文体，严格按照誓词所言执行，下功夫去改造旧文学，创造新文学，努力挽救文坛的沉闷空气。

可是，原本定于一年发行四期的《心潮》在第二期以后就宣布停刊了。原因是海上"忽然又发生了一个《玫瑰》，同时北京也有同名《心潮》的杂志"③，为了避免出版物和团体名称的混淆，《心潮》索性退出文坛。这里北京的同名杂志应该指的是北京平民大学心潮社的发行刊物《心潮》。1922 年 12 月 27 日，《晨报副刊》上刊登了一封"柏生"的来件，这封来件即是北京平民大学心潮社宣言，并定于 1923 年 4 月 1 日发行《心潮》创刊号，在宣言里同样是要表达内心的颤动。紧接着，《晨报副刊》上出现两篇对北京《心潮》名字的讨论文章。在这之后，北京《心潮》就没有消息了。反倒是《文学旬刊》上刊登了两篇评价玫瑰社第一期《心潮》的文章。其一是许秀湖的《杂谈：赞"心潮"里底五篇小说》。许秀湖认为《心潮》刊登的小说都是失败的作品、没有生命的小说，一样犯着"幼稚病"，取材不妙、材料不成熟、角色也不好，更没有相当局面的展开。在文章最后，许秀湖还警示玫瑰社诸人要"拿较真挚的精神，出来走艺术的路"④。可是另一篇匿名批评文章对他们尝试创造的精神表示肯定，"毅然刊行，是他们热烈的感情和坚强的一直的显示，所以不是 Fire work"，却也是"Hopeful"，希望他们以后将内容刷新，增加长篇，格外注意创作者之于艺术修养，编辑者之宣告。⑤ 这个评价可以算是长者对后辈的

---

① 吴江冷，卢冀野，李祖荫. 玫瑰社直言 [J]. 民国日报·觉悟（第 7 卷），1922 (30)：3.
② 会议纪事 [J]. 心潮（第 1 卷），1923 (1)：63 - 64.
③ 玫瑰社紧要启示 [J]. 心潮（第 1 卷），1923 (2)：99.
④ 许秀湖. 杂谈：赞"心潮"里底五篇小说 [J]. 文学旬刊，1923 (64)：3.
⑤ 读"心潮"后 [J]. 文学旬刊，1923 (69)：2 - 3.

殷切指导了,从第二期也能看出玫瑰社确实听取了这些建议,出现了一些长篇,排版也有所考究。

由此可见,北京《心潮》对玫瑰社并没有构成多大威胁,所以停刊原因很可能与《玫瑰社紧要启示》里的第二个宣告有关:"我们现在用实力去扩张团体,希望现在中国出一部最好的文学杂志。国内南京,武昌,北京,上海各分部都已成立;此外海外也有组织。"① 如果玫瑰社诸人想要在中国出一部最好的文学杂志,那一定会立刻摆脱复制模仿《新潮》的嫌疑。而且该启示写于1923年5月,到了1923年8月第二期才正式出版,中间为什么会出现三个月的"空窗期"呢?从时间节点上看,这三个月里玫瑰社诸人极有可能在思考是否投身"创造社"的问题。1923年5月《创造周报》创刊,同年7月21日创造社日刊《创造日》创刊,卢前、洪为法等人遂成为《创造日》的撰稿人。② 这曲"玫瑰复活歌"的"青春大气"与"日月光华"渐渐被"主情"的蓬勃创作取代了。

(三) 讴歌者何不幸

《心潮》一停刊,卢前就成为《创造日》的主要撰稿人。这充分说明从玫瑰社开始,卢前就对当下的新文学运动表示不满,有意识地向创造社诸人靠拢了。那么,卢前为什么要转向创造社呢?这背后的文化心理可以从两方面说明。

一方面,卢前诸人的这个转向可以看作服膺于创造社"主情"的文学理念和对诗歌蓬勃创作的新尝试。《心潮》第二期曾刊登卢前的诗歌《讴歌者之悲哀》,这首诗已经往"主情"理念上靠近了。卢前大声疾呼"我不敢歌了",尽情诠释宇宙中的"讴歌者何不幸"③,这种火山爆发式的内在情感和长篇幅创作均与郭沫若的"女神"遥相呼应。颇有意味的是,《心潮》第一期已经发表专门介绍这首诗的《讴歌者之悲哀·序引》,极言"诗本为主情的文学","故具有神经质之人,尤为诗坛上可造之材"。而卢冀野具"多血质与神经质组合之个性",《讴歌者之悲哀》一文"以一时冲动为情感,发而为艺术之结晶品也","对环境发生恐怖之哀鸣,对人生唱作怀疑之悲歌;具诺曼色彩,有太白遗风",可以作"前途伟大发展之势也"④。《心潮》第二期也公开了洪为法和创造社主力郭沫若的来信《丝雨》,其中郭沫若劝诫洪为法要多从"蓬勃的制作上着手,外则求生活之丰富,内则求想象力之葱茏,待到思想成熟,技巧周到时,再从心所悦,或长或短"⑤。综合誓词和杂志内容来看,玫瑰社的确在介绍外国文学、创作新文学的同时,宣扬"有生命,有感情,使音乐与诗歌统一"的诗歌理念,认为文学要"蓬勃的制作,表现生命与感情"。而这个主张是经创造社指引之后,逐渐延伸外显的。在《丝雨·附记》中,玫瑰社主要成员洪为法的一段话即流露出了这个态度:

---

① 玫瑰社紧要启示 [J]. 心潮 (第1卷), 1923 (2): 99.
② 卢冀野. 大车之歌 [J]. 创造日汇刊, 1923: 277 - 279.
③ 卢冀. 讴歌者之悲哀 [J]. 心潮 (第1卷), 1923 (2): 79 - 84.
④ 李清悚. 讴歌者之悲哀·序引 [J]. 心潮 (第1卷), 1923 (1): 57 - 58.
⑤ 郭沫若. 丝雨 [J]. 心潮 (第1卷), 1923 (2): 92 - 93.

沫若哥这些话，我个人想，是十分可资吟味的，至少也不至于引人入迷路，像一般"稚典主义"的大人先生们，我们社里的人，多还没有出学堂门的，我就是一个，对于一般的大人先生们，何敢望其项背，指摘他们的不是？《丝雨》上的话，是沫若哥的话，却是我所认为很是的。即藉以代表我个人的主张。①

另一方面，转向创造社可以看作卢前诸人找好靠山的"类型化"反叛。玫瑰社打出的公开宣言是对当下的新文化运动表示不满，致力于创造出新的空气与前景。但是，作为学生自然不敢去"指摘"文坛大人物。这个时候，创造社进入了他们的视野。郁达夫在《中华新报》文艺副刊《创造日》创刊号上发表《创造日宣言》，主张用"唯真唯美"的精神去创造文学，"并打算接收一些与天帝一样的新创造者"，来继续他们的工作。卢前、洪为法抓住这个契机，勇敢投身到创造社之中。这同样可以看作一种"类型化"的反叛，创造社的对立面是文学研究会，而文学研究会和当时倡导"新文化运动"的胡适诸人有非常密切的关系。卢前诸人不满当下的新文化运动，不认可文学革命，想重新燃起新文化的生气，加入创造社是一个很合适的契机。

关于"国民文学"的讨论更是让卢前看到创造社在文坛的影响力。1923年12月23日，郑伯奇开始在《创造周刊》上发表《国民文学论》，随后《京报副刊》上又刊载了郑伯奇、穆木天、周作人关于《论国民文学的三封信》，"国民文学"的提法开始在文坛流行，紧接着创造社就陷入了"国民文学"与"国学运动"的争论中。在郑伯奇看来，新文化运动四五年之后，文坛萎靡不振的空气持续弥漫，白话作为新文学的工具颇不完备，单单移植外国文学去建设新文学更是不足够的。这种形势之下，很有必要加入"国民文学"。所谓"国民文学"就是要求文学与现实生活相接触，发扬时代精神，表现时代风貌。"真正的国民文学家要有深刻的国民意识，有热烈的国民感情，忠实地研究一般国民生活。"而"旧文学中，颇有许多合于国民文学的资格"。"国民文学"的讨论让卢前见识到了创造社的实力，也与他曾领导的"玫瑰社"宣言不谋而合。

但是1926年3月《创造月刊》创刊以后，创造社已表现出"转换方向"的态度，开始了后期无产阶级革命文学的倡导与创作。创造社"树倒猢狲散"，年仅21岁的卢前也从白话新诗转向了古体词曲，并由南京书店出版了新诗集《春雨》。他在《春雨·诗序》中指明了自己的转变："洎乎胡适海外归来，复以新文学相号召。彼之新文学，初止于用白话而已。其后和者议纷，破除陈骸无遗（彼等称旧律为骸骨），于是口所道，心所思，无论为情绪之表现，理智之寄托，悉名之诗，'啊，罢，啦，呀'，语尾辞遍纸上，比来报章犹可见及。"②其后在老师吴梅的指导下，他还创作了五部戏曲，刊登在《东南论衡》上。在《学衡》和创造社支离破碎之后，《东南论衡》成了卢前展示才华的舞台。

---

① 洪为法.丝雨·附记[J].心潮（第1卷），1923（2）：93.
② 卢前.卢前诗词曲选[M].北京：中华书局，2006：39.

二、"园丁"与《燃犀》：文坛之怪现状

1927年3月，卢前在东南大学正式毕业后，去了金陵大学任教，不久就荣升为教授。22岁的江南才子又有了另外一个称号——中国历史上最年轻的教授。新称号给了年轻的卢前不少信心，从1927年开始，他就积极投身于"太谷学派"的学术研究中。但1928年和1929年这两年，无论"卢前"，还是"卢冀野"，抑或是"卢正绅"都未在报刊上发表过文章，倒是出版了《木棉集》（1928年出版）、《时代新声》（1928年2月10日初版）、《三弦》（1928年10月出版）、《何谓文学》（1929年2月初版）几部作品。在瞿骏考证出"园丁"为卢前的笔名之前，学界并无人知道"园丁"为卢前笔名，理所当然地认为1928年的卢前在文坛沉寂了。其实他换了一个笔名，以《饮虹周刊》为阵地实践自己的新文学计划。而实践这个文学计划的初衷，依然源于卢前对当时文学空气沉闷的焦虑"应对机制"。

关于《饮虹周刊》这个组织，卢前曾做过解释："这是去年我在苏大南中任课的时候，一部分同学组成了这个文学团体，我因为南京的空气太沉闷了，所以很努力得帮助他们。"[①] 表面上看，《饮虹周刊》的中坚力量为苏大南中同学，实际上则完全由园丁（卢前）主导，未尝不能看作他"傍上"《京报》进行新文学尝试的另一个阵地。目前能见到的《饮虹周刊》只有第四期（1928年4月8日）到第十期（1928年6月3日），在这七期中卢前丝毫没有隐藏自己的意思，故意在文章里露出一些蛛丝马迹让人猜到他是谁。细心去考证的人就会发现有很多信息能确定"园丁"就是"卢前"，这样"若隐若现"的文学姿态也从侧面看出卢前进行文学尝试的焦虑与怀疑。《燃犀》是卢前发表在《饮虹周刊》上的一部长篇小说，从第四期到第九期，每期从不间断，以何识时为主线，写出了一部截止到"1920年代左右的新文化运动简史"。从心理、文学、文化三个层面对《燃犀》进行分析，亦可以窥探出卢前创作《燃犀》的动机以及他在新文化运动后期中的焦虑心态。

（一）"偶像破坏"前后

《燃犀》中，卢前借用"何识时"刻画了新文化运动初期的胡适形象，并在致胡适的信中明确承认"何识时"就是"胡适之"，而且加了一些"想象的内容"进去。什么是真实的，什么又是想象的，想必卢前心里也没有一个明确的界限。"识时"二字自然也不是平白无故起的名字，与他所着力塑造的"胡适形象"有很大关联。古语有"识时务者为俊杰"之说，意为能认清时代潮流的人，方可成为出色的人物。卢前想象中的胡适之正是刚好认清了时代形势的人，但这种"认清"是一种投机取巧、歪门邪道的"认清"。在卢前看来，新文化运动只是一个早有预谋的获利行动。

---

① 园丁. 关于"燃犀"答胡适之先生 [J]. 饮虹周刊, 1923 (7)：6-7.

《燃犀》第一章"胡不归"里,关于何识时转专业、回国、结婚、博士论文、九有主义的细节中,增加了很多想象成分,从这些想象成分里就能看出卢前对何识时(胡适)的形象塑造。小说开篇就写何识时花费了几年时间研究农学没有收获,转而研究法律;不遂己意后,又下决心去做哲学,"横竖从家乡越万里路带来的中国书籍里,还有几本破烂不堪的老子庄子墨子呢……"① 直到利用"从家乡带来箱子里的宝货"取得博士学位后,因着"乡思"的缘由才决定回国。第一章的标题"胡不归"是一个极具趣味性的双关。化用《诗经·式微》中的诗句"式微,式微!胡不归",来诘问何识时为何迟迟不回国,而"胡"字又是影射"胡适之"的明证。在卢前看来,何识时回国首要考虑的不是拯救中国,而是想方设法预备好"新头衔""新主义""新著作"巩固自己的"名誉""地位",并以此获利。甚至"前无古人,后无来者的著作"《哲学史》都是"使用日本人的著作做蓝本,仅仅把周秦诸子敷衍说了,连自己都一点不大了解"。

　　再回过头来,看看当事人胡适是怎样谈论相关细节的。考虑归国问题时,胡适对自己作为"留学生"将在祖国中扮演的社会角色有一个明确认知:"如今我们已回来,你们请看分晓罢",此语即为"吾辈留学生之先锋旗"。《非留学篇》里,胡适又说:"吾国今日所处,为旧文明与新文明过渡之时代。"而"留学"就是中西新旧文明的"过渡之舟楫"②。但是到了民初之后,胡适的思想发生改变,由农学转为哲学,从"文章真小计"变为"讲学复议政"。这与清末民初留美学界对"科学救国"与"文章救国"两种志业地位的升降有很大关联。其后文学革命和新主义的提出,实则是在和友人的争辩中,逐步被"逼上梁山"的过程,是"偶然性和必然性的统一"。另外,胡适对博士学位论文《中国哲学史大纲》的创作也做过解释,源于他看梁启超《清代学术概论》时发现的诸多问题。当时只想"替梁任公补作几章缺了的中国学术思想史"③,所以格外留心读周秦诸子的书。

　　很显然,《燃犀》里的胡适已经不是那个自带文学革命和新主义光环的偶像人物了。卢前叙事中的胡适形象,与胡适本人及新文学主流中的叙述迥异。那么为何卢前会进行这样的"偶像破坏"呢?在《关于"燃犀"答胡适之先生》这封公开信中,卢前提到1923年胡梦华婚礼上与胡适初次见面的情景。那时候,颇具少年意气的卢前见到文坛领袖,自然抱着崇拜尊敬的态度,希望偶像对自己多加"提点"。遗憾的是,胡适忙于宣扬自己的文学革命主张,并无暇顾及这个小人物。所以在这封信的开端就多了一些卢前的愤愤不平之语:"先生还记得那一年在南京青年会梦华兄订婚席上,坐在您旁边的那一个十七八岁的大学生么?那个人就是我,我如今已是二十四岁的人了,并且混得一名大学教授了,先生,你记得他的名字了罢?行不更名坐不改姓的'某某'呀!"这几句陈年怨气可以看作卢前塑造"何识时"的宿因。

---

① 园丁.燃犀(一)[J].饮虹周刊,1928(4):6-7.
② 胡适.非留学篇[J].留美学生年报,1914(3):4-29.
③ 胡适.胡适自述[M].北京:中国文史出版社,2013:25.

另外，1925年冬，卢前的父亲因劳累过度在旅馆中患急性中风离世，全家十几口的生活依靠卢前一个人来维持。他内心积压着重重压力，亟须在学界站稳脚跟。抛出《燃犀》作为噱头，正是他在文坛大出风头的一部分策略。再者，20年代末新文学运动渐渐现出一些问题，胡适《尝试集》的试验也受到了冲击，而胡适又多次活跃在东南区域：1928年2月受上海东吴大学及光华大学之聘做哲学讲座，3月受聘为中国公学校长，5月又赴南京出席全国教育会议。从玫瑰社与《心潮》开始，就能看出卢前对胡适诸人进行新文学尝试的不满，只是苦于人微言轻，没有直接采取下一步动作。经过几年的沉淀之后，稍微有了一些成熟的思考，卢前就迅速展开了行动。

《燃犀》发表之后，更是为坊间提供了一些新的谈资。1928年5月27日，胡适为《青光》杂志考证江柳生的"伦敦妇女赛乳会"之后，又附了一则剪报。这则署名"原投稿人"的剪报，借"伦敦妇女赛乳会"为契机说起了胡适的"作伪"：

> 你在十年前由美归国，路过日本，在旧书摊上，偶然买到一本日人所著的《支那古代哲学史》，就译成为《中国哲学史上》，作为你自己的作品。大家因为你是个西洋留学生，都被你蒙住了，盲从赞好。你的书就风行一时。真所谓"窃钩者诛，窃国者侯"。但你究竟乌龟显了原形，十年来该书下册竟不能出版一字，这不是更大的作伪吗？你既姓了胡，以后请你少开口，不要再胡说——①

其实，如果明白胡适在1928年的尴尬处境，也就不难理解"攻胡"倾向的流行。这年6月15日，胡适本是去南京讨论更换校长事宜，却由此引发了关于"女师大风潮"和"三一八"的大争论。当日，易培基叙述李石曾任中华大学校长的经过。胡适建议仍然维持国府原案，蔡元培为校长，李石曾代理。此话却遭到吴稚晖先生的质疑，认为胡适在利用蔡元培牵制李石曾，颇有"蜀洛相争"的嫌疑。等胡适反击后，吴稚晖又把胡适众人列为"东吉祥系"与"反革命"。在这个时机下，卢前风风火火地继续"偶像破坏"的行为可以说"恰到好处"。但是《燃犀》不仅局限于"偶像破坏"的框框内，它背后也隐藏着易代之际卢前对新诗和新文学创作的讨论。

1930年，上海会文堂新记书局出版卢前的《近代中国文学讲话》。这本小册子主要对"中国新兴文艺演变的因果上观察而下的批判"，源自卢前于1927年夏天在金陵暑期学校担任《中国新兴文艺评论》课程和1929年夏在光华大学主讲《近代中国文学》功课的讲稿，与胡适《五十年来中国之文学》、钱基博《现代中国文学史长编》和陈子展的《近代中国文学之变迁》的范围与立场都有很大不同。在这本史话中，他强调了近代文学与新文学的衔接性和同一性，并不认为黄公度等人的新体诗和胡适、闻一多等人有什么不同，而把他们视为诗歌的改进派，分别是从诗料、工具和体裁等不同方面进行改进。旧的诗歌需要改革，但光改换为白话是不够的，还应回到诗歌的本质上来，在新旧之间创造中国风味

---

① 胡适. 胡适日记全编（5）1928—1930 [M]. 曹伯言整理. 合肥：安徽教育出版社，2001：201.

的诗歌,这是他的诗歌理论与创作方向。另外,他对文学革命及新旧争论进行了一种似乎中立实则贬斥的批评。在写胡适与陈独秀所发起的文学革命之前,他写下了这么一段文字:

> 自从清季以来,我国军事上外交上皆节节失败,于是国人对于西洋文化引起了相当的注意,这未尝不是一种好现象。而其末流一般青年,到外国跑了一趟,无论何事,皆崇拜西洋化,把人家的主义,生吞活剥,来改革我的固有,适足以造成一种非中国式的东西。文学界的文体改革运动,也便从此产生了。①

这些"末流青年"暗指太过明显,更何况他接着写的就是胡适的"八事"和陈独秀的"三大主义"。紧接着,他也阐释了林纾及学衡派等人的反对意见,特别强调了吴芳吉的四篇文章,引用其第四篇篇幅较大,俨然比较认可此人。最后还总结到:"文学革命,提倡者和反对者,皆持之有故;言之成理;孰是孰非,姑且不论。然而白话在今日已经成为一种很风行的体裁。不过白话在文学上有否价值,还是一个疑问。"胡先骕评胡适的《五十年来中国之文学》中就已表达出这种观点,在1930年卢冀野还说这番话,对文学革命的排斥态度就溢于言表了。②

(二)"真影""鬼影"之辩

《燃犀》中,除了解构胡适的光环形象以外,关于早期白话诗如何被提出,以及如何发展的讨论也是一个重头戏。对这个"重头戏"的讨论,恰恰能剥离出卢前的诗论主张。众所周知,胡适提出白话文和文学革命的主张之后,遭到了美国留学朋友们的反对,而在与友人的通信辩论中,慢慢形成系统的思路。卢前在《燃犀》里把这些通信对话化,生动再现了何识时(胡适)与魏广第(梅光迪)的争论。向识时得意地用"一千字的白话游戏诗"跟广第辩论:"古人叫做欲,今人叫做要;古人叫做乘舆,今人叫做坐轿;古人叫做悬梁,今人叫做上吊;古人说固好,今人说的又何尝不妙?"忠厚的广第却认为这是"小时候在街上听一般卖浆者流所唱的莲花落","白戏本是诗中一法"。仔细研究这段争论,就会发现卢前实际上自行处理掉了一些内容。事实上,在梅光迪所说"莲花落"后,其实有"革尽古今中外诗人之命者"和"小说词曲固可用白话,诗文则不可"的论断。不同的取舍,倒能看出卢前并不同意白话革新运动把"诗人之命"都"革尽",也不会后退一步认为能用白话作小说词曲。他和那个时代的青年一样,有着"指导时代"的自命不凡。

再来看《燃犀》中对"九有主义"的描述:"什么言有序,什么言有物,什么有病呻吟,什么有新意,什么有俗字俗句才好,什么有散句而不骈,什么有白话而不典……"这里何识时的"九有主义"与胡适在《文学改良刍议》中提出的"八事"已经有了细微的

---

① 卢前.近代中国文学讲话[M].上海:上海会文堂新记书局,1930:2-3.
② 张军.中国新文学史写作编年研究(1919—1949)[M].北京:中国社会科学出版社,2018:158.

区别。单从内容上来说，卢前只是列出其中"七事"，而省略了"不模仿古人"和"务去滥调套语"这两项。如果读了卢前创作的新诗集《春雨》和《绿帘》之后，对此就不会产生疑问了。卢前的诗歌创作强调从元曲中吸取营养，又师法唐诗宋词，实际上刚好落进这"二事"的窠臼，他自然是放在"省略号"里，什么都不提了。另外，从"九有主义"的根源来看，卢前从根本上否定了胡适以"进化论"为基础的新试验。在他看来，九有主义是"把旧话凑了九点，重新装点出来，果不其然成为簇簇新的动人的新主义"①。如此更加能推断出，卢前并不认为胡适是新文学建设的开辟者，而是照搬了前人的观点。他在史学论著《近代中国文学史话》里反复提到黄遵宪"我手写我口"，以新材料入旧格律的革命呼声比胡适的"八事"要早得多。胡适"八不主义"只是一个再生产的过程，而且以"白话"作诗，元人散曲早以谈到过。

有趣的是《燃犀》中，卢前对何识时新诗实验过程的记录：何识时直接借用赵孟頫夫人管道升所作的《我侬曲》，来翻译波斯人的小诗。卢前口中的波斯人实际上指的是莪马，胡适曾经翻译过莪马诗歌《绝句》中的第一百零八首。这首短诗是胡适最得意的译诗，曾经用寸楷大字写出，还打起徽州调音节高声朗唱了一两遍。《我侬曲》与《希望》之间存在什么联系呢？

《我侬曲》："你侬我侬，忒煞情多；情多处，热如火！把一块泥，捻一个你，塑一个我。将咱两个，一齐打破，用水调和。再捻一个你，再塑一个我。我泥中有你，你泥中有我。我与你生同一个衾，死同一个椁。"

《希望》："希望，要是天公换了卿和我，该把这糊涂世界一齐都打破，再团再炼再调和，好依着你我的安排，把世界重新造过！"②

郭沫若、闻一多、徐志摩都译过莪马的这首短诗，数胡适这首"过于自由"，却"精神尚在"。从内容上看，"一齐打破"、"再调和"与"重造新世界"之间确实有相似的成分；从意义上看，两首词都有打破"旧"的，再造"新"的尝试。而且胡适的信中并未否认过这点，所以这部分描写很可能就是事实。最让胡适在意的是小说对《新婚杂诗》的改写。胡适给京报编辑的那封信中专门提到"作者引我的新婚杂诗时，其中多割裂为误"。何识时结婚当天动了诗兴，在洞房花烛之夜作了几首新婚杂诗，卢前把胡诗"换了几朝帝王，看了多少世态炎凉"改成了"换了几朝帝王，看了多少兴亡"，还加上一句"百句一晚得，哈成笑呵呵"。这首诗是胡适《新婚杂诗》的第四首，曾发表在1918年4月号《新青年》上。胡适站在材料真伪的角度上批评"园丁"割裂了自己的诗作，不应该用不靠谱的材料造成闲话乱谈，而卢前则坚持以戏谑的口吻再现文坛之"怪"现状。

针对何识时带领新潮社进行诗歌实验所引起的风波，《燃犀》中也有详细描述。何识时的《试验集》出版以后，一位叫何槐村的同乡想方设法"批他一批"，把《试验集》改

---

① 园丁. 燃犀（二）[J]. 饮虹周刊, 1928（5）: 8.
② 胡适. 尝试集 [M]. 合肥：安徽教育出版社, 1999: 53.

得个不亦乐乎,而且不要薪金,与那些好爱钱的文人大不相同。何识时发现后,"心中大气之下,也写了一封书信在报纸上发表起来",这个"也"字或许是针对胡适给京报编辑写信斥责《燃犀》。实验风波最后还提到了何槐村(胡怀琛)的《黄河集》,卢前认为"长江长,黄河黄……"之类的诗句很适合小学唱歌的教材,这与他在《征集四乡谣谚供应儿童文学教材刍议》中所提倡的观点相一致。① 卢前对新诗的提出、发展及实验风波的不同叙事,流露出他对白话新诗的不信任,而这种"不信任"与他对"曲学中兴"的体认有很大关联。

经历过早期白话新诗的尝试之后,卢前从元明散曲中摸索出一套路子。他认为散曲是"最接近现代的新诗",也是"诗体中最流动,最扩大,最自然的创造"②,但从元明以后就开始堕落了。当下的社会里,曲境仍有待开发的必要,正如龚向农所言:"词几亡于明,而清代词学大昌;曲几亡于清末,或者将中兴于斯时乎?"③ 此种论调与王国维、刘咸炘对"曲体中兴"的看法相一致。紧接着,卢前把散曲列为"新诗之母",进行了一番新的尝试。他接受了老师吴梅散曲的一系列研究思路,并结合自己数年对新诗的探索后,生发出了一些具体的主张。1925 年 12 月,卢前在宁一女师演讲《新声义》,直言"今日新诗失败",且失败之因与作者修养和缺乏艺术训练有很大关系。在卢前看来,当日新诗就作品论,不讲求音节、无章法、不选择字句,而且格式单调、材料枯窘、修辞掺杂,只是单纯拿"白话"这个工具追求"新",忽略了诗歌本来应该存在的诗美和诗形,使诗坛变得单调沉闷。④ 白话和文言只是作诗的工具,即使工具换了,诗的本质却不曾变动,写白话诗不是一个彻底的办法,终归是"换汤不换药",这也是新诗革命不成功的原因。诚然,卢前并不是固守在旧阵营里的保守派人物,他也看到中国陈腐的诗的确需要变革,但绝不是摒弃旧体,用中国字写外国诗,而是众人想创造新体以济已有的诗歌各种体制之不足,努力尝试创造出"中国的新诗体"。他告诫那些自诩为新式的青年们,"虽然穿着西装",也不要"忘记是黄面孔"的事实。

在《饮虹周刊》"三论新诗"的系列文章里,卢前具体阐释了自己对于"中国新诗体"的理解。他认为从内容上看,散曲是新诗之母,要用词中自度腔的精神去作新体,用散曲的流利标准去作新体。散曲的时代与现在的时代很接近,散曲的条件也和现在新体诗的需要比较符合,拿散曲作新体的母亲,可以使新生儿快速滋长起来。⑤ 这是诗中内容上的"新",也是首要解决的问题。革新诗的实质是吸收群诗的长处,"新内容"的办法就是中国旧有的和外来的化合起来,既在国产中去接近曲子,又要往洋诗里去寻找,两下打成一片。从形式技巧上看,要采用第三派的方法——新瓶子装新酒。这与胡适主张的"彻

---

① 饮虹. 征集四乡谣谚供应儿童文学教材刍议 [J]. 江宁县教育行政月刊, 1928 (9): 42 - 44.
② 卢园丁. 诗历 [J]. 开明(上海1928)第 2 卷, 1929 (4): 175 - 178.
③ 卢前. 卢前曲学四种 [M]. 北京:中华书局, 2005: 213.
④ 卢冀野. 时代新声 [M]. 上海:泰东图书局, 1928: 2.
⑤ 园丁. 论新诗质东亚病夫先生 [J]. 饮虹周刊, 1928 (5): 1 - 4.

底解放"截然不同。胡适认为旧诗词的"鬼影"是新诗解放的障碍,要彻底摒弃它。但是卢前则说明旧诗词中的"鬼影"并非旧诗词中的"真影",如果"真影"在里面,新体早就成立了。这里旧诗的"真影",实则就是卢前所谓"国性"的新文艺的雏形。"国性的音节"是新诗中应该出现的音节,要有情感,有想象,有美的形式,而且可以与"音乐"相和,终成新调。具体来说,就是要充分容纳地方色彩,"自民间来,往民间去";充分发扬时代精神,"以国民文学,建设民国文学"。这个说辞与胡适"国语的文学,文学的国语"之间形成了一种对峙。如果追溯到创造社时期,卢前的这个提法正是郑伯奇"国民文学论"的延续与变异。

那么应该如何写诗呢?在卢前的观念里写诗要经过一定训练,没有形式就看不到诗的妙处。胡适尝试了好多年没能成功,就因为眼光的错误。诗人提高修养,自觉训练之后,就能慢慢开创处一个新形式,那时候白话文言都不是问题。具体的做法是要在诗中采其深刻的地方,在词中采其凝重的地方,与流动的曲调相合,再用白描的手法写出一种新形式表现近代人的生活,这样的诗才是有想象、有思想、有境界、有余味的新诗。为了"供青年新生活之一助",卢前在1928年泰东图书局出版的《时代新声》里,根据艺术的标准,选择一些有价值的诗人作品校订了出来。胡适、沈尹默、刘半农、陈独秀等文学革命的鼓吹者仅列一二首,而刘大白、吴芳吉、田汉、郭沫若、胡伯玄、俞平伯等人列有四五首之多,甚至卢冀野本人的诗歌作为"压轴"出现,也列了五首。旧体诗词远远多于白话新诗,除了亲友集团的因素之外,所列诗作更显出卢前的诗歌趣味。介绍王觉时,卢前又说了这样一番话:

> 东南文学近又渐复旧观,在此昙花一现中,如胡洪汪诸学长,是亦时代精骑也。爰并录之,以附时贤之后。①

如此看来,《时代新声》中所列诸人在卢前看来都是时代里的精骑,引领时代新声的大诗人。特别是吴芳吉,卢前花了近50页的篇幅把他的《龙山曲》摘录出来,并推其为新诗界的杰出者。这样的"时代"作品,只不过是凭着卢前自己的偏见选录,未尝真实再现了时代风貌,多少有失偏颇。他在诗集《绿帘》自序中,又重申了"诗形"的说法,同样把这部诗集看作自己的"尝试"。在他的意识里,对新诗代替旧诗充满了怀疑,甚至"说不定或者与此绝缘。因为这一两年来,最迷信'旧坛盛新体'New wine old bottle 之说,将来的出路如何只好听下回分解了"②。

(三)文学的"蜕化说"

《燃犀》中,并非只是展现以何识时为代表的新流会,也牵涉新流会的对立面——旧文苑。从新旧冲突中恰恰能看出卢前的文艺观念。仅存的前两章内容里,首先可以推断出

---

① 卢冀野. 时代新声[M]. 上海:泰东图书局,1928:3.
② 冀野. 绿帘[M]. 上海:开明书店,1930:3-5.

卢前对清末文士极为熟悉：何识时（胡适）的曾祖是清朝经学家，郑恒则（陈衡哲）的尊翁是大诗家，魏广第（梅光迪）的先世也是绩学之士，鲁佳能（罗家伦）起初在一个很老的经林大学里读书，于蓼红（俞平伯）的曾祖是清末老经师于瞿苑先生，于诗兴趣很好。卢前的曾祖父卢云谷同治十年辛未（1871）年中二甲五十九名进士，卢家遂成金陵名门旧家。在这样的家学渊源里，卢前对封建旧文士有所了解本不足为奇，但从《燃犀》的表述中却能发现卢前非常敬仰清末"大诗家"。那么他是想继续走清末文士的路子，做一个遗少青年吗？事实倒也不见得是这样。小说里提到一则有关林纾在路上捡红鞋子的趣闻，卢前一再强调这是从林氏弟子和亲戚口中说出的真事，并不是胡适所言"我们可以不赞成林先生的思想，但不当污蔑他的人格"。捡红鞋子的真假我们不得而知，但从林纾身上倒可以看出卢前对清末文士暧昧不明的矛盾态度：一方面认为他们无形中做了反对党的领袖，算得博学多能，清隽可爱；一方面又对他们所信奉的"名教传统"嗤之以鼻。

这个态度可以从《燃犀》中展示的北大国文门与东南学风之间的对峙局面看出来。单从小说内容来看，卢前刚开始是倾向于学衡诸人的，而且把学衡诸人放在新文学建设中的一个制高点来表述。魏广第（梅光迪）其人笃实，自始至终都是学文学的，一支好笔能惊天动地。魏广第的知己，一个个也都是水木清华、文坛健将，中西书籍已经破读万卷。而且他们大都投过名师，下笔谨慎，不刻意为文，不轻易发表，守着古人的法度为限，慢慢地去做。在表述北大欢迎何识时的会议时，却直接说那是一个"把戏"。甚至"新流会"（新潮）的会议只是七言八语地乱谈，京都大学的所谓新气象也不过是一个"招牌"而已。在北大与东南之间，卢前的态度已经很明显地向学衡诸人倾斜，他本就属于东南文学滋养下成长起来的一批青年，受到老师辈的"保守"荫育。但这不意味着卢前从始至终都站在了"学衡"阵营里。

小说中有一个细节提到四川的胡方急（吴芳吉）震于新文学之名，赶到江南摇旗呐喊之后，却渐渐看出底细，遂不满意。吴芳吉是卢前"最爱"的一位诗人。在这里，卢前极有可能是用吴芳吉来指涉自己深入东南"学衡"以后的失望心态。为何会"渐渐觉得不满意"呢？因为到了20年代末，学衡派的保守主张也不能拯救新文学的沉闷之风了。卢前曾在《再论新诗质闻一多先兄》里把中国新体诗分为三种，第一种——学衡诸人所主张的"旧瓶装新酒"，与黄公度"我手写我口"一样，也是欲造新体诗的第一步，虽则平稳，"不过照目前来看，还不能使时代满足。"第二种——徐志摩、饶孟侃这班人主张"洋瓶子装新酒"的，推倒国有的遗产，另树一面旗帜。照卢前看来，新兴文艺运动是横的发展，学衡的"稳进"和徐志摩等人的"激进"都不适用于当下的时代，所以要采用第三派的方法，拿"新瓶子装新酒"。"新瓶子"就是"合乎现有民众叙述的国性音节"以及"西洋诗中合乎我们胃口的调子、字句和想象、思想、情绪"，"装新酒"则指现时代的民情风俗。由此可以推断，新文化运动初期，卢前倾向于学衡诸人。但是到了20年代末，当胡适白话诗尝试出现了一些问题后，东南学衡诸人又"渐复旧观"。卢前"渐渐不满意"东南文坛，只觉"像我这样的酒鬼便有些不能入口，真正的创造要靠真正的新诗讨论"。所谓文坛怪现状正是卢前对20年代末中国文坛的敏锐感受，他企图再现文学革命发生的前史，唤起众人对新文学的重新认识，创造真正的中国"新文学"。

"新文艺"的第一点，就是对时代精神和民族特性的重视。在卢前看来，一种体裁经过若干时间便有些衰败的光景而需要改革，而时代精神的支配是逼迫改革的重要原因。所以诗人除了表现自我以外，还要表现现实世界的情况，文学的演进与现实世界中的民族演进有很大关联：

> 文学固是时代的产物，但是发生是自民族性上来的，文学的演进，同民族的演进是一样的。父子相传，一代一代的下去，一代一代的改进；这种文学的历史观念，任何人都应当承认。①

他认为文学存在一种历史观念，民族特性和时代精神是支配文学的重要势力。现在的中国人应该充分表现中国的固有民族性，而文学同样要去表现时代。在《近代中国文学讲话》里，卢前对"时代精神"的重视更加明显，他把金和、蒋春霖、丘逢甲视为"诗歌革命之先声"的一部分，原因是金和诗歌表现出了时代中最真切的苦闷，蒋春霖在现实生活中寻觅诗句，把整个时代拿给人看，丘逢甲的纪事诗写出了伤心的时变。这些表现近代中国生活的诗歌实为诗歌革命的先声，在整个民族演进的关键阶段，发扬出了时代精神。1929年2月出版的文史论著《何谓文学》同样是卢前担任文学课程的讲稿，试验了五次。卢前在这本论著里正式提出支配文学的三大势力："一曰民族，二曰时期，三曰环境。"②其中，民族性是文学的灵魂，支配文学有强大的潜势力。而文学家在时代中的使命不出二途：要么与时代妥协，要么成为时代前驱。卢前不愿意与时代妥协，欲"以个人意志左右世人，指导时代"，自然朝着"时代前驱"的方向去努力了。

第二点是从"时间性"的概念去理解文学的演进，卢前提出了文学的"蜕化说"。他认为"新旧只能在时间性上表示前后的差别"③，"文学古今，一部分进，一部分退，进退互有其理"，而文学的演进就像"蝉之蜕皮"，层出不穷，有优有劣，有进有退可；无优无劣，无进无退亦可。"此不独文学为然，一切事物，因果环生，莫不如此。进化退化，何必轩轾其间？无已，名之曰'蜕化'可耳。"此前，胡适立足于"进化论"的原则强调"进化"上的新旧，认为"一时代有一时代之文学，此时代与彼时代之间虽皆有承前启后之关系，而绝不容完全抄袭，其完全抄袭者决不成为真文学"，而卢前则表明进化论不足以揭示文学演变规律的看法。他试图在"古"与"今"、"新"与"旧"之间保持一种中正平和的态度，"文学无新旧也，有新旧也。无新旧，以其不失文艺之本质；有新旧，以时代之影响无常，文士之思想迁变"④。所以在他看来，传统文化同样可以作为新文学建

---

① 园丁. 论新诗质东亚病夫先生 [J]. 饮虹周刊, 1928 (5)：1-4.
② 卢前. 何谓文学 [M]. 上海：大东书局, 1929：29.
③ 园丁. 我之新诗观 [J]. 开明（上海1928）第2卷, 1929 (4)：159-161.
④ 卢前. 卢前诗词曲选 [M]. 北京：中华书局, 2005：7.

设的有用资源。以此观之,文学未变动之前的那些"文章老宿"并非没有价值可言:梁启超的新文体出来之后,中国才慢慢开始有报章文学,慢慢与民众接近,成为后来语体文的根源;严复的翻译在学术上能够介绍西洋的思想,在中国古文学上也有大影响;章士钊的逻辑文比梁启超、胡适都要高明;黄遵宪用"新材料写旧格律"的呼声比胡适"我要写什么便写什么"还要早,另创一种题材则是第二期的事了。正是这些"文章老宿"的尝试,为后期文学变动提供了推动力。胡适诸人讨论新文学时,却把这些"文章老宿"都列到"旧"的阵营里大加攻击,而卢前的"蜕化说"正是从时间的前后上对"新旧"观念进行反拨。

(四)"儒林外史",抑或"黑幕小说"

以上是从心理、文学、文化三个方面对《燃犀》进行的详细体认,那么,在新文化运动后期应该如何给《燃犀》之类的小说一个定位呢?这需要从"燃犀"的典源开始说起。"燃犀"一词出自《异苑》卷七:"晋温峤至牛渚矶,闻水底有音乐之声,水深不可测。传言下多怪物,乃燃犀角而照之。须臾,见水族覆火,奇形异状,或乘马车著赤衣帻。其夜,梦人谓曰:'与君幽明道阁,何意相照耶?'峤甚恶之,未几卒。"后人以"燃犀"为烛照水下鳞介之怪的劓典实,逐步演绎为某人能明察事物,洞察奸邪。到了近代郭沫若又借用此典故,在《题吴敬梓纪念馆》中写出"一史绩儒林,燃犀烛九阴"二句高度评价《儒林外史》对现实社会种种弊端及丑恶现象的揭露。由"燃犀"典源可以看出卢前用"燃犀"为题作长篇小说,有两则含义:一是自喻温峤,把自己定位成能够明察事物的谦谦君子;二是敢做荆生,勇于洞察文坛奸邪,再现文坛之怪现状。但是卢前却把写《燃犀》的动机归结为"练习描写的手段",以便"增强时人对文人的了解"。在遭到胡适质疑"材料不真"后,他又为自己辩解道:

> 至于写长篇小说的动机,不妨先告诉你。就是平常一班朋友在一块儿闲谈,说到东,说到西,有时很令人好笑,也有时令人增加了解的能力。我于是感觉到文人多方面的生活;想把他写出来。一方面我可以练习描写的手段。所以相识的朋友如郑振铎,闻一多,梁实秋,郭沫若,郁达夫,田汉,滕固,成仿吾,朱湘等;和不相识的一些前辈甚至于我自己都想写进去。因为不是作个人的传记,所以有些相像的,不全是事实。①

这个说辞不免有为自己开脱的嫌疑。在卢前看来,"燃犀"所"烛"的是文学界的怪人,丝毫没有"攻讦"的意味。他还拿出《儒林外史》和《孽海花》来反击"用不符合事实的活人材料做文章就是散播谣言"的说法。事实真如卢前所说,《燃犀》只是以幽默为中心记录朋友之间的笑谈吗?从目前仅能看到的两章内容来看,《燃犀》无论是内容上还是技巧上都算不上是出色的小说作品,跟《儒林外史》相差甚远。其中多中伤、攻讦,

---

① 园丁.关于"燃犀"答胡适之先生[J].饮虹周刊,1928(7):6-7.

专门泼污水、揭阴私，更像是"丑诋私敌"，"有谩骂之志而无抒写之才"的"黑幕小说"。

"黑幕小说"的风气"古已有之"，周作人曾在《论黑幕》里强烈谴责黑幕小说，认为"中国人到现在还不明白什么是小说，只晓得天下有一种'闲书'，看的人可以拿他的消闲，做的人可以发挥自己的意见，讲大话，报私怨，叹今不如古，胡说一番。"他把黑幕小说归为一种"堕落的国民性"，但"绝不是说黑幕不应披露，且主张黑幕极应披露，但绝不是如此披露"，小说家"揭起黑幕，并非专心要看这幕后有人在那里做什么事，也不是专心要看做那样事的是什么人"，而是"要讲黑幕里的人和他所做的事，连着背景，拼作一起观。这人是中国民族，事是他们所做的奸盗诈伪，背景便是中国的社会"，所以重心是要看"这中国民族在中国现在社会里，何以做出这不长进的事来。这所做的事，只是结果，不必详说"①。显然，卢前并没有抓住"揭起黑幕"的重心，只是单纯攻讦，一旦有机会便毫不犹豫倒戈到另一阵营。也难怪鲁迅在1934年5月15日致杨霁云信中直言"以前人身攻击的文字中，有卢冀野作，有郭沫若的化名之作，先生一定又要大吃一惊了罢，但是，人们是往往这样的"②。

从胡适一方来说，即使《燃犀》中影射的人并不是他，他同样会写信鞭策。这与胡适所强调的"态度问题"有很大关系。1929年7月1日，胡适致李璜、常燕生的信中，就针对《醒狮》《黑旋风》等杂志道听途说，捕风捉影，不负责任的报道提出严厉批判，认为"态度实在不好，风格实在不高"，"在这种恶劣根性之上，绝不会有好政治出来，绝不会有高文明出来"③。胡适的这种"性情"在1936年给周作人的信中表达得更清楚："我在这十年中，明白承认青年人多数不站在我这一边，因为我不肯学时髦，不能说假话，又不能供给他们'低级趣味'，当然不能抓住他们。但我始终不肯放弃他们，我仍然要对他们说我的话，听不听由他们，我终不忍不说。"④ 在创作上，胡适始终坚持引导青年向正路上改变，所以对园丁依然是这样，"有志做文学，似宜向真材料中去努力，不宜用这种不可靠的传说材料"。可是卢前没有听从胡适的劝告，继续发表《燃犀》。直到第十期《我们的态度与饮虹之过去未来》中，编者交代《燃犀》从第四章开始，要挪到《国民晚报》副刊《暴风雨》上发表。经查阅，《国民晚报》因"措词荒谬，意图危害党国"，于1929年12月2日已经确认要被查禁。《南海县政委报》和《浙江党务》都刊发过"抄发原令"："查该项《国民晚报》，肆意诋毁中央，自应严行查禁，以杜反动，而扼乱源"⑤。《燃犀》的后半部分是没有多大机会与读者见面了。

---

① 仲密. 论黑幕 [J]. 每周评论，1919 (4)：1 – 2.
② 鲁迅. 鲁迅书简 [M]. 许广平编. 北京：人民文学出版社，1946：670.
③ 胡适. 胡适日记全编（5）1928—1930 [M]. 曹伯言整理. 合肥：安徽教育出版社. 2001：446.
④ 胡适. 胡适日记全编（6）1931—1937 [M]. 曹伯言整理. 合肥：安徽教育出版社. 2001：362.
⑤ 《南海县政委季报》第3期第231 – 232页和《浙江党务》第67期第37页均有相关记载.

三、"后园丁时代"：政教如此相维？

1929年以后，"园丁"的笔名逐渐淡出文坛，而"卢前"正式出现在人们的视野中。经过"前园丁时代"的不断探索之后，卢前在曲学领域开辟出一块园地。如果说"冀野""园丁"只是"卢正绅"探索新诗理论的不同分水岭，"卢前"则是他在"后园丁时代"进行诗歌创作的实践阶段。此时的卢前，找到了适合自己的文学路径，却进入了新一轮"焦虑症"的怪圈中。从20年代末期开始，卢前先后在成都大学、河南大学、暨南大学、复旦大学、中央大学任教，发表了大量曲学、戏剧史论著，甚至主编国民政府官方报纸《民族诗坛》《泱泱日报》，还当上了国民政府的参议员。"后园丁时代"的卢前游离于政治和学术的双重维度里，再现了政治运作的风气对文人文化立场的巨大影响。

（一）"曲的历程"

1930年8月，卢前应聘至成都大学教授曲学，首次以"卢前"这个笔名在《国立成都大学校刊》上发表《西游词草》及个别"词录""曲录"。"卢前"这个名字颇能看出他个人的心境变迁，无疑是新时代知识青年对"前进的、革命的"生活趣味的渴望。又或者说，正是这样的实践让他更加有信心迈着步子"前进"。在这种"前进"的鼓励下，他继续用"卢前"和"卢冀野"这两个名字，向"地方文学圈"扩散，而"园丁"和"卢正绅"终究是被湮灭在历史中了。在成都大学，他撰写了《明清戏曲史》；选编散曲集《曲雅》，并由成都存古书局出版，书后附《论曲绝句》；撰写杂剧《课孙》。离蜀后卢前曾去武汉，1931年冬又到河南大学任教。

在河南大学任教期间，卢前除了在《河南大学周刊》撰文以外，还主持了《河南民国日报》特刊《会友》。通过《会友》，卢前竭力把自己的理念灌输到地方院校。《会友》第一期《〈会友〉之态度》一文中，他强调在"普罗文学"和"民族主义文学"的缝隙里要端正文学的态度：第一，要不忘其原，"文生于情，情因国性。以温柔敦厚为诗教者，中国文学之精神也"；第二，持兼收并蓄之态度，"以曲为词，以文为诗"，"新出于旧，旧亦当新"；第三，持言必有衷之态度，"修辞立诚，形乎言者先必有动于中"；第四，持立言有本之态度，"倚文进德，最忌空言；下笔之际，岂容少忽"①。可见，进入河南大学的卢前依然是坚持传播"园丁时期"对"新旧"的看法："非旧非新，亦新亦旧"。纵观《会友》杂志，除了指明"编者"写的文章以外，大部分是卢前、卢冀野和化名"小疏""前人"作的词曲，间以刘咸炘的散曲创作。在新文化运动几乎定型的阶段，卢前又来传播他自己那一套新旧理念，自然不会那么顺利。《会友》特刊的不景气一定程度上也反映出他的文艺观点从中心到地方扩散时遇到的阻碍。

《河南民国日报》是国民党河南省党部机关报，1930年3月10日创刊于驻马店，

---

① 卢前.《会友》之态度 [J]. 河南民国日报·会友特刊, 1932 (1): 1.

1930年10月蒋军攻占开封后,该报随河南省党务指导委员会迁至省会开封。1932年的卢前没有以河南大学的校刊《河南大学周刊》为阵地,反而依附国民党党报机关创办文艺报刊,大可看出他向国民政府的倾斜。《会友》创刊不久,卢前就离开了河南大学,到上海暨南大学讲明清文学。之后又是频繁迁徙,居无定所。但是在河南大学的三四个月里,他的曲学理论逐渐定型,完成了《中国戏剧概论》的创作(1934年3月由世界书局出版)。在《中国戏剧概论·序》中,他提出了中国戏剧史写作不受重视的问题,实际上也是立足戏剧史写作,凸显"宋元戏曲"的地位。他曾戏剧性地把中国戏剧史比作为两头尖、中间饱满的橄榄。"中间饱满"的一部分就是"曲的历程"①。这些观点都是园丁时代"曲体中兴"论调的再现。

(二)为"民族"的"诗坛"

如果说《会友》特刊只是卢前向国民党依附的尝试,那么1938年6月卢前被国民党中央执行委员会聘为首届国民参政会参政员,正是他由学术转向"政治+学术"的起点。抗战时期,卢前富有文化保守主义色彩的态度与高涨的民族主义情绪结合,在《民族诗坛》中呈现出了复杂的文化姿态。《民族诗坛》于1938年5月创刊,在武汉出了4辑后,1938年9月起正式迁至重庆发行,由卢前主编。杂志的印行者为独立出版社,总经售处为正中书局,第2卷第4辑又增加了中国文化服务社和拔提书店,而这三家书局都处于国民党的控制下,可见《民族诗坛》有着强烈的官方色彩。《民族诗坛》的作者群囊括了不同社会职业、政治派系、宗教信仰、文化取向的人士。据相关学者统计,《民族诗坛》上共发表了约530人的作品。从职业身份背景看,这些作者多为在国民政府任职的政界人士。同时亦有蜚声学林的学者。旧文学栏目的撰稿人是杂志作者群的主体,主要包括以于右任为代表的监察院同人、卢前为代表的国民参政会群体,以及与于右任关系密切的新南社群体,与卢前深具学缘关系的南高师、东南大学的诸多学人。这大致呈现出政、学两界交错、互动的作者群体特点。②

卢前在《民族诗坛》上发表了12篇论述性文章,其中有3篇关于新旧诗体的讨论(《现代诗坛鸟瞰》《因袭与开辟》《廿七年来我中华民族诗歌》),四篇诗论和评传(《于右任先生及其诗》《汪精卫先生论》《民族诗雄丘逢甲》《吴芳吉评传》),四篇散曲作品[《元曲之新发见》、《散曲论》《散曲作法》(上)、《散曲作法》(续)]。关于诗论和新文学的探讨无外乎是从他的"蜕化说"和"国性的新文艺"观点中延伸出来的。到了抗战时期,卢前文学观念里增加了更为显著的"民族主义成分"。他与国民党官员于右任和汪精卫进行了多次诗词互动,并在《于右任先生及其诗》中高度赞扬于右任,认为他的诗"在诗史上地位,如沟通新旧之桥梁,始足当监理我国新体诗之初基也"③,这跟于右任对

---

① 卢前. 卢前曲学论著[M]. 上海:上海书店出版社,2013:7-8.
② 赵普光. 文学与历史的纠缠——《民族诗坛》刍议[J]. 中国现代文学研究丛刊,2017(11):70-80.
③ 卢前. 于右任先生及其诗[J]. 民族诗坛,1938,1(2):1-5.

他的提携不无关系。但是从卢前《受参五首》中"风尘历偏艰方尽,报国书生鬓未凋","愿共苍生忧社稷,诸君莫负雨霖望"等句就已经暴露出他强烈的从政心理。作为《民族诗坛》的主编,卢前依然重视新旧诗体的沟通,恪守儒家温柔敦厚的诗教传统,促成了《民族诗坛》的文化保守主义立场。《民族诗坛》不仅成为卢前在政界大展身手的阵地,也成为抗日战线中国民党聚拢社会力量,宣传意识形态的重要平台。

(三)"泱泱国风"涌起

此后,卢前更是频繁活跃在国民党政界。1939年2月在重庆参加参政会首届三次会议,9月参加参政会四次会议,并分别提交提案,被选为"休会期间驻会委员会委员"。1940年1月参加参政会华北慰劳团视察团,赴冀豫晋陕等地视察;1941—1942年连续被续聘为参政会参政员,等到1945年抗战胜利后才返回南京。或许是《民族诗坛》在国民党文艺宣传中发挥了巨大作用,1946年,卢前轻而易举地成为国民党中央宣传部报纸《中央日报》副刊《泱泱日报》的总编辑。同年11月,被聘为南京市政府通志馆馆长。1947年又被增补为四届参政会参议员,并任南京通志馆出版物《南京文献》主编,投身于古旧典籍的整理。纵观卢前给国民政府的提案,主要集中在教育和社会公益事业两个方面:请求政府积极扩增儿童福利实施,彻底改善专卖制度,倡导救生运动、整理各地破损校舍,提高国民教育办理文化建设事业。卢前把国民政府的建设与自己的学术追求联系在一起,对国民政府寄予了很大希望。

除了政界得意之外,卢前津津乐道的应该是主编《泱泱日报》。《泱泱日报》是卢前继《会友》《民族诗坛》之后编辑的刊物,也延续着偏重传统文学的主流风气,更与国民党营造"本位文化"的语境有关。1938年独立出版社出版了卢前鼓吹抗日救国的诗集《中兴鼓吹》,在抗战时期颇为流传,甚至出现多个版本。时任教育部部长的陈立夫在独立版本的序言里把卢前的传统词体列为"全国作家之表"①。而《泱泱日报》中的"建文运动"正是对"中兴鼓吹"和"民国诗"的延续。卢前指出,"中国目前所需要的文学,是开明的,活泼的,有热力,有生命的文学",所以当下的文学要适合本民族形式,以充沛的热力记录时代,发扬民族精神,展现"泱泱国风"。《泱泱日报》发表的"还都赋特辑"和有关"国乐、印石、书法"的诗歌都是诗人们用传统诗词曲赋对时代赞美、鼓吹"国族"的记录。但是由于国民政府在与共产党的对抗中逐渐丧失军事优势,转向节节败退,大量知识分子的生活也陷入绝望,《泱泱日报》的"建文"风气逐渐被文史记忆的萎靡色调消解。②"后园丁时代"卢前文学姿态的变化恰恰反映了意识形态侵蚀文化生产机制之后,文艺沦为政党宣传工具的反面表征。

---

① 陈立夫.中兴鼓吹·序//中兴鼓吹[M].南京:独立出版社,1938:1-2.
② 赵丽华.民国官营体制与话语空间:《中央日报》副刊研究(1928-1949)[M].北京:中国传媒大学出版社,2012:45.

结　语

总之，研究卢前作为"园丁"的文学活动，能够完整勾勒出新文化运动前后一个"焦虑症患者"形象。无论是"前园丁时代"，还是"后园丁时代"，卢前无不对当时的文学环境感到沉闷、焦虑，无不在传播自己对旧体曲学的向往与推崇。而《燃犀》恰巧成为卢前文学观念传播过程中的载体，由《燃犀》引发出卢前对新文化运动的不满，引发出其对"曲体中兴"与新诗的关联，也引发出其以"蜕化说"为基础的"国性的文学观"。更为重要的是，通过对"后园丁时代"的考察，恰好能够回应瞿骏文中那个"颇让人省思的问题"："清末以来一面是中国的政治与社会从'形影相依'到'终成陌路'，一面是政治运作中的恶风气不断地影响各界包括学界"。卢前游离于政界与学界之中，到最后沦为国民党意识形态的宣传工具，并不是一蹴而就的。此类文人一方面在大变动的时代下，主动向主流相异的高权威倒戈，一方面又想超越所倒戈的对象，达到引领时代潮流的地步。这种主宰性思维极易被引导进入政界，再利用官场权威得到文坛更普遍的承认。如果政教如此相维，自然不会有"好政治"出来，也不会有"高文明"起来。本文只是在钩沉与卢前相关史料的基础上，使其文学创作及文艺观念的变迁脉络化，并将其关联到新文化运动后期社会思想史动态中的一个简单尝试。由卢前带出这代东南文学青年的位置及文学姿态，或许是一个更加值得讨论的问题。

参考文献

[1] 胡适. 胡适日记全编（3）1919—1922 [M]. 曹伯言整理. 合肥：安徽教育出版社，2001.

[2] 胡适. 胡适日记全编（5）1928—1930 [M]. 曹伯言整理. 合肥：安徽教育出版社，2001.

[3] 胡适. 胡适日记全编（6）1931—1937 [M]. 曹伯言整理. 合肥：安徽教育出版社，2001.

[4] 胡适. 非留学篇 [J]. 留美学生年报，1914（3）.

[5] 胡适. 尝试集 [M]. 合肥：安徽教育出版社，1999.

[6] 胡适. 胡适自述 [M]. 北京：中国文史出版社，2013.

[7] 瞿骏. 胡适、"园丁"与《燃犀》[N]. 文汇报，2017-08-04（W06）.

[8] 陈青生. 曹靖华与上海"新潮社" [J]. 新文学史料，2007（3）.

[9] 卢正绅. 泰戈尔之 Shaouti-Niketan 学校 [J]. 中等教育，1921 汇编.

[10] 朱禧. 卢冀野评传 [M]. 南京：江苏古籍出版社，1994.

[11] 吴江冷，卢冀野，李祖荫. 玫瑰社直言 [J]. 民国日报·觉悟（第7卷），1922（30）.

[12] 会议纪事 [J]. 心潮（第1卷），1923（1）.

[13] 玫瑰社紧要启示 [J]. 心潮（第1卷），1923（2）.

[14] 许秀湖. 杂谈：赞"心潮"里底五篇小说 [J]. 文学旬刊，1923（64）.

[15] 读"心潮"后 [J]. 文学旬刊，1923（69）.

[16] 卢冀野. 大车之歌 [J]. 创造日汇刊，1923 汇编.

[17] 卢冀野. 时代新声[M]. 上海：泰东图书局，1928.
[18] 卢冀野. 绿帘[M]. 上海：开明书店，1930.
[19] 卢冀. 讴歌者之悲哀[J]. 心潮（第1卷），1923（2）.
[20] 李清悚. 讴歌者之悲哀·序引[J]. 心潮（第1卷），1923（1）.
[21] 郭沫若. 丝雨[J]. 心潮（第1卷），1923（2）.
[22] 洪为法. 丝雨·附记[J]. 心潮（第1卷），1923（2）.
[23] 卢前. 卢前诗词曲选[M]. 北京：中华书局，2006.
[24] 卢前. 卢前曲学四种[M]. 北京：中华书局，2005.
[25] 卢前. 何谓文学[M]. 上海：大东书局，1929.
[26] 卢前. 近代中国文学讲话[M]. 上海：上海会文堂新记书局，1930.
[27] 卢前.《会友》之态度[J]. 河南民国日报·会友特刊，1932（1）.
[28] 卢前. 卢前曲学论著[M]. 上海：上海书店出版社，2013.
[29] 卢前. 于右任先生及其诗[J]. 民族诗坛，第1卷第2辑，1938.
[30] 园丁. 诗历[J]. 开明（上海1928）第2卷，1929（4）.
[31] 园丁. 关于"燃犀"答胡适之先生[J]. 饮虹周刊，1928（7）.
[32] 园丁. 燃犀（一）[J]. 饮虹周刊，1928（4）.
[33] 园丁. 燃犀（二）[J]. 饮虹周刊，1928（5）.
[34] 园丁. 论新诗质东亚病夫先生[J]. 饮虹周刊，1928（5）.
[35] 园丁. 我之新诗观[J]. 开明（上海1928）第2卷，1929（4）.
[36] 张军. 中国新文学史写作编年研究（1919—1949）[M]. 北京：中国社会科学出版社，2018.
[37] 饮虹. 征集四乡谣谚供应儿童文学教材刍议[J]. 江宁县教育行政月刊，1928（9）.
[38] 卢园丁. 诗历[J]. 开明（上海1928）第2卷，1929（4）.
[39] 仲密. 论黑幕[J]. 每周评论，1919（6）.
[40] 鲁迅. 鲁迅书简[M]. 许广平编. 北京：人民文学出版社，1946.
[41] 赵普光. 文学与历史的纠缠——《民族诗坛》刍议[J]. 中国现代文学研究丛刊，2017（11）.
[42] 陈立夫. 中兴鼓吹·序//卢前. 中兴鼓吹[M]. 南京：独立出版社，1938.
[43] 赵丽华. 民国官营体制与话语空间：《中央日报》副刊研究（1928-1949）[M]. 北京：中国传媒大学出版社，2012.

（苏丽杰　首都师范大学2018级硕士生　指导教师：李宪瑜）

· 比较文学与世界文学 ·

万有文库中的西方文学译介及其影响

罗英华

摘　要：民国时期是我国翻译史上三个重要时期之一，以西方翻译为主，其中西方文学作品的翻译是这一时期的突出特点。而在经过了晚清至民国初年以娱乐性、猎奇性的文学作品为主的翻译取向后，西方文学作品的翻译开始形成相对自觉的名著体系构建，这一经典化的尝试也与当时的时代变化尤其是危机紧密相连。本文特别考察"万有文库"中的西方文学译介选目情况，通过其与后世文学名著选择的比较，对其选目特点及影响进行讨论。

关键词：译介史；万有文库；经典化；社会危机

"万有文库"是由时任商务印书馆编译所所长的王云五先生策划整理的一套百科全书。其编纂目的，是"使得任何一个个人或者家庭乃至新建的图书馆，都可以通过最经济、最系统的方式，方便地建立其基本收藏"。王云五先生的这一番雄心壮志，被美国《纽约时报》称赞为"为苦难的中国提供书本，而不是子弹"，当时是战火纷飞的时候，他的这种忠诚于文化的行动是一个了不起的创举，在那样的年代，这是"在界定和传播知识上最具野心的努力"。

"万有文库"卷帙浩繁、包罗万象，作为一套策划出版于民国中期的大型丛书，"万有文库"中涉及了许多西方翻译作品，与当时出版界引进西方思潮的趋势相吻合。而其中西方文学作品的译介，虽从今天的观点来看数量相对有限，但选目却十分值得玩味。其中既有许多时至今日仍被奉为经典的作家作品，亦有许多"时代经典"，但随后便渐渐不再为人所谈及。这些作品在我国百年的译介历史当中，均发挥了自身独特的作用，同时也对后世的经典构成提供了一定参照与影响。

本文将通过具体考察"万有文库"中的西方文学篇目，探讨其对我国当时时代对经典定义的影响及其对后世经典构成的影响。

一、民国时期西方文学译介概况及"万有文库"诞生背景

由于条件限制和时代要求，及至晚清，我国翻译作品多为应用科学著作，文学作品相对较少。直到1898年，林纾翻译的法国作家小仲马（Alexandre Dumas）《巴黎茶花女遗事》（*The Lady of the Camellia*，1848，后多译为《茶花女》）出版，引起轰动，"《巴黎茶花女遗事》行世，中国人见所未见，不胫走万本"①。自此翻译文学进入大众视野，并在市场的推动下得到发展，"其数量之多，大约相当于自明末清初以来三百多年间所译西方科学著作（包括自然科学和社会科学）的总和"②。这一风潮延续到了民国时期，随着"新文化运动"的兴起而不断发展。

在这样的背景之下，作为当时全国最大的出版机构，创立于1897年的商务印书馆自然也在翻译、出版西方文学方面起到了巨大的作用。1902年，商务印书馆成立编译所，在张元济先生的主持下逐步扩大规模，确立了以三类图书为出版核心，即"①编印新式教科书。②翻译出版《华英初阶》《华英进阶》一类英语读本。③印行西方学术著作译本。前两类图书在普及新学和西学方面，提供了启蒙读本，起了拓荒的作用；后一类图书，给一批寻求救国救民真理的有志之士和广大知识界以启蒙教育，打开了眼界，在思想领域开拓了新疆"③。在这一时期，商务印书馆在西方文学方面专门"主打"林纾，推出了专门的"林译小说丛书"，后又推出"说部丛书"，自1903年至1925年，共推出林译小说180余种。此外商务印书馆还创办了《绣像小说》《小说月报》等专门的小说期刊，其中亦登载了不少西方翻译文学，后多结集出版在"说部丛书"当中（"说部丛书"共322种，以通俗作品为主）。

尽管起步较早，规模亦是最大，但自辛亥革命后，在"新文化运动"的推动下，市场上对西式教科书及介绍西方思想观念、科学技术等方面的需求激增，竞争也十分激烈。在这样的背景之下，商务印书馆因理念保守，发展一度陷入停滞，直到1921年，胡适将曾在北京大学等大学任英语教授，同时还曾任北京英文报纸《民主报》的王云五推荐到商务印书馆，主持编译所工作，商务印书馆才逐渐完成"破冰"，获得了极大发展。而在王云五的一系列举措中，策划出版"万有文库"，成为其中非常重要的一步。

二、"万有文库"概况

作为出版家的王云五，一生中最自得的三大成就，可戏称为"四百万"，其中的

---

① 陈衍. 福建通志 [M]. 卷二六《清三·文苑传》. 上海：上海古籍出版社，1987：2501.
② 郭延礼. 中国近代翻译述略：兼论文学翻译迟到的原因 [J]. 烟台大学学报（哲学社会科学版），1998（1）：71.
③ 高崧. 商务印书馆今昔//商务印书馆九十五年：我和商务印书馆：1897—1992 [A]. 北京：商务印书馆，1992：528.

"万"便是策划出版了以多种丛书汇辑而成的大型丛书"万有文库"(另两种是发明四角号码检字法以及出版百科全书)。据王云五回忆:"在抗战前一年,万有文库第一、二集均已全部出版。第一集售出约8000部,第二集6000部。而凭借该文库以成立之新图书馆在两千以上。"①

"万有文库"总计1721种、4000册,1929—1937年商务印书馆排印、影印本。总共两集。其中第一集收13类丛书:"国学基本丛书初集"100种、"汉译世界名著初集"100种、"百科小丛书"300种、"新时代史地丛书"80种、"工学小丛书"65种、"学生国学丛书"60种、"国学小丛书"60种、"师范小丛书"60种、"农学小丛书"50种、"商学小丛书"50种、"算学小丛书"30种、"医学小丛书"30种、"体育小丛书"15种,计1000种2000册。附大本参考书10种12册。

第二集收四类丛书:"国学基本丛书二集"300种、"汉译世界名著二集"150种、"自然科学小丛书初集"200种、"现代问题丛书初集"50种,计700种2000册。附大本参考书《十通》《佩文韵府》共11种28册。包括古今中外各门学科。

对于当时的商务印书馆和王云五来说,编纂这样一套大型丛书,既是"妙招",同时也是一部"险招"。其妙处在于可以从当时鱼龙混杂的图书市场中突围,另辟蹊径,用现代话语来表述即是为家庭、地方图书馆及政企单位提供可以一步到位的"选书解决方案"。但它的风险同样不小。尽管商务印书馆的编译所从当时的国内环境来看颇具实力,但仍不具备独立编译一部大型丛书的能力。实际上,在1924年5月,王云五主持设立过一个"百科全书委员会"。该委员会决定以美国的"新国际百科全书"(New International Encyclopedia)为底本,大张旗鼓地开始编写百科全书,计划完成一亿字规模的皇皇巨著,但一年多后仅完成了5000万字,耗费资金数十万元,且成稿水准参差不齐,只能半路搁浅。

因而面对这样的现实,在随后推出的"万有文库"策划当中,王云五避开了商务印书馆编译所自身编译能力有限的这一弱点,发挥自身的丰富资源优势,充分利用丰富资料和已有的初级丛书。而针对外文译介作品,则多采取"就近转译"的策略,即多用已有译本作品及有英、日译本的其他语种作品。故而"万有文库"中的西方文学作品,首先便是有多部林译小说收录其中,而英、美作品占据大半,另外,像戴望舒选译的《西班牙短篇小说集》《意大利短篇小说集》,杨彦劬选译的《罗马尼亚短篇小说集》,伍蠡甫选译的《瑞典短篇小说集》等均是由英译本转译。其选题的广泛性和灵活性自然有所欠缺。

但另一方面,多少有些"急就章"性质的"万有文库",在营销上却是极其成功的。作为一套大型丛书,"万有文库"单册的利润极低,譬如第一集2000册仅售360元(每本0.18元,此前林译小说每本定价0.6元,当时图书的平均定价在0.3元左右),但由于是整套销售,故完全可以实现薄利多销;另外,由于"万有文库"多利用已有的文本资料和初级丛书,在版税稿酬方面开销不大,故而发行成本也得到了控制。再加上当时正赶上时

---

① 王云五. 岫庐八十自述[M]. 台北:台湾商务印书馆,1967:23.

局纷乱，各地仁人义士恐于文化典籍受到殃及，地方图书馆纷纷筹建，政府部门或是地方乡绅完全可以以一项不大的款子在民众面前树立一个好形象。同时政府的订单令少数有能力的读者产生了购买欲望，这样的读者尽管不多，但也足以让"万有文库"的销售超出预期。以第一集为例，其预印量本为5000部，但预购数量便超出6000部，至1929年正式发行时总共销售8000余部。作为一部大型丛书，这样的销售成绩，在今天亦可称为"畅销"。

因而对于"万有文库"中的西方文学翻译作品，尽管数量有限（74部），选题范围亦有限，但作为一个在当时颇具规模的"经典体系"，其流传甚广，影响力较大，值得进一步考察。

三、"万有文库"西方文学选目特点

（一）经典与时效性并举

通过"万有文库"西方文学选目目录，我们不难看出其中隐含的两条线索。其一是以"林译"为代表的一些经典的、当时已经开始流行的作品，如《撒克逊劫后英雄略》《块肉余生述》；另一则是代表当时最新文学思潮的作品，如德林克沃特《亚伯拉罕·林肯》（原版出版于1918年，万有文库版刊行于1935年）、伊巴涅斯《四骑士》（原版出版于1916年，万有文库刊行于1935年）。林译作品在收入万有文库中时，已非初次刊行，在当时已经取得了一定影响，故而体现的是"万有文库"的"存"之理念；而时效性较强的作品，往往是在万有文库中第一次被引入我国，且其内容本身也多与时政与当时新近的社会思潮有关。例如四幕剧本《火焰》，其作品意在讽刺20世纪初普鲁士政局，而具体内容与当时政局亦有相似之处；而另一部剧本《人之一生》，则是当时俄国文坛颇具影响的一部象征主义作品，郑振铎更是在其中译本序言中直接强调"中国的青年们！这个答案（即书中有关'人之一生'意义的答案）将使你们生（出）什么样的感觉呢？外面是无边的黑暗与空虚，我们且藏在一个有美丽的画的屏幕里"[1]。这种通过"他山之石"，启发读者思考眼前现实与意义的选题，表明了选题者的用心和态度。

（二）"诺奖热"的滥觞？

及时跟进诺贝尔文学奖得主，可以看作商务印书馆在20世纪20年代的一个"传统"。自1920年至1931年的12年间，商务印书馆旗下的《小说月报》和《东方杂志》几乎每年都会同步介绍当年的诺贝尔文学奖得主，可见当时人们对这一奖项的关注。而"万有文库"的西方文学选目也延续了这一"传统"。截至万有文库第二集文学篇目出版的1935年，诺贝尔文学奖共颁发32届，而万有文库则收录了其中10位作家的作品，这在当时的

---

[1] 郑振铎. 人之一生·序 [M]. 北京：商务印书馆，1935：2.

条件下已实属不易。而这种对于诺奖作品的关注和重视，其实也延续到今日我国图书市场对"西方经典"的评判与选择。

（三）流行性、历史性作品较难经典化

"万有文库"的西方文学选目中，后世"无人问津"的作品，以剧本居多，如王了一（即王力）翻译的《生意经》《爱》，耿济之翻译的《人生一世》等。这些剧本大多流行一时，但随后便很少再被提及。再比如历史性作品如哈代《统治者》（以拿破仑时代为背景）、歌德《哀格蒙特》（16世纪尼德兰人民反抗西班牙的斗争历史）等，它们与当时中国的现实语境结合紧密，但之后便渐渐被淡化，于是也淡出了人们的视线。

四、"万有文库"选目的影响

（一）对当时社会思潮的影响

正像前面提到的，除林译的"流行作品"外，万有文库中西方文学作品的选择，"新书"颇多，而时政性也很强。乍看起来，这一特点与"万有文库"的总理念即"存书为后世所用"多少有些出入，毕竟这些新书大多未经时间淘洗，有无"存"之必要尚且存疑。不过，这一选书特点倒是与当时的西书引进特点相契合，响应了时代要求。林译作品往往重猎奇，偏谈风月，这断然无法满足当时人们对世界新思潮、进步理念的诉求。于是"万有文库"中便出现了很多与时局相关的作品，比如沈余（即茅盾）翻译的希腊作家帕拉玛兹的《一个人的死》，涉及20世纪初在希腊发生的民族解放运动，李青崖译伊巴涅斯的《四骑士》背景是一战，而李珠译施笃姆的《恋爱与社会》，本名《双影人》，讲述的是一个贫困工人的爱情故事，但译介者更多关注的是他身为工人的命运，其命名也可见用心。

（二）对后世"世界名著"的影响——以"网格本"为例

客观来说，"万有文库"作为一个"世界名著"体系，必然是不够完善的。一方面它的译者个人偏好相对明显，选目往往由个人决定；另一方面，它的侧重点并非"经典文学"，而是"有益的文学"（《挪威短篇小说集》序，古有成语），故文学性并非选题者的首要考量。但它也必然对后世的汉译文学"世界名著"选择产生了一定的影响。

如果与后世的"网格本"（中华人民共和国成立后，于20世纪50年代至90年代由中国社会科学院、人民文学出版社及上海译文出版社共同主持出版的"外国文学名著丛书"）相对比，其中作品重合可达20种，而作家更多达35位。如果考虑到二者时代背景不同所产生的文学偏好差异，这个重合程度其实已经相当可观了。

具体重合情况如下：

作品部分：

JW10161 天仇记/莎士比亚/邵挺译——哈姆雷特/莎士比亚—莎士比亚悲剧四种/卞

之琳译/1988

JW10162 失乐园/密尔顿/傅东华译——失乐园/弥尔顿——失乐园/朱维基译/1984

JW10163 鲁滨孙漂流记/狄孚/林纾译——鲁宾逊漂流记/笛福——鲁滨孙飘流记/徐霞村译/1959

JW10164 海外轩渠录/斯尉夫特/林纾译——格列佛游记/斯威夫特——格列佛游记/张健译/1962

JW10168 块肉余生述/狄更斯/林纾译——大卫·科波菲尔/狄更斯——大卫．考坡菲/张谷若译/1980

JW10169 不快意的戏剧/萧伯纳/金本基译——不愉快的戏剧集/萧伯纳——萧伯纳戏剧三种/黄雨石等译/1963

JW10170 忏悔录/卢梭/章桐译——忏悔录/卢梭

JW10171 悭吝人/莫利爱/高真常译——吝啬鬼/莫里哀——莫里哀喜剧六种/李健吾译/1980

JW10179 巡按/哥哥尔/贺启明译——钦差大臣/果戈里——果戈理小说戏剧选/满涛译/1968

JW10180 父与子/屠格涅夫/耿齐之译——父与子/屠格涅夫——前夜·父与子/巴金等译/1979

JW10183 奥德赛/荷马/傅东华译——奥德赛/荷马——奥德修纪/杨宪益译/1979

JW10186 神曲/但丁/严既澄译——神曲/但丁——神曲 地狱篇/田德望译/1990

JW10187 魔侠传/塞凡提/林纾译——堂吉诃德/塞万提斯——堂吉诃德/杨绛译/1979

JW10188 戏曲集/易卜生/潘家洵译胡适校——易卜生戏剧集——易卜生戏剧四种/潘家洵译/1958

JW10191 新月集/太戈尔/郑振铎译——新月集/泰戈尔——泰戈尔诗选/石真 冰心译/1980

JW21408 浮华世界/伍光建译——名利场/萨克雷——名利场/杨必译/1959

JW21409 孤女飘零记/伍光建译——简·爱/夏洛特·勃朗特——简·爱/祝庆英译/1980

JW21414 猩红文/傅东华译——红字/霍桑——红字/侍桁等译/1981

JW21415 四百万/欧亨利/伍蠡甫——四百万/欧亨利——欧·亨利短篇小说选/王仲年译/1986

JW21429 希腊三大悲剧/石璞译·——阿伽门农、安提戈涅、美狄亚—埃斯库罗斯/索福克勒斯/欧里庇得斯悲剧二种/罗念生译

作家部分：

（上文"作品部分"列举的作家不再列举）

雨果：万有文库收录《可怜的人》（《悲惨世界》节译本），网格本收录《巴黎圣

母院》《九三年》《雨果诗选》；

巴尔扎克：万有文库收录《乡下医生》，网格本收录《欧也妮·葛朗台》《幻灭》《农民》《巴尔扎克中短篇小说选》；

左拉：万有文库收录《娜娜》，网格本收录《萌芽》《金钱》；

莫泊桑：万有文库收录《遗产》，网格本收录《一生·漂亮朋友》《莫泊桑中短篇小说选》；

法郎士：万有文库收录《企鹅岛》，网格本收录《法郎士小说选》；

罗曼·罗兰：万有文库收录《七月十四日》，网格本收录《约翰·克里斯多夫》；

歌德：万有文库收录《哀格蒙特》，网格本收录《威廉·麦斯特的学习时代》《威廉·麦斯特的漫游时代》；

席勒：万有文库收录《瓦轮斯丹》，网格本收录《席勒诗选》；

豪普特曼：万有文库收录《火焰》，网格本收录《戏剧二种》；

陀思妥耶夫斯基：万有文库收录《淑女》，网格本收录《罪与罚》；

亚·奥斯特洛夫斯基：万有文库收录《贫非罪》，网格本收录《亚·奥斯特洛夫斯基戏剧选》；

哈代：万有文库收录《统治者》，网格本收录《德伯家的苔丝》；

高尔斯华绥：万有文库收录《正义》，网格本收录《福尔赛世家》；

更有趣的是，两套"世界名著"对同一位作者在篇目选择上的偏好差异。以法国作家左拉为例，"万有文库"收录了他"卢贡－马卡尔家族"系列中的重要作品《娜娜》，而"网格本"则收录了这一系列的另外两部重要作品《金钱》和《萌芽》。按理说《娜娜》无论从文学性和思想性上都不输"网格本"收录的两部作品，况且已有中译本问世，收入其中顺理成章。因此《娜娜》的"落选"，或许是更深层次的取向原则问题产生了影响，值得进一步考察。

结语——经典与危机

作为一套体例庞杂，编纂时间及条件却都非常紧张有限的"百科全书"，"万有文库"历来都被看成我国出版史上的一次壮举和奇迹。而从其中有限的西方文学译介作品来看，尽管无从求全，但几乎每一部都有值得称道之处。除开在今日已经耳熟能详的作品，那些万有文库中收录，但却被后世淡忘的"遗珠"其实更值得做进一步的挖掘和考察。当然，这有限数量的西方文学译介，对于后世世界文学名著体系的构成也起到了很大的影响。时代因素可能会因时代变迁而"脱落"，但如果将后世的"网格本"，再加上近些年上海译文出版社的"译文名著文库"、人民文学出版社的"名著名译文库"进行对比，其中一些作品的经典性是在不断加强的，而这些作品往往都曾在"万有文库"中留下其身影。

而另外来说，正如科内尔·韦斯特在《少数者话语和经典构成中的陷阱》一文中提到的:"对文学经典的修正或重构……赋予文学经典以权威的那种危机作出历史的经典读解(canonical reading)。因此,经典构成之战的第一个回合必然要对争取经典地位的危机作出历史的阐释。"① 从这层意义上说,作为一次应"危机"而生的大型丛书的编纂与发行,"万有文库"整体上便是一次对"经典构成"所进行的努力,而面对当时的社会危机,"万有文库"的书目本身,尤其是那些新被引进的作品,便是对危机的回应。

具体到"万有文库"的西方文学篇目上,其选题本身对于经典化的努力,其实也隐含了对当时危机的回应,而这种回应也因危机本身的特异性,展现出其独特性。实际上,自辛亥革命、新文化运动以来,我国对于西方文学作品的引进,其风潮延续许久,而对于"世界文学名著体系"的构建也一直在不断尝试。在"万有文库"之前,商务印书馆便有"林译小说"和"说部丛书"两套主打西方文学的文学丛书,但其中的选目多为偏重于娱乐性和趣味性的通俗作品,其反馈出的经典性信息不足,更多还是以猎奇为主,如"说部丛书"一律在书名前按题材来分类,如社会小说、政治小说、冒险小说、侦探小说、言情小说、伦理小说、科幻小说、历史小说、军事小说等,这种突出"类型"的宣发手段,更像是我们今天经常提及的"文学类型化"的分野,目的在于以其独特性吸引特定的读者群,无意实现经典化的涵盖甚至是启迪。

但以"林译小说""说部丛书"为代表的清末民初西方文学作品引进,却为日后世界文学经典化在我国的实现提供了必要的铺垫。由于新文化运动等时代背景,对于正处于从传统典籍中摆脱出来的不少作家、学者而言,旧传统的危机使他们需要寻求可以让自己接受的书籍,而以"林译小说""说部丛书"为代表的西方通俗作品则很好地充当了这一角色。比如沈从文就曾提及自己青年时读"说部丛书"的经历:"亲戚家里有两大箱商务印行的'说部丛书',这些书便轮流做了我最好的朋友……我喜欢这种书,因为他告给我的正是我所要明白的。它不像别的书尽说道理,他只记下一些生活现象。即或书中包含的还是一种很陈腐的道理,但作者却有本领把道理包含在现象中。我就是个不想明白道理却永远为现象所倾心的人。我看一切,却并不把那个社会价值掺加进去,估定我的爱憎。"② 此外钱锺书也曾谈及"我自己就是读了林纾的翻译而增加学习外国语文的兴趣的。商务印书馆发行的那两小箱《林译小说丛书》是我十一二岁时的大发现,带领我进入一个新天地,一个在《水浒》《西游记》《聊斋志异》以外另辟的世界。我事先也看过梁启超译的《十五小豪杰》、周桂笙译的侦探小说等等,都觉得沉闷乏味。接触林译,我才知道西洋小说会那么迷人。……我把林译里哈葛德、欧文、司各特、迭更司的作品津津不厌地阅览。假如我当时学习英文有什么自己意识到的动机,其中之一就是有一天能够痛痛快快地读遍哈葛德以及旁人的探险小说"。③

---

① 科内尔·韦斯特.少数者话语和经典构成中的陷阱//文化研究读本[G].北京:中国社会科学出版社,2003:199.
② 沈从文.从文自传[M].北京:北京十月文艺出版社,2008:87.
③ 钱锺书.林纾的翻译·七缀集[M].北京:生活·读书·新知三联书店.2002:81.

更具代表性的则是随后对民国翻译实践亦有涉猎的周作人。他曾在自己的日记中写道:"十三日:阴。上午大哥来,带来书四部。……下午大哥回去";"正午大哥来,带来书四部。下午看《包探案》《长生术》……夜看《巴黎茶花女遗事》"。① 其中提及的《包探案》(即福尔摩斯系列)、《长生术》(英国哈葛德作品)均是"说部丛书"中的作品。同时鲁迅亦受其影响颇深,这种影响直接体现在二人随后翻译并收录在"说部丛书"中的《红伶佚史》上。尽管此作仍是通俗作品,被"说部丛书"划入"神怪小说"的分类,但随着时代的变化,二人的翻译取向也越发贴近现实。1909 年,周作人与鲁迅先后出版了两种《域外小说集》,后又于 1921 年出版再版增订本,其中的篇目包含了许多现实性、批判性的作家作品,如莫泊桑的《月夜》、安徒生的《皇帝的新装》及显克维支、契诃夫等作家的多篇作品。

这种现实性的观照,体现在"万有文库"的选目上,则更表现出一种"承上启下"之感,即前文提出的"经典与时效性并存"的特点。此外,随着时代的进一步发展,"万有文库"中一些时效性较强的作品渐渐为后世所摒弃,则进一步体现出社会矛盾、思想危机方面的时代变化。其中的典型便是罗曼·罗兰、歌德和席勒三位作家,在"万有文库"中分别出现了他们的三部历史题材作品(以法国大革命为背景的《七月十四日》、以战争为背景的《哀格蒙特》和《瓦轮斯丹》),但到了新中国成立后的第一套世界文学名著丛书——"网格本"的选择中,这三部作品被三位作家更知名、更重要的作品取代,反映了中华人民共和国成立后对世界名著的取向更侧重文学性本身,而在危机四伏的 20 世纪 30 年代前后,"世界名著"作为一种经典化的尝试,则更关注的是与当时相贴近的内容,试图对当时的危机予以回应。另外,"万有文库"中的许多作品与作家,在后世仍可被继续奉为经典,则反映出经典本身所具有的恒久性,同时也彰显出这一丛书在选编时的不凡眼光。

作为诞生于我国历史上一段特殊时期的"世界名著体系","万有文库"中的西方文学译介实践亦可作为一个例证,体现时代与经典之间相生而彼此独立的关系。一切因时而动,而经典仍可永恒。

参考文献

[1] 陈衍. 福建通志 [M]. 卷二六《清三·文苑传》. 上海:上海古籍出版社,1987.

[2] 郭延礼. 中国近代翻译述略:兼论文学翻译迟到的原因 [J]. 烟台大学学报(哲学社会科学版),1998 (1).

[3] 高崧. 商务印书馆今昔 // 商务印书馆九十五年:我和商务印书馆:1897—1992 [A]. 北京:商务印书馆,1992.

[4] 王云五. 岫庐八十自述 [M]. 台北:台湾商务印书馆,1967.

[5] 郑振铎,人之一生·序 [M]. 北京:商务印书馆,1935.

[6] 科内尔·韦斯特. 少数者话语和经典构成中的陷阱 // 文化研究读本 [G]. 北京:中国社会科学出版社,2003.

---

① 周作人. 周作人日记 [M]. 郑州:大象出版社,1996:67.

［7］沈从文. 从文自传［M］. 北京：北京十月文艺出版社，2008.
［8］钱锺书. 林纾的翻译［M］. 北京：商务印书馆，1981.
［9］周作人. 周作人日记［M］. 郑州：大象出版社，1996.

（罗英华　南开大学 2021 级博士生，首都师范大学 2018 级硕士　指导教师：尹文涓）

一场动态的积极构建

——《萍踪寄语》和《莫斯科日记》中的苏联形象对比研究

强安琪

摘 要：从1917年苏联成为第一个社会主义国家开始，它就因体制的特殊吸引了世界的目光。不断有中西方知识分子前去考察，但是在同一时期，这些观察者笔下的苏联却呈现出差异极大的形象。以同一时期的相同参观路线为坐标系，分析来自不同背景的观察者在参观相同的场景下形成的不同的苏联印象，以此思考通过构筑"特定的异国形象"来满足自身需要的现象，以及异国在这场互动中如何积极地参与自我形象的构建，揭示"自我"与"他者"的互动关系。

关键词：《萍踪寄语》；《莫斯科日记》；他者构建

从苏联建立社会主义后，我国在苏联形象的描绘上就从未缺少过笔墨。中国对苏联的关注从20世纪20年代瞿秋白的《饿乡纪程》和《赤都心史》、李仲武的《游俄国见闻实录》、俞颂华的《游俄实纪》、徐志摩的《欧游漫录——西伯利亚游记》中可以看到一个人民生活困顿、国家经济窘迫但是依然承载着知识分子红色理想的苏联形象。到20世纪30年代胡愈之的《莫斯科印象记》、戈公振的《从东北到苏联》、邹韬奋的《萍踪寄语》和《韬奋文集》等，又呈现出一个朴实、平等、奋发向上的"普罗的世界"。再到20世纪40年代郭沫若的《苏联纪行》、茅盾的《苏联见闻录》里，呈现一个富足、平等、尊重女性、热爱艺术的社会主义国家形象。中国知识分子在中华人民共和国成立以前因为中国的困境和历史的原因对苏联投注了极大的关注。

中华人民共和国成立以前几代知识分子呈现了一个基本被大众接受的苏联形象，这种形象呈现一个向上发展的状态。虽然也不乏一些批判社会和揭露现实的描写，但是一个正面积极的社会主义新国家的形象，在当时的社会状况下被大众普遍接受。揭开历史的帷幕，20世纪三四十年代，苏联的社会主义工业化和农业集体化成效卓然，在科学技术和教育普及方面也初见成效，但是对内高度集权、一元控制、个人崇拜和国民生活物资紧缺的问题也普遍存在。这与20世纪三四十年代中国知识分子亲历苏联后，向大众表述的苏联欣欣向荣的发展状况并不相符。然而在20世纪三四十年代的知识分子对苏联的描述和态度几乎一致的情况下,来自西方的访苏者与中国知识分子描述的苏联形象几乎背道而驰。本文在这样的问题意识下,选取了中国记者邹韬奋的《萍踪寄语》和法国作家罗曼·罗兰的《莫斯科日记》做比较。首先介绍了中国记者邹韬奋与法国作家罗曼·罗兰在苏联形象构建上的可比性,其次将其中的典型场景做对比,从中探索来自不同背景的知识分子对于苏联在同一时期的不同形象建构,以此研究"注视者"与"被注视者"如何共同完成一场积极的动态形象构建。

一、相对的自我

20世纪30年代中期,欧美盛极而衰,经济危机爆发,法西斯势力抬头。而仅成立16年的社会主义国家苏联,经济却在空前增长,第二个五年计划正热火朝天地进行着。苏联的崛起和蓬勃发展,让世界无论在政治上还是经济上都无法忽视,无数寻求新出路的知识分子更是对苏联充满向往。1935年6月,罗曼·罗兰应高尔基邀请,和妻子玛丽亚一起访问苏联,他们于1935年6月到达莫斯科,在莫斯科参观一个月。罗曼·罗兰自1917年苏联成立工农苏维埃共和国起,就开始参与"不许干涉苏俄"的运动,20世纪30年代在一封公开信中表示毫不犹豫站在苏联这一边,他称自己为苏联的老朋友和同路人。罗曼·罗兰回国后将其对访苏的观感封存50年,直至1988年才得以面世,随即引起极大关注。1933年,因国内政治动荡,邹韬奋前往欧洲避难,也借此机会考察资本主义国家和社会主义国家的制度和现状。他先后考察了意大利、瑞士、法国、英国和德国等,在1934年12月下旬到达莫斯科,1935年4月离开,在莫斯科访问4个月,其间搜集了大量宝贵材料,并将沿途中的所见所闻和考察的要点加以记录,发表在《大众生活》周刊上。《大众生活》是邹韬奋在1935年于上海创办的一家周刊。邹韬奋自九一八事变被迫流亡海外,开始走向民主主义时,就积极关注苏联社会主义制度的走向,在刊物连载中多次发表戈公振和胡愈之等报道苏联的文章,在访苏回来后,更是坚定了其共产主义信念。他对苏联的工人住宅生活区、博物馆、集体农场、学校、苏维埃电影戏剧所做的详细描述在《大众生活》周刊上连载后,受到海内外读者的欢迎,被称为"充满着爱与力的新游记"。

罗曼·罗兰与邹韬奋于同年访问莫斯科,在对待苏联的态度上,都是苏联社会主义支持者,他们的苏联游记在对苏联形象的认知上都产生了较大的影响。除此之外,二人到达莫斯科均由苏联对外文化协会(Всесою'зное о'бщество культу'рной свя'зи с заграницей)负责接待安排,这是苏联专门负责对外文化交流的机构,"主要的工作是向国外交换学术书籍杂志,并已用英法德世界语发行一种介绍苏维埃文化生活的月刊杂志。此外是招待来游苏俄的一切外国文化工作者"[1]。由该机构安排的外国文化工作者参观的苏联景观和路线基本大同小异,参加的活动也颇为相像。以此为坐标系,分析他们对苏联相同景观的不

---

[1] [英]坎脱勃里·副主教·H. 詹森. 战后苏联印象记 [M]. 符宾译. 上海:世界知识社,1949:60.

同形象描述和着重注意点。

二、差异的他者

（一）教育制度下的学校、幼孩和青年

当罗曼·罗兰和邹韬奋在面对苏联社会主义环境下成长起来的儿童和青年时，罗曼·罗兰站在西方的自由主义下审视和思考苏联的教育制度，而邹韬奋则是站在一个学习者的角度上认同和记录苏联的教育模式。罗曼·罗兰在接触苏联的儿童和青年时，感受到的是教育制度的思想管控。当他在参观文化公园的儿童区时，写道："无论我们走到哪儿，在每个工厂内，儿童和成人都喊叫着欢迎我们，拍着手，送给我们鲜花、画册以及他们制作的飞机和汽车的模型。"① 对待这种并不符合儿童心性，存在明显作秀意味的行为，罗曼·罗兰虽然在《莫斯科日记》中并无直接的描述观感，但是在其记述中，可以明显感受到他对这种作秀行为的不适和反感。后来罗曼·罗兰在谈到苏联青年时，隐晦地涉及思想控制的问题，他认为苏联青年有一个非常好但又残忍的品质"他们已学会不露声色""不能过于高声说话，谁倾诉衷肠，谁就暴露了自己"，② 而这是因为他们明白"有独立见解的、不善于谨慎地保持沉默的人会消失不见"。③ 更让罗曼·罗兰感到可怕的是，当年轻人知道身边一些熟人死了，他们要装作不知道，不能发出任何声音和悲愤。罗曼·罗兰在苏联教育制度下看到的是青年之间彼此失去信任，官方的看法被强加于年轻人身上，对他们实施的思想管控甚至让人感受到弥漫在青年人之间的一股恐怖主义的气氛。

相对于罗曼·罗兰的态度，邹韬奋则呈现出对苏联教育制度的认可和赞叹。1 月 12 日，他及一行人由对外文化协会组织，前往橡皮厂附近所设的一所幼稚园参观。这是战争期间新建的一所幼儿园，邹韬奋看到当来访者参观时，孩子们欢呼雀跃，表现出对来访者到来的热烈欢迎："我们来时，这个架子正空着，有三四十个儿童看见我们来了，临时自动地聚拢来，很迅速灵敏地爬到架子上面去，好像一群猴子爬树似的，刹那间造成一个叠罗汉的形式，在顶上中央的一个还拿着一面小红旗挥着，全体笑着挥手向我们欢呼。"④ 他认为那是优质的教育和富足的生活条件保存了孩子们的天真和纯洁。邹韬奋从苏联的青年身上更是看到积极向上的面貌，他们都是身材健美、歌声嘹亮且自信乐观的，"都是处于欣欣满腔热忱的态度"⑤，当邹韬奋去参观先锋营的时候，看到那些青少年，不由得赞叹道："挺胸整步，鱼贯而来，于天真中含着严肃：红润的脸庞，焕发的眼光，活泼的体

---

① ［法］罗曼·罗兰. 莫斯科日记［M］. 夏伯铭译. 上海：上海人民出版社，1998：71.
② ［法］罗曼·罗兰. 莫斯科日记［M］. 夏伯铭译. 上海：上海人民出版社，1998：78.
③ ［法］罗曼·罗兰. 莫斯科日记［M］. 夏伯铭译. 上海：上海人民出版社，1998：78.
④ 邹韬奋. 萍踪寄语［M］. 八四篇. 北京：生活·读书·新知三联书店，2018：130 – 131.
⑤ 邹韬奋. 萍踪寄语［M］. 八七篇. 北京：生活·读书·新知三联书店，2018：19.

态,真是一队可爱的安琪儿。"① 对于一个要改变中国现状的知识分子来说,教育的重要性不言而喻。苏联教育制度下,给邹韬奋展现的正是这样一个可以培养"新人"的方式,培养的正是社会主义制度下的"新人"。

在参观学校时,邹韬奋将注意力集中在基础设施的建设和学校的管理制度上,记载的文字也多为学校规模和设备概况,课程设置及奖学金情况等客观建制。然而罗曼·罗兰则是对于急速增加的学校数量提出计划是否合理的问题。当陪同参观学校的随同人员告诉罗曼·罗兰"今年莫斯科开设了70所新学校,而明年开设150所"②。时,罗曼·罗兰以怀疑的语气询问如何在短时间内找到这么多的地理老师,以及一些关于建造学校所匹配的资源、人力、工资等问题,但是他不但没有得到答案,陪他同行的文化部部长甚至从来没有考虑过。

相比邹韬奋对于学校教育制度感受到的完备、科学和学生活动的丰富,罗曼·罗兰感受到的却是虚伪浮夸与不切实际。在同一景观下,罗曼·罗兰看到的是国家在言论和思想上的管控,是思想的高度政治化和工程建设的大而无物,而邹韬奋则更多地关注教育制度如何培育社会主义制度下对国家主义赞颂的"新人"。

(二)文化机制下的电影和博物馆

在面对苏联对外文化协会安排的戏剧和电影时,二人的态度和关注点也大不相同。在罗曼·罗兰观看为其安排的影片《大雷雨》《夏伯阳》等讲述革命的影片时,表示这些影片都是为宣传革命和宣传制度所需要的,他认为俄罗斯的影片几乎失去了自己的特色,"证明了苏联电影的可悲趋势"③,在电影和戏剧上"除了极少的瞬间,显然没有一部包含根本有别于西方电影作品的东西"④。罗曼·罗兰只对偶尔两部电影表示感受到了俄罗斯农民和土地的力量。他去剧院观看芭蕾舞的体验也并非完全是愉快的,俄罗斯的戏剧在他看来同电影一样,几乎失去了自己的特色,变得毫无新意。在剧院中,当他受到完全超出他想象的待遇和欢迎时,质疑自己是否该受到如此隆重的对待,并且从民众热烈的欢迎中感受到一种不相称的感觉。

不同的是,邹韬奋认为此类革命影片有着卓然的特色,尤其赞叹《列宁的三歌》等讲述新的社会秩序和人类历史上新纪元等的革命电影。在观看剧院剧目时,邹韬奋对于剧目本身并未做点评或描述,而是将关注点放在革命以后剧院在设置上如何改善普通百姓的精神生活上。从剧院观众的"社会成分"的改变到戏院数量的迅速增加,到"戏院类别"的增加,邹韬奋一一做了详细描绘。这些剧院和戏剧学校急速增加的数量,让邹韬奋看到一个重视文化,重视工人生活质量的苏联形象,面对苏联急速扩充的各类设备的数量,罗

---

① 邹韬奋. 萍踪寄语[M]. 一一四篇. 北京:生活·读书·新知三联书店,2018:310.
② [法]罗曼·罗兰. 莫斯科日记[M]. 夏伯铭译. 上海:上海人民出版社,1998:87.
③ [法]罗曼·罗兰. 莫斯科日记[M]. 夏伯铭译. 上海:上海人民出版社,1998:39.
④ [法]罗曼·罗兰. 莫斯科日记[M]. 夏伯铭译. 上海:上海人民出版社,1998:61.

曼·罗兰曾提出背后相关资源和技术人员的匹配问题，但邹韬奋对于大额增加的数字，看到的只是苏联五年计划的成就。苏联呈现给邹韬奋的是一个建制不断完善、民主、自由的乌托邦景观，而这一形象也正是当时作为一个迫切渴求希望的中国读书人所需要的，这样的苏联形象对于当时的中国不但是希望，甚至可以将其视为出路。于是他欣然接受了这种形象，并在此后的行程中变得更为完满，以更为细致的方式体现出来。

在对外文化协会的安排下，邹韬奋参观了众多博物馆。各国的博物馆展示的多是民族的历史记忆，是古文化的坟墓，"而在苏联的博物馆却多和他们的现代生活以及和现代生活有关系的历史的、经济的、和政治的种种意义——联络起来"①。对此，邹韬奋以高度赞赏的语气描述了这类区别于别国的博物馆。革命博物馆中，他认为我们所看见的是党和勤劳大众打成一片的伟大运动。反宗教博物馆中，他看到的是展示了诸多宗教利用信仰欺骗民众以及帝国主义利用宗教侵略殖民地的事例，妇孺卫护博物馆中，他看到诸多用真实画面来表现革命前后女子在社会及事业上地位差异的相片，这些博物馆在苏联不是悼亡的场所，而是展示制度和主义，甚至是教育和传播意识形态的地方。此类种种博物馆的作用均为邹韬奋展示了苏联模式模仿的可能性。

当罗曼·罗兰参观这一类多与现代构成关联的博物馆时，对此则表示不感兴趣，"至于这个巨大博物馆的其余部分，我没有见到任何有趣的东西"②，事实上，罗曼·罗兰可能将这种展示制度和意识形态的博物馆视为一种思想控制。在罗曼·罗兰的整个记叙中，除了提到自己的病痛时，偶尔有强烈的感情色彩之外，对于苏联展现的"国家风景"，他很少掺杂特别强烈的情绪，多是以直接描述看到的事物为主，然而对于博物馆描述"没有见到任何有趣的东西"的绝对性语句非常少。所以，我们可以合理地说，罗曼·罗兰对于博物馆的现代风景不但不感兴趣，甚至可以说持反感态度。

罗曼·罗兰在博物馆中看到的是思想同化和管制，以至于后来他在与一位青年作家谈话时，在日记中记录"在我们交谈时，房屋管理员毫无理由地走进房间：他把我关上的门都打开了"③。他感受到的是"在文化上的监控和压迫"④。对比邹韬奋在各种场合感受到的都是苏联政府对于文化艺术和知识分子的重视与尊重，罗曼·罗兰则认为这种重视并非尊重，"这儿与西方不同，在西方，艺术家始终走在观众前面。这里的一切正相反：观众超越艺术家并催促他"⑤。苏联政治催促的是强加的官方思想下的文化和艺术，催促的是认同苏联意识形态的文化和艺术的产生，这导致创作的风格并无太大差别，创作的内容僵化，这在二人所看的电影和博物馆中可以直观地体现出来。

---

① 邹韬奋. 萍踪寄语［M］. 八三篇. 北京：生活·读书·新知三联书店，2018：119–125.
② ［法］罗曼·罗兰. 莫斯科日记［M］. 夏伯铭译. 上海：上海人民出版社，1998：89.
③ ［法］罗曼·罗兰. 莫斯科日记［M］. 夏伯铭译. 上海：上海人民出版社，1998：98.
④ ［法］罗曼·罗兰. 莫斯科日记［M］. 夏伯铭译. 上海：上海人民出版社，1998：98.
⑤ ［法］罗曼·罗兰. 莫斯科日记［M］. 夏伯铭译. 上海：上海人民出版社，1998：96.

（三）权力展示的盛会和阶级特权

"运动大检阅"是苏联每年举行的游行盛会，主要参与者是工厂、工场和工会的青年，在红场检阅人数每年达数十万。观之罗曼·罗兰对于盛会的态度，前后有很大反差。在看到体育盛会的欢庆场面时，罗曼·罗兰首先表示赞叹，认为这就像是他儿时做梦的景象一样，但是在维持六个小时宗教式的狂热庆祝氛围里，他看到"一排又一排，巨大的斯大林肖像在人们的头顶浮动。飞机在空中滑出领袖姓名的第一个字母。人数很多的群众角色在皇帝包厢前唱起颂扬斯大林的赞歌"①时，认为斯大林就像个"罗马皇帝"在欣赏自己的"封神仪式"②，这场体育盛会里，罗兰确信苏联的民众以狂热的宗教信仰式的偏执来看待苏联领袖，在一定程度上已经丧失了判断现实的能力。同时，他对这种狂热的宗教信仰式的意识形态的形成表示质疑和担忧。

邹韬奋对苏联人民狂热拥戴斯大林的这一图景则未提片言只语，这场苏联人民的大检阅只是让邹韬奋深感震撼，他着重表现的是苏联如何为多数民众谋福利，如何重视工人阶层的物质和精神生活，"持网球拍的男女列队而行者就有一千五百多人，网球本是有闲阶级才玩得起的，现在也这样'普罗'化了"③，又提到设备等都是工厂免费提供给运动员，之后着重讲述苏联对于体育运动的重视以造就"健康的青年"。事实上，就在这一年，苏联通过了一部新宪法《斯大林宪法》，对斯大林的个人崇拜达到一个高峰，与此同时，苏联国内掀起一波大清洗高潮，引起世界一片哗然。由此可见，面对相同的景观，二人做出的详略描述是不一样的。邹韬奋对苏联盛会是有选择地描述，这种相对描述的苏联形象遮蔽了一定的真实性。仿佛"罗马皇帝"的斯大林符合邹韬奋心中苏联领导的形象，同时，他也明白个人崇拜的描述势必会给读者群体一个对苏联不利的印象，于是出现了诸多相对选择性的情境。

除却个人崇拜的问题，在出访时，罗曼·罗兰从路过的莫斯科郊区看到毗邻郊区分布着大量别墅，这些别墅是提供给政府的上层官员使用，其中还有一些提供给作家，同时他们都配有汽车。他从路过行人的拳头和眼神里看到百姓对住在豪华别墅中的人的不满，他看到政府中的上层过着特权阶级的生活，但人民却仍然不得不为了获取面包和住房而进行艰苦的斗争。关于特权问题，罗曼·罗兰还不止一次地提到苏联对外文化协会招待会上挥霍浪费的现象，同这种奢侈浪费相对的是"干瘪的母牛仍是干瘪的；在莫斯科，物质生活（工资、食物、住房）依然非常困难"④。罗曼·罗兰透过苏联热情的招待看到苏联社会存在的不足和缺陷，用强烈的语气表达了对苏联有可能产生特权阶级的反对："没有理由、也不应该有理由认为，保卫国家的伟大的共产主义军队及其领导人正在冒险变成特权阶

---

① ［法］罗曼·罗兰. 莫斯科日记［M］. 夏伯铭译. 上海：上海人民出版社，1998：33.
② ［法］罗曼·罗兰. 莫斯科日记［M］. 夏伯铭译. 上海：上海人民出版社，1998：30.
③ 邹韬奋. 萍踪寄语［M］. 七八篇. 北京：生活·读书·新知上海三联书店，2018：88.
④ ［法］罗曼·罗兰. 莫斯科日记［M］. 夏伯铭译. 上海：上海人民出版社，1998：114.

级"①，同时，他在日记中表达了自己对外界描述的苏联乌托邦的困惑和怀疑。

特权阶级的问题在邹韬奋描写苏联官员时却从未出现过。邹韬奋与同行人参观莫斯科的红区政府以及苏联工业的管理机构等，看到的是一个平民化的政府，他们欢迎每一位访问者来此观看，他们"始终诚诚恳恳地解释我们的疑问"②，所有的相关资料都是公开透明的，对于管理机构如何受到党内和民众的监督，民主法制是如何实施，工人的利益如何保障等等都进行了详细的列述，以至于邹韬奋认为只有在苏联，工人们"不必像他国要出于罢工的举动"③。

在同一时期，二人对权力机构的观察和着重点表现出种种差异，这其中呈现的是历史的相对性和异国形象建构的复杂性。邹韬奋对苏联体制进行了毫不吝啬的赞扬，在诸多方面都认为已经进入了一个全新的时代，并且对具小而微的实施建制上做了详尽描述。罗曼·罗兰则是在赞扬了苏联现有的工业成就后，提出了一系列隐藏的问题，诸如浩大工程背后的技术人员和设备不足、思想管控、泛滥的个人崇拜和特权现象以及民众基础生活物资依旧供不应求等。一个是经济生机勃勃，国家稳步向前，文化自由的社会主义新国家，一个是充满着政治专制、思想钳制、供应不足等问题的转型国家。两种形象的背后既是真实苏联形象的呈现，同时也是"注视者"相对选择的结果。

三、他者形成的背后

法国理论学家巴柔在对形象学进行定义时说："我注视他者，而他者形象也传递了'我'这个注视者、言说者、书写者的某种形象。"④巴柔的这一定义很好地解释了这一问题：在同一时期，面对相同的景观，两个来自不同阵营、不同国家背景的亲苏分子为何做出了不同的形象描述。一位观察异国形象的"注视者"对异国形象的描述不仅是他们个人选择的结果，而是与其自身所处的社会背景密切相关。20世纪三四十年代的中国知识分子对苏联形象的描述与同一时期来自法国考察家的形象描述截然不同，通过这样的横向对比，我们更加了解的不是当时苏联的真实形象，而是明晰当时苏联的形象是如何在带有主观需求下建构起来的。

20世纪三四十年代前往苏联考察的中国知识分子所描述的苏联形象和邹韬奋所描述的欣欣向荣的社会主义新国家形象几乎一致。胡愈之到莫斯科仅一周，参观的行程在日记上也有记载，行程安排同来苏考察访问者并无不同。尽管胡愈之到达的第一天就深刻感受到了莫斯科住房和物资紧缺，但随即通过合理化的解释和苏联人员的轻松语调加以缓解，并且转向集体生活的平等和欢快，以及对工人的重视和对文化的尊重等。胡愈之参观阿摩

---

① ［法］罗曼·罗兰. 莫斯科日记［M］. 夏伯铭译. 上海：上海人民出版社，1998：115.
② 邹韬奋. 萍踪寄语［M］. 八七篇. 北京：生活·读书·新知三联书店，2018：149.
③ 邹韬奋. 萍踪寄语［M］. 九十一篇. 北京：生活·读书·新知三联书店，2018：178.
④ 孟华主. 比较文学形象学［M］. 北京：北京大学出版社，2001：75

汽车工厂的托儿所时所写的留言认为，生长在苏联的孩子们是在自由平和的空气中生长而不知人世忧患的孩子，这些天真可爱的孩子让胡愈之确信这才是人类的未来。这种欣赏和确信可以概括出胡愈之对苏联的整体观感；戈公振在1932年到达莫斯科，对于游行大阅兵时展出的各式苏联领导人和各类展示意识形态的博物馆，认为是"这无异开了一个政绩大展览会，拿了实在成绩来博人民信仰的""这是何等平民化！"①"凡工人生活所需，物质的或精神的，几乎无一不备"②；郭沫若则是于1945年5月受苏联科学院邀请，和丁西林作为中国科学文化界的代表一起出席苏联科学院建院220周年大会，在访问莫斯科的两个月中，郭沫若对苏联的工业化、文化风气、人民的生活保障做出了诸多赞扬，言语之间较30年代的颂扬有过之而无不及……

乌托邦视景对我们理解20世纪三四十年代中国知识分子构建的苏联形象十分重要，当时中国社会的需求以及对于马克思主义理论社会实践的典范的仰慕，让他们一开始就处于认同的框架下注视苏联，他们忽视其背后存在的隐患和真实的问题，对苏联做出了具有强烈政治倾向性和情感倾向性的判断和形象构建。对于中国知识分子，苏联形象已经是构建好的预期选择。在强烈情感预期的情况下，苏联形象呈现的是中国知识分子在民族复兴和共产主义的愿景下对战后苏联表达的观察与选择。

带有主观需求的形象建构实际上还可以从邹韬奋这本详尽描述各国形象的《萍踪寄语》中略观一二，《萍踪寄语》一、二、三集分别描述了邹韬奋1933—1935年参观的欧美和苏联，但对于二者之间的形象构建却有着天壤之别。邹韬奋笔下的欧美各国均呈现一种萎靡困顿、冷漠黑暗的社会形态，苏联则是一片生机勃勃和光明温暖。令人唏嘘的是五十年后，欧美国家一跃成为世界强者，苏联则几经波折最后解体。邹韬奋在描述欧美各国时，带着先入为主的审视、批判的目光，用大量他查证到的事实揭示出欧美表面繁华背后的黑暗。然而当他描述苏联时，始终带着赞赏和肯定的目光，用大量篇幅记录苏联如何达到这些成就和具体建制，其实质就是已经把苏联当成中国未来在诸方面要效仿的对象。

当我们站在中国30年代去看当时文化语境中的苏联形象时，国家和平、人们自由、经济发展的形象是当时政治选择的重要参考。到40年代末期，郭沫若、茅盾等人构建苏联形象时，此时已关系到我们中华人民共和国成立以及体制的去留问题。从20世纪20年代苏联构建了一个世界工人当家做主的曙光形象；到30年代，欧美资本主义制度一片惨淡，苏联社会主义欣欣向荣与之呈现鲜明对比，苏联社会主义制度变成政治选择的重要参考；40年代时，苏联变成体制参考对象和具体实施措施的模仿对象。至此，中国人民心中的苏联形象构建完满。

与罗曼·罗兰访苏得到相同观感的西方左翼知识分子还有法国作家安德烈·纪德，在罗曼·罗兰访苏后一年，纪德也在崇尚共产主义的信仰下访苏10周。在其归来后，出版

---

① 戈公振. 从东北到庶联[M]. 长沙：湖南人民出版社，1984：77.
② 戈公振. 从东北到庶联[M]. 长沙：湖南人民出版社，1984：91.

了《访苏归来》描述他对苏联的看法，其中对苏联存在的问题做了公开的揭露和批判，并在访苏后彻底改变了对共产主义的信仰和对社会主义的看法。

对于西方左翼知识分子来说，在访苏之前也有一个关于苏联的"乌托邦"想象。20世纪30年代法西斯抬头，面对法西斯的威胁，社会党和共产党首次出现合作（法国出现两党及其他党联合的"人民阵线"，意大利出现共产党和社会党组成的"反法西斯集团"），这种状况一直持续到第二次世界大战结束。这是当时西方左翼知识分子对于苏联社会主义"乌托邦"想象的大背景，并且由于各国共产党人在战争期间作出巨大的牺牲，共产主义和社会主义赢得了很多西方知识分子的尊敬和信赖，这也变成他们的思想开始转变的关键事件。罗曼·罗兰在1930年前后开始"左转"倾向，从转变初期的不支持革命到和平主义者再到法西斯主义势力的日益增长，欧洲陷入前所未有的困境时，罗曼·罗兰逐渐认识到资本主义才是战争的根源，为此转向认同苏联社会主义国家。在1931年，罗曼·罗兰在《向过去告别》中，批评了自己理想人道主义的幻想，并且宣称自己已经成为一名社会主义战士。罗曼·罗兰的"左转"和在未接触过任何革命的情况下的这份憧憬甚至比中国左翼知识分子的想象更为理想，而他访苏的过程其实就是这个"乌托邦"想象破产的过程，理论与现实的强烈碰撞对他产生了相当大的冲击。这也是在他的访苏日记中隐晦透露出来的问题甚至可以说是政治问题更加严重的原因之一。

罗曼·罗兰所面对的情况并非如邹韬奋等人那么迫切。尽管当时世界悲观的看法弥漫在欧洲左派知识分子的脑海中，左派分子未能在帝国主义时代占据欧洲政坛和舆论的主要地位，此时的苏联对他们亦是神话。但是以罗曼·罗兰为代表的欧洲左翼分子所考察的是这个无产阶级心中的乌托邦是否适合于拯救世界。相比之下，罗曼·罗兰的迫切要远小于中国知识分子救国的现实迫切，同时，相比于中国的左翼知识分子靠近革命和激进的政治中心和奔走于革命的四方，西方左翼理论家则远离阶级斗争和革命，他们离真正的政治参与距离较远，较邹韬奋等人多了批判和考证的态度，对于现象背后的问题也更为关注。

对于罗曼·罗兰来说，这是一场本国现实与苏联现实的激烈的碰撞。在罗曼·罗兰的预设中，社会主义改变的正是资本主义少部分人优于大部分人的特征，作为社会主义国家的苏联，在生产、生活等方面应该避免了资本主义的各方面缺陷，同时优于资本主义社会，但是罗曼·罗兰并没有看到他期待见到的景象。事实上，在苏联五年计划最初发表的时候，德国的俄国经济研究会会长克莱末尔博士便说："这样大的一个计划如果能在五十年内实现，即也就是很可观了，现在要想五年完成，而正确的态度应是，对苏联的任何阶段或任何部门，决不应拿西欧世界的同样事物来比较。一切从苏联自己计划的关系来研究，一切应以俄国以前的成就来比较。"①

每一位亲历异国的"注视者"，在踏入异国之前，都有自己的"先入之见"，这种先入之见就像形象学中所说的"在一个社会和一个被简化了的文化表述之间建立起一致性的

---

① ［英］坎脱勃里·副主教·H. 詹森. 战后苏联印象记［M］. 符宾译. 上海：世界知识社，1949：102.

东西"①，它制约着人们对一个国家和社会的认识和评价。当"注视者"亲自踏上异国的土地，确认其观点时，其观点可能会重新调整，也可能相对选择展示局部的真实去巩固其观点，这不仅是来自自身的价值判断，同时存在着原生社会不可小觑的因素。

这仅仅是这场互动中"注视者"一方的变量，当"被注视者"一方从这场互动的开始就主动参与有关自我的形象构建时，这场互动变得更为复杂。苏联在成为第一个社会主义国家时，采取什么样的措施，要呈现出什么样的形象给西方来访者和东方来访者本就有一个定位。苏联在展现自我的过程中积极地展现一个它本身想要给外国来访者的形象，苏联对外文化协会在安排来访或受邀访问苏联的学者和记者时首先就会做出非常明确的判断，受邀参加苏联活动的几乎都是对社会主义持友好态度的知识分子，并且在这些参观者到达莫斯科时，参观路线和参观对象都已然被制定妥当。胡愈之、邹韬奋、罗曼·罗兰和郭沫若等人都是在苏联对外文化协会安排的参观线路的基础上，在各自描述记载的参观路线和参观地点均相同或相似：革命博物馆、汽车工厂、集体农庄、工厂设施及一干提供工人生活的设施……

这样相同的"风景"是当时我国在30年代和40年代大量的游记作品中对于苏联描绘单一化和刻板化的背景。这也是对于这个世界上版图最大、民族构成最为多元、政制最为特殊的国家，当时中国观察者的评价和描绘几乎是一种声音的原因之一。

同时，来自"被注视者"一方提供的信息来源、信息的真实性和完整性都值得考量。在官方安排的"包办"行程中，参观者除了看到的"制度的风景"相同之外，他们获取信息的来源也非常单一。罗曼·罗兰在苏联见到的人基本分为苏联官员、苏联各行业的代表人物和团体还有她妻子的俄国亲友。邹韬奋的信息来源基本都是苏联对外文化协会的陪同人员和他们安排参观地点的工作人员。这些群体提供的信息明显不能作为了解一个异国形象的全部，信息来源的单一和不完整性遮蔽了"被注视者"的整体形象，只呈现出一个已经过滤的"局部"形象。

当异国形象同时具有言说"自我"和"他者"的双重功能时，我们看到关于苏联形象的构建就变得扑朔迷离，我们几乎无法判断"他者"完全真实的形象。异国形象的认识和构建是复杂的，但从另外一方面来看它是积极的，始终呈现出动态的调整和策略，以不断适应"注视者"和"被注视者"的需要。

任何一个异国形象都是社会总体想象物的集合，它本来就是广泛且复杂的，我们无法去判断这种构建的对错，但是我们可以去厘清和解释他者，而他者形象也传递了"我"这个注视者、言说者、书写者的某种形象。"注视者"与"被注视者"积极地对看到的"异国景观"加以构建、取舍、修饰，这种取舍的对错和描述究竟距离真实有多远，对于当时"被注视者"的评判有无合理性，局部和整体的真相遮蔽有多少，我们难以考证，但是我们可以透过这场共同参与的动态形象构建过程，去分析在特定历史时期"注视者"为何塑

---

① 孟华主. 比较文学形象学[M]. 北京：北京大学出版社，2001：60.

造这样的形象、"被注视者"又是如何积极地参与了自我的形象构建。

参考文献

[1] [法]罗曼·罗兰. 莫斯科日记[M]. 夏伯铭译. 上海：上海人民出版社，1998.

[2] [英]坎脱勃里·副主教·H. 詹森. 战后苏联印象记[M]，符宾译. 上海：世界知识社，1949.

[3] 胡愈之. 莫斯科印象记[M]. 长沙：湖南人民出版社，1984.

[4] 郭沫若. 苏联五十天[M]. 北京：生活·读书·新知三联书店，2012.

[5] 戈公振. 从东北到庶联[M]. 长沙：湖南人民出版社，1984.

[6] 邹韬奋. 萍踪寄语[M]. 北京：生活·读书·新知三联书店，2018.

[7] 陈晓兰. 想象异国：现代中国海外旅行与写作研究[M]. 合肥：安徽人民出版社，2012.

[8] 孟华主. 比较文学形象学[M]. 北京：北京大学出版社，2001.

[9] 茅盾. 茅盾全集（第17卷）[M]. 北京：人民文学出版社，1989.

[10] [德]迪特·海茵茨希. 走向联盟的艰难历程：1945—1950年苏联与中共关系研究[M]. 张文武，李丹，等译. 北京：新华出版社，1999.

[11] 周宁. 跨文化形象学[M]. 上海：复旦大学出版社，2014.

[12] 刘继南. 国际传播—现代传播论文集[M]. 北京：北京广播学院出版社，2000.

[13] 沈志华. 一个大国的崛起与崩溃：苏联历史专题研究（1917—1991）[M]. 北京：北京大学出版社，2007.

[14] 刘奎. 制度的风景——旅苏游记与四十年代文化人的政治选择[J]. 新文学史料，2018（3）.

[15] 苏聪. 邹韬奋海外通讯欧美、苏联形象比较研究[D]. 兰州：兰州大学硕士学位论文，2019.

（强安琪　首都师范大学2018级硕士生　指导教师：刘胤逴）

辛亥革命前后《泰晤士报》报道的北京政权演变

李欣悦

摘 要：辛亥革命前后之中国，正处于一种剧烈的变动之中。无论是其政治体制的更改，还是己方政权的颠覆演替，都证明了这是如李鸿章所言的"三千年未有之大变局"。而北京——这一自明代以来就成为政治中心的城市，在这一时期成为西方各大报刊及驻华记者书写的最好题材。对于辛亥革命前的"清政府"和辛亥革命后的"新政府"这一政治体制的"现代性"转变的报道和评论，占据了19世纪末20世纪初英国《泰晤士报》的重要版面。其对北京政治动态的跟踪和挖掘，总结了北京政权的更替过程。再现了辛亥革命前后的"中国"状态。因而，本文从《泰晤士报》所记录的政治事件入手，还原在这一叙述语境之下，辛亥革命前后的北京，究竟遭遇了怎样的变动和改革，而英国媒体《泰晤士报》又是如何报道这一过程的。

关键词：辛亥革命；《泰晤士报》；英国

晚清的30年，是外国记者的中国报道获得显著发展的重要时期。这一时期，由于政治场域的裹挟和权力之要挟，在北京具有近代化特征的报刊还处于萌芽阶段，与此同时，西方报业正处于一个蓬勃发展的"黄金时代"，驻外记者以及报业编辑等职，其左右西方舆论的影响力已达到了前所未有的程度。在列强凭借一次次从中国战争的胜利中获取瓜分在华权益的热潮下，中国成了西方关注的重点。19世纪后半叶至20世纪前半叶，越来越多的报纸版面都给了中国。大约从义和团以及1900年八国联军入侵中国开始，世界各地开始需要更多有关中国的有价值的信息。[①]

随着民族危机的加深及西方文明流入的冲击，在封建皇权的大本营——北京，开始了主动学习西方以图自强的改革运动，但这是一切保守封建消逝的开始，终以一场革命运动，结束了清政府的统治。在君主专制转向民主共和的过程中，北京政府的一言一行，均

---

① ［英］保罗·法兰奇. 镜里看中国——从鸦片战争到毛泽东时代的驻华外国记者［M］. 张强译. 北京：中国友谊出版公司，2011：12.

成为西方媒体发挥各自舆论影响的触点，同时也成为西方媒体评判中国社会变化的重要参考。其中以在华势力最为优越的英国对北京的政权演变最为关注，而作为英国"全球利益守望者"的《泰晤士报》也对此事件甚为关注，在武昌首义至袁世凯正式任命临时大总统的五个月内，《泰晤士报》对辛亥革命的相关报道总量达200余篇，新闻标题以"中国""袁世凯""北京""武汉""满清"这五个关键词的出现频率最高。① 由此可见，这一变革在《泰晤士报》涉华报道中所占的重要分量。

一、立宪的"真相"：《泰晤士报》关于晚清变法的报道

1898年6月11日，以康有为和梁启超为代表的中国最后的士阶层与以光绪帝为代表的晚清政治力量相联合，在黑暗的时代又一次掀起了改革的浪潮。这次为期百天的变法运动，在兴起时除日本外，并未受到西方媒体的过多关注，但其改革成果因慈禧太后发动政变而流产，光绪皇帝被软禁，权力被架空，支持变法维新的骨干分子被处死，参与变法的政府官员被革职、流放，这一系列由变法失败引发的政权变动，使英国媒体就清政府的未来是"前进"还是"后退"产生了兴趣，将目光投向了北京这一场域所发生的政治变革事件，并予以持续关注。

英国新闻报《泰晤士报》对"戊戌变法"的集中报道是在政变发生后。根据英国传教士李提摩太的说法，当时英国对发生在北京的维新变法并不怎么关心，以至于政变发生时，英国公使窦纳乐表示"从来没有听说过康有为这个人"②。《泰晤士报》在1898年9月24日才第一次出现康有为的相关报道。可以说，戊戌政变后清廷下令拘捕康有为、梁启超等人③，才引起英媒对这两位变法领袖的关注。戊戌政变后，《泰晤士报》主要围绕政变涉及的几个主角进行报道，其在1898年9月26日一篇《中国形势》的文章中表示康有为"希望英国现在有机会介入，恢复皇帝的王位，以博得中国人民的感激之情"④。英国在华报刊《字林西报》则对这次反动激烈宣战：

> 中国与各大强国同时作战，它是西太后和她的奸党的选择而作战的。他们万分愚蠢，妄自尊大，自以为他们能够安全地抗拒列强……不管发生任何事件，这批奸党若不自动离去，就必须被逐出北京城。希望有可能把光绪皇帝寻出来，把他重新置于皇位之上。现时必须对中国人明白指出，挑起目前的战争的是西太后，我们不是对中国作战，而是对那个篡夺政权的北京政府作战。⑤

---

① 其中"中国"149次，"袁世凯"31次，"北京"25次，"武汉"25次，"满清"22次。数据来源于郭永虎《近代〈泰晤士报〉关于辛亥革命新闻报道的文本分析》中"与辛亥革命相关关键词检索"一表。
② 王晓秋，尚小明主编. 戊戌维新与清末新政：晚清改革史研究 [M]. 北京：北京大学出版社，1998：114.
③ 崔志海. 美国驻华公使对戊戌变法的观察 [J]. 史林，2018（4）：104.
④ The Situation in China [J]. *Times*, 26 Sept. 1898：9（笔者译）
⑤ 马士. 中国帝国对外关系史 [M]. 北京：商务印书馆，1960：233.

可见，英国媒体的舆论对被迫害的革新者一方是抱有极大同情的，在华报刊站在同情维新变法的立场，不断发表文章批评政变，甚至希望能借英国政府出面解决中国这次内政变动。而《泰晤士报》也赞同营救维新志士，尤其是推动变法施行的光绪帝。这些言论塑造了一个与"革新"力量相敌对的"保守"势力，与羸弱的革新力量相比，保守势力地位稳固，拥有至高无上的权力。自上而下的变法在此种情势之下很难借由革新力量成功推行。英国媒体对戊戌政变的同情与本国政府对此的态度是一致的，维新变法如若成功，更易于英国进一步打开中国市场，而且"革新"与"守旧"权力结构的变动，也更有利于英国。如《字林西报》所言："在北京（也许不仅仅是北京）当权的反维新派，同时也是仇外派。"① 所以英国出面营救维新人士也是为了保存亲英人士的好感。

庚子事变后，中国欲前进富强，官制改革是必须面对的一步，在清末新政中，对其定位也是亟须解决的问题。但在《泰晤士报》的报道中，清末新政最核心的官制改革，一直不见起色。这也一直消耗着英国对清政府改革的信任。1905 年清政府提出"预备立宪"，特派五大臣分赴东西洋各国考察政治。对于这一事件，英国《泰晤士报》表示"即使在等到帝国出洋考察团返回之后，清国因为其文化中所固有的作用力，却依旧无法得以振兴，就像 40 年前，它派遣'蒲安臣使团'出洋做了一番相似的差事后得到的结果一样"②。

英国的《泰晤士报》对清末一系列的政治改革的整体评价可概括为"纸上谈兵""镜花水月""停滞不前"，认为清末的"纸上改革"是一种"空洞的声音，是一种传统和典型的清国式改革"：

> 所谓诏书不过就是一份死板的文件，并且，有人也永远只想把它当作一份死板的文件而已……本报记者毫不犹豫地指出，90% 的满族和 75% 的汉族文人们，从未有过一点点支持真正改变制度的想法，在这个制度中，他们既有利可图，又过得舒适愉悦。③

一切的改革都只停留在纸上，大声呼喊着立宪的口号，而不付诸具体的行动，实属"行动的矮子"。《泰晤士报》对晚清的改革运动是否定的，认为什么都没有发生改变。对立宪运动的印象是停滞不前的，且批评中国的官绅及学士并没有支持改革的想法，只愿活在固守的制度中，一成不变。

> 清国在仿效日本先例所作的呼吁中，含有不少捏造的成分，这种成分势必会引发疑虑，就像怀疑帝国的诏书是否能最终为清国带来在日本所产生的效应一样。④

---

① 王晓秋，尚小明主编．戊戌维新与清末新政：晚清改革史研究［M］．北京：北京大学出版社，1998：123．
② China for The Chinese［J］．Times，12 Feb. 1906：8.（中文翻译参考方激编译·帝国的回忆——《泰晤士报》晚清改革观察记［M］．重庆：重庆出版社，2014，笔者已与原始文献一一核对，下文同此条。）
③ Self‐Government in China［J］．Times，23 Nov. 1909：11．
④ The Reform Movement in China is Progressing［J］．Times，3 Sept. 1906：7．

真正的改革迟迟不予到来，使清政府颁布的政令终成海市蜃楼。也使得英国媒体对清政府的"笔头"改革的评价逐渐失去了耐心，并称：

> 当国家倡导改革之时，这种在对外关系上不愿改善的做法，迫使所有的外国列强不得不继续对清国从内部进行改革的可能性提出质疑。①

早已处于现代文明政治制度体系下的英国对于中国延续千年的古老的政治制度是不解的，在英国新闻媒体看来，中国的政治体制是一个彼此纠缠不清、互相渗透、互相冲突的权力集合体。而中国错综复杂的政治内部结构仅是官制的一部分，其他还有外部各主体之间的关系，如统治者、官员以及中央与地方的关系，这些均令英国媒体诧异。《泰晤士报》认为妨碍清国进步的一个主要障碍是现行官僚阶级的无能和腐败。并在《清朝的改革运动》一文中称"只要陈旧的体制存在，清国就总是陷于麻烦之中"②，并且对清政府立宪运动的未来持绝望的态度。其认为"在巨大的官僚体系之下，人们无法学习崭新的事物，也无法遗忘陈旧的传统"③。

由以上《泰晤士报》对改革运动的评价可知，未成功实行官制改革的清政府，根本无法为立宪制度提供适宜的条件，改革因此成为一纸空文，无法下行以致停滞不前，成为幻影。《泰晤士报》在对变法运动的跟踪报道中，逐渐认清清政府改革的本质，对清政府从内部进行改革的可能性提出质疑，由于改革实际的执行与其所预期的效果相差甚远，所以屡屡显露出失望的态度。而这一系列对清政府改革运动的否定报道，便构建起中英两国落后与进步的强烈反差和中日两国同为学习西方，改革图强而走向却相差甚多的话语框架。这也如研究在华英文报刊与近代中西关系的吴义雄所言：

> "中央帝国"的文化本质究竟是什么，就成为一个所有来华西人必须面对也是他们的媒体需要回答的问题。对这个问题作出符合西人利益的回答的重要性，有两个方面。其一，他们必须通过对此问题的论述，来确立自己的道德优势，从而为自己对中国的政治、经济强制乃至军事入侵辩护。在西方国家之间越来越注重依照国际法原则来处理国家间关系的时候，他们必须证明，为什么对中国不采取这些原则而要进行赤裸裸的恫吓和军事行动，在道德上是可以成立的。这就涉及中国与西方在文化上是否具有平等的地位，从而是否有资格享有与西方一样的国家权利的问题。④

《泰晤士报》对维新变法到清末新政的报道态度由起初的同情转为后期的失望甚至深感无望。对于维新党的变法，其认为在中国发生的改革运动与英国所期望的不谋而合。英

---

① China And The Powers [J]. *Times*，13 Oct. 1906：5.
② The Reform Movement in China [J]. *Times*，29 Jan. 1907：4.
③ Constitutional China [J]. *Times*，16 Oct. 1909：9.
④ 吴义雄. 在华英文报刊与近代早期的中西关系 [M]. 北京：社会科学文献出版社，2012：279.

国记者姬乐尔曾言:"维新派的目标就是我们的目标。"① 可见英国媒体对戊戌变法的印象的是"进步"的。这与 19 世纪英国人典型的"进步观"相吻合,冀望中国人能"展开改革……逐步开发资源,打造工业,促进物质、知识、道德的进步"②。而由掌有实权的统治者所推行的清末改革运动,并未引领中国走向自强。所以《泰晤士报》对后期改革的评价多为批评和质疑,其塑造了一个腐败无能的清政府形象,一个弄虚作假、因循守旧却满嘴空言改革的无力政府。揭穿了立宪运动文字背后的真相,即在君主专制制度下的中国,意欲革新自强,必得由统治者自上而下推行改革,而中国的官制体系又无法将颁布的政令落实到行动上,使得中国的"自救"运动成为一个无法成功的死循环。

二、"共和领袖"袁世凯:《泰晤士报》对袁世凯的支持

作为新政府的第一任大总统袁世凯,因戊戌政变进入西方人观察的视野,义和团运动期间,袁世凯任山东巡抚镇压拳民,保护外国人,收获了西方各国对其肯定的评价及好感。以此在清末受到了西方的普遍关注。在辛亥革命期间,通过"北京的莫理循"这一《泰晤士报》知名驻京记者的报道建立起西方国家尤其是英国对其的赞赏和信赖,并以改革派的身份收获了一定的口碑。

李鸿章去世后,袁世凯任直隶总督,因此被视为李鸿章的接班人,不免使外国人对其的好感度有所上升。而其在总督任内锐意革新,建立了近代警察制度,提倡工商事业,开办新式学堂的举动,更是赢得西方的一片赞美。除此之外,袁世凯在军事改革方面也颇有建树,英国海军将领贝思福勋爵 1898 年访问中国,曾拜访袁世凯并参观他的军队,称其创建的小站新军"是在中国看到的唯一一支完全合乎西方标准的真正的军队"③。袁世凯的改革才能不仅体现在军事上,在政治与外交领域也颇有盛誉。1902 年其多次上书建议清朝统治者须改革政体,效仿西方的君主立宪制。在清末新政改革官制时期,其整顿吏治陋规,成果卓越。《泰晤士报》在 1908 年 9 月 22 日刊载的《清国与它的对外关系》一文中便说明了袁世凯对改革的影响,其声称:

> 过去一段日子里,观察家们记录下了清国在处理外交事务上的明显改善。改善是从袁世凯总督接受在外交部另设立一个席位,并且提拔耶鲁大学毕业生梁敦彦为外交部大臣开始的。④

由此可见,英国的《泰晤士报》对袁世凯在改良运动中发挥的积极作用的高度肯定,

---

① [澳]骆惠敏编. 清末民初政情内幕——《泰晤士报》驻北京记者、袁世凯政治顾问乔·厄·莫理循书信集[M]. 刘桂梁等译. 北京:知识出版社,1986:128.
② [美]史景迁. 改变中国:在中国的西方顾问[M]. 温洽溢译. 桂林:广西师范大学出版社,2014:131.
③ 纪陶然. 天朝的镜像——西方人眼中的近代中国[M]. 南京:江苏人民出版社,2014:103.
④ China and Her Foreign Relations [J]. Times, 22 Sept. 1908:6.

也能从中得出英国媒体评判"改善"的价值标准,即由有实权、公认的领袖者来提拔受过外国教育的进步分子协助处理清国的对外政务。这有助于更好地处理中外的关系。这种现象便是改善的开始,有权力的先进人士会带领中国走向自强道路。

当辛亥革命爆发,急需一个强大的政治领袖来掌控时局的时候,看好袁世凯的团体有很多,包括外国人和中国人、满人与汉人、革命派与立宪派。对于外国人,袁世凯因其政治能力被国际舆论公认为是目前中国最强有力、最能干的政治领袖,为了避免中国陷入无政府状态,影响在华外国人的人身、财产安全,以及西方各国的在华利益,稳定的政局才是当下所需的。而袁世凯的汉人血统、满人职务的双重身份与卓越能力是稳定时局的最佳人选。对于清王朝的统治阶层——满人而言,袁世凯一直以效忠清政府自称,待其把控大权,可保清朝官员的性命安全。就革命派而言,由于袁世凯的汉人身份以及他同满人某些权贵的矛盾,使革命党一直对其抱有以"民族大义"为先的期望。这些因素使得袁世凯成为最有希望维持国内秩序的人选。并且从《泰晤士报》在革命爆发后,对孙中山与袁世凯二人的新闻报道数量(孙中山 11 次,袁世凯 31 次)上来看,其明显支持袁世凯,并且在 1911 年 11 月对袁世凯进行十篇的集中报道,其中 14 日以《袁世凯在北京》为题的报道直接对内宣传了袁世凯在政局动荡的革命浪潮中所起的稳定人心与社会的作用,以及中国民众对其的拥护态度:

> 今天下午,袁世凯在满人组成的军队第一镇的护卫下抵京。第一镇河南部分的一队扈从和其他部队正在守卫黄河大桥。许多外国人和官员聚集在火车站,但满人王公没有露面。簇拥的人群从车站到袁世凯的住处,一路上列队欢迎与三年前他离京时只有几个密友相送对比,真是天壤之别。他来京的消息已经起到了安定作用。前些时候人们不停地往使馆转运财物的现象已经停止了。①

从英国报纸对袁世凯报道的评价来看,将其视为在中国动荡政局下的"重要人物",备受民众信任与支持的改革领袖,能收拾当下时局的铁腕政治家。使袁世凯最终在外媒一片"非袁不能收拾"的呼声中,成为中国第一任大总统。在辛亥革命时期的政治局势下,袁世凯成为各派政治势力竞相拉拢的对象,使其成为稳定中国政局的最强有力的人选。而究其获得西方各国一片好评的原因,无外乎袁世凯的对外态度、改革思想以及政治手腕为其赢得了西方人的信任,加之在山东镇压义和团的正义亮相,与愚蠢封建的清政府形成了鲜明的对比,奠定了西方人对其的好感。且袁世凯的对外态度是亲英的,这也便于英国日后更方便在中国扩展商业活动。情感、能力、舆论、形势、利益均指向了袁世凯,使袁世凯成为"对华事务时无法回避的大人物"。而英媒当时对袁世凯的极力追捧,与后世对其的评价并不一致。但这却与英国极力支持袁世凯成为新政府领袖的态度相同,虽然英国政府在辛亥革命时期强调不干涉中国的内政,但驻华公使朱尔典和英国外相葛雷一直对袁世

---

① 窦坤等译著.《泰晤士报》驻华首席记者莫理循直击辛亥革命[M]. 福州:福建教育出版社,2011:123.

凯表示了极大的好感,对其赞誉颇多。在清帝退位后,新政府面临政体与领导者的人选时,葛雷称"在革命派的对手方,有一很好的人选,即袁世凯,他为我们所敬重,而且一直到清廷解除他的职务之前,在他当政下的中国是进步的"①。而对于孙中山的评价甚少,这也与英媒的取向一致。

三、走向"共和":《泰晤士报》构建的"共和之梦"

1912年2月12日,《泰晤士报》刊载《帝国下诏宣布共和》一文,抢先报道了清帝逊位的消息②,此文来自该报驻京记者莫理循。这一消息在西方炸裂开来,中国再次成为世界瞩目的焦点。西方世界普遍认为,中国的辛亥革命是一场最巨大、最重要的革命。

当革命爆发时,《泰晤士报》的驻京记者莫理循首先确认的便是革命的性质。针对这场革命是否排外、外国人的财产和生命安全是否会受到暴动的牵连、英国在华利益是否会受到损害等外国人最担心的问题,莫理循在给他通报消息的挪威传教士新常富的信中写道:

> 所有迹象表明,这纯粹是一场内部的、反政府的运动。这是广泛的反对腐败政府的起义……不是针对外国人的。相反,各方都尽力和外国人修好。③

莫理循的这一观察可谓修正了其他记者报道中对革命党屠杀外国人的不属实描写,使英国意识到此次革命运动的目的是推翻满清统治,并不具有排外色彩,与义和团运动有根本的区别,从而打消了干涉这场革命的想法。

伴随着革命爆发而上扬的便是公众对于共和政体的呼声,中国政体的选择引起了英国媒体的注意。《泰晤士报》的观点从其刊登的一篇严复讨论中国局势的信函内容中可窥得一二:

> 清国并不适合于一个完全不同的政府形式,譬如像美国的共和政体那样……国民的素质和他们的生存环境,决定了将至少需要30年的时间来分化、同化,然后才可能逐渐适应这一政体。诸如孙文本人和其他头脑轻率的革命党人竭力鼓吹共和,但是这有违一般人的常识……最好是成立高一个等级的政府形式,也就是说,维持君主政体,但是以合适的宪法来限制它,试着使它的结构比以前更加灵活,因此,它可以有不断适应和进步的空间。摄政王可以被废黜,作为权益之计,小皇帝也可以被强迫退位,然后,挑选一位成年的皇室成员来担任他的职位。④

---

① Foreign Office Confidential Print, No. 302, Grey to Jordan, Nov. 14, 1911.
② 郭永虎. 近代《泰晤士报》关于辛亥革命新闻报道的文本分析 [J]. 南京社会科学, 2011 (4): 119-124.
③ [澳] 骆惠敏编. 清末民初政情内幕——《泰晤士报》驻北京记者、袁世凯政治顾问乔·厄·莫理循书信集 [M]. 刘桂梁, 等译. 北京: 知识出版社, 1986: 766.
④ The Chinese Problem [J] Times, 25 Dec. 1911: 6.

《泰晤士报》采用了严复对中国政体问题的讨论,可见该报的观点与其相同,皆认为中国目前的情况不宜发展共和政体,更适合君主立宪政体。并担心若中国实行共和政体,其民族主义会致使"清国分裂"。反而不利于维持一个统一的局势。但言论中并未对中国如何选择政体做出强烈干预的姿态,口吻更倾向于提供建议。而这与英国政府的态度相同,在日本驻英代表向英国政府提议协调行动来制止中国的内战以推进实行君主立宪政体时,英国外交部询问驻华大使朱尔典的意见,朱尔典强烈反对,其称:

> 驻华外交界一致的意见均认为在清廷享有名义上的主权下建立君宪政府,是最佳的解决方案;共和政体不适用于中国,且可能导致中国的崩裂。但是,外力干涉不仅无助于君主立宪政体的建立,而且足以害之。①

实际上英媒对发生在中国的革命的认识是十分清醒的,其虽表露出革命对立宪运动的中断感到惋惜,"三年的时间对于预备立宪的清国来说,并不算太长"②。但也清楚地认识到,"满人所掌握的腐朽衰败的政权已行将灭亡"③。其更加关注的是和平的、较为温和的解决手段是什么,叛乱的局势何时能被稳妥地解决。因为其追求的主要目标是中国稳定的社会环境,"中国最好维持君主政体,不过也不反对中国采行立宪政体,甚至共和政体。英国所需要的,是一个能维持秩序和促进商业活动的政府,他们对此一政府的形态并无成见,而且认为此问题应由中国人民自行解决"④。由此可见《泰晤士报》对于中国政体选择的偏好。

英国媒体对于辛亥革命的态度是质疑,首先是对革命发展趋势的不确定,由于不确定是南方的革命党还是北方的清政府会赢得最终的胜利,为了避免其在长江沿岸的经济及与清政府达成的协议所享的利益受损,所以英国媒体的报道宣传不干涉内政的态度。这与戊戌变法和清末立宪运动中所表达的英国与中国之间的显著差距有所不同。主要是以建议的口吻而非批评否定的态度评定中国的革命运动。其次是对革命后,能否保证和平稳定局面的不确定。英国革命的历史经验教会了英国人尽量去"协调",以和平的方式解决问题,而不是暴力。正如屈威廉所言:"'英国革命'没有像'法国革命'那样在国家生活中造成永久性的分裂。它更多的是调和而不是分裂。"⑤ 所以英国更期待出现一个强有力的领袖能够稳定当前的局势,希望南北之间能通过议和的方式恢复和平。这也是其打着不干涉中国内政的旗号,实则积极充当南北之间议和的调停人的缘由。

《泰晤士报》在对辛亥革命报道的时候构建起了一个"共和之梦"。正如英国判断的那样,清末的中国未有建立共和政体的根基,但由于中国处于各国利益争夺的中心,使得

---

① Foreign Office Confidential Print, Vol. 10032, No. 419, Jordan to Grey, Dec. 3, 1911.
② Serious Rising at Wuchang [J]. Times, 12 Oct. 1911:8.
③ The Revolution in China [J]. Times, 6 Nov. 1911:9.
④ 金冲及选编. 辛亥革命研究论文集(下卷)[M]. 北京:生活·读书·新知三联书店, 2011:1262.
⑤ [英] G. M. 屈威廉. 英国革命:1688—1689 [M]. 宋晓东译. 北京:商务印书馆, 2017:98.

辛亥革命在英国竭力维持的"保持中立""不干涉内政"的原则下得以成功，共和的思想得以宣传。而辛亥革命这一已发生的事件是被《泰晤士报》的报道内容建构起来的，其报道的内容并不能代表中国的革命，也与中国现实并不一致。

《泰晤士报》因其所具有的国际影响力，其辐射范围并非本国这一单独的区域。使得《泰晤士报》所宣传的观点，多了一种传播的作用，即向世界讲述其拼贴的中国革命。在辛亥革命期间，驻京记者莫理循向《泰晤士报》的主编传信，称袁世凯是一个"主张共和的革命者，在这里，有见识、有知识的中国人没有不对清朝表示反对的"[①]。并且北京的进步人士革命气氛高涨，共和社会前景一片大好。但《泰晤士报》的主编称驻京通讯员"过于乐观"。由此可见，驻外记者传来的新闻信息与主编采选后报道于报纸之上的内容之间的距离。而非官方言论的新闻媒体便是在公正中立的办报宗旨与政府、个人偏好之间做取舍。从《泰晤士报》对辛亥革命的报道中，可以得知其认为中国建立共和政体是并不适宜，未来前景的明朗局面也并不确定的。"共和"是非常脆弱的，是革命党人执着追求的一种向往。也是民国与清朝割裂的一个必要条件。《泰晤士报》对于中国革命宣传报道的理念主要传达了"英国将奉行中立原则""贷款将提供给一个稳定的政府""和平解决南北问题是最好的方法""袁世凯为各国所信任""中国不适合建立一个像美国一样的共和制国家"几个信息。这些观点和态度经由通讯社连接起来的世界新闻体系传播到各地，其报道的内容不是中国革命，而是英国话语。

结　语

辛亥革命对于西方世界来讲，是中国觉醒的标志。西方新闻界把辛亥革命看作中国社会走向进步和文明的一个重要开端。辛亥革命前后是"分裂"的两个中国，是清政府的消逝和新政府的诞生。从君主专制的清政府到民主共和的新政府，这个封闭已久的古老帝国所发生的巨变，正是英国期待已久的。这次大的变革，是中国主动拥抱西方文明的一次跳板。

在英国《泰晤士报》对这场大革命的报道中，其欢呼、鼓励或者操纵这场革命，都是以西方的价值体系为标准来进行肯定与否定的衡量的。从报纸的报道中，可以了解到当时英国的对华政策以及对华态度，可以看到在英国的媒体宣传中，将北京的改革运动冠以什么样的形象。而不容忽视的是，在这些形象的背后，是英国对华政策的显现。英国为拓宽中国市场，发展经济。欲以"拯救"落后为由，打破其排外的情绪，以便西方文明更好地流入中国市场。总体而言，英国所关心的并不是满人统治中国还是汉人统治中国，是君主立宪制还是共和政体更适合起步的中国，其所关心的是他们代表的不同政治立场下的中国

---

① ［澳］骆惠敏编. 清末民初政情内幕——《泰晤士报》驻北京记者、袁世凯政治顾问乔·厄·莫理循书信集[M]. 刘桂梁等译. 北京：知识出版社，1986：791.

对于世界的影响。正如一位记者所说在英国看来，中国不是新闻，西方列强对中国的渗透才是新闻。

参考文献

[1] [英] G. M. 屈威廉. 英国革命：1688—1689 [M]. 宋晓东译. 北京：商务印书馆，2017.

[2] [英] 保罗·法兰奇. 镜里看中国——从鸦片战争到毛泽东时代的驻华外国记者 [M]. 张强译. 北京：中国友谊出版公司，2011.

[3] [美] 史景迁. 改变中国：在中国的西方顾问 [M]. 温洽溢译. 桂林：广西师范大学出版社，2014.

[4] [澳] 骆惠敏编. 清末民初政情内幕——《泰晤士报》驻北京记者、袁世凯政治顾问乔·厄·莫理循书信集 [M]. 刘桂梁等译. 北京：知识出版社，1986.

[5] 窦坤等译著. 《泰晤士报》驻华首席记者莫理循直击辛亥革命 [M]. 福州：福建教育出版社，2011.

[6] 方激编译. 帝国的回忆——《泰晤士报》晚清改革观察记 [M]. 重庆：重庆出版社，2014.

[7] 方激编译. 龙蛇北洋：《泰晤士报》民初政局观察记（上）[M]. 重庆：重庆出版社，2017.

[8] 纪陶然. 天朝的镜像——西方人眼中的近代中国 [M]. 南京：江苏人民出版社，2014.

[9] 金冲及选编. 辛亥革命研究论文集（下卷）[M]. 北京：生活·读书·新知三联书店，2011.

[10] 马士. 中国帝国对外关系史 [M]. 北京：商务印书馆，1960.

[11] 吴义雄. 在华英文报刊与近代早期的中西关系 [M]. 北京：社会科学文献出版社，2012.

[12] 王晓秋，尚小明主编. 戊戌维新与清末新政：晚清改革史研究 [M]. 北京：北京大学出版社，1998.

[13] 崔志海. 美国驻华公使对戊戌变法的观察 [J]. 史林，2018（4）.

[14] 郭永虎. 近代《泰晤士报》关于辛亥革命新闻报道的文本分析 [J]. 南京社会科学，2011（4）.

[15] 王曾才. 英国与辛亥革命 [J]. 中国文化研究所学报（第7卷），1974（1）.

（李欣悦　首都师范大学2018级硕士生　指导教师：尹文涓）

论孟京辉戏剧与中国先锋戏剧的关系
——以话剧《恋爱的犀牛》为例

倪佳晨

摘　要：孟京辉是中国先锋戏剧的代表人物之一，对中国先锋戏剧的发展做出重大贡献，发挥了承前启后的作用。他的作品《恋爱的犀牛》也成为中国先锋剧坛经久不衰的一面旗帜。《恋爱的犀牛》诞生于中国先锋戏剧衰落的20世纪90年代末，该剧融合了西方先锋派戏剧的诸多理念，并对中国传统戏剧进行大胆、激进的反叛，在中国先锋戏剧衰落之际，重新激活了陷入低谷的先锋市场。结合中西先锋戏剧语境，可以看到孟京辉在延续中国先锋戏剧中所起到的巨大作用。作为先锋戏剧本土化的成功之作，《恋爱的犀牛》承载了21世纪先锋戏剧的希望，以该作品为例，探索孟京辉戏剧与中国先锋戏剧的关系，是探寻中西先锋戏剧关联的一把钥匙。

关键词：先锋戏剧；孟京辉；《恋爱的犀牛》

自新时期以来，中国先锋戏剧已有40多年的历史，大致可分为三个阶段：20世纪80年代初至90年代初的探索阶段、90年代初至90年代末的全盛阶段以及90年代末至今的转型阶段。探索阶段主要以高行健、林兆华搭档创作的戏剧作品为主，这一阶段的作品实验性强，成绩显著，打破了五四以来的现实主义戏剧模式长期统治中国剧坛的局面；到了20世纪90年代的全盛期，先锋戏剧作品鱼贯而出，上海、北京等地均有大量作品涌现，本文所关注的孟京辉导演也是在这一时期步入了先锋剧坛；到了90年代末，先锋戏剧开始走向衰落，观众的流失、市场的"缩水"呼吁着先锋戏剧的转型。

在20世纪90年代的全盛阶段，孟京辉以排演和模仿西方荒诞派戏剧作品为主，如《秃头歌女》《等待戈多》等；而在90年代末的转型阶段，孟京辉对先锋戏剧的转型起到至关重要的作用。他在1999年推出的话剧《恋爱的犀牛》迅速占领话剧市场，使此前"小众化"的先锋戏剧迈入大众视野，革新了80年代以来的先锋戏剧理念，进入21世纪，孟京辉的一系列作品（如《两只狗的生活意见》《空中花园谋杀案》等）也均沿袭了《恋爱的犀牛》面向大众的风格，获得观众的喜爱。可以看出，《恋爱的犀牛》对孟京辉在90年代末以来的先锋剧坛获得成功具有重大意义，同时，《恋爱的犀牛》的成功也对90年代末衰微的中国先锋戏剧有着转折性的推动作用。

《恋爱的犀牛》讲述了犀牛饲养员马路和他的朋友们新颖、丰富的日常生活,以马路和明明的爱情为主线,呈现了当代都市青年人的生活方式、行为模式、爱情观念、消费心理等诸多内容。剧中新奇的内容、创新性的表现手法获得观众的喜爱。自 1999 年首演至今,《恋爱的犀牛》已经在国内外多个城市持续上演了 20 年,历久不衰,直至今日,该剧的演出在许多城市依然出现"一票难求"的情况。现今,孟京辉戏剧工作室旗下的三个剧组,每年都会在北京、上海、杭州、深圳等地持续数月上演《恋爱的犀牛》,该剧也受邀参与了国外多个知名戏剧节。截至 2018 年,《恋爱的犀牛》的演出场次共计 2500 多场,巡演里程达 487800 公里,观众人次达 100 万,创下中国戏剧的"票房神话"。孟京辉通过《恋爱的犀牛》这一实践,使先锋戏剧收获了大众与市场,扭转了衰微的局面。显然,相比于早期先锋戏剧的"小众化"格局,《恋爱的犀牛》已经成为先锋戏剧界的"热点"现象。

这一"热点"现象受到评论界的关注。从研究者的角度来看,大多研究者为先锋戏剧创作者、戏剧戏曲研究者以及少部分现当代文学研究者,从研究内容来看,更多地集中于对《恋爱的犀牛》的艺术形式、语言特点等方面做美学的分析和批评。而关于《恋爱的犀牛》与西方先锋派理论、中国先锋戏剧的关系的研究较少。在为数不多的研究成果中,韩国学者张姬宰对中国先锋戏剧的论述值得关注,她意识到了中国先锋戏剧的"特殊性",并结合中西先锋戏剧的差异和中西文化语境的差异对中国先锋戏剧进行了分析[①]。这一视角为本文研究《恋爱的犀牛》提供了思路。因此,本文将在前人研究的基础上,结合中西文化的差异对孟京辉戏剧进行考察,力求通过比对和把握中西文化语境差异,在原有的纯美学研究模式的基础上,结合西方先锋派对孟京辉的影响以及孟京辉对中国本土文化的吸收这两点,对《恋爱的犀牛》进行分析。为了更好地把握《恋爱的犀牛》在中国先锋戏剧中的定位,本文将首先对中国的先锋戏剧概念进行界定,厘清含混复杂的中国先锋戏剧历程中出现的几个概念。在此基础上定位孟京辉戏剧以及《恋爱的犀牛》在中国先锋戏剧坐标中的位置,然后,从先锋戏剧的本质特征"反叛"出发,分析《恋爱的犀牛》的先锋性所在,以此探求孟京辉戏剧与中国先锋戏剧的关系。

一、中国先锋戏剧的界定

关于中国先锋戏剧的研究自 21 世纪初开始涌现。但正如先锋戏剧导演牟森所言:"关于先锋的这种坐标定位非常混乱。"[②] 张姬宰对这一"坐标定位的混乱"总结为三点:"主

---

① [韩] 张姬宰. 中国大陆先锋戏剧先锋性之变迁研究 [D]. 南京:南京大学博士学位论文,2015:10.
② 汪继芳. 20 世纪最后的浪漫——北京自由艺术家生活实录 [M]. 哈尔滨:北方文艺出版社,1999:147.

流与先锋话语的混乱、概念的混乱、西方理论和中国情形的冲突"①。这种混乱导致了先锋概念的模糊不清,以及产生了诸多关于先锋戏剧的其他称谓,如"探索戏剧""实验戏剧""新锐戏剧"等。所以,对中国的"先锋""先锋性"概念进行界定,对理解中国先锋戏剧并进入作品分析至关重要。

"先锋"(avant-garde)一词在西方的概念经过了一段复杂的演变过程。在19世纪以前的西方为军事用语,意为"搏杀于前线的先头部队"。在19世纪上半叶逐渐延伸至政治领域,此处的"先锋"被空想社会主义引申出"想象者"的内涵,乃至19世纪下半叶,"先锋"才与文学艺术产生关联,最早被用在巴枯宁创办的无政府主义杂志《先锋》,此时作为杂志名称的"先锋"依然带有浓重的政治色彩,直到巴枯宁的追随者圣西门等人将"先锋"一词应用至艺术领域,用以描述当时许多作家、艺术家的运动与思潮时,才算真正进入了艺术文学的领域。②此后,先锋艺术在20世纪前期的西方迎来了高潮,主要包括"印象主义、象征主义、未来主义、超现实主义、表现主义、达达主义、意识流小说、荒诞派戏剧等思潮",而在20世纪后期,依然有许多作家、艺术家被评论者冠以"先锋"的名号。

对"先锋"的词源考察在许多研究者的研究中均有涉及,在此不作赘述。值得注意的是,在以西方的先锋概念观照中国先锋戏剧时,应注重中西先锋戏剧的差异。"众所周知,中国先锋戏剧是受西方先锋戏剧影响的,但两者产生的原因却明显不同。相比较而言,西方先锋戏剧对资本主义现代性的弊端举起了批判的大旗,而中国先锋戏剧则对'文革'时的极左思潮……举起了批判的大旗。除此之外,两者的发展轨迹也有不少差异,甚至在有些方面完全相反。"③五四以来所形成的革命、进步的文艺范式,加上"文革"时期遗留的文艺政策的束缚,导致80年代初中国戏剧陷入僵化,中国的先锋戏剧正是在这样的情况下诞生的,这一点与西方不同。所以,对中国先锋戏剧的考察应兼顾西方先锋派戏剧的影响以及中国本土的社会语境。

陈吉德博士将上述两点有机地结合了起来,并总结了中国先锋戏剧的四个特征,可以概括为"艺术形式上的实验性、思想内容上的激进性、主体身份上的本土性、存在位置上的边缘性"。艺术形式的实验性以及思想内容上的激进性与马尔库塞对先锋艺术的阐释相呼应,马尔库塞认为先锋艺术应首先体现在作品的风格和技巧上,并"预示了反映了整个社会的实际变革"④。并且,在卡林内斯库的《现代性的五副面孔》中也可以找到与上述两点相关的佐证,如"先锋派的大多数杰出研究者都倾向于同意,它的出现同一个特定的阶段有着历史的联系,在此阶段,某些同社会相'疏离'的艺术家感到,必须瓦解并彻底

---

① [韩]张姬宰. 中国大陆先锋戏剧先锋性之变迁研究[D]. 南京:南京大学博士学位论文,2015:13.
② 胡恒,王群. 何为先锋派——先锋派简史[J]. 时代建筑,2003(5):2.
③ [韩]张姬宰. 中国大陆先锋戏剧先锋性之变迁研究[D]. 南京:南京大学博士学位论文,2015:4.
④ 吕澎,易丹. 中国现代艺术史:1979—1989[M]. 长沙:湖南美术出版社,1992:5.

推翻整个的资产阶级价值观念体系,以及它所有的关于自己具有普遍性的谎言"①。可见,无论是艺术形式还是思想内容,中西双方均存在实验与激进的特点。

而陈吉德博士对主体身份"本土化"这一特征的论述,则确定了中西先锋戏剧的差异所在:"因为先锋并不是'否定一切',而是要从本土文化中吸取营养,以寻求先锋姿态的合法性,这可以说是在全球化语境中的一种生存策略。"② 从此处可以看出,即使中国的先锋戏剧从西方舶来,但同时也从中国的传统文化中汲取了大量的营养,这是中西先锋戏剧产生重大差异的根源。先锋戏剧的"本土性"特征要求我们在观照先锋戏剧时必须注意到时间与空间的相对性③问题,即在讨论中国先锋戏剧时,应找准参照系。

判断一部作品是否先锋,关键在于该作品是否具有"先锋性"。综合西方的先锋理论来看,较为代表性的著作有三部,分别为波焦利的《先锋派理论》、卡林内斯库的《现代性的五副面孔》、比格尔的《先锋派理论》,虽然三者对于先锋派有着截然不同的态度,且争论从未停息,但至少有三点关于先锋性的论述是一致的。这三点可概括为"突破形式、反抗精神、生活中的实践性"④,归纳来看,这三点分别指向了艺术形式、思想主题、实际功用,而先锋性也在这三点的基础上昭然若揭,即艺术形式、思想主题、实际功用的"反叛性",换言之,一部作品的先锋性首先体现在其是否具有"反叛性"这一特质。而从被反叛的对象来看,中国的先锋戏剧主要反叛的是中国的传统戏剧。

本文所说的传统戏剧不包括五四以前的中国古典戏曲,而特指五四以来,通过译介、改编、创作的以"斯坦尼—易卜生"体系为标准模式的戏剧,这一类戏剧有着较强的现实主义倾向:在思想内容上更注重表现宏大的社会问题,因而剧中时常出现"进步—落后""理想—现实"的二元结构,在这种尖锐的对立冲突中展开事件;在舞台空间与表演方法上则沿袭俄国导演斯坦尼斯拉夫斯基的理念,注重还原逼真环境,以"由内而外"的表演方法塑造逼真人物。这一类戏剧在 80 年代末陷入僵化,并成为先锋戏剧的反叛对象。也正是通过对该类戏剧的反叛,中国诞生了一批勇敢、激进的先锋派戏剧创作者,也迎来了先锋戏剧的"春天"。

结合"先锋""先锋性"的概念、先锋戏剧的特征、先锋戏剧的反叛对象这几点可以看出,中国自 80 年代以来出现的有着"探索戏剧""实验戏剧""新锐戏剧"等称谓的戏剧作品均通过对五四以来的传统戏剧的反叛而呈现出先锋性,可以从广义的角度囊括在先锋戏剧的概念之中。至此,也可以较为清晰地界定出中国先锋戏剧的概念:中国先锋戏剧指通过对五四以来戏剧传统的反叛,打破固有戏剧模式,力图转变观众审美惯性的戏剧实践。

---

① [美] 马泰·卡林内斯库. 现代性的五副面孔 [M]. 顾爱彬,李瑞华译. 北京:商务印书馆,2015:129.
② 陈吉德. 中国当代先锋戏剧的演变流程 [J]. 四川戏剧,2003(3):21.
③ 陈吉德. 中国当代先锋戏剧的演变流程 [J]. 四川戏剧,2003(3):21.
④ [韩] 张姬宰. 中国大陆先锋戏剧先锋性之变迁研究 [D]. 南京:南京大学博士学位论文,2015:20.

二、孟京辉戏剧在中国先锋戏剧坐标中的位置

对中国先锋戏剧的界定,使我们看到了它的大致起点。一般认为,中国第一部具有先锋性的戏剧作品为1979年谢民编剧的《我为什么死了》①,但此时期的先锋戏剧模仿性较强,主要集中于对"自由时空"这一艺术形式的运用,并没有形成很强的先锋戏剧浪潮。

真正具有开篇意义的当为80年代初,编剧高行健与导演林兆华的合作。"高林"组合的代表作品《车站》(1983)、《野人》(1985)的成功上演,掀起了80年代中国先锋戏剧的浪潮,此外,高行健创作的剧本《绝对信号》《彼岸》等作品的发表,也对先锋戏剧创作者产生巨大影响,于是,以北京、上海等城市为主要阵地的先锋戏剧作品鱼贯而出,这样繁荣的情况一直持续到90年代。

青年导演孟京辉便是在这样的背景下登上了先锋戏剧的"舞台",与林兆华、牟森并称"北京剧坛三剑客"。90年代初期的孟京辉排演了大量西方先锋派的作品,他的前期作品有着极强的实验性,他此时的戏剧理念很大程度上根植于西方先锋派戏剧,许多作品都是对西方先锋派戏剧的复排、借鉴与模仿,如《秃头歌女》《等待戈多》的剧本分别源自尤金·尤奈斯库、贝克特这两位荒诞派剧作家,而这一时期最具代表性的《我爱×××》则与刚刚获得诺贝尔文学奖的彼得·汉德克的作品《骂观众》有着相同的创作理念。这一时期的作品还包括《思凡》(1993)、《阳台》(1993)、《放下你的鞭子·沃伊采克》(1995)等。这些作品为孟京辉赢得了较大的荣誉,其毕业作品《等待戈多》参加了1993年3月在德国柏林世界文化宫举办的"中国先锋艺术展",并受到好评,而他1993年创作的《思凡》则成为当时中国小剧场最具原创力的保留剧目。②

然而,这样的局面在90年代末期逐渐消逝。90年代末的中国,电视、电影等电子媒介开始进入大众生活,不仅先锋戏剧,而是整个中国的戏剧市场均受到强大的冲击,市场的"缩水"使曾风靡一时的先锋剧坛归于沉寂。先锋戏剧创作者难以生存。在这一阶段,孟京辉只推出了实验音乐剧《爱情蚂蚁》,这可以看作他前期先锋戏剧实践的最后一部作品,而与孟京辉同样曾经活跃在北京先锋剧坛的牟森,则走出了曾风靡一时的"戏剧车间",成为一家互联网公司的CEO,被誉为戏剧界"常青树"的林兆华导演的先锋作品《三姊妹·等待戈多》也遭到了"冷落"。在中国先锋戏剧陷入沉寂的境况下,孟京辉选择了停止创作,他开始思考先锋戏剧新的出路。

1997年底,孟京辉用了半年的时间在日本观看实验戏剧,并结合中国的情况进行思考,萌生了"实验和主流得同时进行"的观念。1998年,孟京辉推出了《一个无政府主义者的意外死亡》和《坏话一条街》两部作品,这两部作品预示他创作观念的转变——

---

① 陈吉德. 中国当代先锋戏剧的演变流程 [J]. 四川戏剧, 2003 (3): 1.
② 陈吉德. 中国当代先锋戏剧的演变流程 [J]. 四川戏剧, 2003 (3): 2.

开始注重与大众交流。1999年,孟京辉将自己提出的"人民戏剧"的观念完全付诸实践,于是便诞生了影响至今的作品——《恋爱的犀牛》。在《恋爱的犀牛》大获成功之后,孟京辉延续着自己的理念和道路,相继排演了《臭虫》(2000)、《琥珀》(2005)、《镜花水月》(2006)、《艳遇》(2007)、《两只狗的生活意见》(2008)、《空中花园谋杀案》(2009)、《柔软》(2010)、《希特勒的肚子》(2010)、《蝴蝶变形记》(2011)、《枪、谎言和玫瑰》(2012)、《活着》(2012)、《一个陌生女人的来信》(2013)、《寻欢作乐》(2014)、《你好,忧愁》(2015)、《死水边的美人鱼》(2015)、《女仆》(2015)、《他有两把左轮手枪和黑白相间的眼睛》(2016)、《蛋》(2016)、《四川好人》(2016)、《九又二分之一爱情》(2017)、《太阳和太阳穴》(2018)、《莎士比亚和狼》(2018)等(太多了)。在《恋爱的犀牛》以后的作品中,孟京辉越来越注重与大众的交流,并赢得了市场,由此也可以看出,《恋爱的犀牛》对孟京辉后续作品影响极大,极具转折意义。

《恋爱的犀牛》构思于1997年孟京辉在日本学习期间,通过观看日本的实验戏剧,孟京辉对80年代以来的中国先锋戏剧观念进行了革新,萌生了"人民戏剧"的戏剧理念。也是在此期间,孟京辉与妻子廖一梅通过传真、EMS等通信工具,讨论着《恋爱的犀牛》的种种构思。1998年夏,廖一梅着手写作《恋爱的犀牛》第一稿剧本。"开始设想的还是传统型的话剧,有故事的起承转合,有人物情节的细腻刻画,她在情节的铺陈中花了好多的笔墨。但是,突然,她不想那样写了。她想摆脱原有的传统话剧剧本的模式,想循着自己内心的追问和呐喊,写一部非现实的脱离固有故事结构的剧本。"[①]

从廖一梅的解释中可以看出,她在写作过程中仍然保持着先锋的姿态,依然与传统戏剧保持着距离。但孟京辉在此期间所提出的"人民戏剧"的理念,则昭显了他想面向大众、面向市场的决心。换言之,《恋爱的犀牛》可以看作在中国先锋戏剧陷入低谷的大背景下,孟京辉导演在先锋与市场之间做的一次"中和"。从作者的创作初衷来看,该作品依然具有很强的先锋性,而与西方先锋戏剧的不同之处在于,《恋爱的犀牛》并不排斥市场且积极面向大众,这是该剧获得成功的重要原因。《恋爱的犀牛》的成功不仅为孟京辉后续作品提供了新方向,也带动了整个中国先锋戏剧的转型。21世纪初期先锋剧坛涌现的一批"新锐"导演、编剧,如丁一滕、黄盈、王翀等人均与孟京辉有所交集,多次担任"青年戏剧节"的孟京辉也对青年导演、优秀剧目进行扶持和帮助,可见,孟京辉在21世纪前20年的中国先锋戏剧的发展过程中功不可没,而《恋爱的犀牛》的成功吹响了21世纪先锋剧坛的"新春序曲"。

三、西方先锋派戏剧对孟京辉的影响

如果说孟京辉前期的戏剧作品更多是对西方先锋戏剧的艺术形式的借鉴与模仿,那么

[①] 廖一梅.恋爱的犀牛[M].长沙:湖南文艺出版社,2017:4.

《恋爱的犀牛》则彰显了孟京辉对西方先锋戏剧理念与中国本土语境的融合。90 年代末的孟京辉已经形成了自己的风格，相比于前期的实验性较强的作品，《恋爱的犀牛》的先锋特质更为成熟。孟京辉戏剧逐步走向成熟的根基在于西方先锋派戏剧，前期对于西方先锋戏剧的借鉴、模仿对其创作层面影响较大，这一点从前文中提到的作品可以看出；而孟京辉在后期对西方先锋派戏剧理论的吸取，奠定了他趋向成熟的基础。综合来看，对孟京辉戏剧理念产生重要影响的西方戏剧导演主要包括彼得·布鲁克、梅耶荷德，以及先锋派电影导演大卫·林奇和彼得·格林纳威。

（一）彼得·布鲁克与《空的空间》

彼得·布鲁克是英国的戏剧导演，在西方的文艺评论界享有"当今最有才华，最富有生气，最具备权威的导演"的美誉。他的著作《空的空间》于 1998 年被译入中国，现已多次再版，成为戏剧艺术相关专业学生的必读书目。在中央电视台《人物》栏目的采访中，孟京辉直接表示："斯坦尼的表演体系已经太'土'了，现在更多是在看彼得·布鲁克。"布鲁克对孟京辉戏剧的影响主要集中在两个方面，即对表演空间的重塑和"民间化"的创作态度。而这两个方面在《恋爱的犀牛》中体现得最为突出。

首先，布鲁克重新界定了表演的空间，这对孟京辉产生了重要影响。在《空的空间》开篇便提道："我们可以选取任何一个空间，称它为空荡的舞台。一个人在别人的注视之下走过这个空间，这就足以构成一幕戏剧了。"这一论述被广泛引用，甚至可以称作 20 世纪五六十年代西方先锋戏剧的开篇序言。从这段话中我们可以看出，传统现实主义戏剧的三个要素：舞台、表演、观众，被完全颠覆了，在布鲁克的眼中，表演空间无须完全限定为传统的舞台，演员的表演不再需要规定，而观众的身份也被消解了。

布鲁克的观点直承另一位现代主义导演格洛托夫斯基，"与电影的灵活性相比，戏剧曾经显得笨重不堪，而且还有吱吱嘎嘎的响声。但是舞台越是搞得真正空荡无物，就越是接近于这样一种舞台，其轻便灵活和视野之大，都是电影或电视所望尘莫及的"[1]。

20 世纪 90 年代后期的孟京辉所处的文化环境与布鲁克有着极强的相似性，传统的现实主义戏剧陷入僵化与停滞，这样的环境下呼唤着先锋戏剧的革新力量。而《恋爱的犀牛》则有力地打破了上述限制。"幕布没有了，脚灯没有了，便只剩下空荡的舞台，便只剩下舞台上的表演，便只有面对表演的观众。"[2] 在布鲁克等导演的革新之下，传统戏剧营造生活幻觉的任务交给了电视和电影，而先锋戏剧则更注重剧场性的还原，这样的观点在《恋爱的犀牛》的表演空间中得到极大呈现。

其次，布鲁克对于民间戏剧的重视也对孟京辉的戏剧作品产生重大影响。在《空的空间》中，布鲁克将戏剧分为僵化的戏剧、粗俗的戏剧、神圣的戏剧和直觉的戏剧，而粗俗的戏剧则侧重指来自民间的戏剧。以传统的美学视角来看，民间的戏剧是与精英文化主导

---

[1] ［英］彼得·布鲁克. 空的空间［M］. 邢历译. 北京：中国戏剧出版社，1998：95.
[2] 麻文琦. 水月镜花——后现代主义与当代戏剧［M］. 北京：中国社会出版社，1994：156.

下的戏剧相对立的，民间戏剧更多地被冠以下等、低贱、丑陋等称谓。

但在布鲁克看来，粗俗的戏剧（民间戏剧）有着传统戏剧所没有的非凡力量，他认为"污秽和庸俗本是自然现象，海淫亦不过是行欢作乐而已。由于这些东西，表演就起了它社会解放的作用，因为流行戏剧本来就是反权威，反传统，反华而不实，反矫揉造作的。这就是喧闹的戏剧，而喧闹的戏剧是值得喝彩的戏剧"。① 布鲁克对民间戏剧的论述，重新发掘了民间戏剧中不拘一格、肆意妄为的一面，认为民间戏剧给戏剧注入了经久不衰的活力，显然，民间戏剧对传统价值的忤逆和对现实社会的嘲讽引起了先锋派戏剧的共鸣，这也对孟京辉产生了极大的启发意义。结合孟京辉所处的时代来看，从传统的"雅"走向大众的"俗"是占据戏剧市场的重要途径，孟京辉正是吸取了布鲁克对"粗俗"的民间文化的发掘这一点，为先锋戏剧注入了新的灵魂，有学者认为，孟京辉戏剧对中国传统民间艺术的吸取是从传统戏剧中借鉴来的，但在此处可以很明显地看到，孟京辉吸取的的确是中国传统的民间文化，但对于中国传统民间文化吸取的理念是受到布鲁克的影响。这也是《恋爱的犀牛》中呈现了大量中国民间文化的主要原因。

在中国先锋戏剧兴起的 20 世纪 80 年代，戏剧界最大的争论便是"写实"与"写意"、"雅"与"俗"的问题，彼得·布鲁克对戏剧的贡献正在于将传统的"写实"戏剧转向了"写意"戏剧，将高雅的精英戏剧转向了"粗俗"的民间戏剧，这对孟京辉的影响是极大的，而《恋爱的犀牛》则是孟京辉对彼得·布鲁克的戏剧理念接受后的成功实验。

（二）梅耶荷德的假定性理论

梅耶荷德是俄国相当有影响力的戏剧导演，作为斯坦尼斯拉夫斯基的学生，梅耶荷德并未一直延续老师的戏剧理念，而是致力于对戏剧艺术手法的变革，且拥有绝对的先锋姿态，从未妥协。梅耶荷德最大的戏剧贡献，在于他对"假定性"理论的开创以及各种"假定性"手法的应用和实践。

与斯坦尼斯拉夫斯基不同，梅耶荷德认为"艺术和生活是不可能也不应该是'逼真的'相似的"。② 于是，梅耶荷德抛弃了传统的"镜框式"舞台，大胆地对舞台进行切割，从而达成自由的时空转换，这对俄国传统戏剧而言，是具有颠覆意义的尝试，同时，梅耶荷德对舞台的假定性处理，也对孟京辉造成非常大的启发，这样的处理在他的多部作品中都可以看到。

此外，在表演方式上，梅耶荷德则大胆地摒弃了斯坦尼式的表演体系，而开发出一套"由外到内"的表演方法，这种表演方法致力于开发演员对身体的把握与控制，而非完全进入角色，与其老师斯坦尼斯拉夫斯基的表演体系正好相反。而这种表演体系在中国先锋戏剧的诸多创作者的大量作品中均有尝试。

---

① ［英］彼得·布鲁克. 空的空间［M］. 邢历译. 北京：中国戏剧出版社，1998：72.
② 童道明. 他山集：戏剧流派、假定性及其它［M］. 北京：中国戏剧出版社，1983：75.

梅耶荷德对孟京辉的影响是最为直观和显而易见的，早在读研究生期间的孟京辉，就已经开始大量阅读梅耶荷德戏剧理论和戏剧作品，他的毕业论文也名为《论梅耶荷德的导演艺术》，从孟京辉戏剧的舞台、即兴表演、肢体语言的运用、戏剧节奏等多个方面都可以看到梅耶荷德的影子。而在《恋爱的犀牛》中，上述这些特征则被发挥得最为突出。值得一提的是，梅耶荷德的精神品质对孟京辉的影响也是很大的，同梅耶荷德挑战斯坦尼的权威一样，孟京辉也始终在中国保持着反叛现实主义的态度，不断地进行着探索和革新，一直坚持至今。孟京辉认为"在探索上我们永远是儿童"[①]的论述与梅耶荷德对于戏剧的态度如出一辙，这也奠定了孟京辉整个先锋戏剧探索之路的基调。

（三）超现实主义电影的表现手法与视觉风格

20世纪90年代末的中国，电影在发达城市十分兴盛，从市场角度来看，电影对戏剧有着极大的冲击力，而从艺术表现形式来看，电影艺术为先锋戏剧提供了新的参考维度。戏剧与电影的交集在于视觉，20世纪90年代的中国先锋戏剧对电影视觉的借鉴使其焕发了新的活力与生机。在西方，这样的吸收与借鉴从梅耶荷德等导演的作品中可以窥见，如前文提到的梅耶荷德对舞台的分割则与电影的蒙太奇手法如出一辙，他同样提到"戏剧电影化"[②]的命题。孟京辉导演在《镜花水月》的宣传中曾称，自己的这部作品是对大卫·林奇和彼得·格林纳威的致敬，可见这两位先锋派电影导演对他的影响。

大卫·林奇以诡异的情绪、黑暗的镜头语言和丰富的视觉影像而成为美国独立电影的代表人物。他的电影运用了大量的非线性影像结构，所以呈现出许多超现实的场景，也借此展现出当时美国人怪异、荒诞的精神状况。大卫·林奇的大部分电影所描述的世界充满了黑暗、恐怖以及困惑，充分反映了后工业社会下美国人的情感失真和人际关系的扭曲。他在采访中表示他的电影是有关困惑和黑暗的。既可以说它是真实的，也可以说它是虚无的，可以说它是梦，也可以说它是现实。相比于此前热衷于营造逼真生活场景的现实主义电影，大卫·林奇的理念是十分新颖和前卫的。

在大卫·林奇的代表作品《穆赫兰道》中，女主角由于失忆所经历的一系列事件，在影片中毫无逻辑地展开，仿佛多个碎片的拼贴，这样的手法导致生活的真实感消失了，观众无法知道电影中的人物究竟是处于梦境中还是现实中，幻觉与真实的界限被打破了。由此可见，大卫·林奇对于孟京辉的影响主要是理念上的影响，在《恋爱的犀牛》的舞台上，孟京辉借助超现实主义电影的手法，打破了传统戏剧固守现实的表演程式，营造了更加碎片化的空间结构。

英国导演彼得·格林纳威的电影观念与大卫·林奇大相径庭。大卫·林奇依靠蒙太奇手法来呈现梦幻般的现实，格林纳威则对蒙太奇手法持排斥的态度。格林纳威更强调电影的假定性，并认为应该减少剪接，他长于运用静态的镜头语言，因此格林纳威的电影时常

---

① 魏力新. 做戏：戏剧人说戏 [M]. 北京：文化艺术出版社，2003：90.
② 童道明. 他山集：戏剧流派、假定性及其它 [M]. 北京：中国戏剧出版社，1983：73.

呈现出一种"舞台"的气息。格林纳威的这一电影主张作用到《恋爱的犀牛》中，则更多地作用于舞台的空间构图层面。

综合来看，孟京辉从电影艺术中主要吸取了电影的蒙太奇手法、视觉风格以及空间构图方式，这使得《恋爱的犀牛》更具有视觉冲击力。

四、《恋爱的犀牛》所具有的"反叛"的先锋特质

在中国先锋戏剧所处的社会语境以及西方先锋派戏剧影响的双重作用下，《恋爱的犀牛》以大胆、激进的姿态对五四以来的话剧传统进行了反叛。这一反叛包括三个方面，即戏剧理念、戏剧受众以及戏剧的表现形式的反叛。

（一）从戏剧理念看

五四以来所形成的戏剧理念，要求戏剧关注重大社会问题，这导致这类剧作呈现出很强的社会性，大多作品存在阶级视角，形成了以社会矛盾为核心冲突的基本范型，通过构建"进步与落后""压迫与反抗""光明与黑暗""理想与现实"的二元对立的格局，揭露深刻的社会问题，并达成对社会批判的任务。如从北京人艺多次重排并上演的戏剧《茶馆》中，我们可以看到特殊历史时期的"老北京"社会景象、明显的社会矛盾冲突以及来自各个阶层的社会群体。

而《恋爱的犀牛》不再建构上述宏大的二元对立，也不存在阶级的视角，而是转向了对都市青年亚文化群体生活的呈现。相比于传统戏剧所呈现出的"众生百态"，《恋爱的犀牛》的视域锁定在都市青年人，剧中的人物从属于同一类型。除去男女主角马路和明明以外，马路的好友牙刷、黑子、大仙，电视台的经纪人、明星（红红和莉莉）也都是青年。

围绕这些角色，《恋爱的犀牛》集中呈现了都市青年人的生活方式、行为模式、娱乐方式和价值观念。如从剧中青年人的"穿着打扮"这一具象层面，观众可以看到剧中人物的穿着与中国90年代青年群体的穿着相类似，牛仔裤、喇叭裤、风衣、墨镜均成为剧中人形象的重要符号，部分角色的发型也非常奇特，还有一些角色染发、烫发，这在当时的传统戏剧中是少见的，至少不是以主要呈现内容出现的；再如，剧中人物为了迎接新世纪的到来而建造"大钟"、买彩票、上"恋爱训练课"以及推销、广告、"选秀"等生活层面的呈现，结合了当下的诸多流行元素；再如，《恋爱的犀牛》表现的当代青年人的婚恋观念，这些观念与传统戏剧所反映的"门当户对""父母包办"等社会层面的婚恋问题不同，更多地指向当下青年人的婚恋心理，剧中对"快餐式""娱乐式"爱情的表述，对"闪婚"的呈现都是在传统戏剧中难以见到甚至被排斥的；还有，剧中青年人对于"性"的大胆直接的态度，也使整部剧呈现了传统戏剧所不能囊括的内容；同时，《恋爱的犀牛》也借鉴了布鲁克对民间戏剧的态度，对中国民间艺术的吸取也使其摆脱了传统戏剧注重呈现"高雅"内容的束缚，展现了大量当下流行的语言和"段子"、中国的传统曲艺（如快

板、民歌等)。

相较于五四以来戏剧所注重的社会性,《恋爱的犀牛》的内容表现出更强的娱乐性、流行性特点,通过对青年生活的呈现,《恋爱的犀牛》营造了强烈的娱乐氛围,如剧中接连不断的笑料、风趣幽默的对白,均引起观众的大笑。同时,《恋爱的犀牛》也把握住了荒诞派戏剧对"存在"的思考,并通过马路对爱情的追逐、对自己人际关系的思考、对孤独的表述等方面表现出来。

(二) 从戏剧的受众看

除了呈现青年亚文化群体的生活之外,《恋爱的犀牛》所面向的受众同样为都市青年。处于社会边缘位置的青年亚文化群体对《恋爱的犀牛》报以青睐。《恋爱的犀牛》于1999年6月7日在北兵马司胡同的青艺小剧场进行首演。在首轮的8场演出中,场场爆满,票房高达9万元,二轮演出共32场,票房依旧火爆,上座率高达120%。观众席的过道、走廊均坐满观众。从首轮演出的调查问卷中可以看出,大部分观众并非第一次观看孟京辉的话剧,观众的平均年龄为25.8岁,而观众认为该剧吸引人的地方,"导演出色"占50%,"音乐好"占35%,"表演出色"占28%,"爱情题材"占25%,而"搞笑"与"深刻"两个选项各占8%。[①] 相较之下,五四以来的戏剧的受众平均年龄则稍长一些,且观看传统戏剧的观众大多不会将"音乐""表演"等因素纳入评价体系。

时至今日,在《恋爱的犀牛》的评论性文章中,依然可以看到青年人的"爱情圣经"这一类标签,可见其对青年人的强大吸引力。以青年导演孟京辉、青年编剧廖一梅以及郭涛等青年演员组成的团队,相比于五四以来的戏剧的"老戏骨"创作主体,更具"摇滚"特质。"艺术青年与先锋艺术的关系最为直接。先锋艺术的反叛性和前沿性非常切合艺术青年的抱负和激情,而很多先锋艺术的主力也往往是那些更为年轻的艺术家。"[②] 这也是《恋爱的犀牛》拥有广泛的青年受众的原因。

(三) 从戏剧的表现形式看

先锋戏剧最明显的变革往往体现在表现形式层面。而相较于五四以来的戏剧,《恋爱的犀牛》在形式方面有许多创新,这些创新也带来了审美的转变。综合来看,主要包含戏剧结构、表演方式、观演关系和多媒介的运用四个方面。

首先,从戏剧结构来看,五四以来的中国戏剧创作,倡导开端、发展、高潮、结局的戏剧框架,基本上遵从"情节"模式,具有很强的故事性。如在众所周知的《雷雨》中,我们可以看到该类戏剧结构的诸多特点:该剧的故事性很强,在短短一天之内呈现了周、鲁两家三十年的恩怨情仇,一天的时间、两个场景都是该剧严谨的设定。这些模式均遵守着现实主义的形式框架。而从廖一梅的说法来看,《恋爱的犀牛》力图打破这一框架,"她想摆脱原有的传统话剧剧本的模式,想循着自己内心的追问和呐喊,写一部非现实的

[①] 管玲玉. 孟京辉先锋戏剧的接受研究 [D]. 扬州:扬州大学硕士学位论文,2016:27.
[②] 王笃祥. 对抗与融合——中国当代青年艺术研究 [D]. 济南:山东师范大学硕士学位论文,2013:14.

脱离固有故事结构的剧本"。① 在《恋爱的犀牛》中，时空的转换非常自由，不再受到传统戏剧框架的束缚，时间周期长，场景变换多，且通过对假定性理论的运用，通过灯光的变换、道具的应用和主人公的对白等方式交代多个时间和场景；而且，整部剧也并不注重传统戏剧所追求的开端、发展、高潮、结局的架构模式，反而通过日常的片段完成了故事的讲述，如男主角马路在开始便将结尾的台词展示了出来以及剧中跳跃的时间和场景，是对这一形式的佐证。

其次，从表演方式的逼真性来看，《恋爱的犀牛》也独树一帜。五四以来的戏剧表演追求逼真，即"表演者"与"人物"之间应该无限接近，在舞台布景上也力求还原逼真的生活环境，这要求演员要严格遵守人物的形象与框架，随着剧情的发展与深入对人物进行诠释。《恋爱的犀牛》中的逼真性则大大减弱了，时常会遇见演员跳出角色框架，对观众进行故事的讲述。如剧中为了治疗男主角马路的"相思病"，他的好友特地举办了一场"选秀"活动，来为马路选择女朋友，这个时候便通过牙刷与莉莉的对话，带领观众重温了先前发生的故事，"马路爱上了他的女邻居，一个漂亮的女秘书"，"但是明明不爱马路，明明爱着另一个人"②。这样的对话使观众一下从马路和明明的爱情故事中跳脱出来，回顾先前所发生的故事，从目前角色所营造的氛围中跳脱出来了，这样的表演方式与西方的先锋派艺术形式相契合，"反对观众作为一个观看的客体存在，一味不假思索地去欣赏，反对观众在观看戏剧时处在一个梦境中"③。演员的跳脱、即兴使整部剧的叙事不必按照线性逻辑延伸，而是以碎片化的方式呈现，这也可以看到大卫·林奇《穆赫兰道》的影子。此外，结合梅耶荷德的假定性理论，《恋爱的犀牛》更使用简单的道具来象征不同的空间，如以"跑步机"象征着犀牛的牢笼，以"床"表示人物的卧室，等等，可以看出，该剧已经不再追求再现逼真的场景，而是更多地以象征性的手法对场景进行展现。

再次，从观演关系的角度来看，《恋爱的犀牛》的空间结构与传统的"镜框式"舞台大相径庭，从而营造了新的观演关系。《恋爱的犀牛》一直作为小剧场戏剧进行演出，而我国大部分传统戏剧的主要演出场地为大剧院。大剧院导致大部分舞台呈现出"镜框式"的结构，相比之下，小剧场则更为灵活多变，以《恋爱的犀牛》在北京蜂巢剧场的演出为例，除观众席对面的主舞台为表演空间外，观众席的过道、观众席的上方以及部分观众区域也都成了演员表演的舞台，这一舞台空间的构建，使《恋爱的犀牛》拥有了多个场景，且可以随意变换。因此，在仅可容纳300多人的小剧场中，观众可以感受到犀牛馆、男女主角的家、彩票开奖现场、"世纪"大钟、天台等多个场景；对剧场空间的改革塑造了新的观演关系，在《恋爱的犀牛》的演出中，注重追求与观众的互动和交流，积极引导观众参与。传统戏剧以斯坦尼斯拉夫斯基的表演理论为依托，在观众与演员之间搭建了"第四

---

① 廖一梅. 恋爱的犀牛［M］. 长沙：湖南文艺出版社，2017：34.
② 廖一梅. 恋爱的犀牛［M］. 长沙：湖南文艺出版社，2017：32.
③ 林克欢. 戏剧表现论［M］. 北京：中国社会科学出版社，1993：195.

堵墙"来阻隔观众与演员之间的交流，以此达成演员在舞台上无限接近逼真生活的目的，并引导观众相信舞台上所发生的一切是真实的，正是如此，许多观众在观看这类作品时，容易被感动落泪，对舞台上发生的事情信以为真。而在《恋爱的犀牛》中，还原逼真生活这一理念被摒弃了，演员不断地穿梭于观众席与舞台之间，在观众与演员之间完全没有"第四堵墙"，这样的方式导致观众无法完全沉浸在戏剧的情节和气氛中，反而增强了互动性和娱乐性，这与前文提到的大卫·林奇对"逼真"的排斥相契合。此外，由于小剧场的空间距离更短，演员与观众之间还存在眼神的、肢体的交流，这是传统现实主义戏剧在大舞台上难以达成的。

最后，多媒介的运用也是《恋爱的犀牛》对戏剧表现形式革新的重要特征。五四以来的戏剧在声音、灯光等方面的运用依旧遵循还原逼真生活场景的原则，而《恋爱的犀牛》则创新了灯光、音乐的形式，并融入了视觉、嗅觉等层面的媒介。如在开场时，昏暗的灯光与刺耳的音效配合下，便奠定了整部剧的基调，加上柠檬、复印机等味道的描述以及高楼、街道等意象，从多个方面带给观众感官刺激；再如，在马路与明明在舞台上追逐时，通过灯光在幕布上的投影则产生了电影般的视觉效果；还有剧中对报纸、水、白布条等媒介的声音、象征意义等方面的开发，则带给了观众多重解读方式。

结　语

通过对中西先锋戏剧语境的比较，对中国40年先锋戏剧发展历程的梳理，我们可以看到孟京辉的先锋戏剧大致可分为两个时期，前期主要是对20世纪80年代以来的中国先锋传统的延续与探索，后期则致力于以西方的先锋派理论为根据，对衰落的先锋戏剧进行变革。在他后期的努力变革中，《恋爱的犀牛》起到了至关重要的作用。该作品通过对西方戏剧理论的融合，对中国传统文化的吸取，对中国五四以来的传统戏剧的反叛，获得了巨大反响，使衰落的中国先锋戏剧重新焕发生机。可以说，《恋爱的犀牛》既对20世纪90年代末的中国先锋戏剧理念进行了传承与革新，也挽救了岌岌可危的先锋戏剧市场。

中国的先锋戏剧与传统戏剧有着不可分割的联系。通过反叛传统戏剧，《恋爱的犀牛》的先锋性才得以呈现。显然，日后的《恋爱的犀牛》也终将成为先锋戏剧的反叛对象，但至少从当下的语境来看，《恋爱的犀牛》的成功为中国当代先锋戏剧未来的发展提供了参考标准。

参考文献

[1] [英]彼得·布鲁克. 空的空间[M]. 邢历译. 北京：中国戏剧出版社，1998.

[2] [波兰]耶日·格洛托夫斯基. 迈向质朴戏剧[M]. 魏时译. 北京：中国戏剧出版社，1984.

[3] [法]安托南·阿尔托. 残酷戏剧——戏剧及其重影[M]. 桂裕芸译. 北京：中国戏剧出版社，1993.

[4] [英]马丁·艾斯林. 荒诞派戏剧[M]. 刘国彬译. 北京：中国戏剧出版社，1992.

[5] [德]贝·布莱希特. 布莱希特论戏剧[M]. 丁扬忠等译. 北京：中国戏剧出版社，1990.

[6] [苏] A. 格拉特柯夫辑录. 梅耶荷德谈话录 [M]. 童道明译. 北京：中国戏剧出版社，1986.
[7] [美] 马泰·卡林内斯库. 现代性的五副面孔 [M]. 顾爱彬，李瑞华译. 北京：商务印书馆，2015.
[8] [德] 彼得·比格尔. 先锋派理论 [M]. 高建平译. 北京：商务印书馆，2002.
[9] 廖一梅. 恋爱的犀牛 [M]. 长沙：湖南文艺出版社，2017.
[10] 孟京辉. 先锋戏剧档案 [M]. 北京：作家出版社，2000.
[11] 汪继芳. 20世纪最后的浪漫——北京自由艺术家生活实录 [M]. 哈尔滨：北方文艺出版社，1999.
[12] 麻文琦. 水月镜花——后现代主义与当代戏剧 [M]. 北京：中国社会出版社，1994.
[13] 吕澎，易丹. 中国现代艺术史：1979–1989 [M]. 长沙：湖南美术出版社，1992.
[14] 童道明. 他山集：戏剧流派、假定性及其它 [M]. 北京：中国戏剧出版社，1983.
[15] 魏力新. 做戏：戏剧人说戏 [M]. 北京：文化艺术出版社，2003.
[16] 卢炜. 从辩证到综合——布莱希特与中国新时期戏剧 [M]. 杭州：浙江大学出版社，2007.
[17] 林克欢. 戏剧表现论 [M]. 北京：中国社会科学出版社，1993.
[18] [韩] 张姬宰. 中国大陆先锋戏剧先锋性之变迁研究 [D]. 南京：南京大学博士学位论文，2015.
[19] 陈吉德. 中国当代先锋戏剧研究（1979–2000）[D]. 南京：南京大学硕士学位论文，2002.
[20] 王笃祥. 对抗与融合——中国当代青年艺术研究 [D]. 济南：山东师范大学硕士学位论文，2013.
[21] 管玲玉. 孟京辉先锋戏剧的接受研究 [D]. 扬州：扬州大学硕士学位论文，2016.
[22] 胡星亮. 论中国话剧与民族戏曲传统 [J]. 中国社会科学，2001（1）.
[23] 陈吉德. 中国当代先锋戏剧的演变流程 [J]. 四川戏剧. 2003（3）.
[24] 何新. "先锋"艺术与近、现代西方文化精神的转移 [J]. 文艺研究，1986（1）.
[25] 高行健. 从民族戏剧传统中汲取营养 [J]. 新剧本，1986（期数）.
[26] 胡恒，王群. 何为先锋派——先锋派简史 [J]. 时代建筑，2003（5）.

（倪佳晨　首都师范大学2018级硕士生　指导教师：易晓明）

《鼠疫》中的公共空间书写

王震宇

摘　要：瘟疫对人类社会的影响极大。一座被疫情影响的城市，内部的空间秩序将会被打乱。加缪在《鼠疫》中虚构了被鼠疫影响的阿赫兰城。阿赫兰城因为鼠疫的袭来，分化出不同的公共空间，它们彼此各有特点，相互影响。抛开《鼠疫》中各种隐喻的存在主义视角，小说为城市、个人与疾病三者的关系提供了一个文学样本。在复杂的公共空间之下，这三者的关系和特点本身也值得探讨。

关键词：《鼠疫》；城市；公共空间；空间秩序

瘟疫，即流行性急性传染病，是人类文明发展过程中难以避免的灾难。在人类有记录的历史与文学作品中，瘟疫疾病的书写是一个关于生存与人性的重要母题材。这种题材出现之早，几乎伴随着人类文明的诞生。

疾病除了带来生命威胁，还会给战争、政治、宗教、文化、社会经济等带来诸多影响。麦克尼尔在其著作《瘟疫与人》中就亮出了这样的观点："疾病，特别是其中的传染病，乃是人类历史的基本参数和决定因素之一。"[①] 在时间的维度上，瘟疫会推动人类的历史进程。而在空间层面，瘟疫也会加强或割离人与其生存空间的联系，甚至改变两者的依存关系。

面对疾病，我们不能惯性地将人类摆在中心位置，而应该将疾病与人、环境空间联系在一起。2020年初，新型冠状病毒疫情暴发，以中国湖北省武汉市为代表，全国多个城市紧急"封城"。从瘟疫暴发到"封城"、疾病出现转机、陆续"解封"，类似的情况在加缪1947年发表的《鼠疫》中有详细的描写。

加缪被看作存在主义的巅峰之一。作为最年轻的诺贝尔文学奖获得者，他的作品中处处透露着存在主义关于人性异化、人与世界的荒诞。然而我们也应该看到，加缪本人是抗拒"存在主义者"这个称号的。1951年加缪发表《反抗者》，被视为他与存在主义的决裂

---

① ［美］威廉·麦克尼尔. 瘟疫与人［M］余新忠，毕会成译. 北京：中信出版社，2018：6.

书。这也让笔者对其作品《鼠疫》有了新的思考。

现存的研究往往是从《鼠疫》的隐喻、背景、象征、哲学思考为出发点,以存在主义的视角进行的。本文将以文本细读的方式,尝试将文学置于本位,将书中的"疾病"和城市空间作为研究的对象,分析《鼠疫》中的疾病空间是如何被书写、改变、创造的。城市因为疫情被隔离成许多种空间,这些空间彼此之间有何联系,有何特点,而这些空间背后存在的隐喻,这些都是本文将重点讨论的问题。

一、《鼠疫》中的阿赫兰城

加缪笔下的这场鼠疫暴发于20世纪40年代的阿赫兰城。阿赫兰城位于北非阿尔及利亚的滨海地区,是一座"本身很丑陋"的小城。"那是个毫无色彩的地方,季节的变化只能在天上显现出来。"① 这座城市的基本设施也不够完善,城市绿化和局部气候恶劣:没有树木,也没有城市花园,生物多样性很低;夏天炎热烧灼,灰尘严重,因此人们难以开窗通风;秋天的降水会使城市泥泞不堪,只有在冬季才有晴冷的天气。由于缺少植被,城市里的生态食物链不够完善,基本上是以人类为主导的寄生关系。

阿赫兰城的自然环境恶劣、基础设施落后,穷人区的卫生条件很差(收垃圾比别的地方晚很多;街道拥挤;穷人的残羹剩饭散落与垃圾混合②)。这样的环境滋生了老鼠——疾病的传染源。同时,阿赫兰城拥有大量的商埠,生意兴隆,人员往来频繁密切。这里的居民首要的生存因素就是"健康的体魄"。由此可以合理推断,阿赫兰城满足鼠疫暴发的几个关键要素:不利于生存的气候环境、较差的城市卫生、落后的医疗水平、来往密切的人口交通等。可以说,阿赫兰城早已埋下了鼠疫暴发的炸弹。

与恶劣平庸的城市设施相配套的,是阿赫兰城居民单调的生活。"人们在城里感到厌倦,但又努力让自己养成习惯。"③ 阿赫兰城的居民每天的生活十分单一,又像是没有任何幻想的城市,是纯粹的现代城市,人与人之间的社会交际被节奏鲜明的城市生活束缚。人们在这座城市中缺乏时间也缺乏思考,因此对于自己的处境并不能够立刻准确地辨识。作者认为,"这个城市恰好对养成习惯有利"④。而这里的习惯是指固定的城市生活和工作。相同的生活节奏与单调平庸的日常生活,使这座城市的居民在某种程度上失去了应急反应能力。这座城市竟显现出一种悠闲自在,只不过这种和谐暗藏着麻木。这也是鼠疫在暴发的前期未能立刻得到重视的原因之一。

利于瘟疫传播的城市环境,以及反应速度较慢的人群,让鼠疫暴发更加肆无忌惮。4月16日,鼠疫开始出现。这场瘟疫一直持续到第二年的2月份,共大概10个月。

---

① [法]加缪. 鼠疫[M]. 柳鸣九,刘方,丁世中译. 南京:译林出版社,2017:81.
② [法]加缪. 鼠疫[M]. 柳鸣九,刘方,丁世中译. 南京:译林出版社,2017:85.
③ [法]加缪. 鼠疫[M]. 柳鸣九,刘方,丁世中译. 南京:译林出版社,2017:81.
④ [法]加缪. 鼠疫[M]. 柳鸣九,刘方,丁世中译. 南京:译林出版社,2017:83.

鼠疫最开始暴发的地点是环城街区，里厄大夫的诊所附近。这里是城市的穷人区，人口密度大，卫生条件糟糕。4月16日到4月18日，死亡的老鼠越来越多，各个街区甚至海边都开始暴发。随后，老鼠大量死亡，开始从环城街区扩展到近郊区、市区。疾病开始侵入公共空间：行政部门，学校，阅兵场，林荫大道，滨海大道……①疾病在空间上也逐渐扩展：从穷人区的垃圾箱、下水道，到适合老鼠聚集的工厂、仓库，再到卫生条件相对较好的公共建筑。可以说，在疾病发展的初期，城市的空间秩序就被打破，过去稳定的城市结构受到了冲击。由此，在疾病的冲击下，阿赫兰城的城市空间出现了不同的变化。

二、《鼠疫》中的城市公共空间

"一个城市所需要的空间类型是：市民建筑的环境；主要的集会场所；重大庆祝事件的场地；建筑物……及娱乐空间；购物空间……"② 公共空间，即公共领域，是介于国家与社会之间的领域。城市的运行和秩序都或多或少地体现在其城市的公共空间之中。这里，笔者将文中出现的街道、广场、隔离场所等物理上的空间，和广播报纸、流言等舆论空间统一划为城市的"公共空间"。

（一）街道

街道是构成城市的基本单位之一，是城市最常见也最庞大的公共空间。《鼠疫》里多次描写到街道的景象。一开始，老鼠出现的时候，"它们从破旧的小屋，从地下室……鱼贯爬到地面上，在亮处摇摇晃晃，原地打转，最后死在人们的脚边……无论在走廊或小巷里，都能清楚听到它们垂死挣扎时的轻声惨叫"③。大街上到处涌现的老鼠尸体是鼠疫暴发的第一个信号。尽管疫情发展恶化，街道却并没有被关闭封锁；相反，它始终是鼠疫期间阿赫兰城居民活跃的最主要的空间。街道的空间没有破坏，人们依然继续着日常生活。"吵吵嚷嚷的年轻人拥到了街上，渐渐地街上到处都是由于感到自由轻松而欢乐的人们的嘈杂声，这声音随风飘来，夹杂着一股芬芳的气息。"④ 可以说，在疫情暴发的前期，未得到应得的重视，街道空间还没有被疾病侵占。

然而，随着疫情加重，死亡人数越来越多，阿赫兰封城，街道开始受到疫情的影响。"步行的人数激增，甚至非高峰时刻也是如此"⑤，因为疫情的影响，街道空间非但没有冷落，反而更加拥挤，仿佛节日庆典。人与街道空间的关系更加紧密。这种反常的空间变化，是由于物资缺乏和交通管制造成的。这样，阿赫兰城的街道就出现了一个悖论：为何管控措施变得严厉，而街道空间却变得更加拥挤密集？

---

① [法]加缪. 鼠疫[M]. 柳鸣九，刘方，丁世中译. 南京：译林出版社，2017：90.
② [英]克利夫·芒福汀. 街道与广场[M]. 张永刚，陆卫东译. 北京：中国建筑工业出版社，2004：98.
③ [英]克利夫·芒福汀. 街道与广场[M]. 张永刚，陆卫东译. 北京：中国建筑工业出版社，2004：90.
④ [英]克利夫·芒福汀. 街道与广场[M]. 张永刚，陆卫东译. 北京：中国建筑工业出版社，2004：121.
⑤ [英]克利夫·芒福汀. 街道与广场[M]. 张永刚，陆卫东译. 北京：中国建筑工业出版社，2004：135.

这样的情况并不止出现一次。在疫情继续发展的过程中，尽管偶尔街道上也会出现行色匆匆、人影稀落的情况——这也有一大部分是因为气候炎热、缺少降雨；到了黄昏，人群还是会陆陆续续集中在街道上。总体来看，街道上人群寻欢作乐、集会时有发生。疾病前期与后期街道聚会较多，中期较少；黄昏到夜晚聚会较多，白天较少。

这或许是因为街道公共空间难以独立存在，它通常与其他因素发生相互交会作用——最主要的是心理因素。居民往往试图用摆阔或狂欢的方式来抑制鼠疫，要么在街道上通过聊天，要么通过吵架，来宣泄疫情与封城带来的压力和烦躁。心理上的压力会促使人们转向娱乐消费。娱乐消费的地点在街道两侧，因此它对街道的影响也很大。咖啡馆、电影院等娱乐空间从有序运行到爆发性运行，会给街道空间带来大量的压力。而宗教集会、封城隔离、哄抬物价、新舆论等事件发生，都会让街道空间出现聚集。

疫情的暴发给城市的物资流通、居民的心理都增加了许多负担。而阿赫兰封城无疑加剧了这种负担，并且切断了向外输送压力的途径。因此，街道空间在这种压力下便失去了原有的秩序。尽管这个空间没有崩溃，但是它却因为与其他空间相互作用，从而失去了自己的稳定性。街道空间是阿赫兰城最脆弱的空间，它体现出一种不确定性：既受自然因素（季节、时间）影响，也受其他空间的活动影响。

（二）广场

阿赫兰城的第二种公共空间是广场。广场是城市信息交流、居民物质交换的重要场所。"一个广场或者步行街，既是一个由建筑物所构成的场所，也是一个设计用来展示建筑物的极好的有利条件。"[①] 文中的广场有教堂广场、国立中学广场等。其中主要描写的是教堂广场。顾名思义，教堂广场与宗教活动相关，它通过展示教堂建筑中的元素，最终达到宗教传播感化的目的。这个空间充斥着宗教符号，人们在此聚集的目的比较单一，空间比较稳定，强调的是宗教的认同感与归属感。

广场位于教堂门口，装饰着"圣女贞德全身镀金的塑像"[②]。这个广场是教堂的附属建筑，连同教堂一起承担着宗教传播的功能。在疫情出现后，教堂挤满了人，其余人只能挤在教堂前的广场。这看似不平等的空间秩序被充满宗教意味的声音调和。不管是祈祷声，还是帕纳卢神父慷慨激昂的演讲，或是教堂的钟声，都可以传遍整个广场。宗教的符号时刻在场，因此，广场上的每个人都有机会在此受到宗教的宽慰与照拂。空间意味着秩序，在封城阶段，阿赫兰城的教堂广场是最平等的空间之一。

广场空间还受到天气影响，具体表现在神父第一次讲道的全程。开始讲道之前乌云密布，大雨倾盆，"站在外面的人撑开了雨伞"[③]；讲道过程中，暴雨越发猛烈，潮湿的空气穿过广场刮进正殿，打破了教堂和广场的秩序，布道的内容也低沉谴责；布道结束后，

---

① ［英］克利夫·芒福汀. 街道与广场 [M]. 张永刚，陆卫东译. 北京：中国建筑工业出版社，2004：97.
② ［法］加缪. 鼠疫 [M]. 柳鸣九，刘方，丁世中译. 南京：译林出版社，2017：187.
③ ［法］加缪. 鼠疫 [M]. 柳鸣九，刘方，丁世中译. 南京：译林出版社，2017：146.

"太阳复出,雨水浸润的天空向广场泻下一道显得更加新鲜的光"①。以广场为中心,城市开始复苏,街道开始恢复了喧嚣。而随着疫情不断发展,神父也病倒了。年轻的副祭在广场上想要同里厄医生讲话,表达对神父请医生看病这件事的看法时,大风让他无法开口,不得发声。在这里,大风带着宗教秩序的隐喻,打破了原本自由的广场秩序,也暗示着疫情即将稳定,广场的平等秩序也要回归到宗教的森严之中。

在解除封城后,广场自身也融入了娱乐场所,阿赫兰城的狂欢吞没了广场空间。在整个疫情阶段,广场依附宗教,作为教堂的展示场所,整体来说空间比较稳定,功能单一,彼此公平。广场以雕塑、布道声、钟声等符号强化宗教的归属感,人们在广场上寻求心理空间的和谐有序。而随着疫情逐渐缓解,广场空间的秩序开始变动,一方面回归宗教秩序,一方面回归到娱乐狂欢。相比街道,广场更具有独立性,尽管是开放的空间,但是在疫情阶段体现出的是一种稳定的封闭性。

(三)隔离场所

"用以对付瘟疫的是秩序"②,对于阿赫兰城来说,面对鼠疫,建立新的秩序——通过隔离——是一项艰难而必要的行为,隔离场所也是公共空间的重要部分之一。从一开始的个人隔离,到后期的集中隔离,地点变化,隔离空间也有不同的形态。"隔离"这个动作本身就意味着空间的分离。在鼠疫期间,阿赫兰城的隔离场所从小变大,从点及面:一开始是从其他空间拆分出独立房间,随后就分散到城市街区,又收束到集中隔离空间——而最终形成的隔离空间具有相当程度的制度与规训色彩。

隔离空间占据了其他的公共场所。阿赫兰城改造了教室、旅馆,建立了新的隔离空间——隔离医院,以及一座以体育馆改建的隔离营。与其说它们是医学收容空间,不如说它们是集收容、诊治、规训的多元空间。"医院建筑就逐渐被安排成医疗活动的工具:有助于更好地观察病人,更好地调整他们的治疗……在结构上将病人精心地隔离开来,旨在预防传染病。"③ 隔离营表面上是一种医疗建筑,实际上也具有森严的空间秩序,完全控制着疾病之下的人类的身体。在这里,病人的活动都将受到监视与局限。

隔离营位于城市的最边缘,临近城门。这里有环绕的高大水泥围墙,又被设置了卡哨,形成了一种封闭的、与外界割裂的空间。居住在隔离营中的病人在空间上完全隔离,但是却又能听到外界喧嚣的车马声。"他们因此而了解到,他们被排除在外的生活还在离他们几米远的地方继续进行。他们明白,水泥高墙隔断的两个世界相互之陌生,胜过他们

---

① [法]加缪. 鼠疫 [M]. 柳鸣九,刘方,丁世中译. 南京:译林出版社,2017:149.
② [法]米歇尔·福柯. 规训与惩罚:监狱的诞生 [M]. 刘北成,杨远婴译. 北京:读书·生活·新知三联书店,1999:221.
③ [法]米歇尔·福柯. 规训与惩罚:监狱的诞生 [M]. 刘北成,杨远婴译. 北京:读书·生活·新知三联书店,1999:195.

各自处在两个不同的星球。"① 这样的空间隔离使每一个病人身上都打上了一种秩序"标签":他们与其他正常人不同,因为疾病,他们被强制纳入了一个二元对立的评价制度:健康—患病,正常—非正常……而这样的评价制度,早在阿赫兰城规划隔离街区的时候就产生了。住在隔离街区的人将其他人看作"自由人",而后者也会以被隔离者的苦难宽慰自己。每个人都在这种对立的评价制度中排挤他人或被排挤,权力的管制渗透到了日常生活的最细微处。隔离空间彻底打破了阿赫兰城原有的运行规则,空间分布完全打乱。

那么隔离空间内部是怎样的情景呢?在这里所有的病人都必须遵循同样的时间秩序。吃饭、作息都完全统一听从指令。人们一定程度上失去了自己身体的控制权。居住在隔离营的人,一开始吵吵嚷嚷,后面却沉默寡言,形容木讷、情绪低落,甚至开始互相猜疑。这空间充斥着负面情绪。这负面情绪有一部分来自空间压力,而且是双重空间的压力。具体来说,居住在隔离空间里的人因为疾病和死亡的困扰、单调的节奏、被限制监视的生活,萌生了恐惧、迷惘;而隔离空间成了隔离区外的人眼中的"异域",是禁忌、危险的代名词。外界的生活秩序依旧,但是恐惧却仍然在隔离空间的高墙之外蔓延,外界对隔离空间充满了畏惧。这使得隔离空间内部感受到了更大的被遗弃的恐慌无助。

所有病人都居住在四周的看台和运动场上的帐篷中。如同边沁提出的全景敞式建筑②:四周是个环形建筑,中心则是"瞭望塔"(对于阿赫兰城的隔离营来说,起到"瞭望塔"职责的是负责人和广播)。所有的人都处在监视之中,但是空间内却不是封闭的、隐藏的。所以,这个空间也没能隔绝传染,鼠疫在隔离营内部依然会蔓延。在隔离营内,每一个病人对于任何人来说都是持续可见的,他们甚至可以在一定范围内活动。病人之间可以共享空间,但是他们是在一种强制的权力之下生存。同时,沉默、猜疑和压力也为这个空间内部增加了一种积蓄的压力。广播和来回巡视的负责人,控制着隔离营的秩序,也让这里对人的规训时刻在场。

鼠疫的到来导致隔离空间的确立,而后者标志着权力将阿赫兰城分割、锁定、重组,用来集中对抗突发的情况。隔离空间蕴含的权力超越了空间的限制,在阿赫兰城无所不在。可以说,隔离空间在鼠疫后期,是阿赫兰城里最受关注且也最稳定有序的空间。它既包括医院、隔离营,也包括隔离的街区。城市居民因为疫情的扩散而被迫陷入强制的规则体系,相比广场、街道,隔离空间给人的精神带来更大的压力。隔离空间促使阿赫兰城建立了一种乌托邦式的理想社会的运行方式,但是这种方式本质上是反城市、不正常的。隔离空间借助权力对空间秩序进行新的分配,并依靠对人的规劝而控制着阿赫兰城的日常。

(四)舆论空间

阿赫兰城作为一个流通的商埠城市,充斥着各种信息。自一开始鼠疫暴发公布消息的报

---

① [法]米歇尔·福柯. 规训与惩罚:监狱的诞生[M]. 刘北成,杨远婴译. 北京:读书·生活·新知三联书店,1999:249.
② [法]米歇尔·福柯. 规训与惩罚:监狱的诞生[M]. 刘北成,杨远婴译. 北京:读书·生活·新知三联书店,1999:224.

纸，到后来刊发的各种广告，以及在人群中蔓延的流言，共同构建了公共舆论空间。这个空间没有物理上的边界，也没有隔离封闭，而是开放的、无序的，对其他空间具有潜在影响。

当鼠疫刚一开始暴发，报纸作为传媒就立刻开始运作，建立了疫情之下的舆论空间。但是一开始报纸的论调是负面的。《我们的市政官员们是否注意到这些腐烂的死老鼠会引起的恶果？》① 这样的标题，仅仅关注的是政治的批评性，而不是疫情本身。即使接下来的几天，报纸报道了关于街道上的死老鼠的内容，对于死于鼠疫的病人也没有足够的重视。舆论空间在最开始就有功用上的缺失。它具有一定的内容局限，但对于阿赫兰城的居民来说，报纸的信息仍然是日后疫情生活里牵引着他们的舆论的重要力量，在接下来的日子里，阿赫兰城的信息流大多以报纸为基础。"报纸上是这么说的"，是人们常说的话语。但是报纸的题目也往往以噱头为主，其真实性值得商榷。

值得一提的是新生的小报《瘟疫通讯》。在其他报纸受到影响的同时，它却得以蒸蒸日上。它宣称自己的目的是"聚集一切有良好意愿的人有效地同侵袭我们的病害作斗争"②。它以开放的姿态进入城市生活，内容包罗万象。《瘟疫通讯》利用这样精准的营销定位，立刻占据了舆论空间的主导地位，读者越来越多。但是它没有得到公共权力的监管，刊发内容相对随意自由，没有建立合理的审核机制——一切与鼠疫相关的内容都容易见报——随后逐渐沦为一份广告刊物。"报纸的版面披露社会运转和社会交往中的秘闻"③，《瘟疫通讯》的改变说明阿赫兰城的混乱。它刊发了一些200年前瘟疫的内容，间接散布了流言，让人民相信：涂了油的雨衣可以防疫。而舆论的兴起直接导致人们开始疯狂采购，一些商店立刻大赚一笔。报纸掀起了舆论，舆论促进了消费——这看似合理的逻辑的背后，恰恰说明了舆论空间对其他空间的影响力。

舆论空间也受到政府的指示和控制。报纸会刊发一些赞美之词，甚至大肆宣传乐观主义。一方面，这些言论的确将整个舆论空间引向稳定、积极的方向，如同现实社会中的政府监管的效果；而另一方面，这样的舆论空间却与疫情之下的城市产生了"疏离"。这种疏离有两种原因。第一，政府权力的介入，强迫舆论空间从开放到封闭，从无序到有序。在政府介入之前，主导舆论空间的是报社，是生活在阿赫兰城的普通人。舆论和居民的生活紧密相连。疫情之下的生活一定是繁杂的、无序的，是任何人都能够参与的；简单说，就是舆论空间秩序是他们建立的；而政府权力的强硬使报纸转向，舆论空间呈现出不同于城市的实际情况的秩序，二者自然就会生出"疏离"。第二，舆论空间对现实空间有强烈的依赖，而外界力量的介入会打破这个依赖。舆论空间的建立和运行需要与其他物理空间产生交集，信息需要借助广播、报纸等媒介，需要人的参与。"媒介是人的延伸"④，当报纸尽可能委婉表达以降低恐慌或者按照市政府的意思开始大肆宣传乐观主义、说场面话

---

① ［法］加缪. 鼠疫［M］. 柳鸣九，刘方，丁世中译. 南京：译林出版社，2017：100.
② ［法］加缪. 鼠疫［M］. 柳鸣九，刘方，丁世中译. 南京：译林出版社，2017：163.
③ ［加］麦克卢汉. 理解媒介：论人的延伸［M］. 何道宽译. 北京：商务印书馆，2000：257.
④ ［加］麦克卢汉. 理解媒介：论人的延伸［M］. 何道宽译. 北京：商务印书馆，2000：33.

时，媒介传递的内容被筛选、控制，人的感官被限制。大多数城市的居民在舆论空间中的角色就被替代了，舆论空间不再与城市的其他空间产生交集，便会产生"疏离"。

三、城市、人与疾病

加缪以一种隐喻的文本，表现了在鼠疫侵袭之下人的孤独与虚妄。我们也可以将其看作疾病、城市和人三者的交会。城市作为人的活动空间，为人的生活提供公共基础；人作为主体，既是城市公共空间的制造者，也受到公共空间的约束和影响；疾病是突发的公共危机，是外来的冲击，对城市和人都产生极大影响。

在危机没有到来之前，主导城市空间的因素是人。人们在街道两侧购物，在广场祈祷，在体育场狂欢，在报刊和公告栏上获得信息，彼此交流。城市的公共空间彼此交会，互相依存，没有清晰的分界。城市的公共空间没有对人产生明显的压迫和规训，人的生活简单而固定。疾病的出现，一方面直接威胁人的生命，造成大量的死亡；另一方面，它也打乱了城市原本的空间秩序，将公共空间彼此割离，成为一片一片相对独立的"孤岛"，打乱了时间和空间的秩序。疾病的到来导致城市封闭，而同时又在每一个空间增加了压力。空间压力无法宣泄，这直接影响了人：空间的规训权力放大，人在这种压力之下自然就会异化甚至虚妄。

而人和城市也自发地联系起来对抗疾病的冲击。以里厄大夫为代表的阿赫兰城居民，面对疫情没有轻易放弃，坚持隔离治疗，最终取得了胜利，捍卫了生命的尊严，也拯救了城市。在这个过程中，人接受空间的规训，并且为城市的空间努力构建新的秩序。二者共同协作，最终渡过疫情。

结　语

《鼠疫》虚构了一场发生在阿赫兰城的瘟疫。作者对城市中的几个主要的公共空间（街道、广场、隔离场所、舆论空间）都进行了观照和书写。总体来说，随着疫情的发展，这些公共空间逐渐被改变，呈现不同的特点，但无一例外地展示出了在受到外界冲击时，人与公共空间的关系分离或更加紧密的变化。如何调动城市公共资源，如何处理好人与城市空间的关系，阿赫兰城也许给出了不算完美的答卷，但是这也为我们当下的生活提供了新的思考。随着疫情发展，这个问题将需要进行探讨。

参考文献

[1]［法］加缪. 鼠疫［M］. 柳鸣九，刘方，丁世中译. 南京：译林出版社，2017.

[2]［法］米歇尔·福柯. 规训与惩罚：监狱的诞生［M］. 刘北成，杨远婴译. 北京：读书·生活·新知三联书店，1999.

[3] [美] 威廉·麦克尼尔. 瘟疫与人 [M]. 余新忠, 毕会成译. 北京: 中信出版社, 2018.
[4] [英] 芒福汀. 街道与广场 [M]. 张永刚, 陆卫东译. 北京: 建筑工业出版社, 2004.
[5] [加] 麦克卢汉. 理解媒介: 论人的延伸 [M]. 何道宽译. 北京: 商务印书馆, 2000.

（王震宇　首都师范大学2018级硕士生　指导教师: 刘胤逵）

·文艺学·

"清峻"与"雅润"
——刘勰诗学理想中的嵇康诗风

张玉洁

摘　要："嵇志清峻"出自刘勰《文心雕龙·明诗》，这一评语向来被认为是嵇康诗歌风格最确切的总结，同时也是嵇康的人格特质。"叔夜含其润"则是刘勰从四言雅润的诗学理想中见出嵇康诗歌中的另一面。从文采辞藻、委婉的诗歌风格、鲜明的感情色彩上看，嵇康四言诗中含有"雅润"之质。"清峻"与"雅润"两种看似"对立"的风格各有侧重、互相融会，共同构成了一种与众不同的诗歌风貌，也是嵇康内心矛盾的表现。

关键词：刘勰；嵇康；诗歌；清峻；雅润

《文心雕龙·明诗》篇中，刘勰梳理了自先秦至晋宋的诗歌历史和诗学观念，建立四言诗和五言诗的写作标准。汉末以来五言诗逐渐占据诗坛主导地位，嵇康也是代表作家之一。根据戴明扬《嵇康集校注》统计：嵇康现存诗歌共53首，其中四言诗共32首，四言诗占据诗歌创作一半以上的比例。刘勰在《文心雕龙·明诗》中将嵇康的诗歌风格总结为"嵇志清峻"①。《明诗》又云："若夫四言正体，则雅润为本，五言流调，则清丽居宗；华实异用，惟才所安。故平子得其雅，叔夜含其润，茂先凝其清，景阳振其丽；兼善则子建仲宣，偏美则太冲公干。"② 又指出嵇康四言诗含有"雅润"之"润"的风格特色。似乎"润"与"峻"两种截然不同的评价、两种对立的风格共存于同一个诗人的诗歌作品中，刘勰的评价耐人寻味。那么"清峻"和"雅润"具体如何体现，以及如何理解这两种对立的风格需要仔细地探讨。

一、嵇志清峻：嵇康的为人与为文

"清峻"一直被视为嵇康诗风最显著的特征，"清峻"与《风骨》篇中刘勰提出的

---

① 戴明扬校注. 嵇康集校注 [M]. 北京：中华书局，2014：67.
② 戴明扬校注. 嵇康集校注 [M]. 北京：中华书局，2014：67.

"风清骨峻"紧密相连。

"若能确乎正式,使文明以健,则风清骨峻,篇体光华。"① "文明以健""风清骨峻"指文章风貌的鲜明刚健。"清""明"指文章具有明显的感染力;"健""峻"则是指文辞呈现出的力道,即文意爽朗鲜明地表达出来。反之,缺乏风骨的文风则柔弱无力,也间接暗示作家才气不足。

(一) 前人对于嵇康诗风的品评

刘勰以"清峻"论嵇康诗风,后世在刘勰评价的基础上对"清峻"二字已经有详细阐释,归纳起来约有以下几种看法。

詹锳《文心雕龙义证》认为:"'清峻'就是本书《风骨》篇所说的'风清骨峻'……'清'就是清远,'峻'就是峻烈。所谓清远,就是一种空灵高洁的境界……'峻烈'的诗可以《幽愤诗》为代表,这一篇是他入狱所作,心境愤慨,情不能已,秉笔直书,自然就脱去清远之气,而入峻烈一途了。"② 詹锳认为嵇康的"清"与"峻"与他的思想情感和自身遭遇相关,面对不同的经历嵇康诗歌呈现不一样的风貌,有可取之处。周振甫《文心雕龙今译》将"嵇志清峻"译为:"嵇康的诗旨趣高洁,文辞清新。"③ 侧重嵇康诗歌文辞上的清新,将"峻"理解为高洁。王运熙《文心雕龙译注》认为:"'清峻'即清远峻烈。"④ 与詹锳的观点一致。

从诗歌风貌而言,邵长蘅《文选评》评嵇康诗歌:"清思峻骨,别开生面,刘舍人目为清峻,信矣。"⑤ "清思峻骨"就是刘勰所言"风清骨峻",作者在文章中清楚明晰地表达意义,同时要求"结言端直",语言精练劲健。鲁迅在《论魏晋风度及文章与药及饮酒关系》中以嵇康作为魏末诗人的代表,指出汉魏文章风格特点为"清峻,简约,严明,尚通脱"⑥。

从作家个性气质来说,罗宗强《读文心雕龙手记》认为"嵇志清峻"指嵇康四言诗具有一种明净的感情格调或感情境界,显示出嵇康高洁的人格。"清峻"在此基础上是指诗歌风格中纯粹干净,可与刘勰"风清而不芜"互相阐释。嵇康诗歌表达的思想感情鲜明的统一性,尤其在与同时期阮籍《咏怀诗》对比之下,其志向旨趣明晰,不似阮诗"怯言其志"。

与刘勰几乎同时的钟嵘在《诗品》中也使用"清"与"峻"来形容嵇康诗歌风格:"颇似魏文。过为峻切,讦直露才,伤渊雅之致。然托喻清远,良有鉴裁,亦未失高流

---

① 戴明扬校注. 嵇康集校注 [M]. 北京:中华书局,2014:514.
② 詹锳义证. 文心雕龙义证 [M]. 上海:上海古籍出版社,1989:200.
③ 周振甫. 文心雕龙今译 [M]. 北京:中华书局,1986:60.
④ 王运熙,周锋. 文心雕龙译注 [M]. 上海:上海古籍出版社,2012:33.
⑤ 戴明扬校注. 嵇康集校注 [M]. 北京:中华书局,2014:17.
⑥ 鲁迅. 而已集 [M]. 北京:北京联合出版有限责任公司,2014:66.

矣。"① 钟嵘对于"峻"的理解与刘勰稍有出入。钟嵘认为嵇康诗歌"过为峻切",嵇康其人"讦直露才",直接尖刻的思想情感和语言表达则有损诗歌"渊雅之致",他将嵇康列为中品诗人。钟嵘更明确地指出"峻"在作家人格上的体现。

前人对"嵇志清峻"已有充分而详细的论述,大体不出诗歌风貌与作家才性两个层面。清,诗歌风格清高明净,语言省净明晰;峻,峻烈劲健,思想内容的鲜明,情感的饱满。立足嵇康诗歌创作,我们仍然能够感受到其"清峻"之风。

(二) 嵇康诗歌之"清峻"

嵇康诗中"草木鸟兽"大都保持着"优游"之姿,展示诗人清高旷远之志。其四言诗的意象可分为植物、动物两类。植物如:绿藻、灵洲、菊花、兰池等,大都给人清新高洁、超凡脱俗的感受。动物如:鸳鸯、飞鸟、游鱼等,或隐藏于水底,或高翔于青天,自由自在,无所羁绊。在动物意象中,嵇康善于使用鸟类意象②,各种鸟的形象代表了嵇康对自我的认知。鸳鸯,代表了嵇康与兄长嵇喜两人的深厚情谊;同时,鸳鸯必须成对生活、不可分离的习性,又暗示了嵇康内心寻求精神知己的倾向。嵇康诗歌中流露出的强烈的孤独感,并反复述说渴望得到精神上的理解和栖身之所,他需要一个"他者"保持自身的完整和谐。"双鸾"也是成对生活的鸟类,栖身于"太山之崖",吮吸朝露,翱翔于云中,"自谓绝尘埃,终始永不亏"③。诗歌开篇描写"双鸾"超凡脱俗、自由高邈的形象,文辞充满清拔之气,风清骨峻,不同于正始文学的"浮浅"。

但诗人身处俗世,保持清高的志趣注定了不被理解的孤独。"心之忧矣,永啸长吟"④,多次感叹知音难遇、知己难求。面临"佳人不存""郢人逝矣"——世俗中难遇知音的困境,诗人感叹"乘风高游,远登灵丘。结好松乔,携手俱游。朝发太华,夕宿神州,弹琴咏诗,聊以忘忧"⑤。诗人欲在"乘风高游"中继续寻求精神的寄托,与神人同游是排遣雅志不赏的忧郁的最后出路。

关于神人的存在性问题,嵇康在诗中透露出一丝怀疑和动摇,"将游区外,啸侣长鸣。神人不存,谁与独征?"⑥ 若神人存在,那么人的痛苦郁愤就有一条解脱的出路:"游心大象""与道逍遥";若不存在,一切修炼心性的努力化为虚无,世界就是虚无本身。但诗人未作深入思索,转念之间将视线投入自然中寻找答案,"思友长林,抱朴山湄。"⑦ 不过仅仅投身自然,将个人私欲减到最少尚不足达到逍遥的境界:"守器殉业,不能奋飞。"⑧ 要弃绝尘世的束缚,只能沿着庄子逍遥游的道路:放弃对身体(器)的依赖,达到绝对的

---

① (南朝梁) 钟嵘. 诗品 [M]. 曹旭导读. 曹旭整理集评. 上海:上海古籍出版社,2007:33.
② 戴明扬校注. 嵇康集校注 [M]. 北京:中华书局,2014:5.
③ 戴明扬校注. 嵇康集校注 [M]. 北京:中华书局,2014:20.
④ 戴明扬校注. 嵇康集校注 [M]. 北京:中华书局,2014:20.
⑤ 戴明扬校注. 嵇康集校注 [M]. 北京:中华书局,2014:29.
⑥ 戴明扬校注. 嵇康集校注 [M]. 北京:中华书局,2014:136.
⑦ 戴明扬校注. 嵇康集校注 [M]. 北京:中华书局,2014:136.
⑧ 戴明扬校注. 嵇康集校注 [M]. 北京:中华书局,2014:136.

精神自由自足——"羽化华岳,超游清霄"。诗歌情感由彷徨低沉转入畅游神仙世界的明朗开阔。抒发对绝对逍遥、绝对自由的精神世界充满向往,现实与幻境结合在一起,想象瑰奇,有《楚辞》之风,如"光灯吐曜,华幔长舒;鸾觞酌醴,神鼎烹鱼,絃超子野,叹过绵驹"①,"流咏太素,俯赞玄虚。孰克英杰,与尔剖符"②,神游之旅最终坚定了诗人对大道的信念。

嵇康诗歌清高俊朗,毫不掩饰地表露内心志向,在凶险复杂的时代背景下,嵇康刚直的性格与清峻的诗风在名士中出类拔萃。

"清峻"也可以看作对诗人气质才性的评价。嵇康人格与诗风高度统一,《世说新语·容止》:"嵇康身长七尺八寸,风姿特秀。见者叹曰'萧萧肃肃,爽朗清举',或云'肃肃如松下风,高而徐引'。山公曰:'嵇叔夜之为人也,岩岩若孤松之独立其醉也,傀俄若玉山之将崩。'"③ 孤松玉山、爽朗清举,嵇康气质清高俊朗为世人倾慕。《文心雕龙·体性》:"叔夜俊侠,故兴高而采烈。"④《魏书·王粲传》曰:"康文辞壮丽,好言老庄而尚奇任侠。注引康别传曰:君性烈而才俊。此俊侠之征。"⑤ 嵇康旨趣高远,言辞峻烈。就人格而言,性格刚直,弃绝俗世,坚持内心超脱的信念。因此刘勰对嵇康"清峻"这一评价是极为准确的。

二、叔夜含其润:对理想世界的追求

或许是"清峻"过于鲜明确切,刘勰评价嵇康"雅润"的一面常被忽略。《明诗》篇"敷理以举统"部分刘勰总结出四言诗和五言诗的创作标准:四言雅润,五言清丽。四言诗中平子得其"雅",叔夜含其"润"。刘勰解读出了嵇康创作风格的丰富性,嵇康四言诗中雅润的一面未得到充分阐释。

(一)"润"在《文心雕龙》中的使用

据统计"润"字在《文心雕龙》的使用中有以下几种含义。

第一,使用本义:滋润,润泽。⑥ 本义是雨水下流,滋润万物。如:《宗经》"太山遍雨,河润千里也。"《诏策》:"优文封策,则气含风雨之润。"

第二,文学意义上的"润"有修饰、润色之义。《隐秀》:"润色取美。"《时序》:"逮孝武崇儒,润色鸿业。"《隐秀》:"润色取美,譬缯帛之染朱绿。"以缯帛为喻,修饰文辞显得文章华美。《才略》:"枚乘之《七发》,邹阳之上书,膏润于笔,气形于言矣。"此处膏润

---

① 戴明扬校注. 嵇康集校注 [M]. 北京:中华书局,2014:133.
② 戴明扬校注. 嵇康集校注 [M]. 北京:中华书局,2014:133.
③ (南朝宋)刘义庆撰,余嘉锡笺疏. 世说新语 [M]. 上海:上海古籍出版社,1993:505.
④ (南朝梁)刘勰著,范文澜. 文心雕龙注 [M]. 北京:人民文学出版社,1958:506.
⑤ 戴明扬校注. 嵇康集校注 [M]. 北京:中华书局,2014:133.
⑥ (东汉)许慎. 说文解字 [M]. (宋)徐铉校订. 北京:中华书局,2013:234.

指的是文采丰润。《知音》:"及陈思论才,亦深排孔璋,敬礼请润色,叹以为美谈……"此处"润色"亦修饰文辞之义。

第三,"润"用作文论术语时,多为形容词性,品评作品风格具有雅润、温润、明润、宏润的特点。同时,具有一种思想纯正、温柔教化之义。《明诗》:"若夫四言正体,则雅润为本。"《杂文》:"其辞虽小而明润矣。"《封禅》:"法家辞气,体乏弘润。"宏:宏大;润:润泽。《丽辞》:"玉润双流,如彼珩佩。"玉润:像玉般温润。《比兴》:"王褒《洞箫》云:'优游温润,如慈父之畜子也。'"温润,形容箫声温和。

结合全书,"润"在文学语言层面侧重于"润色"即修饰文辞、彰显文采这一方面。就文学风格而言,侧重于"雅润""温润",即作品情感的节制与含蓄,符合儒家"温柔敦厚"的诗教观。嵇康四言诗中常有自我劝慰与告诫世人的诗句,荣华富贵招来祸患,寄心自然才能全身保真。对自然的描绘和赞美,对琴书诗酒生活方式的追求,都给人一种清新雅润之感。

(二)嵇康诗歌之"雅润"

从"叔夜含其润"的评语出发,结合嵇康所保留下来的诗歌分析来看,其四言之"润"表现在以下几个方面。

第一,文采辞藻。嵇康四言诗在继承《诗经》传统的基础上,有意识地润色修饰诗歌语言,四言诗中不少篇章"文辞壮美",兼有《诗经》之"质"与《楚辞》之"文"。如:

> 鸳鸯于飞,肃肃其羽。朝游高原,夕宿兰渚。邕邕和鸣,顾眄俦侣。俯仰慷慨,优游容与。
>
> 鸳鸯于飞,啸侣命俦。朝游高原,夕宿中洲,交颈振翼,容与清流。咀嚼兰蕙,俯仰优游。
>
> 穆穆惠风,扇彼轻尘。弈弈素波,转此游鳞。伊我之劳,有怀佳人,寤言永思,实钟所亲。
>
> 轻车迅迈,息彼长林。春木载荣,布叶垂阴。习习谷风,吹我素琴。交交黄鸟,顾俦弄音。感物驰情,思我所钦。心之忧矣,永啸长吟。
>
> 浩浩洪流,带我邦畿。萋萋绿林,奋荣扬晖。鱼龙瀺灂,山鸟群飞。驾言出游,日夕忘归。思我良朋,如渴如饥。愿言不获,怆其悲矣。(《兄秀才公穆入军赠诗十九首》)。①

除去第一首五言诗之外,其余18首四言诗既各自独立,又互相勾连,以时间为线索叙述了诗人送别嵇喜独自返程这件事。开篇写景起兴:"浩浩洪流,带我邦畿。萋萋绿林,

---

① 戴明扬校注.嵇康集校注[M].北京:中华书局,2014:22.

奋荣扬晖。"① 写流水奔涌向前，绿林茂盛，生气勃勃，生命的动感寓于"直而不野"的描写中。"鱼龙瀺灂，山鸟群飞。驾言出游，日夕忘归。"② 浩浩洪流与萋萋绿林是从宏观落笔，那么水中成群的游鱼与林间的群鸟则是细致观察、触景生情。鱼和鸟都与同伴共同生活，而诗人如今想起自己孤身一人，不免感到孤单伤悲。

"浩浩洪流，带我邦畿"，语出《楚辞·九章》："浩浩沅湘。"与《诗经·玄鸟》："邦畿千里。""驾言出游，日夕忘归"出自《楚辞》："日将暮兮怅忘归。"《诗经》："君子于役，日之夕矣。"③ "日将暮兮怅忘归"与诗人描绘的事件一致：诗人独自出游，惆怅忘归。这也是读者最先领会的一个层面。然而，联系《诗经》"君子于役，日之夕矣"则暗示着另一个层面：想象兄长嵇喜此时在军中，同样见到日暮西沉的场景。短短八字，既写眼前之景，同时又暗含诗人的想象之景。在文字容量极少的诗句中，既叙述了"出游"的事件，又通过化用《诗经》《楚辞》诗句含蓄地传递出独自一人的怅然若失心情（后文"愿言不获，怆其悲矣"可佐证这一感伤的情感色彩）。故钟嵘称"夫四言，文约意广，取效《风》《骚》"④，四言诗含蓄隽永，文辞简约，若与《诗经》《楚辞》联系起来理解，则文约意广，意味深长。

"正始明道，诗杂仙心"，玄学思想的影响之下感情空洞、谈玄说理也令诗歌落入浮浅之风。嵇康的四言诗虽也存在化用老庄经典的诗句，但总体而言兼有"文""质"之美。与质朴直言的《诗经》相比，具有文采的雕润与瑰丽的想象；与浮浅空洞的游仙诗相比，借诗言志，感情充沛。嵇康的四言诗符合刘勰文质相符的文学观念，即充沛的思想感情（气）通过文人典雅的意象和润色后的语言展现出来。

第二，直而婉的诗歌风格。嵇诗的情感主旨一向明确清晰。《兄秀才公穆入军赠诗十九首》这一组诗表达的思想情感丰富并且鲜明：感情基调忧郁落寞，包含着分别的悲伤和思念，对生命短暂的思索，以及对理想生活的向往。

直，主要指嵇康诗歌风格的纯粹明净，表现在思想内容上则是清高旷远的精神追求，即刘勰所言之"清峻"。《酒会诗七首》表达诗人"钟期不存，我志谁赏"的孤独。陈祚明："未有酒会之意，但觉身世之感遥深。"⑤ 每一首都似感叹自身，抒发内心的悲伤愤懑。雅志不得赏令诗人"猗与老庄"，寻找精神世界的寄托。"是惟龙化，荡志浩然"，即使不被理解也绝不放弃对精神信念与雅志的追求。这是嵇康诗中一以贯之的坚定感，毫不掩饰内心的志向，但抒发情感又能做到直而不野。

婉，比兴手法的继承发展和情感的润饰。与《诗经》中立足自我、直白歌唱的民歌风格有所不同，作为"士人"的嵇康，其文学修养令他的诗歌具有文人的委婉含蓄，嵇康所

---

① 戴明扬校注. 嵇康集校注 [M]. 北京：中华书局，2014：22.
② 戴明扬校注. 嵇康集校注 [M]. 北京：中华书局，2014：22.
③ 戴明扬校注. 嵇康集校注 [M]. 北京：中华书局，2014：22.
④ （南朝梁）钟嵘. 诗品 [M]. 曹旭导读. 曹旭整理集评. 上海：上海古籍出版社，2007：2.
⑤ 戴明扬校注. 嵇康集校注 [M]. 北京：中华书局，2014：130.

使用的优美高雅的意象和典故。它们与诗歌主题、诗人的思想情感、诗人追求的理想人格存在暗示象征的关系。譬如：鸳鸯，代表嵇康与嵇喜兄弟二人。"《毛传》：'鸳鸯，匹鸟。'……皆以鸳鸯喻兄弟。"① 虽以鸳鸯起兴，但不蹈袭前人，嵇康笔下的鸳鸯具有优游容与的独特神韵。诗人将对自我和生命的思考融入诗歌具体的意象中，其四言诗不蹈袭前人，具有强烈的个人风格。"王夫之：'……虽体似《风》《雅》，而神韵自别。'"② "陈祚明：'每能于风雅体外，别造新声，淡宕有致。'"③ 后代批评家们已读出嵇康诗歌不同于《诗经》的特点。

"比者，以彼物比此物也；兴者，先言他物以引起所咏之词也。"④ 使用比兴手法令嵇康诗歌充满暗示和联想，所咏之物与下文有委婉隐约的内在联系；开篇起兴也有烘托渲染环境气氛，调节旋律、唤起情绪的作用。

诗歌音韵的和谐整齐体现出婉转的风格。四字诗节奏明快，韵律整齐，再加之起兴的重章叠字和双声叠韵词的使用，诗歌整体节奏徐缓舒展，如："淡淡流水""泛泛柏舟""皎皎亮月""穆穆惠风"等，叠字的使用在嵇康四言诗中俯拾即是；双声叠韵如：优游、慷慨、涕泣、踟蹰、彷徨等，音节舒缓悠扬，余韵悠长的情绪萦绕其间。因此音韵上的技巧令情感变得温润雅致，具有《诗经》中"哀而不伤"的艺术风格，与嵇康五言诗的峻切直露颇为不同。

第三，情感节制。《诗经》是四言诗的经典之作，后世文人创作四言诗或受其影响。四言诗每首四言八句，容量有限，并且开篇起兴和重章叠字的手法的占去部分篇幅，留给诗人抒发内心志意的空间不多。就文学的感染力和教化作用而言，《诗经》"温柔敦厚"的艺术风格保留在诗人的潜意识中，温润和谐、端庄朴素的文风或隐或显地影响其诗歌创作。

另外，嵇康在诗中传达出一种不断寻求精神解脱的存在状态，好化用《老子》与《庄子》的语句和典故，阐发玄学思想坚定内心理想信念，探求精神最后的归宿。诗人认为心灵的痛苦皆为世俗价值观念所累"世故纷纭，弃之八戎"⑤，得以超越的办法唯有无欲无求，抛弃物质形态："寂乎无累，何求于人？""含道独往，弃智遗身。"⑥ 道家思想为诗人的痛苦提供了精神和美学上的超越，但它并不主张放纵感情，而是主张泯灭感情。通过"无情无欲"将人从欲望生死、世俗名利的樊篱中解脱出来，最终达到逍遥之境。既然主张"无情"，诗歌情感色彩不免带有淡薄玄远的特点。

因此，嵇康诗歌中情感的节制不单受儒家诗学观中"温柔敦厚"与"乐而不淫，哀

---

① 戴明扬校注. 嵇康集校注 [M]. 北京：中华书局，2014：9.
② 戴明扬校注. 嵇康集校注 [M]. 北京：中华书局，2014：10.
③ 戴明扬校注. 嵇康集校注 [M]. 北京：中华书局，2014：128.
④ （宋）朱熹. 诗集传 [M]. 赵长征点校. 北京：中华书局，2011：34.
⑤ 戴明扬校注. 嵇康集校注 [M]. 北京：中华书局，2014：31.
⑥ 戴明扬校注. 嵇康集校注 [M]. 北京：中华书局，2014：31.

而不伤"的影响,也是玄学崇尚自然无为、得意忘言的哲学思想在美学风格上的体现。显然,与五言诗相比,嵇康四言诗在诗歌技巧、诗歌风格以及思想情感上更加温润含蓄。其四言诗婉转比附,语言又不失文采,丰富的意象与充沛的情感使嵇康诗歌免于落入玄言诗浮浅空虚的窠臼中。诗人的情感经过审美化、哲思化表达出来之后给人一种"言不尽意""意在言外"之感。应当说嵇康四言诗中既有清峻一面,也有雅润一面。

三、"清峻"与"雅润":诗人创作的丰富性

通过对嵇康诗歌的分析研究,不同的诗歌体裁对于情感的表达各有侧重。"峻",高大刚健,有阳刚之美。以《兄秀才公穆入军赠诗十八首(其一)》等五言诗为代表;"润",温润雅致,文辞典雅,以《酒会诗七首》《兄秀才公穆入军赠诗十八首》后十八首四言诗为代表。两种相互对立的诗歌风格并非在嵇康诗歌创作中泾渭分明,四言诗中侧重雅润,而感情鲜明;五言诗情感峻烈,又旨趣清远;再如《游仙诗一首》既有清峻之骨,又有温润之词;《幽愤诗》虽是四言,应以"雅润为本",但通篇感情激荡、直抒慨叹,颇为"峻切"。

总体而言,嵇康以创作四言诗为主,在魏晋五言诗腾踊的时代不算主流诗歌;其五言诗感情峻烈、旨趣清高,与同时代空疏浮浅的诗风相比显得出类拔萃。"叔夜'双鸾'……皆五言之警策也。"① 清高峻朗是嵇康诗风中显著的一面,也成为后世公认的评价。刘勰认为不同的作家擅长的文体不同,大部分作家"鲜能圆通",只有像曹植、王粲这样的少数才能做到擅长四言诗和五言诗。因此,大部分作家只要"随性适分",根据个人气质才性选择适合的体裁来表达就已足够。

各种文学体裁显示着作家人格和才性的不同侧面。除《明诗》外,《体性》《才略》篇也论述作家个性与作品风格之间的联系,诗歌的体式风貌与作家的才、气、学、习有关。"学、习"源自后天经验,这两种因素共同决定了作家的创作风格。诗人根据自己的才性所长,在创作时选择合适的体裁和风格加以表现。刘勰也论及嵇康在其他文学体裁上的创作:"嵇康师心以遣论"②,其论说文逻辑缜密,文辞壮美。"叔夜俊侠,故兴高而采烈"③,性格的俊侠呈现在作品中便是旨趣高远,文采情感强烈。刘勰站在一个兼容并包的立场上综合评价嵇康文风与人格,将其列为魏末晋初诗人的代表。钟嵘则稍有侧重,指出嵇康五言诗"过为峻切,伤渊雅之致"的一面,就五言诗而言把嵇康列为中品诗人。应当说二位批评家依据各自的诗学观念对嵇康做出的评判各其有合理之处。

嵇康诗文丰富矛盾也是其人格内心的反映。《与山巨源绝交书》可以视为一位刚正磊

---

① (南朝梁)钟嵘. 诗品 [M]. 曹旭导读. 曹旭整理集评. 上海:上海古籍出版社,2007:14.
② (南朝梁)刘勰著,范文澜注. 文心雕龙注 [M]. 北京:人民文学出版社,1958:700.
③ (南朝梁)刘勰著,范文澜注. 文心雕龙注 [M]. 北京:人民文学出版社,1958:506.

落之士的仗义执言。《魏书·王粲传》记载了嵇康文辞壮丽、任奇尚侠的一面。隐者孙登早已预见直言不讳的个性与过人的文才，将为自己招来杀身之祸。通过记载旁人对嵇康的评价，展示出嵇康内心峻烈高洁的一面。

他人眼中的嵇康又是一位远离世俗纷争的名士："康性含垢藏瑕，爱恶不争于怀，喜怒不寄于言。"①"王戎云：'与嵇康居二十年，未尝见其喜愠之色。'"（《世说新语·德行》）②"家世儒学，少有俊才，旷迈不群，高亮任性，不修名誉，宽简有大量。学不师授，博洽多闻，长而好老、庄之业，恬静无欲。"（嵇喜《嵇康传》）③ 喜怒不形于色，宽简大量，恬淡无欲与文学史上刚肠疾恶、遇事便发的嵇康形象大相径庭，足以证明嵇康内心的矛盾与人格上的张力。魏晋士人内心的矛盾亦同其诗文的丰富，嵇康其人与其文的高度一致性意味着他用真实的生命体验进行文学创作，文学也为嵇康内心的苦闷矛盾提供了一个庇护之处。

参考文献

[1] 戴明扬校注. 嵇康集校注 [M]. 北京：中华书局，2014.
[2] 夏明钊. 嵇康集译注 [M]. 哈尔滨：黑龙江人民出版社，1987.
[3] （南朝梁）刘勰著，范文澜注. 文心雕龙注 [M]. 北京：人民文学出版社，1958.
[4] 詹锳义证. 文心雕龙义证 [M]. 上海：上海古籍出版社，1989.
[5] 黄侃. 文心雕龙札记 [M]. 北京：商务印书馆，2014.
[6] 王运熙，周锋. 文心雕龙译注 [M]. 上海：上海古籍出版社，2012.
[7] 周振甫. 文心雕龙今译 [M]. 北京：中华书局，1986.
[8] （南朝梁）钟嵘. 诗品 [M]. 曹旭导读. 曹旭整理集评. 上海：上海古籍出版社，2007.
[9] （宋）朱熹. 诗集传 [M]. 赵长征，点校. 北京：中华书局，2011.
[10] （东汉）许慎. 说文解字 [M]. （宋）徐铉，校订. 北京：中华书局，2013.
[11] （南朝宋）刘义庆撰，余嘉锡笺疏. 世说新语笺疏 [M]. 上海：上海古籍出版社，1993.
[12] 鲁迅. 而已集 [M]. 北京：北京联合出版有限责任公司，2014.
[13] 徐雪. 嵇康诗歌"清峻"风格及其成因研究 [D]. 青海：青海师范大学硕士学位，2015.
[14] 刘洋. 嵇康四言诗对《诗经》的继承与革新 [D]. 上海：华东师范大学硕士学位，2016.
[15] 陈恩维. 嵇康诗风新论 [J]. 湖南文理学院学报（社会科学版），2009，28（5）.
[16] 袁济喜，迟文颖. 风雅与玄思的天合 [J]. 安徽师范大学学报（人文社会科学版），2016，44（3）.
[17] 梁保建. 释"嵇志清峻" [J]. 南都学坛（人文社会科学版），2018，38（2）.

（张玉洁　首都师范大学2018级硕士生　指导教师：贾奋然）

---

① 戴明扬校注. 嵇康集校注 [M]. 北京：中华书局，2014：591.
② （南朝宋）刘义庆撰，余嘉锡笺疏. 世说新语笺疏 [M]. 上海：上海古籍出版社，1993：15.
③ 戴明扬校注. 嵇康集校注 [M]. 北京：中华书局，2014：591.

论在参与式文化背景下的粉丝、演员与角色

魏梦雪

摘 要：近年来,在粉丝经济的迅猛崛起之下,参与式文化得到了充分的发展。参与式文化不单单帮助粉丝打开了进入商业文化生产方式的渠道,让他们从被动的接受者、旁观者变成主动的参与者、创作者,还对演员及其角色产生了巨大的影响。为此,本文拟对参与式文化背景下粉丝、演员与角色这三者之间的关系进行分析解读,并探讨粉丝的参与行为对演员及其角色所造成的影响,以期为影视文化产业的发展提供启迪和参考。

关键词：参与式文化；粉丝；演员；角色；同人创作

作为影视艺术创作中的重要组成部分,演员、角色和观众这三者之间的关系是相辅相成、缺一不可的。演员的工作就是在表演艺术作品中扮演角色,角色需要凭借演员的身体来获得赋形,而观众的存在则是演员表演和角色塑造的前提条件。演员扮演角色的目的是让观众观看,角色塑造的成功与否则要交由观众来评判。简而言之,只有在得到观众认同的情况下,演员的工作才具有意义。

在传统的影视研究中,有关观众认同的问题一直以来备受瞩目。在20世纪七八十年代,以劳拉·穆尔维为代表的女性主义研究者运用精神分析理论对好莱坞电影所建构的观众认同进行了批判,认为好莱坞电影的视觉愉悦加固了女性的客体地位、被动性和受虐倾向,女性观众对女主角的认同是她们和父权制压迫共谋的标记。在80年代中期之后,研究者开始从单纯的文本分析转向受众分析。在英国曼彻斯特大学文化研究教授杰基·斯泰西于1994年出版的著作《明星凝视：好莱坞电影和女性观众》一书中,她运用民族志调查的方法对女性观众和好莱坞女星之间的关系进行了探讨,并分析了认同对于观众的意义,将观众的认同过程主要分为幻想和实践两个方面。[①]

然而,当研究者在选择以认同角度来分析演员、角色和观众三者关系时,也意味着他们忽略了观众的积极性、主动性和创造性。在认同视角下,观众没有选择的权利,只能被

---

① 陶东风主编.粉丝文化读本[M].北京：北京大学出版社,2009：171.

动地接受演员所扮演的角色,无论他们认同还是不认同,这个角色都已经被塑造完成,不容更改。但事实上,观众并非全然单纯的被动认同者和媒介消费者。即使是在知晓无法改变演员表演和角色塑造的情况下,那些对演员及其角色注入强烈情感的观众仍会在情感驱动的作用下热情而投入地参与与这二者相关的讨论和"同人小说""同人视频"等二次创作。[①] 通过这一参与过程,观众不仅从被动的旁观者变成了主动的参与者,还被赋予了更改演员表演意义和重塑角色的权利。他们既可以依凭官方作品,对演员的表演技巧和角色的塑造意义进行分析解读,也可以在二次创作中或剔除掉演员及其角色身上不满意的部分,择其满意的部分来进行创作;或对官方作品赋加在演员及其角色的意义进行完全解构,将其视之为一个符号来进行创作;或把演员的个人形象、个人生活与其扮演的角色形象、角色命运混合起来进行创作等。正如在粉丝文化研究上做出了卓越贡献的美国学者亨利·詹金斯所评价的那样,这些已经成为粉丝的观众"不光拥有从大众文化攫取、借用的残留物,还拥有一个用媒介提供的符号原材料打造的自己的文化"[②]。

近年来,在粉丝经济的迅猛崛起之下,参与式文化得到了充分的发展,其所产生的巨大影响力甚至可以在一定程度上左右官方的决定。为此,本文拟对参与式文化背景下粉丝、演员与角色这三者之间的关系进行分析解读,并探讨粉丝的参与行为对演员及其角色所造成的影响,以期为影视文化产业的发展提供启迪和参考。

一、演员粉丝的定义与发展

在对粉丝、演员与角色的关系进行分析之前,我们有必要对这里的"粉丝"概念进行一番诠释。因为长期以来,人们都把喜欢影视剧的影迷、电视迷和演员粉丝混为一谈。需要说明的是,虽然都是影视文化产品的消费者,但影迷、电视迷和演员粉丝消费的侧重点却不相同:影迷、电视迷对影视剧的关注度超过了在里面出演角色的演员。如果一部影视剧的整体质量很糟糕,哪怕演员本人的演技再好,他们也不会愿意为该影视剧买单。也就是说,影迷、电视迷的主要消费对象是影视剧文本,演员仅仅只是影视剧文本中的一个组成元素;而演员粉丝则恰恰相反。比起影视剧的整体质量,他们更在乎里面的演员及其角色。即便影视剧本身的质量不佳,但他们仍会愿意为了演员及其角色而去观看、支持该影视剧。由于演员是以自己的形象来为角色塑型,所以演员粉丝的主要消费对象是演员的身体。是以,本文的重点是讨论粉丝、演员与角色之间的关系,本文中所探析的粉丝主要是关注重心在于演员及其角色的演员粉丝,而非关注重心在于影视剧的影迷、电视迷。

严格来说,演员的身体可以被分为非表演时的日常身体、正在表演创作中的表演身体

---

① 黄家圣,赵丽芳. 从盗猎、狩猎到围猎:亨利·詹金斯的参与文化理论及其实践 [J]. 电影评介,2019(2):60.
② [美] 亨利·詹金斯. 大众文化:粉丝、盗猎者、游牧民——德塞都的大众文化审美 [J]. 杨玲译. 湖北大学学报(哲学社会科学版),2008 (4):66-69.

和已经塑造完成、观众直接在银幕观看到的影像身体。演员通过改变自己的日常身体而得到了能够承载角色的表演身体，通过表演身体的过渡，演员最终塑造完成了一个经过艺术加工的具有非常醒目的审美标志，但仅存活在影像中的虚拟身体，即影像身体。① 演员粉丝亦可以依照对演员三重身体的偏好而被划分为三种类型：第一类是认可演员演技，喜爱其影像身体的演员粉丝。尽管该类粉丝对演员的日常身体和表演身体并无兴趣，但是却从其所塑造出的影像身体感受到了演员的演技，进而愿意出于对其演技的信任而去支持该演员参演的影视剧；第二类是从角色共情到演员个人，继而对演员本人产生兴趣，将其视为偶像明星来崇拜恋慕的演员粉丝。在该类粉丝眼中，演员的日常身体、表演身体和影像身体是彼此映照和重合的，演员的个人魅力和角色魅力相互辉映；第三类是主要对演员出演的部分角色感兴趣的演员粉丝。该类粉丝虽然和第一类认可演员演技的演员粉丝一样对影像身体十分看重，甚至也会和第二类粉丝一样因为角色进而对演员的日常生活产生兴趣，但较之看重演员演技的第一类粉丝和完全折服在演员魅力之下的第二类粉丝，该类粉丝的关注重点则放在了演员的形象气质与其角色之间的契合度上。比起演员的演技，该类粉丝更关心演员所扮演的角色是否符合他们的想象，演员的日常生活是否能与其所扮演的角色之间形成一种"互本文场"②，让角色的魅力得以延展。

在"粉丝"（Fans）这一词语还未得到普及之前，演员粉丝通常以"影迷"来称呼自己，以强调演员在银幕上对角色的演绎是决定他是否能够作为演员而受到尊敬的关键。大众传播的重点也是放在演员的影像身体上，除了个别已拥有成功的影视角色和已积累了一定关注度的影视明星之外，大部分演员的日常身体和表演身体都是处于隐匿状态。③ 因而在这一时期中，看重演员演技，喜爱演员影视身体的第一类演员粉丝占据了演员粉丝群体中的主流地位。除了在择片标准上加入对演员的考虑之外，他们的观看模式与普通观众无异，都处于被动观看的位置上。对演员及其角色诉诸情感的第二类粉丝大都是影视明星的粉丝。在影视明星的号召力和影响力之下，他们开始采取"超越电影的同化实践"，对影视明星的部分行为、表演风格、服装发饰等进行模仿。④ 虽然这种对明星风尚的盗用也可以被视为演员粉丝的一种参与行为，但这种参与仅仅是一场单方面的、没有创造意义的认同实践，远远无法与真正具有"勇于争夺文化权利，从大众文化资源中盗取零散片段，并进行拼贴重组，以建构自己文化"⑤ 的"文本盗猎者"精神的第三类演员粉丝所尝试的通过解构、挑选和重塑演员身体，以创作属于自己的文本的参与行为来进行比较。遗憾的是，在这一时期中，由于思想观念的固化和传播渠道的限制等原因，大部分演员粉丝仍然

---

① 唐晓莉. 数字影像身体的审美特征［J］. 西南民族大学学报（人文社会科学版），2019（10）：179 – 184.
② ［美］理查德·科尔多瓦. 明星制的起源［J］. 肖模译. 世界电影，1995（2）：71.
③ 唐晓莉. 数字影像身体的审美特征［J］. 西南民族大学学报（人文社会科学版），2019（10）：179 – 184.
④ ［美］理查德·戴尔. 明星［M］. 严敏译. 北京：北京大学出版社，2010：293.
⑤ 北大培文图书《书情》《文本盗猎者：电视粉丝与参与式文化》［EB/OL］.（2017 – 02 – 16）［2020 – 03 – 01］. https：//www.sohu.com/a/126445771_ 227314.

比较缺乏参与意识。

于2005年风靡一时的《超级女声》比赛不单单引发了学术界对粉丝文化的关注，让"粉丝"一词在大众文化传播中迅速得以普及，还对演员粉丝的观念和行为产生了巨大的影响。一方面，《超级女声》的观众投票制度让演员粉丝意识到了参与的力量；而另一方面，类似于《超级女声》的选秀活动直接帮助参与比赛的成员确定了明星地位，之后这些已经成为明星的个体在从事演员的工作时，他/她的感召力更多的是来源于影像表述体系之外。且不同于先观看到前台角色，再注意到后台演员的演员粉丝，这些偶像明星的粉丝是先认同和接受了偶像明星的后台形象之后再来关注前台角色。换而言之，比起演员粉丝"先角色后演员"的传统观念，偶像明星粉丝的关注重心是"先扮演者后角色"。其后，随着流量时代的到来和粉丝经济的崛起，不仅演员、偶像和明星这三者之间的差距在缩减，前台和后台的界限越来越模糊，粉丝群体之间的同化趋势和参与热情也越来越强烈。

二、演员粉丝的参与式文化生产

（一）演员粉丝参与式文化的表现形态

亨利·詹金斯之所以把粉丝称为"文本盗猎者"，是因为粉丝通过对小说、影视剧等现成文本一系列"前进和撤退，玩弄文本的战术和游戏"以及"某种类型的文化拼贴"①，最终形成了从盗猎的文本中生产出了符合自身价值意义的文化文本。② 在参与过程中，演员粉丝也做出了盗猎的举动，只不过他们的盗猎对象主要是演员的身体。演员的身体既是承载角色的容器，也是为粉丝主动提供观影快感，满足其情感折射和欲望想象的源泉。也可以说，演员的身体本身就是一种文本，而且只要演员依然在从事演艺工作，那么这种文本就会一直处在被建构的状态之中。演员粉丝可以从演员的日常身体、表演身体和影像身体中选择中意的身体碎片，拼贴和重塑出一具完全符合自身喜好，能够实现自我欲望追求的身体。

总的来说，到目前为止，演员粉丝的参与式文化生产可以按照参与行为和创作平台的变化而被划分为三个阶段。

在演员粉丝的参与意识正处于萌芽状态的第一阶段中，演员个人的百度贴吧与相关影视论坛成为演员粉丝进行讨论和创作的主要阵营。这些拥有明确主题、相对独立和拥有一定准入门槛的半封闭式粉丝社群为粉丝建设了一个有边界的狂欢广场，只允许同好者进入，对圈外人则竖起了屏障。③ 演员粉丝可以在遵守社群规则的情况下进行创作。且如果

---

① 陶东风主编. 粉丝文化读本 [M]. 北京：北京大学出版社，2009：33.
② 杨襄. 亨利·詹金斯的粉丝文化理论研究 [D]. 扬州：扬州大学硕士学位论文，2010：20.
③ 张萌. 哈利波特迷群在虚拟社区中的文本生产研究 [D]. 南京：南京师范大学硕士学位论文，2017：21.

对某一社群的规则并不满意,粉丝也可以选择出走或创建属于自己的虚拟社区。所以在这一阶段中,除了具有官方性质的各大百度贴吧和影视论坛之外,演员粉丝还积极地参与到了诸如纵横道(《七侠五义》同人论坛)、月海(《七侠五义》同人论坛)、逍遥境(影视文学同人论坛)、黑白道(电视剧《少年包青天三》同人论坛)、戚顾王道天下(《逆水寒》同人论坛)、常相守(《士兵突击》同人论坛)等与演员及其扮演的角色有一定关联的同人论坛的创建之中。① 比起百度贴吧和官方论坛来说,这些同人论坛的封闭性和准入门槛相对更高,粉丝往往需要凭借邀请码、通过论坛考试等方式才能从没有浏览资格的游客转换为有浏览资格的会员,且会员浏览论坛特定版块和发帖的权限也是需要满足一定条件(如注册时间和积分)之后才开放。在这样苛刻的把关条件之下,能够进入该论坛的演员粉丝都是一些参与热情高、表达欲望强、渴望结识同好的粉丝。他们严格遵守社群的规矩,只在社群内部传播作品。

在新浪微博和 B 站等社交网站和内容平台纷纷兴起的第二阶段中,新旧媒体的融合和虚拟社区的集中化既为粉丝群体的聚集、互动和交流带来了极大的便利,又为他们提供了更多观看、了解演员后台形象的机会。随着论坛和百度贴吧的衰落,越来越多的粉丝群体开始选择在新浪微博和 B 站这样的综合性平台上进行讨论、交流和创作。在这些完全开放式的平台之上,各大粉丝社群之间的封闭性和独立性已不复存在,它们甚至会彼此融合,相互渗透。

在粉丝经济崛起、流量为王的第三阶段,粉丝话语权和参与力都得到了空前的提升。在这一阶段,官方开始尝试让粉丝直接参与挑选演员和角色的过程。如电视剧《琅琊榜》在前期筹拍时就给粉丝提供了为演员提名及投票的官方通道,并承诺会在日后选角时参考粉丝的意见。② 粉丝的同人创作也成了对官方生产者来说十分重要的参考资料,一些创作质量较高和影响力较大的粉丝甚至能够凭借自己的同人作品来加入官方的团队之中。如创作出《马亲王小说〈古董局中局〉》系列伪预告和《鬓边不是海棠红》伪剧情片花、剧情群像 MV 等优质同人视频的同人作者"久任"就被邀请加入了电视剧《古董局中局》③ 和《鬓边不是海棠红》④ 的官方制作团队,而她所喜爱的、在同人视频中戏份极重的演员乔振宇、尹正等人也分别在官方电视剧中担任重要角色。

不仅如此,为了满足粉丝需求,鼓励粉丝创作,官方不但积极地为粉丝提供拍戏花絮、幕后访谈和未插入正片的影像片段等创作素材,还举办了"酷 FAN 制推星计划"

---

① 官方虚拟社区和同人虚拟社区的主要区别在于该社区是否得到过官方的认可。如演员会亲自来他/她的官方贴吧或论坛中与粉丝进行交流,而同人论坛则不会拥有这种待遇。

② 《琅琊榜》电视版之女性角色提名 [EB/OL]. (2012 – 01 – 16) [2020 – 03 – 01]. http://blog.sina.com.cn/s/blog_45a0de95010100w1.html.

③ 电视剧《古董局中局》的片头中,"久任"的名字出现在了策划一栏。《古董局中局》的出品人和总纸片人孙合彬也在《神仙组合"还原"古董江湖"|孙合彬全面解析〈古董局中局〉》的媒体访谈中承认自己在演员选择上参考了久任的同人 MV,甚至找来久任本人进行了相关探讨。

④ 久任是电视剧《鬓边不是海棠红》的编剧之一。

"这！就是大片"等同人剪辑大赛。值得一提的是，同人剪辑大赛的兴起也是一个十分有趣的现象，自第一阶段和第二阶段中，由于视频剪辑的创作门槛相对较高，所以粉丝同人创作的表现形式大多是以图文为主。而在第三阶段中，影视资本获取利益的需要促进了同人视频的生产。

在制作流程上，同人视频与官方影视作品别无二致，都是对影像片段进行剪辑，只不过同人视频的素材来源于现成影像素材，而官方影视作品的素材则是自行拍摄的影像素材。与虚构的、完全能让人看出二次创作痕迹的文字和图像不同，作为"既得影像"（Found Footage）的同人视频让二次创作变得理所当然，甚至可以达到以假乱真的效果。同人视频所使用的原始影像片段也许在原作中平平无奇，但是一旦在同人视频中被赋魅之后，原始影像片段和经过二次创作的影像片段之间就会形成一种互补机制，让没看过原作，但被二创影像片段所吸引的观众进而对原作也抱有期待，而看过原作的观众则可以在同人视频感受到全新的、原作中所没有的视觉快感。并且，不同于在观看前需要了解相关背景知识的同人图和同人文，完全由影像拼贴而成，且标明具体出处的同人视频能够更加直观地让观众感受到人物和影像本身的魅力，也更适合被用来宣传推广。

（二）演员粉丝在参与式文化中的尴尬处境

虽然演员粉丝的盗猎行为已经在很大程度上得到了官方的默认，其同人创作作品也在为官方提供了参考的同时起到了极大的宣传作用，但演员粉丝在参与的过程中却仍然处于一种矛盾的状态：一方面，不同于完全虚拟化，无论身体被怎样解构和拼贴都不会受到伤害的二次元虚拟偶像，演员的日常身体、表演身体和影像身体是共生共存的，无论哪一个身体受到伤害，都会影响到另外两者。所以哪怕是在对演员的身体进行盗猎时，演员粉丝也必须考虑到对其身体的影响。最典型的例子就是不管在哪一阶段中，演员粉丝都将 RPF（Real Person Fiction，即真人同人）[①]视为只能在粉圈内部传播的产物，他们以十分谨慎的态度对 RPF 的传播对象和传播途径做出限制，生怕会给被幻想的演员本人造成困扰。另一方面，不同于只专注偶像明星本人，可以从为偶像明星刷流量和做数据等参与行为中实现身份认同和情感满足，比起同人创作来说更关心偶像明星本人直接利益相关的照片、视频和音频等原始资料的三次元饭圈粉丝，演员粉丝是无法将角色从自己的认知关联中抽离出来，只单独关注演员本人的。表演艺术的本质是"演员化身为角色"的艺术。[②] 演员之所以被称为演员，正是因为其拥有扮演角色的资格和能力，一旦将角色从演员身上剥离开来——不管是他/她已经扮演过的还是即将扮演的——就相当于是彻底否定了"演员"这一身份。不管是哪一类型的演员粉丝，他们在欲望代偿与情感宣泄上势必会围绕着演员及其角色来展开，且这二者缺一不可，只是在投射程度上根据演员粉丝的喜好有所差别而

---

① RPS（Real Person Slash）包含在 RPF 中，这两者的区别在于 RPS 通常描写的是同性偶像明星之间的亲密关系，RPF 则并没有限制性别和性向。

② 林洪桐. 演员与角色关系的另一种阐释［J］. 电影艺术，2011（3）：64 - 69.

已。在演员粉丝看来，演员的魅力和光环是应该通过角色来赋予，而并非只是单纯依靠他们去争取。

因而，在粉丝圈层中，演员粉丝既不属于可以肆无忌惮地对虚拟人物的身体进行掠夺，完全不用担心虚拟人物本身会受到伤害，推行利己主义的二次元粉丝群体，也不属于为了捍卫偶像明星的身体完整性，全心全意为偶像明星本人付出，推行利他主义的三次元饭圈粉丝群体。他们位于两者的中间地带，尽管在盗猎行动出于对演员本人的考虑而对参与行为有所限制，但依然无法停止对其身体的掠夺。

三、参与式文化对粉丝、演员与角色的影响

参与式文化不单单帮助粉丝打开了进入商业文化生产方式的渠道，让他们从被动的接受者、旁观者变成主动的参与者、创作者，还对演员及其角色也产生了巨大的影响。在参与式文化背景下，演员无须主动扮演角色，只需要被动地等待粉丝对已知的、能见的台前台后的身体进行分解和拼贴，就能被填充到粉丝所需要的角色之中。这个角色或许是演员及其扮演过角色的延展，如同人视频中常见的"前世今生""衍生"等类型就是在同一个视频中串联起演员在不同影视剧中所扮演过的角色，并设置角色之间存在关联；也或许是一个全新的角色，如粉丝在剪辑同人视频时可以直接借用演员及其角色的形象来创作属于自己的故事。在演员的身体被赋予无限的可能性的同时，演员和角色的关系也变得更加灵活多变。在粉丝的创作中，演员的戏份将不再受到限制，任何演员都可以成为主角。而且在粉丝创作已经呈现出专业化和精深化发展趋势的融媒体时代中，优质的粉丝同人创作在传播力和感染力上甚至能超越官方所发布的相关物料。[1]

在参与式文化的背景下，就连演员本人也亲自参与了延展角色魅力的过程。譬如在电视剧《全职高手》即将播出之前，剧中的主演杨洋、江疏影等人就把自己的微博账号换成了剧中角色的名字和头像，将角色扮演直接从前台延伸到了后台；而演员靳东更是将角色特征与自身形象融为一体，试图打造出"精英"人设。前台和后台的贯通扩大了角色形象与演员个人形象之间的互文作用，在更方便粉丝移情的同时也为粉丝提供了更多的创作素材。即便是当演员展示出了与角色形象有所出入的新鲜面向时，只要演员的基础人设没有崩塌，那么粉丝也会将这新的一面视为可以用来叠加和拼贴的素材。随着"互本文场"的扩大，演员得到了在更多影视场域之外被人讨论和关注的机会，大大提升了从单纯的影视演员成为具有标识性和粉丝黏性的影视明星的可能性，相应减少了在数字时代中面临的生存危机。毕竟，用 CG 技术合成的赛博格演员抹去了真人演员肉身的存在痕迹，不再有日常身体和表演身体的概念，他们的身体和存在意义仅在影视剧中呈现，无法给予观众寻找互文本的游戏快感。

---

[1] 王瑜. 融媒体时代粉丝群体的参与式文化 [J]. 中国广播电视学刊，2019 (9)：58–60.

结　语

总的来说，在参与式文化的背景下，粉丝、演员和角色之间的关系变得更加紧密，成为某种程度上的利益共同体。但与之同时，粉丝同人创作所面临的版权问题却仍然存在，他们至今依旧处于作者身份失落、创作权利不受保护的尴尬处境中。近年来，饭圈文化的入侵也对演员粉丝的思维模式和行动模式造成一定的影响，部分演员粉丝索性放弃了可能会对演员身体造成伤害的盗猎行为，转而积极地参与了反黑、控评和刷屏①等机械化工作，从具有自我意识和自我需求的盗猎者变成了服从饭圈规则的免费数据劳工。不仅如此，粉丝对于固定人设的偏爱可能会导致演员在扮演角色时出现模板化和套路化的问题，而大批质量一般，但为粉丝提供了丰富剪辑素材的同人素材影视剧的出现和粉丝同人创作大规模超越原文本等现象的产生更是一种本末倒置。由此看来，粉丝、演员与角色这三者在参与式文化背景下应当如何相互协调的问题还有待更进一步的深入探索。

参考文献

[1] 陶东风主编．粉丝文化读本［M］．北京：北京大学出版社，2009．

[2] 黄家圣，赵丽芳．从盗猎、狩猎到围猎：亨利·詹金斯的参与文化理论及其实践［J］．电影评介，2019（2）：(60)．

[3] ［美］亨利·詹金斯．大众文化：粉丝、盗猎者、游牧民——德塞都的大众文化审美［J］．杨玲译．湖北大学学报（哲学社会科学版），2008（4）．

[4] 唐晓莉．数字影像身体的审美特征［J］．西南民族大学学报（人文社会科学版），2019（10）．

[5] ［美］理查德·科尔多瓦．明星制的起源［J］．肖模译．世界电影，1995（2）．

[6] ［美］理查德·戴尔．明星［M］．严敏译．北京：北京大学出版社，2010．

[7] 北大培文图书【书情】《文本盗猎者：电视粉丝与参与式文化》［EB/OL］．（2017－02－16）［2020－03－01］．https://www.sohu.com/a/126445771_227314．

[8] 杨襄．亨利·詹金斯的粉丝文化理论研究［D］．扬州：扬州大学硕士学位论文，2010．

[9] 张萌．哈利波特迷群在虚拟社区中的文本生产研究［D］．南京：南京师范大学硕士学位论文，2017．

[10] 《琅琊榜》电视版之女性角色提名［EB/OL］．（2012－01－16）［2020－03－01］．http://blog.sina.com.cn/s/blog_45a0de95010100w1.html．

[11] 林洪桐．演员与角色关系的另一种阐释［J］，电影艺术，2011（3）．

[12] 王瑜．融媒体时代粉丝群体的参与式文化［J］．中国广播电视学刊，2019（9）．

（魏梦雪　浙江大学 2019 级博士生　指导教师：盘剑）

---

① 饭圈用语，控评指粉丝为了舆论走向，在跟偶像明星有关的信息下占领评论前排、点赞好评、劝删并举报恶评等一系列行为；卡黑也被称为反黑，指把对偶像明星的不利信息、账号等举报直至删除的行为。

·语言学·

语气词"的"及其音变形式的基频特征分析

赵冬雪

摘　要：语气词"的"作为情态助词能表达说话人对一个命题的主观态度，特别是在实际语流中，语气词"的"产生的较为典型的语音变体"滴"和"哒"，更是"发嗲"这一特殊情感表达的重要体现。通过比较"的""滴"和"哒"在不同性别、情境中的基频情况，我们能得到：1)"发嗲"这一特殊情感表达的语言模式，在发生弱化音变的音节中依然存在基频提高这一显著特征，但是这种提高不是整体的同步提升，而与性别、语境等因素有关。2) 语气词"滴"和"哒"两个语音变体本身就承载了"发嗲"这一特殊情感，在无情境时就呈现出基频提高的特点。整体上看，相较于"哒"，"滴"的基频升幅更为明显。3) 女性对语境信息更为敏感，在基频提高特征上的表现更为突出，基频值和曲线上出现了显著的差异，具体表现是基频更高，曲线上扬幅度更大。

关键词：语气词"的"；语音变体；发嗲；基频

在普通话中，语气词"的"作为情态助词能表达说话人对一个命题的主观态度。这种主观态度的表达我们在口语和书面语中随处可见。特别是在网络语言中，因其载体和表达需求的特殊性，使得语气词"的"在使用中以不同的汉字形式来表现音变形式成为可能。并且我们能观察到这种合规性被广泛认可，能够在口语和纸媒继续传播，因此，我们对语气词"的"及其音变形式进行探究是有必要性和可能性的。

在过去对语气词"的"及其音变形式的讨论中，有些学者尝试着对语义进行解释[①]，但是这种语义上的解释难免要结合特定的语例，在解释上有随文释义的倾向，不免有主观推测的嫌疑，最终似乎容易流于表层；因此在以往的研究中，对网络语气词的描写更多的是尽量避开了对语义的描写和解释，转而主要从语用的角度入手[②]，探究其语用条件、功能的共性及其在交际中产生的实际效果。但是，在对语气词"的"的不同音变形式的分析

---

① 塞梦. 浅析"××哒"与"应答词+哒"结构 [J]. 汉字文化, 2019 (223): 21-22, 27.
② 陈湘榄. 浅析句末语气词在特定场景下的表情达意 [J]. 英语广场, 2019 (9): 49-51.

中，我们发现，更重要的是不同情感表达的需要。实际上不止语气词的"的"及其语音变体有这样的深层需求，其他语气词同样承载情感线索，比如《微博中新兴语气词"哞"的研究》中提的新兴语气词"哞"的表情达意。①

在语气词"的"及其音变形式的讨论中，学者的论文中反复提及其"卖萌""撒娇"等表达需求，实际上就是涉及情感表达的重要内容。所谓的"卖萌""撒娇"的情感表达，在孔江平、林悠然看来，是包含在"发嗲"这一特殊的情感表达需要中的。在《"发嗲"的情感语音基频特征分析》一文中，"嗲"来自"洋泾浜英语"的 dear，即亲爱的、可爱的，引申为撒娇的，指女性说话时装可爱以博人欢心或请求对方达成自己的心愿。②"发嗲"是一种有很强交际作用的情感。从情绪和态度的角度分析，"发嗲"既包含行为态度也包含命题态度，同时也可以承载不同的情绪。之后又有一篇《发嗲话语的调音特征分析》③，可以说已经对"发嗲"这一特殊情感表达形式进行了全面的声学描写。

因此，本文拟对语气词"的"及其音变形式的基频特征进行分析，一方面，根据现实的经验总结，语气词"的"及其语音变体在实际语流中存在弱化的情况，并且在使用情况方面存在性别上的差异；另一方面是验证其中的"卖萌""撒娇"等情感表达需求是否合乎学者们对"发嗲"这一特殊情感表达形式基频特征的描写，这将是本文进行验证分析的另一个角度。

在语料选取中，根据语气词"的"在不同情境中的出现频率，以应答词加语气词类短句和陈述型长句为实际录制语料，在语料录制中区分情境因素。

一、实验方法

（一）被试

根据语气词"的"及其语音变体使用情况，发音人取 2 男 4 女，均为首都师范大学学生，普通话等级均达到二级甲等，平均年龄 25 岁。

（二）实验过程

1. 录音材料

本次实验的录音材料分为四个环节：调域测试；单字调测试；无情境条件中应答词"好"＋"的"（及其变体）；有情境条件下会话中"的"（及其变体）。其中第四环节——情境条件下语料输出，为减少变量，引导语为文字形式呈现，在情境中，不标注性别。

---

① 张圆圆. 微博中新兴语气词"哞"的研究［D］. 上海：上海外国语大学硕士学位论文，2019，35.
② 孔江平，林悠然. "发嗲"的情感语音基频特征分析［J］. 清华大学学报（自然科学版），2016，56（11）：1149–115.
③ 林悠然. 发嗲话语的调音特征分析［J］. 语言学论丛，2016（2）：323–341.

2. 录音信息

A. 样本量：调域测试6（人次）×4（调类）×6（遍）=144个，单字调6（人次）×3（语气词）×6（遍）=108个，空情境语气词6（人次）×3（语气词）×6（遍）=108个，有情境语气词6（人次）×3（语气词）×5（遍）=90个。分为四个环节，依次进行。

B. 录音参数：采样率44100赫兹，单声道，16位。

C. 硬件：联想C30外置声卡，Shure单指向性话筒，联想笔记本电脑。

D. 录音软件：Praat

E. 录音时间：2020年1月5日至15日

3. 录音前准备

需确保所有被试能够独立输出语料，在录音前进行前测。将所有语料打乱顺序随机呈现给被试，要求被试确认输出语料能力。

在每一环节前向被试说明录音要求，若出现停顿和口误则重新录入。

文件储存命名方式为：编号+性别+测试环节

例如：01. F. 01.

4. 数据处理

数据处理过程分为：

A. 使用Praat软件对音频进行稳定段切分和矫正；

B. 按照一定的时间间隔提取10个基频数据；

C. 最后运用Excel软件对不同环节数据进行归一和整理，第一环节为基础数据，后面三个环节为主要数据。

二、实验结果

本次实验中针对研究对象的载体句分为应答词加语气词类短句和陈述型长句，以下简称短句和长句。例：

短句：

a. 好的。

b. 好哒。

c. 好滴。

长句：

d. 我不是为了图你什么才和你结婚的。

e. 不用，我是吃饱了回来哒。

f. 是我朋友帮我打扮成这样滴。

在语气词"的"及其音变形式"滴"和"哒"中，受句调和性别的影响，基频特征表现出不同的特征，整体来看，"滴"在基频值（单位：赫兹）上高于"哒"和"的"。

(一) 单字调阴平基频数据

通过对不同性别被试阴平调（单字调）基频的测量，发现男性和女性差异在130赫兹左右，男性显著低于女性。"的"、"滴"与"哒"的单字调间基频基本无差异。

(二) 空语境短句中基频数据

语境是本次实验的重要变量，为减少无关变量，引导语为文字形式呈现，并且在引导语中，不标注性别。空语境即指在没有设置引导语条件下，被试根据语感自然输出的语料，有语境的情况则反之。例：

空语境：

【引导语】请依次读出下列句子

a. 好的。b. 好哒。c. 好滴。

有语境：

【引导语】假设你是小李，请代替他（她）回答下列问题

A：（明天把报告交给我。）

小李：好的。

B：（你饿不饿，要不要给你做点夜宵？）

小李：不用，我是吃饱了回来哒。

空语境的语气词短句基频数据在句调的影响下，语气词"的"及其语音变体的基频曲线整体上扬，但其中语气词"滴"显著高于其他两个语气词。

在女性被试者中，如图1所示，"滴"的基频不仅显著高于"哒""的"，高度差最大20赫兹；甚至上扬的基频曲线尾部已经接近单字调阴平基频值。在语气词"哒"和语气词"滴"中基频值曲线相近，无明显差异。

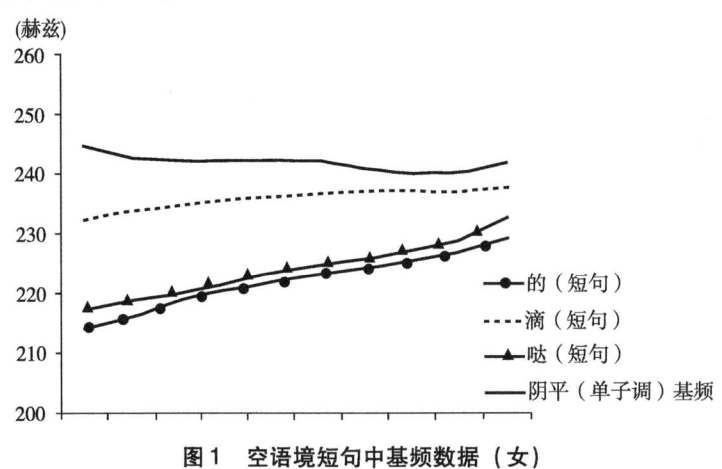

图1 空语境短句中基频数据（女）

在男性被试者中，如图2所示，虽则语气词"滴"基频值高于其他两个语气词，但与单字调阴平基频差异明显，基频值差异稳定在15赫兹左右。在三个语气词的基频曲线中，"滴"和"哒"整体走势一致上扬，高度差在10—15赫兹，而"的"基频曲线位于两者

之间，在曲线后段出现明显上凸。

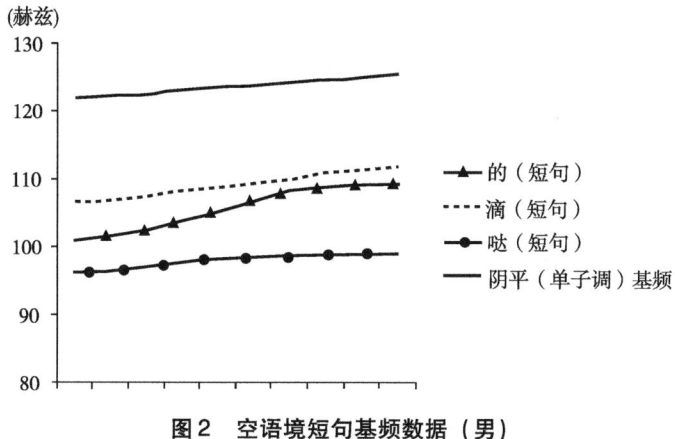

图2　空语境短句基频数据（男）

（三）短句中语气词的基频数据

因为长句的设置本身就带有丰富的语境信息，所以在此只比较短句中语气词在语境有无时的基频值。

通过比较发现，语境对短句中语气词的影响在女性被试中较为明显。在有语境的短句中语气词基频整体上高于无语境短句中语气词，特别是在基频曲线后部表现得尤为明显，基频值相差达到20赫兹。而男性被试短句中语气词基频与情境的相关性弱（见图3、图4）。

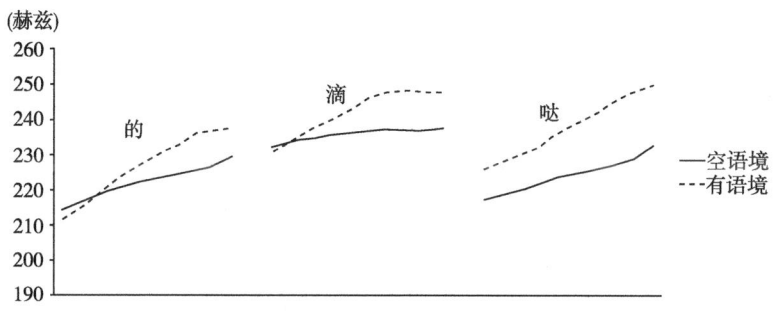

图3　短句中语气词的基频数据（女）

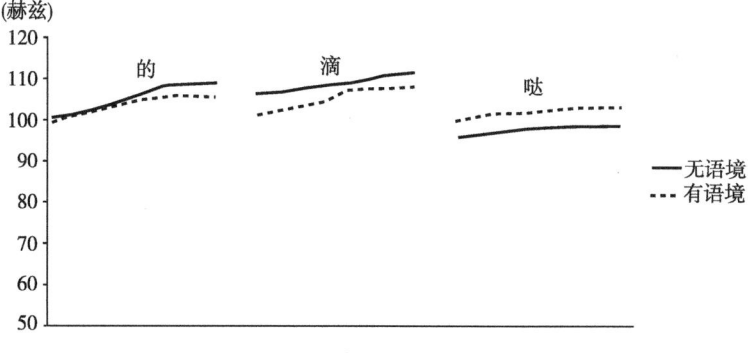

图4　短句中语气词的基频数据（男）

(四) 长、短句语气词基频数据

在有语境的情况下，通过比较男、女性长短载体句中的语气词基频情况，得：

从整体上看，受整体句调的影响，长短句的语气词基频曲线走势不同，短句整体高且扬，长句整体低且抑，曲线图向右呈开口状；但无论被试性别或是载体句长短情况如何，"滴"在整体基频走势上都高于"的"和"哒"。

女性被试在长、短句中，"滴"和"哒"的基频值整体上都明显高于"的"；男性被试只在长句中存在同样的情况，并且男性被试在长句中的"滴"和"哒"基频曲线基本重合（见图5、图6）。

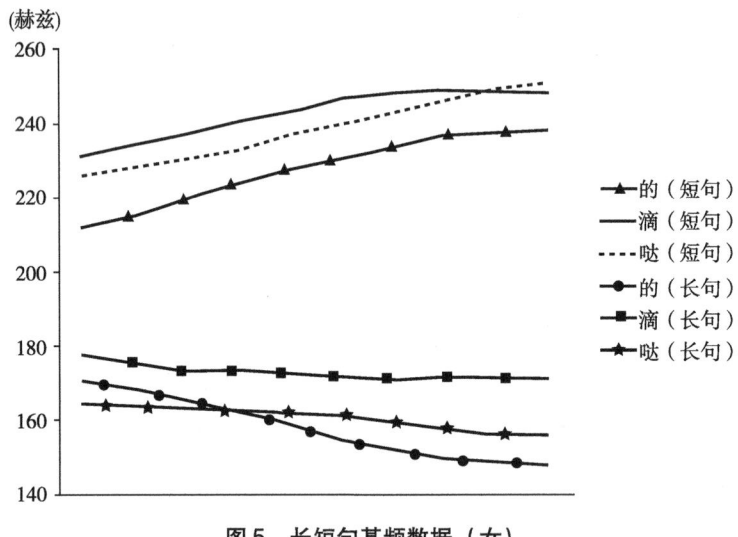

图5 长短句基频数据（女）

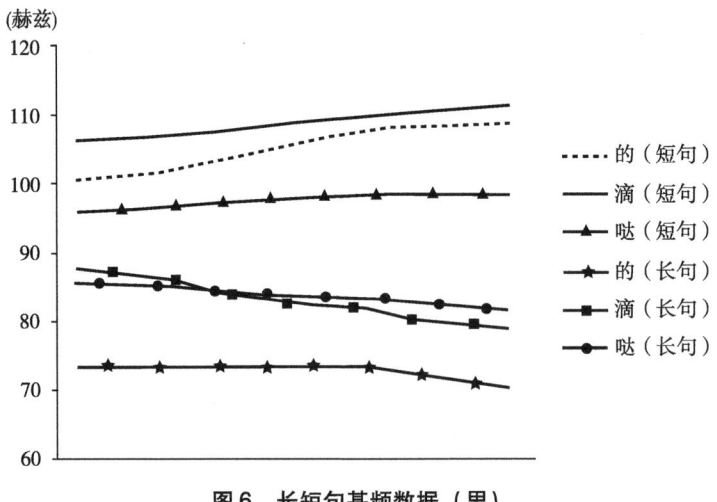

图6 长短句基频数据（男）

三、实验结论

在孔江平的研究中,对"发嗲"这种特殊情感表达的声学特征分析,采用的是:同一组语料,分别收录被试正常语音和特殊情感表达语音的方法来比较分析。① 这种方法,被试在情感表达上可能存在主观上难以把握和不稳定性。并且文章讨论的是阴平、阳平、上声、去声四个调类在"发嗲"情感表达时的基频情况,对于弱化的音节在"发嗲"情感表达时的基频情况并未提及。

在本实验中,语气词"的"作为情态助词能表达说话人对一个命题的主观态度,特别是在实际语流中,语气词"的"产生的较为典型的语音变体"滴"和"哒",更是"发嗲"这一特殊情感表达的重要体现。因此,在收录语料时,通过对比三者的基频差异,就能有效避免被试主观表达上难以把握和不稳定性的问题。另一方面,"的"、"滴"和"哒"作为句末语气词会出现弱化的情况,对弱化音节的特殊情感表达基频特征分析是对以往研究的一点补充。

结　语

通过比较"的"、"滴"和"哒"在不同情境中的基频情况,我们能得到三个方面的结论。其一,"发嗲"这一特殊情感表达的语言模式,在出现弱化音变的音节中依然存在基频提高这一最普遍特征,但是这种提高不是整体的同步提高,而与性别和语境等因素有关。其二,"滴"和"哒"两个语气词的语音变体本身就承载了"发嗲"这一特殊情感,在无情境时就呈现出基频提高的特点。整体上看,相较于"哒","滴"是基频提高的更典型代表。其三,女性更容易捕捉到语境信息,在基频提高上的表现要比男性明显,在基频值和曲线上出现显著的差异,具体表现是基频更高,曲线上扬幅度更大。

参考文献

[1] 塞梦. 浅析"××哒"与"应答词+哒"结构 [J]. 汉字文化,2019 (223).
[2] 陈湘榄. 浅析句末语气词在特定场景下的表情达意 [J]. 英语广场,2019 (9).
[3] 张圆圆. 微博中新兴语气词"咩"的研究 [D]. 上海:上海外国语大学硕士学位论文,2019.
[4] 孔江平,林悠然. "发嗲"的情感语音基频特征分析 [J]. 清华大学学报(自然科学版),2016,56 (11).
[5] 林悠然. 发嗲话语的调音特征分析 [J]. 语言学论丛,2016 (2).

(赵冬雪　首都师范大学2018级硕士生　指导教师:江海燕)

---

① 孔江平,林悠然. "发嗲"的情感语音基频特征分析 [J]. 清华大学学报(自然科学版),2016,56 (11):1149-1150.

网络用语中语气助词"的"的音变形式探究
——以"滴"和"哒"为例

韩 越

摘 要：本文以"滴"和"哒"为例探究网络用语中语气助词"的"的音变形式的特点和产生原因，笔者认为这两种表达方式的产生原因有方言词汇影响、语流音变、互联网技术、类推等，具有年轻化、女性化、轻松诙谐等表达效果，体现了网络语言的即时性、陌生化、可复制性、群体差异性、时效性等特点，遵循社会语用原则，折射出社会大众追求年轻，追求创新的整体心态。

关键词：网络语言；语气助词；滴；哒；社会语言学

随着互联网手段的发展，网络语言在人们日常生活交际中的重要性日益增长，根据《第 44 次中国互联网络发展状况统计报告》提供的数据，截至 2019 年 6 月，我国 IPv6 地址数量为 50286 块/32，较 2018 年底增长 14.3%，已跃居全球第一位。网民规模达 8.54 亿，较 2018 年底增长 2598 万，互联网普及率达 61.2%，较 2018 年底提升 1.6 个百分点；我国手机网民规模达 8.47 亿，较 2018 年底增长 2984 万，网民使用手机上网的比例达 99.1%，较 2018 年底提升 0.5 个百分点。①

互联网络覆盖率之高、网民总数增长之快，使对网络语言的研究成为不可忽视的庞大课题。施春宏将网络语言的研究价值分为语言价值和语言学价值，从言语交际的角度来看，网络语言在词汇、修辞等方面都有新的创造，也是一种新的社会方言，随着新的交际空间和方式而产生。从语言学研究的角度来看，网络语言促进了语言观和语言学观念的调整，提供了新的研究角度和方法，促进了相关学科的发展，并引发人们对语言规范的思考。②

网络语言日新月异，层出不穷，系统研究耗时耗力，但我们可以选取其中某个具体而

---

① 中国互联网络信息中心. 第 44 次中国互联网络发展状况统计报告 [DB]. 2019.
② 施春宏. 网络语言的语言价值和语言学价值 [J]. 语言文字应用，2010 (3)：70 – 80.

微的现象进行研究,达到以小见大的效果。本文的研究对象是语气助词"的"在网络交际中的音变现象,以"滴""哒"两个变体为例,从社会语言学的角度探究这样的音变现象的产生原因和交际效果。

一、研究对象

普通话中的语气助词"的"往往位于句尾,表达肯定语气,删去不影响句子原意。网络用语中的"的"字音变形式也是如此,例如"好哒/滴""是哒/滴"等。通过检索微博上的表达,我们还可以发现"挺好滴""你懂滴""明白哒"等表达方式。这些表达方式出现频率较高。通过检索BBC语料库,可以发现"滴""哒"出现在句末作语气助词的情况可以分为以下几种。

(1) 是/好/可以 + 滴(哒)

例如(以下均为微博语料):

好滴,什么时候去一下徐家汇的天主教堂!我在上海话剧艺术中心。

是滴,8m和5m就是有分别,4的颗粒、色温都不对,放大看的细节更明显,facetime也有很大不同哦,4s基本没噪点,哈哈,新一代总要更好嘛。

是哒,我们很快就会结下深厚的友谊可能觉得和你演的角色有点接近吧?这些知识和我的脸有关系吗?

可以哒,手手给大家看看:我在绍兴名菜馆。

(2) 很/挺/非常 + A + 滴(哒)

例如(以下均为微博语料):

翘班剪了留海,灌了香肠,人还不多,到周末可就不好说聊,四川师傅手艺的确不错滴,小童鞋又乐开了花,买的香肠实在不敢恭维,既担心卫生,食材还不好。

不要轻易说别人的坏话,这个世界很小滴,这不,A跟B说我的坏话,转头,B就告诉了我。

人生很长哒,SIGH,当镜头对准另一个女生的时候差不多关系也完结了撒受教了。

单身男女那个图片追女孩子的方法挺好玩哒,就是这种无线电波的发射范围太广……一不小心就目标对象就乱了。

(3) 你/我/大家 + V + 滴(哒)

例如(以下均为微博语料):

你懂滴!我若是男孩,估计也是帅哥一枚吧!眉宇间多英俊帅气!

74223121。你们懂哒!!!好累好累,爱的好累,一切都是我以为。谢谢你。对不起。

开会打发时间好吃，好看，营养价值高，我喜欢哒。蓄电池的管理和使用有很多讲究，爱车族们不要忽略！

我了个去～这是想让我嫉妒骂人？NO～咱不会滴～毕竟没了她还有别的她，我累啊。

从数量上看，"滴"和"哒"出现的频率很不均匀，"滴"字出现的频率总体上高于"哒"字，第（一）类用法也明显多于第（二）、（三）类用法（如图1）。从出现的环境和表达效果来看，（一）类总是出现在对话的应答语中或与他人互动的回应语中，具有轻松、俏皮的感觉，比起"好的"更加委婉，更能拉近谈话双方的距离；（二）类具有评价语气，不独立成句，"哒"和"滴"起到增强评价语气的效果，大致等同于"的"；（三）类则独立成句，是插入语的一种，也表现亲切、轻松的语气。总的来说几类表达都有一种年轻化、女性化的表达效果，年轻化意味着创新意识，女性化则意味着更加亲密和礼貌，这些表达都可以拉近距离，弱化生硬感和压迫感。

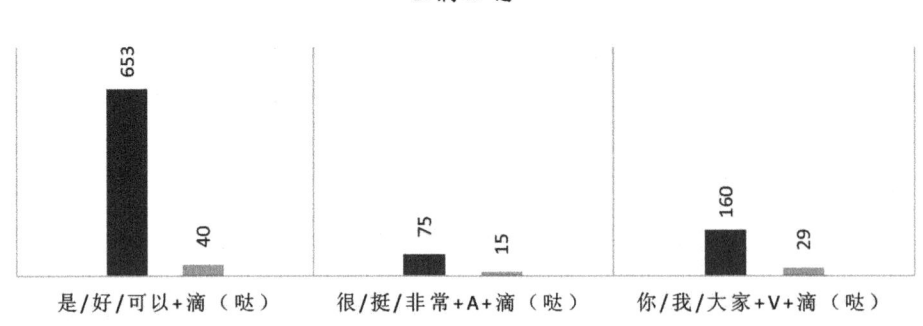

图1　BBC语料库三类表达中"滴"和"哒"的数量

二、"滴"和"哒"的产生原因

现代汉语中"滴"字原为动词，指液体一点点落下，后发展出名词、量词和象声词的属性，继而虚化出结构助词和语气助词的用法。作结构助词时也是由"的"音变而来，例如：

立即，那可爱滴狗狗竟然爬起来用不屑的眼神看我一眼走了……

亲爱滴妹纸们～偶们大家都要好好的哟～无论你们做神马决定，我永远支持你们！mua～

早恋是不好滴（除非你有好成绩）……

作语气助词如前文所列，此处不再举例。"哒"字是象声词，形容马蹄声音。笔者认为"滴"和"哒"字在网络语言中的出现和流行,主要有以下几个原因。

(1) 方言语音词汇影响

罗昕如教授在他的文章中研究了湘语娄邵片方言中"滴"的多功能用法,其中就有作结构助词的用法,和前文举例的"A+滴+N"的用法相近。① 在经典情景喜剧《武林外传》中也有脍炙人口的台词"我滴个神啊""这样是不行滴"被广为流传,2015 年,爱奇艺出品了一档歌曲竞技类综艺,名字就叫"偶滴歌神啊"。在 2012 年有一部印度喜剧电影引入中国,译名就叫《偶滴神啊》(*Oh, My God*!)。在东北方言中,句末语气词"的"在反问句中往往会重读,如"咋地"。这种表达带有浓厚的地域特色,常见于小品喜剧等艺术形式中,往往由来自东北的表演艺术家呈现出来,从早期的赵本山、小沈阳,到后来的辽宁民间艺术团、贾冰等。东北方言似乎格外能营造喜剧感,那句流行已久的"瞅你咋的"句末的"的"字就是重读为"滴"或"地"。在湖南、湖北一些地区的方言中,"哒"字也有多种用法,其中就包括语气助词,例如宜都方言"不准再打人哒",可是这里的"哒"更近似于普通话中的"了"而不是"的"。

(2) 语流音变

当"好/是/行/可以的"等应答语后加上语气词"啊/呀"时,就会发生一定程度上的语流音变,例如"好的啊"可以发生合音,从而变成"好哒","好的呀"也可以发生语流音变,使"的"字的韵母会受到"呀"的同化而发出和"滴"相似的声音。但语流音变对于"滴"来说并不是主要原因,对于"哒"来说应该是比较主要的原因。

(3) 互联网技术

由于拼音输入法的大量普及,使得电脑输入更加快捷,只要输入声母就可以找到相应的表达。但是输入法对于"声母+单元音韵母"的输入存在误差,往往会将拼写的结果显示出来,如果在键盘上输入"h+d+a",就有很大可能性显示出"好哒"。而网络交际追求便捷,可能不假思索便把这样的回答传送出去。而输入法又可以智能记忆,记住这次选择的语句,如此一来,可能原本无心使用的表达就会增加。"好哒"的流行和拼音输入法的这一特点应该是分不开的。

(4) 类推

类推作为一种构词法,对新词的产生有重要作用,在网络语言中也是如此。以"哒"字为例,最早流传于网络的"么么哒"出现在百度武艺贴吧,一位吧友的话"艺宝很萌哒么么哒!"。这里的"哒"作拟声词,这个词是模拟亲吻的声音,后来的"萌萌哒"出自某剑网三玩家的一句话"我!今!天!没!吃!药!感!觉!自!己!萌!萌!哒!萌!萌!哒!",后来火遍全网,"××哒"这一结构也逐渐固化,并类推出很多相似表达,如"蠢蠢哒""美美哒"等。而作为语气词的"哒"则是从作方言和网络语言中作结构助词的"哒"类推扩展而来,继而类推出更多的形式。"滴"字则更可能是由方言词汇

---

① 罗昕如. 湘语"滴"的多功能用法 [J]. 汉语学报,2007 (3): 9–15.

中的表达类推到网络语言中。

三、"滴"和"哒"的社会语言学意义

网络语言作为一种较新的社会方言，是网民为了适应互联网媒介交流而使用的交流工具，其形式和规范的现代汉语差距较大。但是作为一种语言变体，网络语言的使用必然是遵循语言学规律的，也会因使用者的身份不同而发生变化。从社会语言学的角度来看，网络语言具有以下几个特点。

（1）即时性

网民在通过电脑、手机等通信工具聊天时，处于一种无法面对面交流的"隔离"状态，这使得快速交流成为维持聊天的必要条件。因此，参与聊天的双方或多方必须加快打字输入的速度，从而产生了一些新形式，"哒"字的流行就受到快速便捷的网络输入法的影响。

（2）陌生化

网络语言往往因其超常的音义组合而具有新奇感和陌生化的表达效果，任何一种网络语言的流行往往都是在网民对新奇表达的注意和自觉使用开始。例如"蓝瘦香菇"（难受想哭）就是因为网民将陌生的方言的表达和普通话词语的谐音表达联想在一起而流行起来。

（3）可复制性

一种网络流行语的产生往往不是以个例的形式产生，而是许多个具有深层结构的相似形式在短期内快速产生。只要能达到表达效果，这种复制可以是无限的，不受语法规则约束的。

（4）群体差异性

网络语言的使用虽然日渐变得广泛，有的甚至从互联网蔓延到日常生活中来。但是作为一种社会方言，网络语言也具有区隔性，表现在不同群体的网民使用的网络语言并不相同。例如现在流行的"二次元"和"饭圈"，都有自己圈子内部特有的表达方式，这些表达方式随着使用频率的增长而跨圈传播，但仍然带有特定网民圈子的特点，可以把不同类型的网民区分开。和"哒"字相关的表达"萌萌哒""好哒"就是在二次元网民圈流行开来，然后扩散到其他网民中去的。而像"好哒""好滴"等表达的使用者则以年轻女性为主。

（5）时效性

网络语言的生命力很强，新奇表达层出不穷，但是每年一度的十大网络流行语评选也从一个侧面显示出网络语言的寿命大多比较短，很多新形式如昙花一现，在短暂的流行之后慢慢淡出人们的视野，难以固化成常用的用法。

网络语言中的"滴"和"哒"以及其他新奇表达体现了以下几点社会交际功能。首

先，网络语言体现了语用原则的作用。主要是经济原则和礼貌原则，当人们追求网络交流的快捷时，往往就会创造出更经济的表达方式，节省交际成本。例如，许多网络副语言形式就能保证人们交流的经济性，最典型的就是各类表情符号的使用，网民只需点击鼠标发送一个表情就能进行对话，既省力高效又新颖独特。网络输入的经济原则也催生了很多新形式，例如"好/是/可以哒"。礼貌原则则表现在新形式的情感色彩上，例如在应答语中，后面的附加成分是影响语气的重要因素。"好的"相比较独词应答语"好"要更委婉，不会给人一种生硬冰冷的感觉。"好的，我明白了。"相比较"好的"则更具有保证完成某事的语气。"好哒"和"好滴"相比"好的"则更加轻松诙谐。"你懂"和"你懂滴"相比较而言，"你懂"更加经济省力，但是后者更符合礼貌原则，弱化了生硬的语气，使人感到放松，同时拉近双方距离，保证对话顺利进行。

其次，由于网络的遮蔽性，现实和网络中的身份产生了断裂，人们在网络中的身份会被重新界定。如果社会阶层是以人的身份、职业、地域等条件为标准进行划分的，那网络圈层就是以兴趣爱好作为划分标准，正如布尔迪厄提出的"区隔"概念，网络世界也存在各种重叠的、大小不一的区隔，也就是网络圈层。甘柏兹的互动社会语言学理论认为，在会话过程中，不断产生的语境化提示是会话者赖以解释会话意图的必要信息[1]。在网络交流中，不同圈层所偏爱使用的一些语言形式也因此成为会话中的语境化提示。例如，"哒"字的使用起源于二次元网络文化圈，当两位陌生网民同时使用"哒"字进行聊天时，就会从一个陌生语境转到共同熟知并且喜欢的领域上来，双方就在同一个圈层内部进行对话了。

最后，语气助词"滴"和"哒"的三类表达都具有年轻化、女性化的感情色彩，这其实代表着说话人的某种身份和情感认同。在《第44次中国互联网络发展状况统计报告》中统计了中国网民的结构，其中男女比例为52.4∶47.6，与2018年底基本持平；20—29岁年龄段占比最高，整个互联网呈现年轻化状态，但也持续向高年龄渗透；从职业上看，学生占比最高，其中又以初、高中生占比最高。[2] 年轻化的表达实际上表现了网民对年轻人活力和创造力的认可，希望通过这些表达彰显自己的生命力和创造力。女性化的表达则更加礼貌，更亲密，这也同样折射出一种社会心态，即重视礼貌、崇尚年轻、追求创新、标新立异的社会文化风气。

总的来说，网络用语中的语气助词"滴"和"哒"是"的"的两种音变形式，它们的产生和流行离不开基本的语言规律和互联网的发展。从社会文化的角度来看，"滴"和"哒"之所以能代替"的"出现在网络表达中，一方面是会话原则在起作用，一方面则反映了整个社会心态的年轻化。

---

[1] 祝畹瑾. 新编社会语言学概论［M］. 北京：北京大学出版社，2013：177-184.
[2] 中国互联网络信息中心. 第44次中国互联网络发展状况统计报告［DB］. 2019.

参考文献

[1] 祝畹瑾. 新编社会语言学概论[M], 北京：北京大学出版社, 2013.

[2] 施春宏. 网络语言的语言价值和语言学价值[J]. 语言文字应用, 2010（3）.

[3] 罗昕如. 湘语"滴"的多功能用法[J]. 汉语学报, 2007（3）.

[4] 荀恩东, 饶高琦, 肖晓悦, 臧娇娇. 大数据背景下 BCC 语料库的研制[J], 语料库语言学, 2016（1）.

[5] 郑欣, 朱沁怡. "人以圈居"：青少年网络语言的圈层化传播研究[J]. 新闻界, 2019（7）.

[6] 谭丽亚, 陈海宏. 网络流行语"滴"的多功能用法浅析[J]. 西南石油大学学报（社会科学版）, 2017, 19（6）.

[7] 中国互联网络信息中心. 第 44 次中国互联网络发展状况统计报告[DB]. 2019.

（韩越　首都师范大学 2018 级硕士生　指导教师：史金生）

·汉语国际教育·

体系内语法与体系外语法的接口
——"赋值还原法"在紧缩俗语中的尝试*

贾瑞鑫

摘　要：单句、复句的连续统用"紧缩度五级标记法"还原有一定缺陷,"赋值还原法"可以弥补。当前对外汉语教学学界语法教学和文化教学间缺乏有机统一体,故教学时应将类似紧缩俗语这样语法结构典型、文化内容丰富的知识按照规律逐步纳入进来,以提升知识点复现率,对外汉语教学也应以提升汉语学习者学习汉语兴趣为目标,凸显汉语特色。

关键词：紧缩俗语；紧缩度；连……都……；即使……也……

对外汉语教学语法可以分为体系内语法和体系外语法,体系内语法包括基本句法结构、主要句类、常用句型以及常用句式格式,是"教材编写、各类测试和课堂教学的依据和重点"；而体系外语法则"由不确定的,甚至是难以穷尽的,可又实实在在地影响着语言的理解和表达"的一个个非体系性的语法点组成。① 复句是体系内语法的重要组成部分,各教材编订时往往突出复句的关联标记,这在汉语初中级阶段是可行的,但对于高级阶段却显示出了弊端。

紧缩复句是复句的重要组成部分,也是一种很能体现汉语简洁特色的句型,但"对于大多数外国学生而言,也是在语意理解上的难点之一"②。李泉所列举的"不好不要钱""骗你小狗""说了也没用""去了就知道"等汉语学习者学习汉语口语语法的"最后一公里",实际上就是只强调复句关联标记教学弊端的体现。这激发了我们的研究兴趣,"最后一公里"的现象很大程度上就是因关键成分的紧缩所致,所以,如果我们能将句子还原为"如果东西不好,我就不要钱""如果骗你,我就是小狗"等的完整形式,那汉语学习者理解言外之意的难度自然大大降低。

---

* 本文初稿曾在"首都师范大学文学院第十三届研究生学术大会"(2020年7月12日,北京)上宣读,感谢给予批评与建议的各位专家。郑重感谢李泉教授的精心指导,以及史金生教授的宝贵修改建议。
① 李泉. 体系内语法与体系外语法——兼谈大语法教学观[J]. 国际汉语教学研究,2015(1):12-16.
② 丁永寿. 对外汉语教学参考[M]. 北京：北京语言大学出版社,2010:208.

因此，构建汉语句子的完整形式和紧缩形式的连续统为解决这类问题提供了突破口，借助这一突破口，也引发了本文对如何过渡衔接体系内语法和体系外语法的思考。

一、"赋值还原法"的提出

（一）"紧缩度五级标记法"的缺点

陈颖针对紧缩句最先提出了"紧缩度"的概念，她认为"紧缩句是个范畴概念，范畴内的句子不都是整齐划一的单句或复句。它们由于语用环境的需要，有不同程度的紧缩形式"①。并主张对外汉语教学界运用"紧缩度五级标记法"② 来教学。其所举的典型例子如下：

只要谁不听话，我就揍谁！	I
只要谁不听话我就揍谁！	II
只要谁不听话就揍谁！	III
谁不听话就揍谁！	IV
谁不听话揍谁！	V

"从复句到最简的V度句形式，层层缩减，依次省略了语音停顿、后件主语、关联词等不同的成分。越往最简形式靠近，理解句子就越需要依赖于语境。"③ 准确来说，陈文认为"由复句（不包括复句）开始，逐渐靠拢V度句（包括V度句本身）的形式所表现的不同程度紧缩，可称为"紧缩度"。

陈颖的紧缩度五级标记从I度到V度的层层缩减表述直观形象，使读者一目了然，且整体来看，这一梯度等级符合大多数母语者的语感。但在实际操作中，有很多缺点无法避免。

首先，该方法并不能很好贴合所有句子，很多句子不能用V度表示，以"不好不要钱"为例，试作紧缩度的分析：

如果东西不好，我就不要钱！	I
如果东西不好我就不要钱！	II
如果东西不好就不要钱！	III
东西不好就不要钱！	IV
不好就不要钱！	V
不好不要钱！	VI

---

① 陈颖. 紧缩句的有标关联和无标关联 [D]. 武汉：华中科技大学硕士学位论文，2005：6 - 8.
② 陈原文中并没有正式使用"紧缩度五级标记法"这一名称，该名称是笔者为方便指称而命名的。
③ 陈颖. 紧缩句的有标关联和无标关联 [D]. 武汉：华中科技大学硕士学位论文，2005：9.

如果依据此法,"不好不要钱"由于高度紧缩,只是五级显然不够。

其次,各级使用频度悬殊太大,其真实性有待商榷。① 以作者所举Ⅰ度形式"只要谁不听话,我就揍谁!"为例,当我们在搜狗浏览器搜索时,前10个页面所展示搜索结果共100例,其中69例与本句无关②,可用例句共31例句及数量如表1所示。由表1可知,Ⅰ度到Ⅴ度的还原显然是研究者的"一厢情愿",所显示结果仅有25.81%被纳入还原序列,且前三级没有语料支持。

表1 "只要谁不听话,我就揍谁!"2020年1月4日搜狗浏览器前10页结果统计

标记等级	例句	数量	占比	合计
Ⅰ	只要谁不听话,我就揍谁!	0	0%	
Ⅱ	只要谁不听话我就揍谁!	0	0%	
Ⅲ	只要谁不听话就揍谁!	0	0%	25.81%
Ⅳ	谁不听话就揍谁	4	12.90%	
Ⅴ	谁不听话揍谁	4	12.90%	
(未被标记)	谁不听话我就揍谁	13	41.94%	
(未被标记)	谁不听话我揍谁	2	6.45%	
(未被标记)	谁不听话,我就揍谁	2	6.45%	74.19%
(未被标记)	谁不听话就揍谁!	5	16.13%	
(未被标记)	谁敢不听话,我就揍谁!	1	3.23%	

最后,从实用性考量,该序列在实际汉语教学中形式烦冗,无论以何种方式呈现,对于汉语学习者都增加了其理解的负担。

客观来讲,紧缩度这一概念的提出从紧缩句自身的意合缩并特点入手,而不再纠结紧缩句是单句还是复句的问题,很好地解决了完整句子的紧缩问题,可以较好地表现紧缩难度,为教学顺序、考试难度的确定提供参考,即紧缩度较低的难度低,应优先教学,反之亦然。但"紧缩度五级标记法"的缺点是客观存在的,因此,有必要吸取其"紧缩度"的合理内核,而重新创造一种更适合的标记手段。

(二)"赋值还原法"的含义

完整句子的紧缩不仅包括复句的紧缩,还应包括"连……都……""即使……也……"等特殊句子格式紧缩,如:瘦死的骆驼比马大,就是"(即使)瘦死的骆驼(也)比马大"或"(连)瘦死的骆驼(也)比马大"的缩略。就笔者所看到的文献中,

---

① 此处的研究方法是受李泉老师启发,在此表示感谢。
② 所谓"无关"既包括类似"'只要你在我眼前消失,我就能快点好起来!'他一副看不听话小孩的眼神"这类格式内容都不相关的例句,还包括"谁不听话就处理谁,把你揍个半死再起诉你"这类结构相关、内容无关的例句,以及"(宝宝)不听话就揍"这类结构内容都相关,但语义改变的句子。

涉及紧缩度的对外汉语教学研究一般只涉及复句的紧缩，如：陈颖、刘洁、陈蕴秋；而对特殊句子格式紧缩的研究则只针对语言本体深入展开，如：段继绪；鲜见从对外汉语教学研究切入。已有研究为完整句子的紧缩做出了有益的尝试，将二者统一到一个框架能起到更好的学习效果。

鉴于"紧缩度五级标记法"的弊端，在对外汉语教学中，我们主张应用"赋值还原法"来直观表示紧缩度。

一般认为，被紧缩掉的成分只包括复句中的关联词语、主语和宾语。[①] 若想将句子格式紧缩也适用于紧缩度的概念，被紧缩的语法成分含义也需要进一步扩充。从关联标记来看，其内涵既应包括复句关联词又应包括特殊格式的关联词。从句法成分来看，不能只局限于前后分句主宾语，陈蕴秋发现紧缩核心动词的情况也是存在的，如：从"如果你爱是谁，你就是谁"到"爱谁谁"就把核心动词"是"紧缩掉了。因此，可以被紧缩的句法成分就包括语音停顿、核心动词、核心动词的直接论元以及关联词。[②]

可以尝试用"赋值还原法"来取代"紧缩度五级标记法"：假设语音停顿不负载信息，而核心动词、核心动词的直接论元以及关联词所含的信息量相同。[③] 比照最完整的复句形式，最简形式的紧缩句的紧缩值即缩略句法成分的个数。

"赋值还原法"相比"紧缩度五级标记法"有以下三个优点。[④]

其一，赋值的方式回避了紧缩层级中复杂而琐碎的中间层级，却依然可以较好地表现句子的减缩能力。例如："去了就知道"的完整形式是"如果1你2去了，你3就知道。"或"只要1你2去了，你3就知道。"具体是哪种形式需要结合语境来选择，但无论是哪种，"去了就知道"均是紧缩掉了前关联标记"如果/只要"，前后分句主语"你"，因此这个句子的紧缩度是3，而"八竿子打不着"的还原形式为"即使1甲2打乙3八竿子，甲4也5打不着乙6"其紧缩度就为6。

其二，"赋值还原法"利于汉语学习者动态习得更真实的句子。就像上文所举"谁不听话揍谁！"可以还原为"只要1谁不听话，我2就3揍谁！"，但在实际应用中"只要1"都被紧缩掉了，而"我2"和"就3"的使用则很灵活，可以同时出现，也可以同时紧缩，也可以紧缩其一，其中同时出现使用频率最高。这些紧缩情况是"紧缩度五级标记法"的静态呈现所不能提供的，但汉语教师却可以利用"赋值还原法"以最完整句子形式为基点分别讲授各紧缩规则。

---

① 丁永寿. 对外汉语教学参考 [M]. 北京：北京语言大学出版社，2010：208.
② 陈蕴秋. 基于语料库的对外汉语紧缩句式研究 [D]. 济南：山东大学硕士学位论文，2015：65–66.
③ 这一假设明显不符合常识，但我们目的是直观表示紧缩度以方便对外汉语教学，因此从实用性角度考虑也未尝不可。
④ 感谢史金生教授指出此处论证的薄弱性和针对性的建议。

除此以外,"赋值还原法"与对外汉语教学界经典教学手段"扩展法"①联系紧密,便于操作。与扩展法相比,还原法所还原的成分客观且有限,前者强调"锦上添花",后者注重"雪中送炭"。但二者的理念一致,"既有助于温故知新,也有助于学会举一反三。组词和组句都可以用扩展和组装的方式进行练习"②。还原法不仅能用于一般句子的学习,还能很好地应用于紧缩俗语之中。

二、还原法在紧缩俗语教学中的应用

俗语因为其趣味性表达,具有深刻独特文化内涵一直深受汉语学习者喜爱,无疑是传播中国文化的有力载体③,例如"远亲不如近邻"体现的是中华民族睦邻友好的传统理念,"八个金刚抬不动个礼字"又表现出了中国作为礼仪之邦对礼的重视程度。

束定芳针对外语课堂提出最基本的四项目标,其中"培养和保持学生强烈的学习兴趣和动机"是第一项目标。④ 其实,激发学习者学习热情在对外汉语教学领域很早就有讨论,只是一直未引起重视。李泉针对美国黎天睦先生在《北京语言学院汉语教材简评》中对国内教材的批评,做出过以下归纳:"介绍文化方面的资料比较少""不够实用""课本和练习有的意思不大,学生可能认为单调。"⑤ 把俗语引入教材一定程度上可以弥补趣味性不足的缺陷。

但一方面俗语凝练的表达和丰富的内涵是其趣味性所在,另一方面凝练本身意味着语法成分的缺失,其所蕴含的语法属于体系外语法⑥,对于汉语学习者来说恰恰也成为学习难点。钱旭菁认为俗语作为"句级语块"是"由多个词构成、整体储存、整体提取、整体使用的语言结构"⑦。刘洁据此认为:"许多的谚语、格言也是紧缩句,它们大都语言简洁、明快,具有很强的习惯定型性,对于这样的句子我们也不能并且也没有必要进行扩展。"⑧ 本文反对这样的观点,一方面,就在于其错把手段当作目的,这一点上文已经强调,这里不再赘述;另一方面,汉语学习者和母语者语感不同,文化背景的缺乏使得俗语

---

① 扩展法指例如"他吃饭——他在饭馆吃饭——他在一家著名的饭馆吃饭"的扩展方法。其具体包括扩展和组装,所谓"扩展",就是指由小到大,滚雪球式的造句方式;而所谓"组装"则是指由少到多,搭积木式的造句方式;"用扩展和组装的方式进行练习,既有助于温故知新,也有助于学会举一反三。组词和组句都可以用扩展和组装的方式进行练习。"

② 吕必松. 汉语语法新解[M]. 北京:北京语言大学出版社,2015:210.

③ 赵清永. 谈谈对外汉语教学中的熟语教学[J]. 语言文字应用,2007(S1):6-10.

④ 束定芳. 外语课堂教学新模式刍议[J]. 外语界,2006(4):21-29.

⑤ 李泉. 近20年对外汉语教材编写和研究的基本情况述评[J]. 语言文字应用,2002(3):100-106.

⑥ 对于俗语应归入体系内语法还是体系外语法较难判断,陈蕴秋(2015)认为俗语作为汉语学习者应当掌握的固定形式表达,并且由于在北京大学出版社的《中高级对外汉语教学等级大纲(词汇·语法)》制定了《听力口语课程语法大纲》、《高级口语课程语法大纲》明确将"俗语""惯用语""俗语及习用语(习惯说法)"三者列入,故归入体系内紧缩句教学语法。

⑦ 钱旭菁. 汉语语块研究初探[J]. 北京大学学报(哲学社会科学版),2008(5):139-146.

⑧ 刘洁.《语法等级大纲》中的紧缩复句[D]. 武汉:华中科技大学硕士学位论文,2010:33.

也需要还原法来还原出推理过程帮助他们激活使用场景。

俗语作为"语块"整体运用并不意味着应该一刀切地作为"语块"学习。熟语从类型上来说是异质的，Glucksberg 等按照功能，把熟语分为四种类型：非组构熟语；组构的但晦涩的熟语；组构的但透明的熟语；准隐喻的熟语。① 不同类型的熟语表现出不同程度的语义加工差异，其中，组构性的熟语对应于"紧缩俗语"，可以利用"赋值还原法"进行教学，并同体系内语法知识衔接学习。

（一）紧缩俗语的定义

单复句连续统与俗语有着较为密切的关联，很多俗语本身就是连续统中最简句子形式。但绝不能将俗语和完整句子的最简紧缩画等号，二者只是部分交叉——极大部分句子的最简形式不是俗语，例如前文所举的"不好不要钱""去了就知道"，只是常见的日常缩略表达；自然，俗语也并不都能还原成最完整的句子形式，例如"八字没一撇""二一添作五""老天有眼""人心隔肚皮"，这些俗语很难补出句子的完整形式。本文所关注的部分是完整句子形式和俗语的交集，复句缩略如"一个巴掌拍不响"，可以将其还原为"如果1用2一个巴掌3拍4，那么5拍不响"。"一家人不说两家话"可以还原为"因为1我们2是3一家人，所以4我们5不说两家话"。在图1中，表示为A部分。特殊句子格式缩略如："眼也不眨一眨"，可以还原为"连1眼也不眨一眨"，在示意图中表示为B部分。为了行文方便，可以将AB两部分合称为"紧缩俗语"。

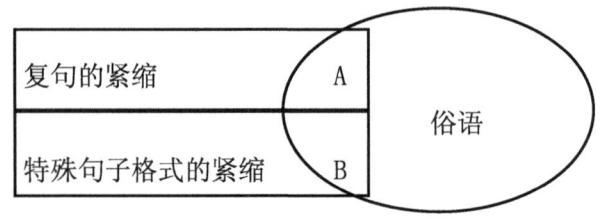

图1　紧缩俗语示意

俗语与一般紧缩句很大的不同在于一般紧缩句以句型标志为知识点，而俗语的每个例子都是一个知识点，既涉及结构层面也包含内容层面，都应该较准确地记忆。从构式角度来看，紧缩俗语构式化程度更深，其形式本身与言外意义的结合十分密切，可以说，我们所谓的"还原"就是将言外意义的推理过程还原为复句形式②，而一般的紧缩句并没有这样的效果，据笔者小范围调查交流，母语者普遍也认为"不好不要钱"在"买菜时肯定更快能明白这句话说啥"③。而"瘦死的骆驼比马大"则"当然一听就知道什么意思"。这反映出俗语无须场景激活，听话者直接就能快速理解，而一般紧缩句则需要借助更完整的形式来激活场景，这需要更长的反应时间（Reation Time，RT）。

---

① 朱风云，张辉．熟语语义的加工模式与其影响因素［J］．外语研究，2007（4）：8-15．
② 这一点受李泉老师启发所得，在此表示感谢。
③ 和班级共13位同学通过微信群交流所得。

紧缩俗语按照逻辑语义关系大致可以划分为六类：假设关系如"车到山前必有路"；条件关系如"是药三分毒"；让步关系如"瘦死的骆驼比马大"；并列关系如"眼中钉肉中刺"；因果关系如"死要面子活受罪"；转折关系如"明知故问"①。让步关系中的"连"字式和即使式紧缩俗语数量占比较大、汉语学习者学习难度较高，受篇幅所限，本文以此为例尝试说明还原法的应用。

（二）还原法应用于"连"字式和即使式紧缩俗语的尝试

我们以杨金华老师主编的《留学生汉语习惯用语词典》作为封闭文本，从其中挑选出32个"连"字式和即使式紧缩俗语以分类还原。实践中发现，"赋值还原法"往往能够起到一举多得的效果。

"连 X 都/也 Y"格式中 X 与 Y 的关系混乱是造成其"连"字句使用偏误的重要原因之一。还原法恰好是先给出既有的语义关系②，通过每一次识别练习，对语义关系的理解自然能取得更好的效果。

但由于俗语的凝练性，其紧缩度一般较高，这导致很多关联标记在还原过程中有不止一个还原手段。其中的典型例子是"连……也……"和"即使……也……"的替换使用。在还原过程中，还原结果可以分为三类。那么连字式和即使式紧缩俗语的还原条件是什么呢？赵敏通过区分"连"字句和"即使"句的类比式和强调式基本解决了这一问题，紧缩俗语的还原也证实了这一规律的正确性。③

1. 既能还原为连字句，也能还原为即使句

这类例子共 23 个，占比高达 71.88%。例如"鸡犬不留"，既可以还原为"即使 1 是 2 鸡犬，他 3 也 4 不留"，也可以还原为"连 1 鸡犬他 2 也 3 不留"。这一类型中，同一俗语，用即使句总是比连字句紧缩度高 1，关键就在能否还原谓语"是"，"是"能否还原决定了该句子是复句还是单句。

"连"字句的类比式表示一种周边意义，"通过标举的'极端事例'④ 表达'周遍意义'来强调某种状况的程度深"。这类句子可以同"即使"互换。但如果生硬照搬理论不进行进一步阐释，还是会给汉语学习者带来很多疑惑，例如："金不换"中用金子交换作为极端事件是很好理解的，但"鸡犬不留"中的"鸡犬"作为生命个体，为什么能成为极端事件呢？和生活密切相关的生命比鸡犬价值小的有很多，变成"蚂蚁不留"岂不更符合极端事件？要想彻底解决"最后半公里"，必须结合语境，在使用"鸡犬不留"时，一

---

① 陈蕴秋. 基于语料库的对外汉语紧缩句式研究 [D]. 济南：山东大学硕士学位论文，2015：55 - 56.
② 史金生教授指出对于汉语学习者来说，形式标准是重要的判断依据，只凭借语义关系会有很多困难，我们非常认同，就"连"字句俗语而言，作为显性强调标记的"连"却被省缩掉了，这启示我们在教学过程中可以直接给出还原后形式帮助汉语学习者学习。
③ 赵敏."连"字句、"甚至"句、"即使"句的对比分析 [D]. 广州：暨南大学硕士学位论文，2004：22 - 23.
④ 赵敏对"极端事例"有较为准确的定义，即"指在一定的时间和场合，说话人认为某事物的可能性最小并且认定听话人知道并认可这一看法。也就是说，在说话人看来，它是 Y 涉及的事物的诸成员中，'最不该 Y 的那一个'"。

般前面要配合"杀得"一起使用。例如:

> 他说到这里,放低了声音,说道:"他定是率领了大批手下闯进庄去,将单家杀得鸡犬不留。唉,老天爷真没眼睛。"(ccl 语料库)

在灭门事件里,仇人将对方家族成员已经很残忍地杀害了,鸡犬的生命度等级虽然低于人,但在受农耕文化深深影响的中国社会,其作为家畜,和人生活紧密相关,在该语境下具备纳入家族成员的语义文化基础,这一点是昆虫、鱼类等所不具备的,而相比马、牛、羊等大型牲畜,鸡犬被杀显然更具备作为极端事件的资格。

2. 只能还原为连字句,不能还原为即使句

这类仅 3 个,占比最少,为 9.38%。例如"大气不敢喘"只能还原为"连大气都不敢喘",不能还原为"*即使大气都不敢喘"。这类所还原的连字句属于强调式连字句,其"所标举的极端事例不含'周遍意义',而是直接通过标举极端事例来说明某种状况的程度之高"①。有无周遍意义很好的一个判断方法就是能否换成"什么都",这里的"大气"只是代表自己,全句不能替换为"什么都不敢喘"。

3. 只能还原为即使句,不能还原为连字句

该类也只有 5 个例子,占比 15.63%。例如"好记性不如烂笔头"只能还原为"即使 1 是 2 好记性也 3 不如烂笔头",不能还原为"*连好记性也 3 不如烂笔头"。是因为该句明显是单纯的让步句,并没有周遍意义。

在相关偏误研究中,我们很少看到即使句和连字句相混用的例子,这绝不是否认赵敏研究成果的价值,相反很有可能是很多学习者缺乏深化学习"即使句""连字句"的机会。现有教学体系没有搭建这样一个"试错平台",而"赋值还原法"恰恰提供了这样一个机会。

不仅如此,由于俗语是把关联标记语法成分紧缩掉,这与赵敏所考察的复句替换在方法上和语料上都不相同,因此教学上依然有进一步细化的空间。俗语内部各语体成分复杂,既有书面语的"手无缚鸡之力""百闻不如一见",也有口语的"八根绳子也拽不转""斗大的字不识一筐"。在还原过程中,有少数本符合"连……也……"语义条件的俗语,例如:鸡犬不留,还原后接受度不高,这是语体不和谐导致的。因此,在还原练习的过程中,可以引导学生自己发现使用条件,从而掌握汉语"即使……也……"具体的使用情况。这为建立基于语体的对外汉语教学体系②进行了新的探索。

三、基于紧缩俗语教学的建议

很多对外汉语教学方向的论文有一个"有趣"的现象,即无论研究对象是什么,只要

---

① 赵敏. "连"字句、"甚至"句、"即使"句的对比分析 [D]. 广州:暨南大学硕士学位论文,2004:12-13.
② 李泉. 基于语体的对外汉语教学语法体系构建 [J]. 汉语学习,2003 (3):49-55.

被研究总会被研究者提倡加大力度来学习,并批评大纲、教材、教师的不重视,这几乎成为论文写作模板化的书写手段。研究者呼吁学界加强对所研究对象的重视本无可厚非,但在"僧多粥少"的现实情况下,一味要求重视只是理想化的建议,在实际教材编写和课堂讲授中根本难以做到。因此,课堂上提高单位时间各知识质量,并最终激发汉语学习者的汉语学习热情才是破题关键。仅就紧缩俗语而言,我们提出以下两条建议。

(一) 依托还原进行语法点合并

利用"赋值还原法"还原后的完整形式,可以据此总结出同一格式,"大气不敢喘""板凳没坐热""黄花菜都凉了"看似是三个独立的俗语,在以往教学中当成词语来教,但完整形式"连……都……"将其统一在一起,同体系内语法进行对接的同时,提升语法知识点的复现率。对外汉语教学教师完成紧缩句教学任务的关键在于紧缩成分的还原、紧缩练习。"赋值还原法"的目的是通过还原而解决低紧缩度带来的理解困难问题,并在还原过程中复现已学句子格式,切不能把还原后的完整形式作为主要学习对象,因为,我们注重的是借助"假句子"以更好理解"真句子",并在过程中练习"假句子"的语法格式,方便巩固语法点。

(二) 依托赋值进行俗语分层

"外语教学的组织应该建立在学生学习外语的特点和规律的基础上,而不是凭教师自己的主观感觉。"[1] 对于紧缩俗语的教学而言,按照规律划分俗语等级就是必要的,但关键在于如何划分层次。

赵清永最早对俗语分层做了尝试,并提出"使用的频率、所用字词的等级、反映内容与社会生活的距离及所蕴含文化的深浅"这四项参数。[2] 陈蕴秋则在此基础上给出了更为客观的标准,并对其自建语料库中的俗语进行分层实践,还在每个例句后搭配了相似例句,为对外汉语教学教师授课、教材词典编纂提供了方法借鉴。[3] 但遗憾的是,陈文没有对俗语的紧缩度进行考察。纳入后,陈文的一些内容则有待商榷。

例如,陈文为"瘦死的骆驼比马大"(即使1是2瘦死的骆驼也3比马大)相配的练习用例句是"拔根汗毛比腰粗"(即使1甲2拔根汗毛,汗毛3也4比乙5腰粗),两个例子紧缩度相差大,明显不适合作为相似例句补充。作为配套练习,最好选择紧缩成分相同、结构相似俗语的句子辅助汉语学习者批量记忆俗语。

结 语

完整句子的紧缩既包括复句的紧缩,也包括特殊句子格式的紧缩。紧缩俗语作为其中

---

[1] 束定芳. 外语课堂教学新模式刍议 [J]. 外语界, 2006 (4): 21-29.
[2] 原文为"熟语",但内涵与我们一致,为了行文方便,我们统一作"俗语"。
[3] 陈蕴秋. 基于语料库的对外汉语紧缩句式研究 [D]. 济南: 山东大学硕士学位论文, 2015: 12-13.

的重要成员具有较高的可还原性和趣味性。相比"紧缩度五级标记法",利用"赋值还原法"可以优化对外汉语教学语法体系,进一步合并语法点和细化俗语分层。

在对外汉语教学的应用上,紧缩俗语依然有巨大的研究空间等待我们发掘,从结构上说,在大语法结构框架下,可以概括出小俗语格式,例如:"千金难买××""好A不如赖B"以方便记忆;从文化上说,以俗语为媒介可以帮助汉语学习者了解如"三""八""百""千"等各数字背后的非实指的极端义。但由于篇幅有限,这些还需要进一步探索。

参考文献

[1] 陈颖. 紧缩句的有标关联和无标关联 [D]. 武汉:华中科技大学硕士学位论文,2005.

[2] 陈蕴秋. 基于语料库的对外汉语紧缩句式研究 [D]. 济南:山东大学硕士学位论文,2015.

[3] 丁永寿. 对外汉语教学参考 [M]. 北京:北京语言大学出版社,2010.

[4] 段继绪. "连…都/也…"句式"连"省略的归属范畴和歧义根源 [J]. 语文学刊,2018(6).

[5] 吕必松. 汉语语法新解 [M]. 北京:北京语言大学出版社,2015.

[6] 李泉. 近20年对外汉语教材编写和研究的基本情况述评 [J]. 语言文字应用,2002(3).

[7] 李泉. 基于语体的对外汉语教学语法体系构建 [J]. 汉语学习,2003(3).

[8] 李泉. 体系内语法与体系外语法——兼谈大语法教学观 [J]. 国际汉语教学研究,2015(1).

[9] 李泰洙. "也/都"强调紧缩句研究 [J]. 语言研究,2004(2).

[10] 刘洁. 《语法等级大纲》中的紧缩复句 [D]. 武汉:华中科技大学硕士学位论文,2010.

[11] 钱旭菁. 汉语语块研究初探 [J]. 北京大学学报(哲学社会科学版),2008(5).

[12] 束定芳. 外语课堂教学新模式刍议 [J]. 外语界,2006(4).

[13] 杨金华主编. 留学生汉语习惯用语词典 [M]. 上海:上海译文出版社,2009.

[14] 赵敏. "连"字句、"甚至"句、"即使"句的对比分析 [D]. 广州:暨南大学硕士学位论文,2004.

[15] 赵清永. 谈谈对外汉语教学中的熟语教学 [J]. 语言文字应用,2007(S1).

[16] 朱风云,张辉. 熟语语义的加工模式与其影响因素 [J]. 外语研究,2007(4).

(贾瑞鑫　中国人民大学2019级硕士生　指导教师:李泉)

基于口语语料库留学生习得汉语状语语序偏误研究

田亚晴

摘 要：汉语作为孤立语的一种，与其他类型的语言相比，语序是表达语法意义的重要手段之一，也是汉语作为第二语言习得过程中的重点和难点，学习者在学习过程中经常会出现语序上的偏误。本文从所收集到的 77 份口语语料中发现留学生习得汉语语序偏误中状语偏误占比较高，以此为研究对象对产生偏误的状语语序进行分类与描写，并分析偏误产生的可能原因，对对外汉语口语教学中状语语序教学提出一些建议。

关键词：汉语状语语序；偏误分析；口语语料

每种语言都有其独特的民族性，与其他语言相比，汉语最显著的特点就是：语序是表达语法意义的重要手段之一。汉语中可以充当状语的成分有很多，表示的语法意义也较为复杂，因此在留学生习得汉语的过程中，无论是口头还是书面，都存在着各种各样的状语语序问题。特别是在口语交际过程中，状语语序偏误会让听者感到不自然，有时甚至会产生歧义而造成影响交际的顺利进行。因此，对汉语学习者在口语交际中产生的状语语序进行研究很有必要。

一、研究综述

状语是六大句法成分之一，汉语中状语是谓词性短语前的修饰语，状语语序问题的研究一直是汉语本体研究的重点。刘月华、潘文娱、故韡将状语分为描写性状语和非描写性状语，将多项状语分为并列、递加、交错三类，并得出递加类的多项状语排列次序。[①] 黄伯荣、廖序东将多层状语排列的大致次序为条件、时间、处所、语气、范围或否定、程度、情态、对象。[②]

---

① 刘月华，潘文娱，故韡. 实用现代汉语语法 [M]. 北京：商务印书馆，2004：518 - 530.
② 黄伯荣，廖序东. 现代汉语 [M]. 北京：高等教育出版社，2011：69 - 71.

20世纪80年代，对比分析、偏误分析等理论的引入，涌现了许多对留学生习得汉语时产生的偏误的研究。作为汉语习得的重难点，对汉语状语语序偏误的研究也逐渐增多，主要是针对某一国家或地区汉语习得者的状语语序偏误进行研究。比如肖奚强提出韩语主要依靠词尾表示语法关系，句法成分的排列十分不严格，与汉语主要依靠语序和虚词表达语法意义不同。① 殷悦对英语背景的汉语习得者产生的状语语序进行研究，分析偏误产生的原因并提出相应的建议。② 姚杨子对母语为西班牙语的韩语学习者的状语语序问题进行研究。③ 对汉语语序偏误的研究主要集中于具有英语背景的学生或东南亚学生，而采用的语料也多为书面语，对口语交际中状语语序偏误的研究寥寥无几。

本文在汉语语序本体研究的基础上，依据所收集到的口语语料，对留学生口语交际中产生的汉语状语语序偏误情况进行归类与描写，试图找出偏误产生的可能原因，从而对对外汉语口语教学中的状语语序偏误问题提出建议。

二、研究概况

（一）研究对象

本文的调查对象大部分为中级水平在华留学生，涵盖了22个国家，学历从高中、本科、硕士到博士不等，语言背景主要是英语和韩语，也有少数为泰语和俄语等。本文收集的语料共77份，是由首都师范大学2017级和2018级研究生与外国留学生自然谈话的录音进行转写而形成的口语语料库。通过对语料库中语序偏误的检索，发现状语语序偏误在所有语序偏误中占比较高（如表1所示），因此，本文的研究对象为在中国学习汉语的留学生在口语交际中产生的状语语序偏误。

表1　各类语序偏误出现频次及占比

排名	语序偏误类型	出现频次	所占比例
1	状语语序偏误	85	63%
2	定语语序偏误	11	8%
3	补语语序偏误	10	7%
4	主谓语序偏误	10	7%
5	动宾语序偏误	21	15%
总值		137	100%

---

① 肖奚强. 韩国学生汉语语法偏误分析 [J]. 世界汉语教学，2000（2）：95-99.
② 殷悦. 英语背景汉语学习者状语语序偏误分析 [D]. 长春：吉林大学硕士学位论文，2012：10-47.
③ 姚杨子. 母语为西班牙语学习者汉语状语语序偏误研究 [D]. 西安：陕西师范大学硕士学位论文，2018：5-18.

（二）研究思路

首先通过自然会话的方法收集口语语料 77 份，其中语序偏误 137 例，筛选出状语语序偏误 85 例为研究对象。其次根据汉语状语的构成材料将偏误分为七类，通过对每一类偏误进行数据统计与描写分析，解释留学生口语中状语语序偏误形成的原因，并提出针对性的意见。

三、状语语序偏误描写与分析

由前人研究可知，依据不同的分类标准，汉语状语可以分为不同的种类。状语可以由副词、时间名词、能愿动词、形容词、代词、介词短语、量词短语和其他一些短语充当，本文以状语的构成材料为依据，将留学生习得汉语状语序偏误分为七类（见表2）。由表可知，在自然会话中，留学生使用介词短语作状语和副词作状语时出现的偏误较多，这两项占总偏误率的 80%，形容词作状语和代词作状语出现的偏误率较低。下文将对这七类状语语序偏误进行描写与分析，为了避免同类重复，所选择的例句是在对每一大类进行细分之后的小类中具有代表性的句子。

表 2　各类状语语方偏误出现频次及占比

状语类型	偏误出现频次	所占比例
副词作状语语序偏误	25	30%
名词或名词短语作状语语序偏误	6	7%
能愿动词作状语语序偏误	3	4%
形容词作状语语序偏误	2	2%
代词作状语语序偏误	1	1%
量词短语作状语语序偏误	5	6%
介词短语作状语语序偏误	43	50%
总值	85	100%

（一）副词作状语语序偏误

黄伯荣、廖序东根据副词所表示的意义将其分为表示程度、表示范围、表示时间或频率、表示处所、表示肯定或否定、表示方式或情态、表示语气和表示关联八类。[①] 通过对语料的筛选，没有发现留学生在口语交际中使用表示处所、方式或情态副词产生的语序偏误。具体统计分析见表3。

---

① 黄伯荣，廖序东. 现代汉语[M]. 北京：高等教育出版社，2011：69 - 71.

表3 副词作状语语序偏误出同频次及占比

副词类型	偏误频次	所占比例
表示程度	9	36%
表示范围	3	12%
表示时间或频率	3	12%
表示肯定或否定	5	20%
表示语气	3	12%
表示关联	2	8%
总值	25	100%

1. 表示程度的副词

（1）B41：因为我的——我，这个学校派我们这儿——来这儿20多个人，然后这年纪——我有点儿年纪大了。

（2）B41：但是，韩国比较＝……人少。

（3）B52：［呃］比较教得好，这样的方法。

（4）B131：我觉得学什么语言都一样……
学习汉语越来越变得容易。

在汉语中，程度副词修饰动词、形容词（合称谓词性词语），一般位于主语后、谓语前作状语，而补语一般也由谓词性词语充当，因此程度副词还可以作补语的修饰语，位于谓语后、补语前修饰补语。在例（1）、例（2）中，程度副词作状语与主语语序偏误，例（1）是主谓谓语句，"我"是大主语，"年纪"是小主语，而"有点儿"应放在形容词"大"前作状语；例（2）"比较"应放在主语"人"和形容词"少"之间作状语。例（3）、例（4）将修饰补语的程度副词误置于状语的位置，"比较"是说明"好"的程度，"越来越"修饰的是补语"容易"。

2. 表示范围的副词

（5）B86：对对对，在这个大学都……老师很好。N在这个大学都老师很好。

（6）B3：五年多了一共。

范围副词通常位于主语后、谓语前作状语。"都"表示总括全部，所总括的对象必须放在"都"前，例（5）是范围副词与主语语序偏误，"都"应放在它所总括的对象"老师"之后。例（6）是范围副词与谓语语序偏误，"共"表示总计，后面需要出现表示数量的词语，所以应位于数量短语"五年多"之前。

3. 表示时间或频率的副词

（7）B144：高铁，对对对对对对对，已经——我去过了天津。

（8）B75：嗯我在韩国一直打工了。

汉语表示时间的副词一般位于主语后、谓语前作状语来修饰谓语。例（7）属于时间副词与主语语序偏误，"已经"在动词前表示动作已经完成，所以时间副词"已经"应位于主语"我"和谓语动词"去"之间。例（8）是时间副词与表示处所的介词短语语序偏误，根据黄伯荣、廖序东对多层状语语序的总结，时间状语要先于处所状语，因此，时间副词"一直"应位于表示处所的介词短语"在韩国"之前。①

4. 表示肯定或否定的副词

（9）B59：对对。

除了跑步以外，

#SYN 我做，没有活动。

（10）B176：可以当翻译的嘛，

然后老师们常常说，

如果你们当老师的话对学生应该不这么说……

（11）B21：呃＝我去故宫的时候，

不进去

因为票——没有票，

（12）B4：……我第一次……学跳舞的时候，

好多动作也不记住。

汉语中的否定副词有其否定的对象，对象不同，否定副词的位置也不一样。例（9）、例（10）是否定副词作状语与谓语语序偏误，例（9）否定副词"没有"位于谓词性词语前作状语表示否定动作或状态已经发生，否定副词"没有"否定动作"做"，所以应放在"做"之前；例（10）中否定副词"不"否定的是表示动作发出者做某件事情必要性的能愿动词"应该"，所以否定副词"不"应放在"应该"之前，同时表示对象的介词短语"对学生"与谓语动词"这么说"的关系更紧密，所以应放在谓语"不应该"和"这样说"之间。例（11）和例（12）中，将否定副词"不"与助词"不"相混淆，将助词"不"误置于否定副词的状位上。副词"不"用在谓词性词语前表示否定，助词"不"放在动结式、动趋式复合动词的两部分中间，表示不可能，跟表示可能的"的"相对②所以"不"应放在动趋式复合词"进去"之间，动结式复合词"记住"之间。

5. 表示语气的副词

（13）B72：然后中中部呢，

就他们喜欢吃辣辣的。

---

① 黄伯荣，廖序东. 现代汉语 [M]. 北京：高等教育出版社，2011：69 - 71.
② 吕叔湘. 现代汉语八百词 [M]. 北京：商务印书馆，1999：58 - 59.

(14) B63：嗯，我特别喜欢，

　　　　　［哇］

我觉得，我好像／自己会喜欢，呃……就是……这样的城市，就是，不喜欢首都的……

汉语中语气副词是较为特殊的一类，其意义较虚，主要对命题表达一种主观或客观的评价，在句子中的位置也较为灵活，既可以位于句首，也可以位于句中，有时甚至可以位于句末，但不同的位置表达的意义不同。例（13）和例（14）都属于语气副词作状语与主语语序偏误，例（13）中"就"表示加强肯定，对"喜欢吃辣辣的"这一事实进行肯定，一般位于主语后、谓语前，所以"就"应该置于主语"他们"和谓语"喜欢"之间；例（14）"好像"表示不太确定的感觉或推测，因为"自己"是代词，与人称代词"我"结合起来作主语，因此"好像"不能放在"我"与"自己"之间，放在主语前后都可以。

6. 表示关联的副词

(15) B95：（ ）啊，

嗯＝台湾#PHOwàn/wān/也人太多。

(16) B198：也北京的气候很干燥。

汉语中关联副词既具有修饰限定功能，也具有衔接功能，关联副词一般位于主语后、谓语前作状语。例（15）和例（16）都是属于关联副词作状语与主语语序偏误，两句中的"也"都表示主语不同，谓语相同，所以"也"应位于主语"人""北京的气候"后。

（二）名词或名词短语作状语语序偏误

(17) B21：啊我不结——我，

两年以——我的女朋友来北京，

因为她＝要，她要住在公寓，

我们结婚……一年半以后

(18) B6：没有，

因为我没有晚上课。

名词中较为特殊的一类是时间名词，其特殊之处在于可以位于主语后、谓语前作时间状语。例（17）和例（18）属于名词或名词短语作状语与谓语语序错位，例（17）中"结婚一年半以后"整体表示的是一个时间段，句子中是没有谓语的，同时联系上文，"结婚"是未发生的动作，因此不符合逻辑，根据句意名词短语"一年半以后"表示的应该是从现在开始一年半后，表示未发生的动作，因此"一年半以后"位于动词"结婚"之前作时间状语，既合语法规范，又合逻辑要求；例（18）时间名词"晚上"作状语应位于谓语"没有"之前。

（三）能愿动词作状语语序偏误

（19）B68：嗯嗯，然后我们回去的时候，

应该在这儿用的都／扔掉，回去。

（20）B112：因为＝……（1）如果有中国人，

每天跟他们可以……（1.3）［交流］。

（21）B13：我觉得泰国人#LEX／太／非常 热情，

所以我在那儿的时候是很好的时候，

但是我可以还说德国，在柏林#PHO／bō li／bó lín?

能愿动词是动词中较为特殊的一类，又被称为"助动词"，可以用在谓词性词语前面作状语表示客观的可能性、必要性和主观意愿。例（19）是能愿动词作状语与主语语序偏误，表示客观必要性的"应该"应放在主语"在这儿用的"和"扔掉"之间。例（20）和例（21）都属于多层状语语序偏误，例（20）中作状语表示可能的能愿动词"可以"和表示对象的介词短语"跟他们"语序偏误，表示对象的介词短语与谓语动词的关系往往更加密切，而表示事件发生可能性或主观意愿的能愿动词则与主语的关系更加密切，因此作状语的能愿动词与表对象的介词短语共现，往往是能愿动词先于介词短语，因此"可以"应放在"跟他们"之前；例（21）中作状语表示"可能"的能愿动词和表示方式增多的语气副词"还"语序偏误，语气副词"还"是对句子整个谓语的评价，因此应放在"可以"前。

（四）形容词作状语语序偏误

（22）B8：［天气］天气，

有一点儿干燥，

要喝多一点水。

（23）B58：（）呃一般我们……<@跟北京一样@>

例（22）中属于状语误作补语。单音节形容词"多"既可以位于谓词性词语前作状语，动作行为是还没有发生的，又可以位于谓词性词语后作补语，此时动作行为是已经发生的。根据上文说话者表达的是想让听话者多喝水，"喝水"这个行为是未发生的，因此"多"应放在谓语"喝一点水"之前作状语。例（23）中表示通常、普通的形容词"一般"作状语，在谓语动词之前，因此应放在"跟北京一样"之前。

（五）代词作状语语序偏误

（24）A109：你们可以［很多人］一起去吃。

B109：［对，］

他也说这样的。

汉语中具有"代副词"功能的部分指示代词和疑问代词可以做状语修饰限制谓语。例（24）中表示方式的指示代词"这样"作状语与谓语语序偏误，应置于"说"之前。

（六）量词短语作状语语序偏误

(25) B30：这是我来中国的第三次，#SYN 这是我来中国的第三次/这是我第三次来中国/

(26) B7： 呃＝我——这是第一次我来中国，

(27) B56：嗯……我觉得在北京比较好，
因为我几次去过首尔。

(28) 我回家了8点　B111：我去工作，嗯＝7点
嗯，我回家了，8点……9点

量词短语既可以作状语位于动词前，也可以作补语位于动词后。例（25）和例（26）中"第三次""第一次"的结构是"前缀＋数词＋量词"，主要用于表示反复出现或者可能反复出现的事情，此结构主要位于主语后、谓语前，表示动作发生的次序，因此应置于主语"我"和谓语"来中国"之间。例（27）属于补语误作状语，根据句意，言者想要强调的是"去首尔"这个动作发生的次数，而非动作的状态，因此"几次"应位于谓语"去过"之后。例（28）中"7点、8点"是时点，表示动作开始或结束的时间点，一般作状语置于动词前，因此"7点、8点"应置于动词"工作、回家"和主语"我"之间。

（七）介词短语作状语语序偏误

介词短语常作状语修饰谓词，用来说明动作的方式、对象、因果、工具或动作发生的时间和地点等。通过对留学生口语中介词短语作状语语序偏误的分析与归纳，发现偏误均为介词结构作状语与谓语错序。

(29) B81：……但是有些老师是一样的，
比如说那些选修课，
呃＝他们教过我在本科的时候。

(30) B26：我们——
我，［我］的女朋友学习在清华大学

(31) B96：……因为我们很少……跟中国人＜X 聊天 X＞，
我们只＜X 聊天 X＞……跟我们的老师们。

(32) B12：但是那#PHOnǎ/ nà/个时候我没有时间练#PHOlián/ liàn/习为［我的写作］——我的写作能力

(33) B5：嗯，我……来……我来……从东海市

(34) B20：没去过，
这个开始从一月四号，

(35) B24：嗯，对@
#SYN 漂亮多，比我

以上例句中由介词短语作状语的分别是"在"引导的表示时间或处所的介词短语，"跟"引导的表示对象的介词短语，"为"引导的表示目的的介词短语，"从"引导的表示地点、时间的介词短语，"比"引导的表示比较的介词短语。在以上例句中，留学生都将作状语的介词短语放在谓语后，置于句尾，而在汉语中除了一些文学作品中为了达到某种修辞效果或表示强调外，状语一般位于句首或是主语后、谓语前，不位于句尾，所以以上例句中的介词短语都应位于主语后、谓语前，作状语。

四、留学生口语状语语序偏误原因分析

留学生在口语交际过程中产生的状语语序偏误原因是多方面的，下文将对偏误产生的可能原因进行分析。

第一，母语负迁移。学习者在没有熟练掌握目的语的情况下，往往会借助母语来学习汉语，将母语的语音语调、词汇、语法规则、语用习惯等运用到学习汉语的过程中经常会起到阻碍作用，产生负迁移，也称"语际偏误"。例如英语中，表示时间、地点、对象等的状语通常位于句尾，汉语中表示时间、地点、对象等的状语常位于谓词之前，这就导致了具有英语背景的留学生在学习汉语时，出现状语与谓语错序，将这些状语置于句末的偏误；汉语中没有补语，所以具有韩语背景的留学生学习汉语时通常会将补语误置于状语的位置上。

第二，目的语知识负迁移。学习者在掌握一定的汉语规则后，将学过的知识不恰当地套用在新的知识上，也称"语内偏误"。汉语状语本身就是比较复杂的，状语的构成材料多种多样，量词短语、名词及名词短语既可位于谓词前作状语，又可以位于谓词后作补语，因此学习者具有补语的语言背景时，很容易将补语置于状语的位置上；状语的位置不固定，否定副词、范围副词作状语时的位置不同，辖域不同，表达的意思也不同。

第三，教学引导不当。主要是由教师的本体知识不足、重点或易混淆知识讲解不全面、课堂练习不足引起的，属于外部原因。二语习得中语法规则的讲解主要由老师完成，若老师在讲解语法点时不够准确那么学生就会输出带有偏误的句子。

针对第三部分分析的口语交际中状语语序偏误产生的原因，下文对口语课汉语状语语序教学提出以下几点建议。

第一，注重汉语状语基本知识的讲解。口语课以培养学生的口头表达能力为主，有时我们虽然能够听懂留学生想表达的意思，但是总会感到不自然甚至是别扭，原因就在于其基本知识掌握不牢固。因此，老师要适当提到或粗略讲解与状语有关的基本知识，例如，状语大多位于主语后、谓语前，状语与补语的异同之处、多层状语的位置问题等。

第二，重视不同语言状语语序的对比分析。首先，教师应对留学生母语中状语的构成

材料、位置有一定程度的了解。其次，与汉语状语的构成材料、位置以及多层状语的顺序进行对比分析，找出学生在产出状语时容易出现偏误的地方。最后，在课堂上通过举例来对比两种语言中状语语序的异同点，使学生认识到学习难点，并为容易出错的地方提供充足的口语输出练习，培养学生输出正确的状语语序的习惯。

第三，选择适当的方法、提供充足的练习。口语课最主要的目的就是锻炼学生运用目的语进行交际的能力，因此，教师应尽可能多地提供交际中常用的关于状语语序的练习，以及一些语法点出现的典型语境。教师可以采用扩展法来进行对状语语序的练习，教师可以通过对时间、地点、方式、对象、因果等状语的提问，让学生习得各类状语的语法意义以及出现的位置，教师可也以逐层增加状语来增加学生对多层状语顺序的练习机会。

本文基于口语语料库对留学生习得汉语状语语序偏误进行分析，得出留学生产出的偏误语序中，状语语序偏误占比最大，其中介词短语作状语与副词作状语是留学生经常出错的地方。造成这些偏误的原因主要有母语负迁移、目的语知识负迁移和教学引导不当，这就要求在口语课教学过程中教师要注重对汉语状语的构成、位置等基本知识进行讲解，加强语言间状语语序的对比研究以及找出合适的教学方法、提供充足的练习。由于笔者教学经验以及自身知识有限，本文还存在一些不足之处，例如，对不同母语背景、除状语语序偏误之外其他句法成分偏误的研究有待深入，对其他语言的了解不够深入，对口语教学的建议有一定的局限性，这些都是以后需要进一步完善的地方。

参考文献

[1] 刘月华，潘文娱，故韡. 实用现代汉语语法［M］. 北京：商务印书馆，2004.
[2] 黄伯荣，廖序东. 现代汉语［M］. 北京：高等教育出版社，2011.
[3] 肖奚强. 韩国学生汉语语法偏误分析［J］. 世界汉语教学，2000（2）.
[4] 殷悦. 英语背景汉语学习者状语语序偏误分析［D］. 长春：吉林大学硕士学位论文，2012.
[5] 史金生. 情状副词的类别和共现顺序［J］. 语言研究，2003（4）.
[6] 史金生. 语气副词的范围、类别和共现顺序［J］. 中国语文，2003（1）.
[7] 姚杨子. 母语为西班牙语学习者汉语状语语序偏误研究［D］. 西安：陕西师范大学硕士学位论文，2018.
[8] 杨德峰. 时间副词作状语位置的全方位考察［J］. 语言文字应用，2006（2）.
[9] 朱德熙. 定语和状语［M］. 上海：上海教育出版社，1958.
[10] 刘珣. 对外汉语教育学引论［M］. 北京：北京语言大学出版社，2001.

（田亚晴　首都师范大学2018级硕士生　指导教师：王丽玲）

面向汉语教学的双音节形容词重叠的句法语义功能研究

蔡秀菊

摘　要：汉语本体研究领域针对双音节形容词重叠的形式和句法功能研究的成果已经十分丰富。然而，二语习得要进行功能的转向，本论文在前人研究的基础上，以《新汉语水平考试词汇大纲》（1—4 级）中 23 个可重叠的双音节形容词及其重叠式为研究对象，从语法功能和语义功能的角度对比分析基式和重叠式的不同。并以此为凭据分析留学生的习得偏误，归类并探析原因，给出教学和学习建议。

关键词：汉语教学；双音节形容词；重叠；语法功能

黄廖版《现代汉语》中认为双音节形容词重叠形式主要有两种：AABB 式和 ABAB 式。[①] 以往针对双音节形容词重叠式 AABB 式句法功能的研究，朱德熙、陆志伟、禹和平、李泉、汝淑媛等，普遍赞同重叠之后主要作状语、补语、定语和谓语；李宇明、石毓智认为双音节性质形容词重叠为 ABAB 式后只能作谓语。代曼曼、周良瑞也是通过分析双音节性质形容词 ABAB 重叠的词性，认为双音节性质形容词重叠 ABAB 后带有述谓性，抛弃了形容词应该具有的描摹性，在句中起陈述作用，具有陈述性。不能作定语、补语或者状语，只能作谓语；持相同观点的还有李凤吟、石相玉。

前人认为双音节形容词重叠后的语法意义主要包括四种：表状态；表主观评价；表程度；表强调，但是表程度可以分为程度加深或减轻，所以朱德熙就指出了重叠式在句中不同的位置所表现的感情色彩不同：重叠式在状语、补语和在定语、谓语不同位置时所表示的程度是相反的，前者是加重，后者是减轻。

本文在前人研究的基础上，节选《新汉语水平考试词汇大纲》（1—4 级）中可重叠的 23 个双音节形容词作为研究对象，分析双音节形容词基式和重叠式的语法功能和语义功能。基于分析的语料库是本体语料库（CCL 语料库），从中找出 23 个形容词基式和重叠式作句法成分的例句。中介语语料库：HSK 动态作文语料库和鲁东大学国际教育学院中介语

---

① 黄伯荣，廖序东. 现代汉语 [M]. 北京：高等教育出版社，2007：13.

语料库,找出留学生的双音节形容词偏误语料。

一、双音节形容词基式和重叠式的功能比较

(一) 确定可重叠的双音节形容词

本文通过界定新 HSK 词汇大纲(1—4 级)中的 1200 个词,发现有 23 个双音节形容词可构成构形重叠,主要可重叠为 AABB 式和 ABAB 式。

(1) 只能重叠为 AABB 式:漂亮(漂漂亮亮)、快乐(快快乐乐)、干净(干干净净)、奇怪(奇奇怪怪)、清楚(清清楚楚)、舒服(舒舒服服)、认真(认认真真)、孤单(孤孤单单)、马虎(马马虎虎)、顺利(顺顺利利)、随便(随随便便)、整齐(整整齐齐)、真正(真真正正)、健康(健健康康)。

(2) 只能重叠为 ABAB 式:冷静(冷静冷静)。

(3) 二者皆可:高兴(高高兴兴、高兴高兴)、安静(安安静静、安静安静)、轻松(轻轻松松、轻松轻松)、热闹(热热闹闹、热闹热闹)、许多(许许多多、许多许多)、辛苦(辛辛苦苦、辛苦辛苦)、暖和(暖暖和和、暖和暖和)、凉快(凉凉快快、凉快凉快)。

(二) 双音节形容词基式和重叠式的语法功能比较

表 1　句法功能比较

句法功能	双音节形容词基式	双音节形容词重叠式
主语	漂亮、高兴、快乐、安静、干净、健康、奇怪、清楚、舒服、认真、孤单、马虎、轻松、热闹、随便、冷静、凉快、暖和、整齐	马马虎虎、随随便便
谓语	漂亮、高兴、快乐、安静、干净、健康、奇怪、清楚、舒服、认真、孤单、马虎、轻松、热闹、随便、辛苦、冷静、暖和、凉快、整齐	高高兴兴、快快乐乐、安安静静、安静安静、干干净净、健健康康、清清楚楚、舒舒服服、孤孤单单、马马虎虎、冷静冷静、暖暖和和、暖和暖和、凉凉快快、凉快凉快、整整齐齐
宾语	漂亮、高兴、快乐、安静、干净、健康、奇怪、清楚、舒服、认真、孤单、马虎、轻松、热闹、随便、冷静、凉快、整齐	漂漂亮亮、干干净净、马马虎虎、随随便便、暖暖和和
定语	漂亮、高兴、快乐、安静、干净、健康、奇怪、清楚、舒服、认真、孤单、马虎、轻松、热闹、随便、辛苦、冷静、暖和、凉快、整齐、顺利、真正、许多	高高兴兴、快快乐乐、安安静静、干干净净、健健康康、奇奇怪怪、清清楚楚、舒舒服服、孤孤单单、马马虎虎、整整齐齐、许多许多、许许多多

续表

句法功能	双音节形容词基式	双音节形容词重叠式
状语	漂亮、高兴、快乐、安静、干净、健康、奇怪、清楚、舒服、认真、孤单、马虎、轻松、热闹、顺利、随便、辛苦、真正、冷静、整齐	高高兴兴、快快乐乐、安安静静、干干净净、健健康康、清清楚楚、舒舒服服、认认真真、孤孤单单、马马虎虎、轻轻松松、热热闹闹、顺顺利利、随随便便、辛辛苦苦、真真正正、暖暖和和、凉凉快快、整整齐齐
补语	漂亮、高兴、快乐、安静、干净、健康奇怪、清楚、舒服、认真、孤单、马虎轻松、热闹、顺利、随便、辛苦、冷静暖和、凉快、整齐	漂漂亮亮、高高兴兴、快快乐乐、干干净净、奇奇怪怪、清清楚楚、马马虎虎、轻轻松松、热热闹闹、整整齐齐

基于表1的比较，分析如下。

（1）只重叠为AABB式的形容词基式与重叠式："漂亮、健康、干净、奇怪、清楚、舒服、认真、孤单、马虎、整齐、快乐、顺利"，均是在句中可以作主语、谓语、宾语、定语、状语和补语；"漂亮"重叠为"漂漂亮亮"后一般只作定语和补语；重叠式"健健康康"主要作状语，作谓语较少。"干干净净"可以作谓语、宾语、定语、状语和补语，但作补语居多，作补语时经常与"洗、刷、打扫"等动词搭配；"奇奇怪怪"主要是作定语，作补语较少。"清楚"重叠为"清清楚楚"后常作补语：写/记/看/观察/记录…得+清清楚楚…，也可作定语、谓语和状语；重叠式"舒舒服服"可以作状语、定语和谓语，但以作状语为主；重叠式"认认真真"一般只作"状语"；"孤单"重叠后可以在句中作谓语、定语和状语，但作定语是主要句法能力；"马马虎虎"与基式一样，可以作六种句法成分，作状语时"马虎"和"马马虎虎"有时可互换，句子仍然成立；重叠式"顺顺利利"主要作状语；"随随便便"主要作主语、宾语和状语；"整整齐齐"作补语较多，也可作定语、谓语和状语；"快乐"重叠后可以作谓语、定语、状语和补语。

（2）只能重叠为ABAB式的形容词基式和重叠式："冷静"主要作谓语、定语、状语，少数情况下也可作主语、宾语和补语；重叠形式为"冷静冷静"，主要作谓语。

（3）既可重叠为AABB式也可重叠为ABAB式的形容词基式与重叠式："高兴、安静、轻松、热闹"可以在句中作六种句法成分（主、谓、宾、定、状、补）。重叠式"高高兴兴"可作谓语、定语、状语和补语，绝大多数情况下只作状语；另一种重叠式"高兴高兴"一般只作谓语。"安静"重叠式有两种："安静安静"一般只作谓语，通常是口语说法（例：让我安静安静。）；"安安静静"常作状语，作定语、谓语情况较少；"轻轻松松"一般作状语和补语，作补语较多，常见搭配：说/答/过+得+轻轻松松……；"轻松轻松"只作谓语；"热热闹闹"主要作"状语"，也可作"补语"；"热闹热闹"一般只作谓语。"凉快"和"暖和"作为一对反义词，既有相同的重叠式，且其基式和重叠式所作句法成分基本相同，重叠AABB后作谓语和状语，ABAB式重叠作谓语。"许多"与其重叠式

"许许多多""许多许多"都是在句中只作一种句法成分：定语。"辛苦"在句中主要作谓语、状语，也可作定语和补语；但重叠为"辛辛苦苦"后一般只作状语，重叠式"辛苦辛苦"作谓语，常以单独小句形式出现。

通过对上述三个结论的分析，可以得出 23 个形容词基式最常用的句法成分为定语和状语，其次为谓语和补语，其中作谓语时经常要和程度副词等其他成分搭配；大部分也可作主语和宾语。但是 AABB 式重叠以作状语居多，其次是谓语、补语和定语；ABAB 式主要的句法成分是谓语；上述的 23 个双音节形容词重叠之后作主语的只有"随随便便和马马虎虎"，部分可作宾语；因此得出双音节形容词重叠式的主要句法功能是定语、状语、谓语和补语。

（三）双音节形容词基式和重叠式的语义功能比较

表 2 语义功能比较

语义功能	双音节形容词基式	双音节形容词重叠式
表状态	认真	高高兴兴、认认真真、漂漂亮亮、快快乐乐、安安静静、干干净净、舒舒服服、健健康康、奇奇怪怪、轻轻松松、整整齐齐、孤孤单单
表程度	许多	漂漂亮亮、高高兴兴、快快乐乐、安安静静、干干净净、清清楚楚、舒舒服服、健健康康、奇奇怪怪、热热闹闹、轻轻松松、许许多多、整整齐齐、认认真真、孤孤单单、顺顺利利、辛辛苦苦、暖暖和和、随随便便、真真正正
表强调	（无）	漂漂亮亮、高高兴兴、快快乐乐、安安静静、干干净净、清清楚楚、舒舒服服、健健康康、奇奇怪怪、热热闹闹、轻轻松松、许许多多、整整齐齐、认认真真、孤孤单单、顺顺利利、辛辛苦苦、暖暖和和、随随便便、真真正正
表主观评价	漂亮、奇怪、认真、孤单、轻松、热闹、暖和、凉快、整齐	漂漂亮亮、奇奇怪怪、认认真真、孤孤单单、轻轻松松、热热闹闹、整整齐齐

基于表 2 的比较，分析如下。

（1）节选范围内的形容词判断性质之后主要以性质形容词为主，基式中表示状态的较少，例如"认真"，"认真"在重叠之后还可以表示一种状态；但"高兴"本身不表示状态，重叠之后却表"状态"，这是其基式和重叠式的不同。还有其他一些双音节形容词重叠后表状态，如："漂亮、快乐"等，同样也说明部分性质形容词在重叠后转化为状态形容词。

（2）双音节形容词重叠之后相较基式而言，语义发生变化，重点体现在表程度和表强调两个方面。

（3）"漂亮、奇怪、认真、孤单、轻松、热闹、整齐"与其重叠式都有表示主观评价的语法意义，但是"暖和、凉快"只在作为基式时我们可以评价天气怎么样，表示主观评价，重叠之后作状语或者谓语，不再表示此语法意义。

（4）根据表2可以看出基式一般不能表示程度；除"许多"之外，它是一个特殊的形容词，本身就带有数量增加的语义。但在组合功能的分析里我们得出23个双音节形容词可以与程度副词组合，可以构成"程度副词+AB"的形式表示程度加深：事物或行为达到某种程度或量；重叠之后也具有相同的语义，但是重叠并不等于"程度副词+AB"，二者作句法成分是有本质区别的。

二、双音节形容词重叠的偏误、原因及教学建议

确定《新汉语水平考试词汇大纲》（1—4级）中23个双音节形容词。在中介语语料库中检索其重叠式，共得到有效例句138句，其中错误例句55句，参考陈港波（2013）和骆健飞（2015）对形容词AABB式偏误的研究和分类，将例句偏误分为重叠形式偏误（14句）、组合形式偏误（26句）、句法功能偏误（12句）、语义功能偏误（3句）。

（一）偏误类型

1. 重叠形式偏误

一是重叠形式不明，AABB式和ABAB式混淆。此类偏误共有3句，例如：

（1）今天谁来分享有趣的事情让大家高高兴兴？

"今天谁来分享有趣的事情让大家高高兴兴"应改为"今天谁来分享有趣的事情让大家高兴高兴"。让大家……后面应该是带谓语性质的词，在句法功能比较中发现"高高兴兴"一般只作"状语"，但"高兴高兴"带有述谓性，常作"谓语"，通常用在口语中。

（2）春节的时候，全家人热闹热闹地玩儿。

不分析句子整体的意思是否表达明确，"热闹热闹地玩儿"应改为"热热闹闹地玩儿"。"热闹热闹"同上面的"高兴高兴"一样，一般只在口语中说，充当谓语。但此处缺的是状语，应该用"热热闹闹"。

二是重叠形式错误。此类偏误共有5个，例如：

（3）这个房子漂亮漂亮得不要不要的。

此句是口语中常用的说法，但放在汉语的语法中并不准确，"漂亮"只能重叠为"漂漂亮亮"，所以上述表达不准确。

三是滥用重叠。此类偏误共有6个，例如：

（4）一个人待着的时候难免会孤孤单单，容易想三想四……

(5) 我冷冷静静地对她说:"……"

例(4)中"难免会孤孤单单"应改为"难免会孤单",例(5)"冷冷静静"应改为"冷静"。形容词重叠后一般作状语,主要用来描述事物或行为的状态,例(4)和例(5)都应该用其基式作谓语和状语,不存在强调和程度加深的语义。

2. 组合形式偏误

一是形容词重叠后加"程度副词"。此类偏误共有7例,例如:

(6) 老同学分别三年了,今天在餐厅里见面,我分外高高兴兴的。
(7) 玛丽每天把书桌整理得很干干净净的。
(8) 他每天洗脸洗得很马马虎虎,所以脸上起了许多疙瘩。
(9) 母亲整天照顾我、弟弟和三个姐姐,很辛辛苦苦地做家务。

例(6)"老同学分别三年了,今天在餐厅见面,我分外高高兴兴的"应改为"老同学分别三年了,今天在餐厅里见面,我分外/非常……高兴"。此处想表达的是自己的心情,并且带有强调和程度高的语义。"高兴"重叠为"高高兴兴"后不可以再用"分外"修饰。例(7)里面的"把书桌整理得很干干净净的"应改为"把书桌整理得很干净"或"把书桌整理得干干净净的"。例(8)"他每天洗脸洗得很马马虎虎"应改为"他每天洗脸洗得很马虎"或"他每天洗脸洗得马马虎虎的"。例(9)的"很辛辛苦苦地做家务"应改为"很辛苦地做家务"或"辛辛苦苦地做家务"。这三个例子与例(10)相同,程度副词只能与基式搭配,重叠后不可以。

二是重叠后加否定词"不"。此类偏误共有5句,例如:

(10) 她的房间不干干净净。
(11) 大卫现在不高高兴兴,因为他考试不及格。

例(10)"她的房间不干干净净"应改为"她的房间不干净"。通过分析上面的23个双音节形容词组合功能发现:双音节形容词的基式可以受否定词"不"的修饰,但在重叠之后不能受"不"的修饰,只有"认认真真"和"安安静静"在假设复句的分句中可以用"不"修饰,表示假设。例(11)"大卫现在不高高兴兴"应改为"大卫现在不高兴"或"大卫现在不太高兴"。原因与上述例(10)相同。

三是重叠后"的、地、得"的缺失或误用。此类偏误共有6个,例如:

(12) 露营要做很多准备,不要随随便便去。
(13) 我不敢出去,在房间里安安静静的坐着。
(14) 周末我们就高高兴兴一同去大悦城吃饭。
(15) 开学典礼上,玛丽穿了一条干干净净裙子。
(16) 他们办事办的马马虎虎,终于他遗漏了我的名字。
(17) 妈妈一会儿就把房间打扫干干净净。

例（12）"露营要做很多准备，不要随随便便去"改为"露营要做很多准备，不要随随便便地去"，句子的语义表达的是劝诫不要做某事，句中的"随随便便"作状语，"地"不能省略。例（13）是"de"的误用，同样是"安安静静"作状语，应用"地"。例（14）"高高兴兴一同去大悦城吃饭"改为"高高兴兴地一同去大悦城吃饭"，与例（12）相同。例（15）"玛丽穿了一条干干净净裙子"改为"玛丽穿了一条干干净净的裙子"。例（16）中"马马虎虎"作补语，补语标志"得"写成了定语标志"的"。例（17）"……打扫干干净净"改为"……打扫得干干净净"。

四是"很+基式"与AABB式重叠混淆。此类偏误共有8例，例如：

（18）我觉得大卫今天奇奇怪怪。
（19）我们每天晚上锻炼辛辛苦苦。
（20）你穿灰白色衣服漂漂亮亮。

例（18）中"我觉得大卫今天奇奇怪怪"应改为"我觉得大卫今天很奇怪"。例（19）"我们每天晚上锻炼辛辛苦苦"应改为"我们晚上锻炼很辛苦"。例（20）同样是"你穿灰白色衣服漂漂亮亮"改为"你穿灰白色衣服很漂亮"。我们在分析形容词重叠式和基式的句法功能中提到了形容词一般不能单独作谓语，组合上可以与程度副词搭配，而形容词重叠之后主要作状语，其次是定语、补语和谓语，作谓语功能较弱。在上述例句中句子缺少谓语，"奇奇怪怪、辛辛苦苦、漂漂亮亮"不能充当谓语，只能用"程度副词+AB"充当。

3. 句法功能偏误

一是作谓语偏误。此类偏误有5句，例如：

（21）我觉得大卫今天奇奇怪怪。
（22）我们每天晚上锻炼辛辛苦苦。
（23）你穿灰白色衣服漂漂亮亮。

例（21）到例（23）既属于组合搭配上有误，也属于句法功能上有误，在组合搭配一类偏误里已经对上述三个例子做了具体分析，所以此处不做赘述。

二是作定语或单独小句偏误。此类偏误共有4个，例如：

（24）今天查到HSK成绩了，我和朋友一起喝啤酒，高兴高兴吧。
（25）我还要写的许多许多，但写起来没完没了，所以这次写到这儿吧。

例（24）将"高兴高兴吧"改为"高兴高兴"，或者为语义通顺改为"庆祝庆祝"，后面不用语气词"吧"，前人在研究中也发现形容词在重叠后可以作为一个单独小句出现。例（25）"我还要写的许多许多"改为"我还要写的有许多"；"许多许多"只作"定语"，所以在例句中不能作宾语。

三是作状语偏误。此类偏误共3例，例如：

(26)……大家不要糟蹋农民辛苦地种的粮食。

"……辛苦地种的粮食"应改为"辛辛苦苦地种的粮食",此处应该用"辛苦"的重叠式"辛辛苦苦"作状语,既是作状语的偏误,也属于语义上的偏误,强调"辛苦"的程度。

4. 语义功能偏误。

此类偏误有3例,例如:

(27)……大家不要糟蹋农民辛苦地种的粮食。
(28)她打扮得漂亮的去见男朋友。

例(28)"她打扮得漂亮的去见男朋友"应改为"她打扮得漂漂亮亮的去见男朋友"。例(27)在上面已经分析过,重叠之后表示描述这一动作、事物时带有强调和程度加深的语义,不能通过基式表达。

(二)偏误原因

偏误产生的原因是多方面的,许多偏误研究者都从大框架下的母语负迁移、目的语知识负迁移、文化因素负迁移、学习策略和交际策略的影响、学习环境的影响五个方面分析[1],但是只从这五个方面研究,容易陷入公式化,停留于表面,而且不是所有的偏误都可以套入上述五个原因。尤其是"母语负迁移":在教学中遇到学生的母语比较"冷门",教师可能不了解其母语,不能将母语和目的语对比分析,无法得出是不是母语负迁移造成的偏误。因此分析偏误原因必须要从具体的偏误语料出发,只有这样才能更准确地发现偏误原因以及如何避免。

1. "学"的方面

(1)学生母语中没有双音节形容词重叠这一语法项目,所以在习得汉语时会受到阻碍,产生阻碍性干扰。就拿母语是英语的学生来讲,母语中形容词不可以重叠,一般形容词在英语中作表语,例:The room is very clean. 翻译成汉语:房间很干净。"很+干净"在句中作谓语。另一个例子:She dressed so beautiful. 翻译汉语之后我们既可以说"她打扮得很漂亮"也可以说"她打扮得漂漂亮亮的"。因此,尤其是母语为英语的留学生在习得形容词重叠式此语法项目时,对于重叠后和"基式+程度副词"的语义区别有困难,因为翻译成英语并没有句式上较大的变化,这就给学生正确习得造成干扰。

(2)学生认知方式的影响。以欧美国家为例,大部分学生的性格外向活泼,认知方式以冲动型和场独立型为主,在习得过程中反应敏捷,但缺点是容易不假思索说出答案,造成偏误。例如:"大家热闹热闹地一起玩儿",在句子中"热闹热闹"应改为"热热闹闹","热闹热闹"一般只用在口语中作谓语,此处缺状语。学生明白一般性质形容词重叠为ABAB式之后,只在句中作谓语,但回答时说得太快,造成句法错误。而亚洲学生性

---

[1] 刘珣. 对外汉语教育学引论 [M]. 北京:北京语言大学出版社,2000:202.

格偏内向型，认知方式主要以审慎型和场依存型为主，在习得过程中开口较少，违背讲练结合原则，在培养交际能力上有所欠缺，导致语法项目习得不熟练。特别是双音节形容词重叠之后主要用来描述某一事物，要经常拿例句练习。

（3）过度概括。过度概括是指学生在习得某一语法项目之后，把其类推套用在另一语法项目上，造成偏误。例如："老同学三年不见了，今天在餐厅见面，我分外高高兴兴"。学生首先习得的是"程度副词＋基式AB"可以在句中作谓语，所以在习得重叠之后，同样将"程度副词＋AABB"置于句中作谓语，但是我们通过语料在组合功能中已经分析到，双音节形容词重叠之后不能受程度副词修饰，所以此句中应将"我分外高高兴兴"改为"我分外高兴"。另一个例子是："……有点儿干净"。程度副词可以与大部分形容词搭配，有点儿也是程度副词，但是由于其词义的关系，经常修饰贬义色彩的形容词，学生习得"程度副词＋基式"后经常写出上述例句，但"干净"是带有褒义色彩的，可以用"非常、很、十分"等程度副词修饰。

（4）简化。简化是指学生在习得目的语时将自己认为冗余的部分省略。例：露营要做很多准备，不要随随便便去。"不要随随便便去"中"随随便便"和"去"之间学生省略了状语标志"地"。关于"地"的省略很复杂，有的可省有的不可省，大部分双音节形容词重叠后都要加状语的书面标志"地"，但学生因为说话省时省力，擅自将其删去，造成"地"的缺失偏误。

2. "教"的方面

（1）课堂教学。在课堂教学中，老师有自己严格的上课流程，必须完成规定的教学任务，由此导致教师讲解时间较多，学生练习时间较少。尽管一直提倡讲练结合，讲解和练习达到一定比例，但由于时间问题，课堂教学以机械练习为主：读生词、读句子、模仿造句等。比如在机构教学时，讲解双音节形容词重叠词语法项目时，教师通常会先通过举例子让学生熟悉这一语法点，一般3—5个例子，总结其用法和意义，重叠之后有程度加深的意义，学生下课自由练习。通过归纳法虽可以帮助学生记忆，但是练习力度不够，学生不能达到正确输出和交际的目的。

（2）教材编写。以实习教学课本《汉语口语速成》（提高篇）为例，课后习题的编写包括词语替换、词语造句、改写句子、完成对话、口头报告。习题设计单一化，练习以理解性记忆为主，例如："我每天＿＿＿＿＿＿地来上课"／"做事太马虎了＝做事＿＿＿＿＿＿的。"前一练习主要是词语造句，填写形容词的重叠式，后一练习将基式与重叠式互换。交际性练习只涉及口头报告一个，给出一个主题，例如：你的假期生活过得怎么样，用到所学词和语法点，里面涉及的双音节形容词重叠用法较少，达不到习得的目的。

综上所述，我们既要考虑学生习得时自身的原因，这是一个较为广泛的研究，不同的国家学生的性格，学习方法都不一样，还要考虑教师和教材的原因，教师、教材和学生共同组合才能进行课堂教学。

(三)"学"与"教"建议

1."学"的建议

(1) 学生母语中没有双音节形容词重叠的语法项目,要努力克服阻碍性干扰,多说、多练、多问。多说可以课下找学友练习,拿生活中随处可见的事物举例;多练既要练习巩固双音节形容词重叠的用法,又要探究其应用的语境,语法和语用都要准确,说得体的二语。母语中有双音节形容词重叠的,要对比目的语发现其相同和不同之处,相同之处正迁移过来,不同之处屏蔽介入干扰,规避负迁移。

(2) 针对认知方式,首先要建立积极的学习动机,培养自身学习汉语的兴趣,建立长远目标,与目的语国家的人多接触交流,融合在目的语文化中。审慎型和冲动型同学多接触交流,形成互补,互相带动学习。习得双音节形容词 AABB 式重叠和 ABAB 式重叠后,了解其常作状语,用来描述事物或行为,用生活中随处可见的事物举例子练习。

(3) 针对简化和过度概括,一方面是学生对此语言点的用法和语义不明确,要从语境入手,明确使用的语境。双音节形容词重叠后用于强调:"她打扮得漂漂亮亮得去见男朋友",此句中不能用"漂亮"并且补语标志"得"不能省略。强调她打扮得怎么样,只能用重叠形式,这就是重叠使用的语境,明确语境使用后就知道什么位置用基式或重叠式。

2."教"的建议

(1) 第二语言教学方法多种多样,要因"材"施教。"材"既可指学生本身,也可以指课本。在课堂教学的大背景下遵循讲练结合的原则,既要通过归纳法举例帮助学生理解并记忆双音节形容词重叠之后主要做哪些句法成分,与哪些词搭配以及语义上有何变化;还要通过制定课堂游戏等趣味练习法,让学生多交际多表达,双管齐下,帮助学生正确习得。例如:首先我们从上文中基式和重叠式的功能比较出发,由基式例句引导出重叠式,但不能写出"很+基式=重叠式"这样的公式。虽有许多教材和语法书中均提到过这样的说法,然而这是不准确的,在偏误分析中也已经提到"很+基式"常作谓语,但重叠式不可以,所以二者是不等同的。其次我们重点举出重叠式例句,最好与学生的实际生活和学习有关,与同学一起分析重叠式的语法和语义功能。可重叠的双音节形容词较少,尤其是课本中列举的,所以有相同特点的放在一起讲解,比如:凉快(凉凉快快、凉快凉快)和暖和(暖和暖和、暖暖和和)。最后以生动有趣的游戏法练习,如:填空接龙、你来比画我来猜等。

(2) 教材的课后习题是学生练习的一个重要手段。设计多元化练习,既有理解性记忆的练习、机械背诵练习,还要包括重要的交际性练习。比如交际性练习中可以设计在讲解双音节形容词重叠之后,规定主题和生词,初中级学生必须用到 3—5 个双音节形容词重叠式作口头报告,课上与老师、同学分享。

结　语

本文首先从本体理论研究出发，检索《新汉语水平考试词汇大纲》（1—4 级）中的双音节形容词，确定 23 个可重叠的双音节形容词及其重叠式。其次通过 CCL 语料库检索 23 个双音节形容词基式和重叠式的句式，主要从句法功能、组合功能和语义功能三个方面对比分析基式与重叠式的功能特征。在句法功能方面我们发现双音节形容词基式主要作谓语和定语，其次是作主语、宾语、状语和补语，但重叠之后重叠式主要作状语；在组合功能方面基式大部分可以受程度副词和否定词的修饰，但程度副词中的"有点"除外，一般只能修饰贬义的形容词，例如"有点孤单"；重叠之后不能受程度副词和否定词修饰，但在假设复句的分句中"认认真真、安安静静"可以用"不"修饰。在语义上形容词重叠之后带有程度加深和强调的语义，还有部分形容词在重叠前后都可以表示"主观评价"，如：漂亮和漂漂亮亮。

对功能特征的对比分析之后，主要是检索鲁东大学国际教育学院语料库中留学生双音节形容词重叠式习得偏误，同样将学生的偏误分为句法功能偏误，组合搭配偏误和语义功能偏误。其中句法功能偏误分为作定语、状语和作单独小句偏误；组合搭配偏误主要概括为重叠后加"程度副词"、重叠后加否定词"不"、重叠后"的、地、得"的缺失；语义功能偏误分为程度副词＋基式和重叠式语义不明等。最后针对学生的偏误从学生学习和课堂教学两大方面提出建议。

关于本文的不足之处，首先是本文的研究对象只涉及了 23 个可重叠的双音节形容词基式及其重叠式，研究面略窄。其次是由于研究对象少以及语料库的使用问题等原因，导致搜集学生双音节形容词重叠的习得偏误语料较少，对学生偏误的归类，原因的探究分析不够彻底，不够全面。最后是笔者只根据自己有限的知识和教学经历，通过心理分析学生习得偏误的原因，以及教师和学生在课堂上如何教与学，建议或许缺乏操作性。

参考文献

[1] 黄伯荣，廖序东．现代汉语［M］．北京：高等教育出版社，2007．
[2] 朱德熙．现代汉语形容词的研究［J］．语言研究，1956（1）．
[3] 陆志韦．汉语的并立四字格［J］．语言研究，1956（1）．
[4] 禹和平．汉语双音节形容词 AABB 重叠式的语法功能研究［J］．云南师范大学学报，1998（4）．
[5] 李泉．同义单双音节形容词对比研究［J］．世界汉语教学，2001（4）．
[6] 汝淑媛．对外汉语教学中相近表达式的用法研究［J］．北京师范大学学报（社会科学版），2007（4）．
[7] 李宇明．双音节性质形容词的 ABAB 式重叠［J］．汉语学习，1996（4）．
[8] 石锓．现代汉语形容词重叠研究综述［J］．武汉理工大学学报（社会科学版），2005（8）．
[9] 代曼曼，周良瑞．论性质形容词 ABAB 式重叠的词性［J］．文史研究（科教文汇版），2014（281）．
[10] 李凤吟．双音节性质形容词 ABAB 式的重叠——兼与 AABB 式比较［J］．集美大学学报（哲学社会科学

版),2006,9(2):58-62.

[11] 石相玉.双音节形容词的 AABB 式与 ABAB 式重叠[J].科技信息(人文社会科学版),2009(12).

[12] 陈港波.形容词 AABB 重叠式二语习得偏误研究及教学建议[D].曲阜:曲阜师范大学硕士学位论文,2013.

[13] 胡丛欢,骆健飞.形容词 AABB 重叠式二语习得及偏误研究[J].内蒙古民族大学学报(社会科学版),2015(5).

[14] 刘珣.对外汉语教育学引论[M].北京:北京语言大学出版社,2000.

(蔡秀菊　首都师范大学2018级硕士生　指导教师:吴继峰)

基于语料库选择连词"还是"和"或者"的异同考察

许夏晴

摘　要：随着世界的"汉语热",学习汉语的人越来越多,在对外汉语教学中出现的问题也越来越多,很多问题在本质上是属于汉语本体的问题。本文选择了留学生在学习过程中常常出现偏误的两个选择连词"还是"和"或者",基于BCC语料库,从句法差异和语用差异两个大方面,考察了两个词的异同,希望研究的结果能对对外汉语教师教学有所帮助,对留学生学习这两个词有所帮助。

关键词：对外汉语；选择连词；还是；或者

在留学生学习汉语的过程中,经常会分不清"还是"和"或者"这两个选择连词,弄不清什么时候该用"还是",什么时候该用"或者",留学生在选择连词上出现的偏误,其实是没有在本质上弄清楚两个词之间的差别。朱德熙先生曾经说过:"离开汉语研究,对外汉语教学就无法进行。"因此,想要帮助学生真正弄清楚两个词的差异,真正能正确使用这两个词,就要求对外汉语教师要从汉语本体上研究透这两个词。

由于选择连词"还是"和"或者"的相同点比较多,所以关于"还是"和"或者"的研究,不少语法大家在讨论连词的时候都曾经讨论过,在这里笔者参考并整理了几本常用词典中的释义,见表1。

表1　常用词典对"或者"和"还是"的释义

词典名称	或者	还是
《现代汉语八百词》①	1. 表示选择； 2. 可以和"不管、无论"等词构成无条件让步状语从句； 3. 表示等同,补充说明前面的情况； 4. 表示几种交替的情况。相当于"有的……有的……"	用于选择。同"或者"。可双用或和其他词连用

---

① 吕叔湘. 现代汉语八百词［M］. 北京：商务印书馆,1980：283-284.

续表

词典名称	或者	还是
《现代汉语》①	1. 用在叙述句中，表选择。 2. 表等同关系	1. 表示选择，放在每一个选项前面，不过第一个选项前也可以不用。 2. 连接无须选择的若干事项，表示两种情况或两种意愿的选择关系
《现代汉语虚词词典》②	1. 表示在连接的几个成分里选择一项。 2. 同"无论""不管""不论"等连词搭配，表示不受所叙述条件的限制。 3. 有"有的"的意思，连用在并列的每一个成分前面，表示同时存在	1. 有"或者"的意思，表示在连接的几个成分里选择一项。 2. 同"无论""不管""不论"等连词搭配，表示不受所叙述条件的限制

从表1中可以看出，"还是"和"或者"的相同点较多。《现代汉语虚词词典》中，在解释"还是"的时候，提到了"还是"有"或者"的意思，甚至在《现代汉语八百词》中，直接将"还是"等同于"或者"。尽管两者都有表示选择的意思，但在实际的使用中，两者却存在着许多差异。

杨寄洲用陈述句和疑问句来区分两个词，他认为"还是"总是用于选择疑问句中，而"或者"则用于陈述句中，表示从两个或两个以上的选项中选择一个。③ 彭小川也认为说话人使用"还是"时，通常不知道是哪一个或哪种情况，因此常用于问句；而说话人用"或者"时，重在告诉听者有几种情况可供选择，因此不能用在问句中。④ 黄伯荣、廖序东认为"或者"是陈述式选择，"还是"是疑问式选择。此观点与杨寄洲、彭小川有相同之处。⑤ 侯瑞芬认为，两个词在使用的频率上和搭配上的差异比较大，"还是"更多地和"无论""不管""不论"连用，但"或者"则很少。⑥ 张园的硕士论文从语义的角度分析得出"还是"与"或者"的语义指向不同，"还是"的语义是指向一边，而"或者"的语义是指向两端的。⑦ 贾茹则从英汉对比的角度，基于暨南大学语料库和《第二十二条军规》原著与汉语翻译本，将"还是""或者""or"三者进行了对比。⑧

---

① 兰宾汉，邢向东. 现代汉语（下册）[M]. 北京：中华书局，2006：172-173.
② 张斌. 现代汉语虚词词典 [M]. 北京：商务印书馆，2001：228-230，257-258.
③ 杨寄洲. 1700对近义词语用法对比 [M]. 北京：北京语言大学出版社，2005：547.
④ 彭小川. 对外汉语教学语法释疑201例 [M]. 北京：商务印书馆，2004：351-354.
⑤ 黄伯荣，廖序东. 现代汉语（增订本）[M]. 北京：高等教育出版社，2011：131.
⑥ 张园. HSK动态作文语料库中留学生使用"还是"偏误研究 [D]. 西安：陕西师范大学硕士学位论文，2010：10-11.
⑦ 贾茹. 汉语连词"或者""还是""要么"英语"or"的对比分析与教学策略 [D]. 郑州：河南大学硕士学位论文，2017：9-27.
⑧ 侯瑞芬. "无论……都……"中"或者"与"还是"的差异 [J]. 北京教育学院学报，2004（3）17-20.

尽管前人对"还是"和"或者"的异同比较已经不少，但是并不全面。从语料库中和现实生活中，我们不难发现，两个词在很多情况下是不能替换的，除了疑问句和陈述句的差异以外，两个词使用的灵活度以及连接的成分也值得深入研究。

一、句法差异

大部分字典和专著中，都认为连词"还是"和"或者"都有选择义，都可以连接词、短语、句子等成分。二者看起来似乎并没有什么不同，汉语母语者在使用的时候也不会犯错，但在对外汉语教学中，"或者"和"还是"却经常被误用。两个词在使用的方法上基本无异，也就是在句子中，若将两个词替换，并不会影响句子的结构，但是句子的意义却有了变化，因此，可以得知，两个词在语义上是有着本质的差异的。一般学界认为，"或者"用于陈述式选择，而"还是"用于疑问式选择。

（1a）问他一个问题，他要沉思半天，才会说"是"或者"不是"。

（1b）＊问他一个问题，他要沉思半天，才会说"是"还是"不是"。

例（1a）是陈述句，并没有疑问语气，因此当用"还是"替换"或者"的时候，句子语气就会略显奇怪。那么是不是"或者"只能用在陈述句中呢？我们首先来看"或者"出现在是非问句中的情况：

（2）译官急匆匆地走了上去，对老太太说："太君问你，你有没有女儿或者孙女？"

是非问句的结构和陈述句的结构相同，只是要用上疑问语调或兼用语气助词。在例（2）中，尽管"或者"用于问句中，但说话者的疑问落在"有没有"，并不要求听话者在"女儿""孙女"中做出选择。

（3a）咱们晚上先吃饭还是先看电影？

（3b）咱们晚上先吃饭？或者（……）先看电影？

在口语中有用"或者"连接的疑问式选择，是说话人让听话人做出选择，有和听话人商量的语气。需要注意的是，这种情况下，"或者"连接的是两个独立的问句，前一句疑问语气明显，停顿时间较长，甚至"或者"后都还有短暂停顿，书面上，两个选项末尾都需要加上问号，如例（3b），这里的"或者"与"要不"同义。

同样，我们也发现了"还是"的陈述式选择用法。

（4）不管是老人还是孩子，老邮政所有的人都这样叫她。

（5a）先吃饭还是先看电影，你决定吧！

（5b）先吃饭或者先看电影，你决定吧！

"还是"在陈述句中最常见于由"不管、不论、无论"引导的无条件让步状语从句中，构成"不管、不论、无论（是）……还是……"的结构，但此处的"还是"并不是典型的选择义，例（4）中并没有要求从"老人"和"小孩"中做出选择，而是用"还是"将二者并列，表示结果分句并不受这两个条件的影响。

那么"还是"可以用在陈述句中吗？我们找到了例（5a）的句子，并用"或者"替换成例（5b）的句子进行对比。例（5a）中用"还是"连接两个选项，疑问语气比较强烈，说明说话人希望听话人尽快做出选择，而例（5b）中使用"或者"连接两个选项，疑问语气则相对较弱，说明说话人并不急于得到答案，对选择结果的在乎程度也比较低。不过需要注意的是，如果分句"先吃饭还是先看电影"单独使用的话，则必须是疑问句。

二、语用差异

（一）连接的成分

"还是"和"或者"作为连词皆有选择义，都可以连接词、短语、句子等成分，想要分清两个词之间的语用差异，首先要对两个选择连词所连接的被选选项入手。我们把选择连词前的选项标记为"A"，把选择连词后的选项标记为"B"。在这部分，我们将从"A"和"B"的词性、"A"和"B"的先后顺序这两方面，寻找连词"还是"和"或者"的异同。

1. "A"和"B"的词性

在这部分，我们基于BCC语料库对变量"A"和"B"的词性进行统计分析，在这里我们主要统计了名词、形容词和动词三种词性。

表2 变量"A""B"词性统计

	n还是n	n或者n	a还是a	a或者a	v还是v	v或者v
搜索结果	2171	1635	236	82	1555	880
有效语料	732	1623	190	82	575	823

通过统计发现，"还是"和"或者"均可以连接名词、形容词和动词，但比重和句式结构有所不同。"或者"连接名词和动词的能力大于"还是"，但"还是"连接形容词的能力则大于"或者"。在这里，笔者排除了"还是"用在"不管、不论、无论（是）……还是……"结构中语义为非选择的情况。

（6）最痛恨的不是自己明确的政敌和对手，而是曾经给过自己很多腻耳的佳言和突变的脸色最终还说不清究竟是敌人还是朋友的那些人物。

（7）天天有人像老几这样倒下去，由于饥饿或者疾病。

（8）他自己还记得那些梦境，但是他分辨不出它们是好还是坏。

（9）是啊！上帝要是再给她一个聪明或者狡猾的脑子，这种单纯的快乐，还会有吗？

（10）在电话里说，去办公室找他也不合适，让秘书听了去，谁能担保他是拆台还是补台，有时一件事的成败全在一句话。

（11）中国文艺界的巨星，如鲁迅、郭沫若和许多知名人士，都是在日本求学或者居住过的。

此外，笔者还发现 A 和 B 基本上都是同构的，字数相同，很整齐。这主要是因为我们总是在同类之间进行选择，在不同类型事物之间的选择非常少，由此我们可以得出，"还是"和"或者"所连接的选项都是并列的同类。

2. "A"和"B"的顺序

语序是汉语中表达语法意义常用的语法手段之一，在缺乏形态变化的汉语中占有非常重要的地位。在上文中我们讨论了"A"和"B"的词性，发现"还是"和"或者"所连接的选项都是并列的同类，那么既然是同类，词性也相同，那"A"和"B"的顺序是否可以变换？"A"和"B"的顺序又是否有什么规律可循呢？

（7）天天有人像老几这样倒下去，由于饥饿或者疾病。

（7a）天天有人像老几这样倒下去，由于疾病或者饥饿。

（8）他自己还记得那些梦境，但是他分辨不出它们是好还是坏。

（8a）他自己还记得那些梦境，但是他分辨不出它们是坏还是好。

笔者首先尝试调换语料（7）和（8）中"A"和"B"的顺序，发现调换过后完全没有影响句子的意义。也就是说从句子结构的角度来讲，我们是可以调换"A"和"B"的顺序的，但是为什么使用这种顺序，而不使用那种顺序？笔者通过分析语料库语料后，整理出了"A"和"B"顺序的四个特点，并且"还是"和"或者"的"A"和"B"都共同符合这三个特点。

2.1 时间顺序原则

（12）这天早上，布莱里奥感觉自己像是突然从虚无中冒出来一样，而且突然开始异样地思考：这是 2009 年，还是 2019 年？然后他从床上下来，再然后就是重重地摔倒在地上，就像从六楼上摔下来一样。

（13）一开始，他在 1928 年或者 1929 年当农村通讯员，擅长报道关于印度人的新闻，然后成了个进行全面报道的作者。

（14）天阴沉沉的，分不清是上午还是下午，他的手表早被那小妖精偷走，时间丧失。

（15）"我今儿晚上或者明天早上再来看你，"苏珊说。

从时间角度来观察，事件范畴的逻辑序列和语言成分的线性序列往往具有相似关系，如条件复句、因果复句、顺承复句等，不管事件范畴的逻辑序列还是语言成分的线性序列都是前一分句表达在前的事件，后一分句表达在后的事件。① 以上语料中"2009年""2019年""上午""今儿晚上"等，毫无疑问都是时间词，并且在语料中按照时间的先后顺序进行排列，通过语料我们也可以发现，"还是"和"或者"都遵守了时间顺序原则。

2.2 空间顺序原则

（16）季尚铭说人生处处是竞争，其实人生处处是选择。如今，是留在这里还是到上海？要我选择了！

（17）他们想起鲁苾斯和共贰朗当初必然穿过树林子向左或者向左拐弯，于是沙尔绿蒂用一种发抖的和压抑的声音叫着。

（18）一个演说家，讲课从来不看学生，两只眼向上翻，看的好像是天花板上或者窗户上的某一块地方，然而却没有废话，每一句话都清清楚楚。

（19）选择哪一条呢？他该向左还是向右？在漆黑的迷宫中如何定向呢？

汉语的语序中，很大一部分体现了人类对空间认知的规律，比如由远及近，由上到下，由此及彼，等等。上述各语料中，"A"和"B"的顺序都反映了人类对空间认知的规律，如语料（16）中"在这里"和"到上海"体现了由远及近的认知规律；语料（17）和（19）中的"向左"和"向右"体现了从左到右的认知规律。因此，我们可以总结出选择连词"还是"和"或者"所连接的词是按照空间顺序原则来排列的。

2.3 情感偏向原则

（20）但我已经有了这样的能耐：即使不看脸，单从脚上就判断出脸漂亮还是丑陋。

（21）等他们回来后，我们的酋长们会告诉你，是"活"还是"死"。

（22）它们会使心灵苏醒或者麻痹，使精神兴奋或者冷漠，使人开口或者缄默、快乐或者悲哀，最终使每个来访者产生一种没来由的离去或留下的愿望。

选择连词"还是"和"或者"常常连接两个语义完全相反的选项，这时候的"A"和"B"常常是一对反义词。笔者通关观察语料发现，在这种情况下，常常是表示积极情感态度的词会放在"A"的位置，如语料中的"漂亮""活""兴奋""快乐"等；表示消极情感态度的词会放在"B"的位置，如语料中的"丑陋""死""冷漠""悲伤"等。

不过笔者也发现了情况相反的语料：

（23）要想喝酒，就自管喝，用不着谈什么哲理，说什么有害或者有益……什么哲学啦，心理学啦，一概见鬼去吧！

（24）你知不知道世界上有个传说中最幸运的人，脱过轨，坠过机，撞过车，爆

---

① 段益民. 现代汉语的语序 [J]. 现代语文（语言研究版），2017（10）：4-7.

过炸,坠过崖……七难不死,最后随手买张还中了100万彩票的这事儿,真不知道该说他是最倒霉还是最幸运的人了!

以上两则语料并不符合上文所说的情感偏向原则,在这两则语料中,消极的词被放在了"A"的位置,而积极的词被放在"B"的位置。这是因为这里的"A"和"B"在顺序上与前文的内容相互照应了。语料(23)中,说话者被劝说"喝酒有害",因此位置上靠前的"A"先说了"有害";在语料(24)中,脱轨、坠机、撞车等都是倒霉的事情,而中彩票则是幸运的事情,这句话中的"A"和"B"也为了能和前文照应,而先说了情感态度消极的"倒霉"。

(二)连接的灵活度

在讨论了"还是"和"或者"连接的成分之后,我们紧接着讨论两个词作为选择义时,在句法结构上的灵活度。笔者发现"还是"和"或者"均可以连接词、短语、句子。通过对抽取的300条语料的分析,笔者发现了"还是"和"或者"存在的几个不同点(见表3)。

表3 "还是"、"或者"在句法结构上的使用差异统计表

	连接句子	"还是/或者A还是/或者B"	"是A还是/或者B"
还是	10	7	267
或者	43	21	6

其一,"还是"和"或者"均可以连接两个句子,但"或者"连接句子的能力比较强,"还是"多连接词和短语。其二,作为选择义时,"或者A或者B"结构出现的频率要远大于"还是A还是B"。其三,"还是"作为选择义时,多使用"是A还是B"的结构,而搜索"是A或者B"的结构时,"是"多和其前面的词联系紧密。如"别人就不再劝我,只是叹气或者摇头了"。

结 语

本文在前人研究的基础上,基于BCC语料库,对前人的研究从不同的角度进行了补充。在句法层面,笔者从陈述句和疑问句的角度,探讨了两个词的差异。"或者"不仅可以用于陈述句,也可以用在"疑问句"中,连接两个独立的问句。而"还是"也可以用在陈述句,但常常是出现在复句的分句中。在语用层面,笔者对两个选择连词连接的成分和连接的灵活度两方面进行了讨论。笔者先统计分析了两个词连接名字、形容词和动词的能力,紧接着对连接成分的顺序进行研究,发现了成分连接的几个原则:时间顺序原则、空间顺序原则、情感偏向原则。最后,笔者从两个词连接句子的能力、"还是/或者A还是/或者B"结构、"是A还是/或者B"结构三个方面,分析了两个词使用的灵活度。

当然本文还存在着许多不足，如研究使用的语料仅来自 BCC 语料库的文学类语料，语料可能不够生活化、口语化。不过还是希望本文能对对外汉语教师有所帮助，对留学生学习"还是"和"或者"有所帮助。

参考文献

[1] 吕叔湘. 现代汉语八百词［M］. 北京：商务印书馆，1980.

[2] 兰宾汉，邢向东. 现代汉语（下册）［M］. 北京：中华书局，2006.

[3] 张斌. 现代汉语虚词词典［M］. 北京：商务印书馆，2001.

[4] 杨寄洲. 1700 对近义词语用法对比［M］. 北京：北京语言大学出版社，2005.

[5] 彭小川. 对外汉语教学语法释疑 201 例［M］. 北京：商务印书馆，2004.

[6] 黄伯荣，廖序东. 现代汉语（增订本）［M］. 北京：高等教育出版社，2011.

[7] 张园. HSK 动态作文语料库中留学生使用"还是"偏误研究［D］. 西安：陕西师范大学硕士学位论文，2010.

[8] 贾茹. 汉语连词"或者""还是""要么"英语"or"的对比分析与教学策略［D］. 郑州：河南大学硕士学位论文，2017.

[9] 侯瑞芬. "无论……都……"中"或者"与"还是"的差异［J］. 北京教育学院学报，2004（3）.

[10] 段益民. 现代汉语的语序［J］. 现代语文（语言研究版），2017（10）.

（许夏晴　首都师范大学 2018 级硕士生　指导教师：胡秀春）

浅析"互联网+"背景下的汉语在线教学发展现状与趋势

王雪雯

摘　要：本文以青少年汉语在线教学的现状发展为研究重点，探讨汉语在线教学的优势和劣势，以及汉语在线教学对教师发展的新要求。尤其以本文作者在 Lingo Bus 的教学工作、KK Mandarin 汉语的教学、教研及教师招聘与培训工作的经验进行分析，旨在加深汉语在线教学的研究，促进汉语在线教学的进一步发展。

关键词：汉语在线教育；在线教育机构；发展现状；对策

在信息化发展迅速的现代社会，依托互联网发展而产生的在线教学早已不是新鲜事物。根据中科院大数据挖掘与知识管理重点实验室 2018 年发布的《海外在线少儿汉语学习白皮书》中的数据显示，截至 2018 年 8 月底，海外学习汉语人数已超过 1.6 亿，该白皮书推测海外学习汉语人数在 2020 年已达到 2 亿人次。① 汉语在线教学也随着学生人数增多越来越受到了重视。

2020 年全球蔓延的新冠肺炎疫情令人揪心与担忧。而随着各个国家实行"停课"等相关教育方面的决策，一些汉语线下课堂及交换项目也随之受到了严重的影响。大批孔子学院开始陆续拓展汉语在线教学业务，各大高校也因留学生无法正常返校，开始对在线教学领域进行不断探索，这在某种程度上也为汉语在线教学提供了新的发展契机。

然而汉语在线教学的情况却十分复杂，官方非盈利与私人盈利的网络平台在发展水平、课程设置以及教师录用等方面的现状情况复杂，这些平台在为学习者提供更多的选择机会的同时也带来了相应的难题。同时，在线汉语教学本身的利与弊、在线汉语教师的发展等都是值得我们进一步考虑的问题。

本文主要运用个案研究法、文献调查法、对比分析法三种方法，通过笔者自 2016 年起，在 Lingo Bus 和 KK Mandarin 两家汉语在线教学机构的工作经验的总结，从汉语在线教

---

① 中国科学院大数据挖掘与知识管理重点实验室 ［EB/OL］．［2020-7-5］．https：//bdk. ucas. ac. cn/index. php/xyxw/2746-2018-08-24-03-30-38．

学类型的划分、国内几个汉语在线教学课堂的现状分析、汉语在线课堂的优势和劣势等几个方面对汉语在线教学进行了研究，最后结合自身实习工作的经验对促进汉语在线教学的发展提出自己的看法和建议。

一、国内汉语在线教学的现状

汉语在线课堂既有上文提到的网络孔子学院在线课堂、中国大学MOOC（慕课）、网上北语等官方非营利性教学网站平台，也有悟空中文、Lingo Bus、KK Mandarin（开开汉语）、哈兔中文、Youth Chinese（花漾中文）、攀达汉语、Jingle Lingo（锦灵中文）等以盈利为目的的汉语在线教学机构。前者以教育部及各省市教育主管部门为主（背后以国家财政作为支撑），后者以社会资本（私人企业）为主。[①] 前者的目的是希望通过普及在线教育的新型理念，使在线教育得到更多的认可，进而在学校内部开花结果。通过此次疫情我们可以看到，包括北京语言大学、北京师范大学、首都师范大学等高校在内的国际文化学院先后开启了汉语线上教学，不得不说外界环境的趋势加速了这一领域的快速发展；后者则凸显出资本逐利的特征。例如，各大机构都会采取先让学生免费试课的销售方式，在学生和家长对试课结果满意后进而缴费并开启汉语线上学习。另外，各大机构也会设置不同课时的课程供广大家长选购，其无论是线上课程本身的设置还是营销的方式都较为多元化。

为此，两者也相应采取了不同的发展策略。政府主导型的在线教育主要以全国范围内的微课比赛作为主要手段，研发同步培训课程、录播课程、微课、网络讲座等多种形式的网络教学内容。例如我们耳熟能详的中国大学慕课（MOOC）就是由高等教育出版社联合网易推出的在线教育平台，承接教育部国家精品开发课程任务，向大众免费提供中国知名高校的MOOC课程。

社会主导型的在线教育由于资本切入的视角不同，其表现出的形式当然也有所不同。第一，多国籍、多机构。目前的线上教育机构虽然大部分还是面向英语国家，但是近几年展现出国别化逐渐明显的趋势。由于笔者本科为日语专业，所以接触的第一家公司就是总部在冲绳，国内驻点在大连的线上汉语教学机构。据笔者后续了解，韩国的汉语在线教学发展也十分迅速。目光放置国内，大部分新兴公司主要还是面向英语国家，比如VIPKID旗下的Lingo Bus、KK Mandarin主要针对北美市场，同时涉及其他英语国家及华裔。此外还有花漾汉语（Youth Chinese）、攀达汉语、儒森汉语、哈兔中文、Are Talk、中文帮（ChineseBon）、锦灵中文（Jingle Lingo）等汉语在线教学机构。社会主导型的在线教育机构如雨后春笋般纷纷出现，可见该领域近年蓬勃发展的态势。第二，多平台、多模式。在上文所列举的众多汉语在线教学机构中，上课平台运用的主要包括QQ、Skype、Classin等软件平台或本公司自主研发的用于在线上课的网页。在这些软件中我们无一不能感受到高科技的便捷性和趣味性对教学

---

① 宋晖，谭紫格. 对外汉语在线教学的"三教"问题 [J]. 国际汉语教育（中英文），2018，3（2）：5.

的积极影响。大多数平台可以为教师提供提前进行备课、课后点评的功能。学生也能进行课前预习、课后复习。与此同时，我们可以看到在线课堂的灵活性极强，大多汉语在线教学机构可供学生选择的有一对一、一对二的小班教学，也有一对多、双师课堂的大班教学。但由于线上教学技术等方面的局限性，大多汉语在线课堂以小班教学为主。

二、汉语在线教学的类型[①]

（一）根据二语学习者需求划分的汉语在线教学类型

随着学生自身需要的日益丰富，传统汉语课堂已经无法满足这一群体的需求，对于汉语在线教学的需求逐渐加大。因此，优秀的汉语在线教学平台和各类资源对于汉语作为第二语言的学习者来说至关重要。基于学习者的需求，可以将汉语在线教学分为两种类型。

1. 语言学习类

语言学习类是指大多数把汉语作为第二语言学习者的学习需求，作为二语学习者，学生希望通过汉语在线教学不断获得各类语言知识，提高自己听、说、读、写四个方面的言语技能。不论学习者的身份是在校学生还是公司员工，不论学习者是出于提高学科成绩还是提高个人综合技能的目的，他们学习汉语的基本要求都是从语言技能层面出发的。当然根据学习者个人情况的不同，会有更为详细的语言学习要求。如华裔儿童在家有一定的汉语环境，一般听、说没有太大的问题，但大多数不会书写汉字甚至不能认读。再例如来华工作的外交人员，对于读和写没有过高的要求，但听和说方面的技能却是亟待提高的。

不同专业、不同工作的汉语二语学习者对汉语在线教学的语言需求专门性更强，因此，很多汉语在线教学机构开始涉及专门用途汉语教学，基于专门用途汉语教学出现的汉语在线教学平台数量随之上升。

2. 文化需求类

语言中包含着丰富的文化因子，文化的传播与发展也离不开语言。部分汉语作为第二语言的学习者表现出了对中华文化的兴趣。对于汉语初学者而言，学习符合学生水平的汉语文化词汇是非常有必要的。对于高级汉语学习者而言，文化方面的需求更多的是他们自发性、主动性的需求。例如，笔者的一位英国学生对于北京的各类建筑十分痴迷，典雅大气的古典建筑群上的装饰，建筑的名称，等等，他都要一一亲身游历感受，虽然日常用语还没有达到一定的水平，却可以说出很多名胜古迹的名称和建筑特点。在相关互联网短视频平台上，一个热爱中国文化的英国男生，在黑龙江旅游期间从土堆里捡到一个已被喝完的白酒瓶，他如获珍宝似的捡起后不断擦拭，声称要带回英国珍藏，只因瓶身花纹如青花瓷一般，并不断追问中国朋友如何形容这美丽独特的花纹。短视频的内容或许让人啼笑皆非，但这足以说明对中国文化的喜爱促使学习者渴望习得更多的汉语知识。

---

① 翟航燕. 汉语国际教育网络课堂的调查研究 [D]. 天津：天津师范大学硕士学位论文，2019：5.

（二）根据功能划分的汉语在线教学类型

1. 辅助型汉语在线教学

一些学生在传统课堂上完成了汉语知识的学习后，还会在课后选择在线课堂进行辅助性配套练习和技能提高。这类汉语在线教学的平台往往是学校教师录好视频课或者以直播课的形式进行，也可能是某机构与学校合作，进行同教材配套的辅助性教学。例如，笔者曾经接触过一家北京的汉语线上教学机构，此机构与新加坡某国际小学签订协议，为该国际小学不同年级的小学生提供在线汉语教学，一般为一对二的课堂人数设置，教学内容以该学生当天在校学习的汉语知识为中心，以提问或游戏等不同形式进行巩固练习。

2. 专业型汉语在线教学

一些学生自主报名缴费在汉语在线教学平台上进行学习，其中某些学生是零起点，从未在学校接触过汉语。还有些学生虽然在学校上过汉语课，但是由于各种原因，学生拥有更多的学习需求，想要接触更新颖、更灵活的汉语在线教学，而不在乎这类汉语在线教学的内容是否与学校传统教学的内容相匹配。

三、汉语在线课堂的优势

汉语在线教学作为对外汉语教学的一个新的分支越来越受到专家学者的重视，2020年8月《国际汉语教学研究》发行"线上汉语教学研究"专刊，同时，学界针对汉语在线教育开展的专题论坛也体现出对这一新兴领域的重视。[1] 汉语在线教学之所以能在近些年得到快速发展，除市场需求外，也有其自身不可代替的优势。与真实的线下传统课堂相比，汉语在线课堂有以下优势[2]。

第一，灵活性。在真实的线下传统课堂中，上课时间、空间是固定的，且学生不能根据自身情况的改变要求上课时间、空间做出相应的改变。如果学生的身份是在校生，选择汉语为专业或为选修课程，则有较为充分的时间和充足的理由出席每一次传统课堂教学。可如果学生有全职工作，并无空闲时间的话，汉语在线课堂的灵活性便凸显出来。首先，时间上不受限制，大多数汉语在线教学机构设置的每节课时长为25分钟，学生可以进行碎片化学习，只需25分钟便可以完成当天的学习任务。其次，学生不用耗费在路上的时间，只需拥有一个可以联网的移动设备便可开始学习。空间、时间上双重的灵活性都为汉语在线教学提供了更多被选择的可能。

第二，多样性。这里主要是指教学内容的多样性，汉语为第二语言的学习者可以自主选择适合自己或自己感兴趣的课程（大多数机构会通过课前在线测试或试课等形式，确定

---

[1] 储诚志. 专家主题论坛：基于互联网的国际汉语教学［J］. 国际汉语教育（中英文），2018，3（2）：3.
[2] 张承姣，姜鸿婧，陆巧玲. "互联网＋"背景下汉语国际教育发展研究［J］. 长春工程学院学报（社会科学版），2019，20（2）：108－109.

学生初始的汉语学习水平）。不论是以考试为导向的 HSK、HSKK、YCT 课程学习，还是以提高日常口语的教学，文化类知识体验，抑或是专门用途汉语学习等，都可以通过汉语在线教学的形式来进行学习。

第三，针对性。线上教学可以通过学生国籍的不同，设置不同文化色彩和语言提示的相关教材，也可以通过学生年龄的不同，设置适合青少年使用的幼儿教材或成人教材，还可以通过学生学习目标的不同设置不同的课型。笔者在进行汉语在线教学时，会根据学生的情况选择不同的教材，或针对规定好的教材做不同的处理。例如，笔者在教授一位七十多岁的日本学生时，由于该生是一名在冲绳工作的医生，近年越来越多的中国游客去他的诊所看病时因为无法交流导致工作上有诸多不便，所以课程的刚开始是以《汉语口语速成》这本书作为上课的教材。后来学生逐渐对古汉语感兴趣，考虑到日语中存在大量汉语词的现象，笔者选择了从四字成语入手，随着学生水平上升又进一步从古诗词深入至短篇文言文的阅读，针对学生需求进行汉语在线教学。

第四，互动性。传统课堂由于基本按照一对多的形式设置课堂，考虑到多种现实因素很有可能出现一对一的小班教学。而一对多的传统汉语课堂中经常出现互动性不够或不公平的现象，在线汉语教学的课程一对一占了很大一部分比重，在这样的汉语在线课堂中，学生和老师之间的话轮明显多于传统课堂。当然，零基础起步的学生可能配合度不高，不能回答出正确的答案。可根据笔者的汉语在线教学经验，大多学生可以明白教师正在提问的问题，会用一些非语言方式进行回应。即便如此，其互动性也是远超真实课堂的。

四、汉语在线课堂的劣势

汉语在线课堂在具备前述优势的同时，也不可避免地存在以下几方面的劣势。

第一，授课场景的不真实性。汉语线上教学，教师与学生并不是真实面对面的，这就在一定程度上造成了课堂的不可控性，导致教师缺乏对学生的有效管理。

根据笔者的经验，一般线上教学遇到的课堂问题有：由于不可避免的网络延迟现象，造成学生情绪上的不耐烦；学生由于对在线上课模式与教师的双重陌生而造成的焦虑不安和沉默不语；学生本身对学汉语不感兴趣，家长强制上课表现出的烦躁不安和不配合；学生受周围复杂情况的影响，难以集中注意力；由于和老师之间的语言障碍，导致学生听不懂教师的教学指令而无法顺利完成教学任务；电子设备的新鲜感，图片、视频或新的游戏方式过度吸引学生注意力，学生在移动设备上乱点乱画从而导致教学无法继续进行等。

第二，不稳定性。除了在线教学必然面临的网络环境的不稳定，在线教育还受周围环境的影响，不像传统课堂的教室环境相对独立稳定。进行汉语在线教学时，学生周围可能会有兄弟姐妹或父母的陪伴，这时兄弟姐妹的一些行为便会干扰课堂；学生可能不在固定的上课地点，正是由于线上教学的时空灵活性，在笔者的工作中遇见过在车里、在饭店或者咖啡厅，甚至还有在游乐园里上课的情况，这样的课堂一般控制起来难度系数会更高。

虽然在和家长的前期沟通里，汉语在线教学机构会对一些上课软件及上课环境等硬件对家长提出具体的要求，但还是很难控制特殊情况的发生。

第三，大纲、教材和课程体系的不成熟性。汉语线上教育机构数量之多也侧面反映了质量之"杂"，这里的"杂"笔者认为主要体现在教学大纲上，目前国家并未有针对汉语线上教育的特殊性出台明确的教学大纲。汉语线上教学机构在教材编写上基本分为两派：一是按照现有国家出台的考试标准（青少年YCT，成人HSK）使用对应教材进行教学；二是参考已有标准和教材，对应K12（美国基础教育），自行建立课程体系和大纲。但各机构的内部教材研发团队按照自己的理解和想法所建立的课程体系，客观来讲，其系统性与科学性都是有待考究的。笔者在KK Mandarin教育工作的过程中曾参与制定该机构的课程大纲，在制定的过程中可参考的标准比较少，只能靠教研团队教师们自身的教学经验、国内语文教学标准及已出台的对外汉语方面的各项考试标准来进行设置。

第四，教师的专业素养不足。虽然在各个汉语在线教育机构的教师招聘网页上都标明了本科及以上语言学或教育学专业，但却很少有机构明确说明需要对外汉语专业或汉语国际教育专业学生，这样的指向性在一定程度上也代表了汉语在线教学的从业人员一定程度上的非专业性。笔者曾参与了开开教育公司的在线教师招聘工作，虽然不能否定其他专业的教师也有汉语在线教学的相关经验或天赋，也可以胜任此项工作。但在真正授课过程中，课堂知识的讲解与课堂问题的处理，还是本专业的教师表现更为优秀。另外，由于汉语在线教育还处于起步上升的阶段，并未有像传统课堂一样有足够资历的管理人员对教师团队进行定期培训。

五、结合自身工作经验对促进汉语在线教育发展的建议

（一）在软件选择和平台优化上需进一步提高

上文提到的众多汉语在线教育机构大多采用Classin或Skype作为汉语在线教学的上课软件，另外Lingo Bus自主开发了汉语在线课堂上课网页。在这三个平台使用对比后笔者认为Classin的页面操作便捷性和功能性明显高于Skype，更高于Lingo Bus的页面。详细对比可见表1。

表1 各平台功能对比

	Lingo Bus	哈兔
上课平台	自建网站、App均可上课	第三方App Clsssin
课程回放	有	有
视频框	固定在右边	可以任意调整尺寸、位置
实物观看	视频框投影和实物方向保持一致	视频里和实物方向完全相反
PPT课件	不可移动	可移动、调整尺寸

续表

	Lingo Bus	哈兔
游戏功能	无	丰富（抢答、倒计时、掷骰子）
分享屏幕	不可以	可以
奖励功能	无	有
记笔记功能	无	有
黑板	教学者自备小白板	线上教室，自备小白板
反馈评价	教学者评、家长评、监课教学者评	教学者评、家长评

通过表1我们可以进一步了解到Lingo Bus页面与Classin软件的不同。因此，在未来的汉语在线课堂发展过程中，Lingo Bus可以进一步研发自身网页，在视频框任意调整、PPT课件的移动、奖励功能等方面有更多的提高，同时保障平台使用过程中的网络良好状态，尽可能减少网络延迟。

（二）加强资源共享，进一步推动汉语在线教育大纲建设

从目前汉语在线教育现状来看，上文提到的政府主导型及社会主导型两种类型的平台各自发展，基本没有交集，这将导致行业发展参差不齐。这里进行Lingo Bus和哈兔中文的课程体系对比（见表2、表3）。

表2　Lingo Bus课程体系

课程	通用课程	华裔少儿课程
对象	汉语作为第二语言的海外少儿	具备基本汉语听说能力的海外少儿
课程大纲	国际汉语能力标准化大纲（YCT）、语言水平分级大纲、欧洲语言共同框架（CEFR）	义务教育语文课程标准和美国共同核心标准（CCSS[①]）
教学内容	《绘本阅读》教程	《绘本阅读》教程、成语故事营
课堂时长	25分钟/课时	25分钟/课时
班制	1对1	1对1或1对多
教学者	自由选择	自由选择和固定相结合
免费课程资源	Lingo Bus flashcards、Lingo Bus Library、Daily Chinese、cloning book、Chinese Chant、YCT vocabulary	数字图书馆、线上字卡、涂色书、课前识字游戏、课后点读、单元歌、定期为学习者家长开展儿童语言学习助学讲座
线下免费学习渠道	无	无
Level	1–7	1–12
预期目标	YCT 4级	国内小学六年级语言水平

---

① CCSS是指美国共同核心标准Common Core State Standards。

表3 哈兔课程体系

课程	华裔儿童课程	外国儿童青少儿课程	外国成人课程
课程名称	《从零到一》《轻松学中文》《魔法拼音》《语文》《趣味阅读》《看图说话》《专项写作训练》《看图写话》	"Zero to one" for junior、《魔法拼音》、HSK教程	"Zero to one" for adult、HSK教程
课堂时长	30分钟/课时	30分钟/课时	30分钟/课时
班制	1对多/2/3/6	1对多	1对多
教学者	教务安排	教务安排	教务安排
授课时间	定时	定时	定时
免费学习资源	每月一期文化大讲堂	无	无
线下课程	中华传统文化暑期游学营（国内）、中华诗词朗诵大赛（欧洲）	无	无

通过表2和表3中两个机构的课程体系对比，我们可以直观感受到课程内容与目标的不同，这在某种程度上也加大了汉语作为第二语言学习者选择机构和课程时的难度。应该进一步加深不同类型汉语在线教育平台的沟通与交流，定期开办汉语在线教育研讨会等学术论坛，为汉语在线机构间的合作与交流提供更多的机会，从而推动整个行业的发展。假设在未来能够设立汉语在线教育的统一大纲标准，那么整个行业将会出现旗帜性的方向引导，加强各个平台间的优势互补和可持续发展。

（三）重视汉语在线教育教师发展与教师培训

正如相关学者所言那样，教师既是资源的使用者，又是资源的贡献者。那么在"互联网+"大背景下的汉语国际教育，对外汉语教师应为复合型人才。[1] 笔者认为其所必备的知识包括两方面，一是专业基础知识，因为在线汉语教师首先应该是一名合格的国际汉语教师，应满足国家汉语国际推广领导小组办公室2007年公布的《国际汉语教师标准》；二是网络教学能力。而网络教学能力同样分为两个方面，一是在线平台的使用技能，这是汉语在线教师进行教学的必备硬件设施，上文提到的各机构所使用的平台，教师都应该做到熟练掌握各项平台使用技能；二是在线授课技能，针对在线汉语教学的真实现状，教师应该具备对应的教学组织与互动、评价等方面的技能，以确保汉语在线课堂的顺利进行。[2]

笔者根据自身汉语在线教学实践对教师的课堂组织提出以下几点具体建议：首先课堂的引入环节十分重要，教师第一次上课的要顺利消除学生的陌生感，不抛出过多的言语知

---

[1] 张会，陈晨．"互联网+"背景下的汉语国际教育与文化传播 [J]．语言文字应用，2019（2）：35.
[2] 章欣，李晓琪．汉语网络教学教师培训研究 [J]．语言教学与研究，2017（3）：52.

识避免学生产生畏难情绪;其次要细心观察学生的状态,在网络教学的电脑屏幕上,学生的一些小动作可能会被老师忽视,一旦发现学生面露难色或神情恍惚一定要适当重复与讲解,不能忽视细节;如果学生被课件里的动画、视频或游戏环节的电子设备操控所吸引,并要求不断重复或在屏幕上乱写乱画,一定要在保持学生热情的前提下将其注意力转移到语言点上,以保证课堂顺利进行;最后是互动上,在传统课堂中眼神、点头都可以理解为一个有意义的互动行为,但汉语在线课堂中的互动通常采取言语交际手段。非言语交际手段由于其本身的不明确性,加之网络的延时或卡顿,会使教学效果大打折扣。这就要求在线教师有着极强的展现力,虽然面对的是电脑镜头,但是手势动作都要明确,甚至是夸张。

相应的教师培训也应当围绕以上所必备的知识和教学能力两方面展开,教学经验再丰富的熟手教师在第一次接触在线课堂时总是会出现新的问题,毫无线下课堂教学经验的新手教师除了软件操作问题之外还将面临课堂组织等方面的诸多问题,所以教师培训无疑是汉语在线教学领域内亟须重视的方面。甚至更进一步,从整个汉语国际教育教师的身份认同角度来看,教师培训能为教师提供有利的外在条件,为这一共同群体在对于自身线上汉语教师身份的社会认同提供客观支持,也能促进每一位教师个体对于自身身份的认同和建构。①

结　语

笔者在 2016 年第一次接触汉语在线教学时,曾搜索过与汉语在线教学相关的文献,今年再一次搜索,发现文献不管从数量上还是质量上都有了极大的提高。这一变化是喜人的,但同时我们也应该看到行业发展参差不齐的现状以及更多亟待解决的问题。

在本文的行文过程中,笔者也发现了许多不足。首先,在汉语在线课堂的劣势中虽点明了网络对在线课堂的影响但没有展开讨论,根据笔者经验,在线教学经常会出现因网络延迟而产生的沟通不畅的问题或教师过度延长停顿时间;其次,并未对比分析汉语在线教学中教师语言表达的重要性,例如语音、语流及语速等方面对课堂产生的影响;再次,真实课堂实例转写不够多,也并未进行系统性的量化研究来支撑整篇论文;最后,本文的研究面较广,属于综述性的文章,在后续的研究中可以细化到某一个具体的方面进行下一步研究。也希望借此能抛砖引玉,以期在此领域能有更多的专家和学者予以探讨。

参考文献

[1] 中国科学院大数据挖掘与知识管理重点实验室 [EB/OL]. [2020-7-5]. https://bdk.ucas.ac.cn/in-

---

① 曹婧宇."互联网+"时代线上汉语国际教育教师的身份认同研究 [A] //北京大学对外汉语教育学院. 第六届东亚汉语教学研究生论坛暨第九届北京地区对外汉语教学研究生学术论坛论文集 [C]. 北京大学对外汉语教育学院,2016:7.

dex. php/xyxw/2746-2018-08-24-03-30-38.

［2］宋晖，谭紫格．对外汉语在线教学的"三教"问题［J］．国际汉语教育（中英文），2018，3（2）．

［3］翟航燕．汉语国际教育网络课堂的调查研究［D］．天津：天津师范大学硕士学位论文，2019．

［4］储诚志．专家主题论坛：基于互联网的国际汉语教学［J］．国际汉语教育（中英文），2018，3（2）．

［5］张承姣，姜鸿婧，陆巧玲．"互联网+"背景下汉语国际教育发展研究［J］．长春工程学院学报（社会科学版），2019，20（2）．

［6］李欢欢．华裔儿童汉语网络视频教学策略研究［D］．苏州：苏州大学硕士学位论文，2019．

［7］张会，陈晨．"互联网+"背景下的汉语国际教育与文化传播［J］．语言文字应用，2019（2）．

［8］章欣，李晓琪．汉语网络教学教师培训研究［J］．语言教学与研究，2017（3）．

［9］曹婧宇．"互联网+"时代线上汉语国际教育教师的身份认同研究［A］∥北京大学对外汉语教育学院．第六届东亚汉语教学研究生论坛暨第九届北京地区对外汉语教学研究生学术论坛论文集［C］．北京大学对外汉语教育学院，2016：7．

（王雪雯　首都师范大学2018级硕士生　指导教师：吴继峰）

小学语文课堂教学中教师
关怀性倾听之观察研究

任墨涵

摘 要：本文研究的内容是小学语文课堂中教师关怀性的倾听，研究的理论工具选择"教师德育素养的三个实践领域"螺旋状模型图。本文通过观察法等聚焦于教师关怀性倾听方式、新任教师与经验丰富教师关怀性倾听、同龄段男女教师关怀性倾听的比较观察研究，并提出优化小学语文课堂教学中教师关怀性倾听行为的建议。研究结论显示，教师对于学生具有不同程度的关怀性倾听行为，同时，教师关怀性倾听程度会随着课堂中学生回答问题的总次数的增加而减弱；新任教师在小学语文课堂中的关怀性倾听行为达到的程度不如经验丰富的教师；同龄段男女教师在小学语文课堂中的关怀性倾听行为差异甚微。

关键词：德育素养；小学语文课堂教学；教师倾听；关怀性

近年来，有界内学者提出了"教师德育素养的三个实践领域"螺旋状模型图，以探究什么是教师的德育素养，认为"就教师而言，责任心与行动力构成了教师德育素养的两大动力"①，而其中的行动力部分包括了"教师倾听"这一重要方面。

本文从众多种教师倾听类型中剥丝抽茧，聚焦小学语文课堂教学中的教师关怀性倾听，致力于更好地验证这一学者所提出模型的准确性及实用性，并运用这一模型更进一步理解教师德育素养的内涵，不只对于提升教师的德育意识有促进作用，更是满足了学生对于德育成长的需要和期待。

随着德育逐渐被摆在教育的首要位置，教师德育素养的培养与提升也日益受到重视，作为教师德育素养之一的"教师倾听"的研究成果也不断增多。闫丽华指出："总体上看，国内对于教师倾听的研究在经历了文献研究为主、实证研究为辅的格局之后，出现了总的研究成果逐步增多，但文献研究和实证研究比例不平衡，发展不稳定的局面。"② 现如今对"教师倾听"相关研究此起彼伏，然而对具体化的教师倾听及其与教师道德素养的

---

① 李敏. 教师德育素养新模型 [J]. 人民教育，2016 (23)：20-24.
② 闫丽华. 国内教师倾听研究述评 [J]. 海外英语，2015 (19)：27-29.

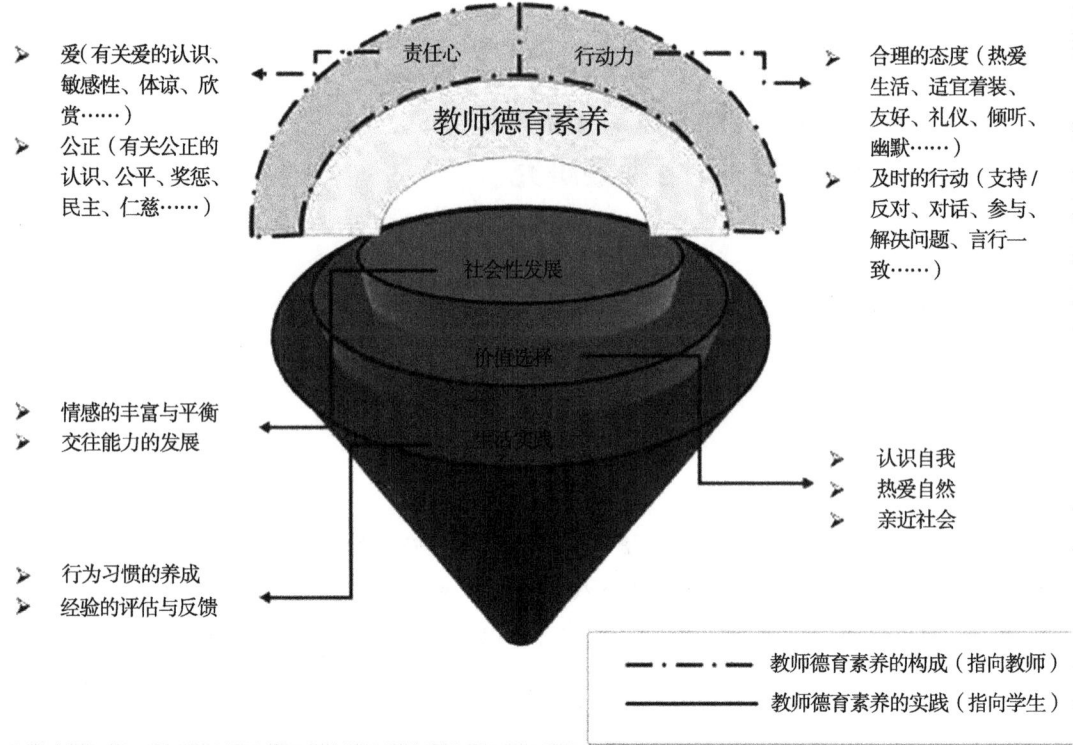

图 1 教师的德育素养关联图

关联性的研究相对甚少。

一、文献综述

（一）教师关怀性倾听的内涵

1. 关怀的内涵

关怀，指关心，含有帮助、爱护、照顾的意思（多用于上级对下级或集体对个人），在汉语大辞典中最基本的含义是"关心"的意思。在《教育关怀：融合教育教师的核心品质》一文中，作者概括出："关怀最初表现为关怀者对被关怀者的施舍和给予，是一种单向度的活动关系。随着后现代主义和女性主义的兴起，关怀的对象从最初的妇女和儿童等弱势群体扩展到全人类，并从单向度的关怀关系转变为双向互动的关怀关系。"[1]

关怀在教育中具有重要性。美国教育学会主席内尔·诺丁斯在从教几十年后，提出了"关怀教育理论"（Caring Theory），认为只有"关怀"才能搭建起融合教育的实践之路。苏静博士提到："教师关怀素养是指教师所具有的能敏锐体察学生的情感变化，知觉他们的需要，善于与学生对话与沟通，同时具备关怀知识和关怀信念，并能以适当的方式积极

---

[1] 彭兴蓬，雷江华. 教育关怀：融合教育教师的核心品质 [J]. 教师教育研究，2015，27（1）：17–22.

主动地关怀学生成长的个体素质和修养。"① 诺丁斯推崇的关怀教育理论至今仍有深远影响。她将学校工作比作养育一个由不同孩子组成的大家庭，关心成为这个过程的基础和核心。她要求教师将学生视为自己的孩子，相信每一个孩子都是一个完整个体，关心他们，呵斥他们，全心全意帮助他们成长为能干而又自信的人。

综上而述，"关怀"于普通个体而言，是良好的道德品质；在教育领域中，于教师而言，又是不可或缺的德育素养。

2. 倾听的内涵

在现代汉语词典中，"倾听"这一词语的意思是："细心地听取（多用于上对下）"。国内外也有不少学者对"倾听"提出了自己独到的见解。裴娣娜在《教学论》一书中将倾听定义为"教师借助自己的听觉器官收集学生言语信息的教学行为"②。这一定义体现了在课堂教学中"倾听"作为收集学生的言语信息的工具性。罗秋明认为"人正是在回应语言的意义上讲话，这回应就是倾听"③。这一定义强调了"倾听"是"回应语言"的前提，人们在"倾听"的基础上才会对语言有所反馈。国际知名的教育改革家黛博拉·梅尔（Deborah Meier）曾指出，"教的活动大半存在于倾听之中"，以此强调了"倾听"对于教学的重要性。

由此可见，"倾听"在人际交往中是好的交流习惯，在教育教学中也是教师在细心、认真地收集学生的言语信息之后，在此基础上有一定程度的言语回应反馈，对教学有重要意义的一种教师行为。

3. 教师关怀性倾听的内涵

周杰指出："从辞源学的角度看，'倾听'的拉丁语含义是以恭敬和理解的态度去听取对方的声音。它所表达的是对于对方的关怀，听通过接受对方的声音，成为对方世界的参与者。可以说，一旦倾听发生，倾听者便已经以参与者的身份投入到对方的世界之中，此时倾听者根本无力制止其关怀对方的冲动和欲求，关怀即是倾听本身所蕴涵的伦理精神的内核。"④ 田良臣、刘电芝认为："听者用集中注意的耳朵和饱含关切的心去倾听，给别人以友好的感情，这类倾听需要练习和关注，如教师和心理咨询学家的倾听即是。"⑤ 陈娜、陈天顺认为，教师的倾听不单是一种热切的教育态度或者一种简单的教学行为，而是具体地、直观地、机智地、弥散地渗透于整个教学过程中，作为一种追寻主体生命不断圆满的爱的关怀存在。⑥

综上而言，"教师关怀性倾听"的大意是指教师追寻的、需要实践的、蕴含着关怀的

---

① 苏静. 论教师的关怀素养 [J]. 教师教育研究，2006（6）：42-47.
② 裴娣娜主编. 教学论 [M]. 北京：教育科学出版社，2007：204.
③ 罗秋明. 倾听的教育价值的实现 [J]. 教育评论，2004（3）：30-33.
④ 周杰. 倾听教学研究 [D]，上海：华东师范大学硕士学位论文，2012：44.
⑤ 田良臣，刘电芝. 试论教师倾听的类型与技巧 [J]. 现代中小学教育，2000（5）：46-48.
⑥ 陈娜，陈天顺. 教师倾听的"智慧"品性探微 [J]. 信阳师范学院学报（哲学社会科学版），2016，36（2）：75-79.

精神内核的一种倾听方式。

(二) 教师关怀性倾听的价值

美国学者特朗托说过,"如果道德哲学关心人们生活的幸福,我们就有理由期望关怀在道德理论中拥有重要的意义"①,强调了"关怀"在道德中的重要意义。周杰在《倾听教学研究》中指出:"倾听以道德的方式表现出对自然万物及他者的关切意向,蕴涵着丰富的人文态度和伦理精神"②,由此表明了倾听、关怀与道德的联系性,即倾听是一种蕴涵着关怀意义的道德方式。宋立华认为:"良好的倾听态度传递的是一种关怀、尊重与理解,正是这些促进了被倾听者的情感发展和交流动机的形成,也促进了教学的成功。"③教育研究者陈娜和陈天顺认为关怀力可以看作教师以一种积极的情感去关注、倾听、感受学生,接受学生传递的一切信息,并与之建立关心关系的能力。④ 在《倾听教学的师生观:对"他者"的关切》中,作者表明:"以'对他者的关切'为特征的倾听型师生关系,必将有助于保持教师或学生彼此的差异性和独特性,并成就教师和学生的共同进步和个性化发展。"⑤ 同时,作者也强调了教师的关怀倾听对于教学活动中两大主体的积极作用。教师倾听和关切作为"他者"的学生,会促进学生自由且有个性的发展;学生倾听和关切作为"他者"的教师,会使教师因学生的关切和理解而更加自信、更富有活力。

综上所述,"教师关怀性倾听"在课堂教学中,对于教师、学生均有重要意义。有利于教师自身专业素质和德育素养的发展;有利于教师在课堂中拉近与学生的距离、引导学生学会尊重,从而更好地帮助教学目标与任务的完成,提升教学质量与效率;有利于学生发挥自身的权利,提升道德境界;有利于师生情感交流,创建气氛融洽的学习气氛,打造以学生为中心、教师为主导的有效课堂。

二、研究设计

(一) 相关概念界定

1. 教师关怀性倾听方式

教师关怀性倾听是对教师倾听的再分类,相比起教师倾听,更聚焦于"关怀性"。奥格斯伯格在《充满关怀地去倾听》中概括了关怀的基本素养,即:"恳切注意倾听别人说什么;真诚且设身处地为对方着想;即使对方夸大了压力、事件的描述,也能用淡然的态度客观地来处理;让对方能卸下面具,放松自己;在真正需要帮助时给予援手。"也有学

---

① 卡罗尔·吉利根. 不同的声音 [M], 北京: 中央编译出版社, 1999: 前言7.
② 周杰. 倾听教学研究 [D]. 上海: 华东师范大学硕士学位论文, 2012: 43 – 44.
③ 宋立华. 论孔子与苏格拉底的教学倾听 [J]. 北京社会科学, 2016 (8): 4 – 11.
④ 陈娜, 陈天顺. 教师倾听的"智慧"品性探微 [J]. 信阳师范学院学报(哲学社会科学版), 2016, 36 (2): 75 – 79.
⑤ 周杰, 张良. 倾听教学的师生观: 对"他者"的关切 [J]. 教育理论与实践, 2012, 32 (29): 11 – 13.

者曾概括出了教师关怀行为的三维结构——尽责性、支持性和包容性。①

本文借此将在小学语文课堂教学中教师的关怀性倾听行为分为以下三种方式：其一，教师在倾听时减少与学生的距离感，增加亲密程度；其二，教师在倾听时体现支持性，给予学生足够耐心；其三，教师在倾听时对于学生的错误回答彰显出包容性，纠正错误体现适时性。

2. 新任教师与经验丰富教师

本文将新任教师界定为毕业于师范大学小学教育方向、刚入职 0－3 年的小学语文老师。新任教师备课认真，在课堂上严格遵循教学设计；但是往往急于完成教学任务，不能深入带领学生与他们共同学习，并且对于学生的回答缺乏及时恰当的评价语，掌控课堂的能力也不足。

本文将经验丰富的教师界定为从教 10 年以上的一线小学语文教师。这些教师备课高效，课堂教学活动更为灵活，对于学生各种应答也都能游刃有余，而且对于课堂管理有较强的能力。

3. 同龄段男女教师

本文将同龄段男女教师界定为 40—50 岁的教学经验丰富的一线男、女小学语文教师。

（二）研究方法

1. 观察法

借助在小学实习的机会，积极参与小学语文课堂，充分观察一线小学语文教师的关怀性倾听行为，并对观察的内容做好详细数据的记录、整合。提前制定好观察量表，主要选择实习校的五年级语文教师为观察对象，观察在语文课堂中，学生在回答问题时，教师的行为是否体现出了制定量表中的教师关怀性倾听的标准，并记录下教师关怀性倾听的方式以及达到的次数。

2. 访谈法

访谈对象制作为表 1

表 1 实习学校访谈对象

实习校教师	性别	年龄	任教年级	任教时间
RL	男	48	五年级	20 年
SZW	女	48	五年级	19 年
WSH	女	24	四年级	2 年

访谈提纲：

· 您如何理解"教师的关怀性倾听"？

· 您认为您在课堂中对于学生的关怀性倾听程度如何？

· 您认为什么因素会影响您对于学生的关怀性倾听程度？

---

① 雷浩. 教师关怀行为三维模型的建构 [J]. 国家教育行政学院学报，2014（2）：67－72

- 您认为如何才能提高教师在小学课堂中的关怀性倾听程度？
- 您认为"教师关怀性倾听"与教师的德育素养之间的关系是怎样的？

（三）研究内容

近年来，有不少学者为了研究教师的倾听行为，积极投入课堂，在实践中加深对于研究内容的理性认识。刘兰英把教师对学生数学想法的倾听方式进行编码，分析初入职的教师、有经验的教师还有骨干教师等教学中的对话片段，并进一步对比了他们在课堂中倾听方式的共性及差异（见表2）。①

表2 "教师对学生数学想法的倾听方式"分类编码标准

编码	倾听方式	解释
INL	忽视说话者	教师没在听学生说话，或者教师在听学生的话却不予理睬
RNL	没有真正地倾听	教师过于关注如何推进教学，而没有真正听进去学生所说的内容
SL	选择性倾听	教师按照自身需要有选择地倾听，有可能注意不到学生的错误
SEL	简单评价性倾听	倾听时对学生想法的对错作出简单评价
EEL	阐述评价性倾听	倾听时对学生想法的对错作出详细的评价
SIL	简单解释性倾听	教师理解并对学生想法作简单的解释（如复述或换方式澄清表达）
EIL	阐述解释性倾听	教师理解学生所说的，并对其想法作原理性或阐述性的详细解释，以引导其他学生进行数学思考
EL	移情性倾听	教师不对学生想法做解释，而是基于学生想法推进教学进程和数学思维，属开放性倾听

笔者从刘兰英总结的"教师对学生数学想法的倾听方式"分类中获得一定程度的启发，结合其提出的倾听方式分别针对教师关怀性倾听方式、新任教师与经验丰富教师关怀性倾听对比、同龄段男女教师关怀性倾听对比自行设计出简单的量表，并通过课堂教学环节观察教师，记录与教师关怀性倾听相关行为，归纳整理后完善量表（见表3）。

表3 "教师对学生关怀性的倾听方式"分类编码标准

编码	倾听方式	解释
Tll	教师俯身 恳切倾听	在学生回答问题时，教师能够俯下身子，专注倾听学生的回答，拉近与学生的距离，与他们平等沟通
GTAQ	给学生足够的时间将问题回答完整	在学生回答问题时，教师能给予他们充足的时间，尤其对于表达能力欠缺的孩子更加给予支持鼓励，并显示出足够的耐心

---

① 刘兰英. 小学数学课堂师生对话的特征分析 [D]. 上海：华东师范大学硕士学位论文，2012：74.

续表

编码	倾听方式	解释
NIWA	对于学生错误的回答不予以打断	在听到学生不恰当的回答时,教师一面能注意到学生的错误,一面又能彰显包容性,不予以打断,而是寻找合适的时机进行恰当的引导

1. 教师关怀性倾听方式比较

笔者选取所在实习学校的指导老师——五年级一线语文教师苏老师作为主要观察对象,通过观察她在语文课堂中与学生的交流对话,记录在她的关怀性倾听的方式以及在每节课中达到关怀性倾听的次数(见表4)。

表4 教师关怀性倾听方式

每节课中学生回答问题的总次数	教师关怀性倾听方式及达到次数		
	教师俯身 恳切倾听	给学生足够的时间将问题回答完整	对于学生错误的回答不予以打断
15	10	13	13
11	10	11	11
17	10	11	11
10	9	10	10
13	10	11	10
9	7	9	9
12	7	10	10
18	12	15	16
11	11	10	10
14	10	12	11

经过对量表的简单归纳整理,笔者分析出,在一节小学语文课堂中,学生回答问题总的次数维持在10—20次。其中,教师基本愿意俯下身子与学生进行"平等对话",并且恳切地倾听学生的回答,为更好地完成教学任务尽职尽责地与学生共同学习;教师也基本上会给学生充足的时间,使其完整地回答完问题,对于不合适的回答教师也基本上不会予以打断,在情感上给予了学生无限的包容心,并能在恰当时机有技巧地给予学生帮助。

同时,笔者发现,在小学语文课堂中,教师并非每一次的倾听行为都显示出关怀性倾听,且在学生回答总次数多的课堂中,教师不留给学生充足的时间回答问题甚至打断学生回答问题的次数会随之而增加。

总体来看,笔者主要观察的小学语文教师,在课堂中具有较为丰富的关怀性倾听行为。经了解,这位教师是一名优秀的党员,道德品质好,德育素养高,这对于她在课堂中关怀性倾听行为的表现具有不可忽视的影响。

2. 新任教师与经验丰富教师关怀性倾听比较

表5　新任教师与经验丰富教师关怀性倾听

		新任教师 经验丰富教师				
关怀性倾听方式及次数	每节课中学生回答问题的总次数	10 15	11 11	13 17	9 10	10 13
	教师俯身恳切倾听	3 10	3 10	4 10	3 9	2 10
	给学生足够的时间将问题回答完整	10 13	10 11	10 11	8 10	9 11
	对于学生错误的回答不予以打断	10 13	10 11	11 11	9 10	10 10

笔者所在实习学校的指导老师是已从业十多年具有丰富教学经验的教师，因此选取她在课堂中关怀性倾听行为的相关数据作为事实依据与新任教师的关怀性倾听情况做对比观察。

总体来看，新任教师相比起经验丰富的一线教师在小学语文课堂教学中，没有给予学生在课堂活动中更多表达的机会，且新任教师也不太注重与学生拉近距离，缺乏在倾听时的关怀行为，但是新任教师基本都会给予学生足够的时间将问题回答完整，且不会打断学生不合适的回答。

新任教师更注重及时完成教学任务，在课堂中往往急于"走教案"，而且在"倾听学生发言时更多关注的是自己，判断学生是否给出了自己期待的答案，对自己感兴趣或需要的内容给予回应"[①]，自然而然在"关怀"学生的方面就比较忽视。另外，新任教师缺乏实战经验，掌控课堂的能力也亟待提升，很难灵活处理课堂中学生的意外回答，因此对于学生的回答都会更为认真恳切地倾听。

3. 同龄段男女教师关怀性倾听比较

表6　同龄段男女教师关怀性倾听

		男教师 女教师				
关怀性倾听方式及次数	每节课中学生回答问题的总次数	18 15	15 11	14 17	15 10	13 13
	教师俯身恳切倾听	15 10	11 10	11 10	12 9	10 10
	给学生足够的时间将问题回答完整	16 13	14 11	12 11	13 10	12 11
	对于学生错误的回答不予以打断	17 13	15 11	12 11	13 10	11 10

---

① 邢妍. 小学语文课堂教师倾听行为研究［D］. 天津：天津师范大学硕士学位论文，2014：32.

笔者选取了同为40多岁、同任教于五年级的一线男女语文教师进行观察对比分析。发现相比于大多数站在小学课堂中的女教师，男教师在课堂中与学生的交流更为频繁，学生回答问题的次数更多，其中，男教师也很愿意恳切倾听学生的回答，且基本上不会打断学生的回答，而且能根据学生的回答随时给予帮助和支持。总体来说，同龄段男女教师在小学课堂中的关怀性倾听行为差异不大。

（四）研究结论

在教师关怀性倾听方式方面，在小学语文课堂教学中，教师关怀性倾听方式有多种表现形式，教师多多少都具有对于学生的关怀性倾听行为，只是程度不同；同时，教师关怀性倾听程度会随着课堂中学生回答问题总次数的增加而减弱。

在新任教师与经验丰富教师关怀性倾听方面，新任教师在小学语文课堂教学中的关怀性倾听行为达到的程度不如经验丰富的教师。

在同龄段男女教师关怀性倾听方面，同龄段男女教师在小学语文课堂教学中的关怀性倾听行为差异甚微。

三、优化小学课堂中教师关怀性倾听行为的建议

（一）提高教师的关怀性倾听能力

要达到优化教师关怀性倾听行为的目的，提高教师关怀性倾听的能力是重中之重。教师关怀性倾听能力的提高有利于增进师生交流，构建和谐友爱的师生关系，促进课堂的有效教学。同时，教师的关怀性倾听行为是教师德育素养的表现形式之一，小学语文课堂中教师关怀性倾听行为的优化会促进教师德育素养的提升。

1. 加强对教师关怀性倾听意识的培养

学校要加强对教师关怀性倾听意识的培养，定期开展对教职员工的德育工作。本文的研究结论显示，新任教师在小学语文课堂教学中的关怀性倾听行为达到的程度不如经验丰富的教师，学校可以组织关于"教师关怀性倾听"的交流分享会等活动，让教师之间畅所欲言，相互影响。

2. 加强教师对关怀性倾听行为的自我反思

教师要在课后，积极进行关于课堂中关怀性倾听行为的自我反思，回顾课堂中是否能靠近学生、蹲下身、俯下腰，缩短与学生的空间距离；是否能放低音量、放缓语速、降低音频，化解来自身份的压力感；是否能专注地看、认真地听、点头回应、微笑接受，传达平等、尊重与认同……①同时将记忆深刻的教学环节或场景及时地记录或整理成案例分析等形式，使教师能对自身关怀性倾听行为进行及时的自我评价，有利于教师在课堂中更关

---

① 蔡毓红. 提高小学生课堂主动倾听能力[J]. 厦门广播电视大学学报，2016，19（1）：89-92.

注学生,以学生为主体,也更好地体现人文关怀教育,并且提升教师自身的德育素养。

3. 加强教师对学情的把握与了解

我国新课程改革要求,要根据教育教学现实差异,实施差异化教学特质。① 在具有教师关怀性倾听氛围的课堂中,对于不同的学生,教师也要展现出不同程度的关怀性倾听。这就要求教师立足于学情,通过与学生的日常交流、与学生家长的积极沟通,了解学生的特性。

(二) 关注学生的倾听教育

学生与教师是小学课堂活动中的两大主体,教师彰显出关怀性倾听行为的前提是倾听的对象——学生,也能同样给予教师认真的倾听。当教师接收到学生认真倾听的信号,就同时感受到了学生对于自己的尊重,也更乐于将关怀性倾听传递给学生。因此,关注学生的倾听教育,也成了优化教师关怀性倾听行为的关键之一。有学者为提高小学生的倾听教育提出了建议:在"讲故事"中培养低年级小学生的倾听能力;在小组合作完成任务中培养中高年级小学生的倾听能力。

(三) 创新小学语文教材的设置

教材是在课堂教学活动中联结教师与学生的媒介,也是教师进行教学的主要依据,教师关怀性倾听行为的优化与教材的内容编排密不可分。

小学语文教材要减少过于僵硬性的知识,增加灵活性强、人文性强的内容。这样的教材才能使课程设置有利于教师与学生在课堂上的交流,使教师有更多的机会注意自身的关怀性倾听行为。

参考文献

[1] 闫丽华. 国内教师倾听研究述评 [J]. 海外英语, 2015 (19).

[2] 陈娜, 陈天顺. 教师倾听的"智慧"品性探微 [J]. 信阳师范学院学报 (哲学社会科学版), 2016, 36 (2).

[3] 周杰, 张良. 倾听教学的师生观: 对"他者"的关切 [J]. 教育理论与实践, 2012, 32 (29).

[4] 周杰. 倾听教学研究 [D]. 上海: 华东师范大学硕士学位论文, 2012.

[5] 宋立华. 论孔子与苏格拉底的教学倾听 [J]. 北京社会科学, 2016 (8).

[6] 苏静. 论教师的关怀素养 [J]. 教师教育研究, 2006 (6).

[7] 彭兴蓬, 雷江华. 教育关怀: 融合教育教师的核心品质 [J]. 教师教育研究, 2015, 27 (1).

[8] 袁丽. 论关怀主义教育哲学的教师观及其对教师教育的影响 [J]. 教师教育研究, 2013, (11).

[9] 邢妍. 小学语文课堂教师倾听行为研究 [D]. 天津: 天津师范大学硕士学位论文, 2014.

[10] 李敏. 教师德育素养新模型 [J]. 人民教育, 2016 (23).

[11] 刘慧. 小学教师德育素养的培育 [J]. 中国德育, 2016 (18).

[12] 刘兰英. 小学数学课堂师生对话的特征分析 [D]. 上海: 华东师范大学硕士学位论文, 2012.

---

① 薛波. "主动倾听式"教育教学模式的价值和策略 [J]. 中国成人教育, 2013 (17): 143 – 144.

[13] 雷浩. 教师关怀行为三维模型的建构 [J]. 国家教育行政学院学报, 2014 (2).
[14] 罗秋明. 倾听的教育价值的实现 [J]. 教育评论, 2004 (3).
[15] 田良臣, 刘电芝. 试论教师倾听的类型与技巧 [J]. 现代中小学教育, 2000 (5).
[16] 薛波. "主动倾听式"教育教学模式的价值和策略 [J]. 中国成人教育, 2013 (17).
[17] 蔡毓红. 提高小学生课堂主动倾听能力 [J]. 厦门广播电视大学学报, 2016, 19 (1).

(任墨涵　首都师范大学2018级硕士生　指导教师：冯浩)

北京话语音变异分析

——以通州区永乐店镇尖村为例

杨平悦

摘　要：北京话语音变异现象一直是语言学界研究的热点。本文在对北京市通州区永乐店镇尖村进行实地调查收集语料的基础上，通过案例分析和定量分析的方法考察了尖村村民对北京话儿化韵同音现象、重叠词变调现象以及合口呼圆唇现象的认同程度，并分析了三个影响因素的相关性。第一部分为绪论，主要介绍了北京话语音变异的研究背景、研究现状和本文的研究目标。第二部分为研究方法，细致地阐述了本文的研究方法以及研究过程。第三部分为数据分析，分别对性别、年龄、文化程度进行了相关性分析，还分析了重叠式作状语与变调的相关性。第四部分为结语，总结了本文的研究结果、不足以及对今后研究的展望。

关键词：北京话；语音变异；相关性；案例分析；定量分析

绪　论

（一）研究背景

北京话作为现代汉语的基础方言，一直是学术界广泛探讨和研究的题目。但是目前学术界对北京话的定义各有不同，而且或长或短。汪大昌对北京话的描述比较全面：它是汉语各地方言之一，是现代标准汉语——普通话的基础，其语音、词汇、语法很大程度上与普通话一致，至少是相当接近；与中国几大著名古都的方言相比，它的历史不长；与南方各地方言相比，它保留下来的古代汉语成分少而又少；它在形成过程中融入了数量可观的少数民族因素。它通行于北京市区，四周是河北省诸市县的方言，但它与周边这些邻居相差甚远，倒是与千里之外的东北话较为接近。它突出的"外貌"应该是：（1）语音构造相对简单，声调只有四个；（2）"案""爱""袄""呕"等字的发音是以元音开始的，而不是以辅音 n 或者 ng 开始；（3）它区分平舌音 z、c、s 与翘舌音 zh、ch、sh，区分鼻音 n

和边音 l，擦音 f 和擦音 h，它区分前后鼻音，如 in 不同于 ing，en 不同于 eng，等等；(4) 它有一些仅属于自己的特殊词语；(5) 某些构造方式比较发达，例如，带儿化音的词较多，读成轻声的词较多。① 这一段对北京话丰富的描述不仅从整体上对北京话进行了界定，同时描述了当前北京话的研究背景。该描述由宏观层面与微观层面两部分组成。宏观层面的阐释着手于社会历史角度，这部分描述同时为回答学术界的诸多问题提供了思路，如北京话与普通话异同的几个方面，北京话语言结构的历史形成因素，北京话语流音变发展的规律等。微观层面关注的是北京话的语言结构，列举了部分北京话特征，同时也回答了一些问题，如北京话声调变异的规律，北京话与东北话的区别，北京话儿化音的变异情况，等等。由此可见，基于北京话产生和发展的复杂历史过程以及其所处的特殊地理位置，北京话产生了一系列异于其他方言的特征，这些特征继而成为学术界经久不衰的研究热点。

(二) 研究现状

北京话最显著的特征是其语音特征，如儿化音和轻声。目前很多学者聚焦于北京话语音变异现象的研究，研究方法普遍为实地调查与实验语音学相结合，定性研究与定量分析相结合。

早期的研究以林焘为典型，他使用北京大学中文系师生 1982—1984 年三次系统采集的北京话语料，对北京话的去声连续变调现象进行了系统的分析。通过对一系列影响因素进行了相关性计算，结果表明地区分布这个因素最为显著。除此之外，他还讨论了去声变调的三种形式（降调、平调和升调）所产生的原因。最后从语言演变的角度做出判断：北京话去声连读从升调到降调的变化已经趋于完成。② 同样使用北京大学中文系所采集的语料，林焘和沈炯对北京话儿化韵的语音分歧进行了研究，研究方法为自然听辨与询问同音相结合，对数据进行了定量分析。结果显示性别对北京话儿化韵的语音分歧影响甚小，满族人儿化韵变化发展得较慢，残存着"er"作为独立音节存在的形式。对儿化韵分歧影响显著的因素有儿化词声调、受试者文化程度、年龄和城郊区的区别。③

近年来，刘振平通过对 45 位北京人（老北京人 30 位，新北京人 15 位）的儿化词采集分析，确定了儿化韵的发展趋势并对已有的儿化韵分类进行了校正。④ 董建交从一个新颖的角度对北京话去声连读变调模式进行了分析，他跳出北京话固有的研究领域，从官话、方言的普遍变调规律入手，提出了"北京话与中原官话中部分方言的变调模式在一定程度上具有一致性，即两个降调连续前字变升调"⑤。就儿化韵的生成因素来看，基于儿化韵广泛分布、形式多样、功能能产等特征，耿振生认为儿化韵现象并非由从北京话内部

---

① 汪大昌. 北京方言与文化 [M]. 北京：中国国际广播出版社，2015：13 – 46.
② 林焘. 北京话去声连读变调新探 [J]. 中国语文，1985 (2)：99 – 104.
③ 林焘，沈炯. 北京话儿化韵的语音分歧 [J]. 中国语文，1995 (3)：170 – 179.
④ 刘振平. 现代汉语儿化韵读音的社会调查研究 [J]. 语文知识，2009 (1)：43 – 46.
⑤ 董建交. 北京话去声连读变调模式再探 [J]. 语言研究集刊，2010 (1)：164 – 172.

孤立生成，而是汉语在特定历史时期特定地区发展出的新形态，一种新的音译结合体。①从语法意义角度来看，方梅阐释了北京话儿化词阴平变调在语法上的功用，她认为小称变调（高调化）是构形音变的一种形式，阴平变调和小称后缀的结合将生成一种具有小称语义色彩的标记。②

（三）本文的研究目标

北京话的语音变异是一个比较复杂的问题，本次调查研究仅选取北京市通州区永乐店镇尖村作为研究案例的基础。原因有三：第一，本文的目的是通过小型案例的结果来巩固夯实已有的北京语音变异理论。第二，尖村尚未被调查过，是田野调查的一块空白区域，本次调查所采集的语料不仅适用于此次对语音变异现象的分析，对今后北京市方言志修编工作也可作出微薄贡献。第三，通州区尖村村民和善，民风淳朴，易于进行语料采集。从实际操作角度来看，本次调查为以个人研究为主，联系受试者是很关键的环节，故此通过相关语言学研究人员的帮助，该次调查得到了尖村村民的支持。

本次调查的研究目标主要包括四个方面：其一，考察尖村村民对儿化韵同音现象的认同程度以及对与该判断有关的三个因素进行相关性分析，即年龄、性别、文化程度。其二，考察尖村村民对重叠词变调现象的认同程度以及对上述三个因素进行相关性分析。其三，考察尖村村民对合口呼圆唇现象的认同程度以及对性别因素进行相关性分析；分析重叠式作状语与变调的相关性。其四，本次调查原计划考察村民对于去声变调和尖团音现象的认知程度，但由于在此次调查过程中未发现此类现象，因而不作分析。基于实验最后的个别采访阶段，记录调查过程中遇到的典型语音现象。

一、研究方法

（一）方法论

本文的主要方法为案例分析与定量分析结合。使用案例分析的意义在于通过对具体受试者的北京话使用情况的调查来探讨本文初始设置的研究问题。该案例由 10 名受试者组成，以《北京语言变异调查表》为基本材料，收集这 10 名受试者对不同词语的读音以及其读完词后对同音现象的判断。该案例的研究借助了现代技术手段，所收集的数据均有录音。

（二）参与者

本次调查聚焦于北京市通州区永乐店镇尖村村民的北京话使用状况，调查时间为 2018 年 4 月。10 名参与者均来自尖村，参与者的背景信息均有采集，包括年龄、性别、幼年语言环境、文化程度、长期外地生活经历。部分信息会被作为影响北京话使用的相关因素做

---

① 耿振生. 北京话"儿化韵"的来历问题 [J]. 吉林大学社会科学学报，2013（2）：154 – 159.
② 方梅. 北京话儿化词语阴平变调的语法意义 [J]. 语言学论丛，2015（1）：33 – 51.

定量分析。

在调查之前，10名参与者均了解本次研究的目的及实验方法以及知道他们在阅读材料时将被录音。在确认10名参与者均同意进行调查之后，本次调查才正式进行。为每位参与调查的受试者均提供了汇源果汁一瓶作为实验酬劳。

（三）数据采集

本次调查研究以《北京语言变异调查表》为基本研究材料展开。10名受试者被要求阅读调查表上面的词语，作者进行实时听辨和录音。每阅读完一组词语后，受试者均被要求回答一个"是、否"类型问题。（是、否、两可、没有该情况）

  a. 该组儿化词儿话部分读音是否相同？
  b. 该重叠词第二个字是否变调？
  c. 该合口呼词语具体的合口呼字是否圆唇？

这三个问题的设置意义在于要求受试者对自己的读音做出确认，以帮助其在实验调查中集中精力。同时，受试者的自身判断也是其心理语言加工过程和元语言监测过程的分析。尽管不能保证所有受试者对自己的判断具有清晰的认识，但这些自身判断对于之后数据分析具有一定的参考价值。

热身阶段 ➡ 读词阶段 ➡ 询问问题 ➡ 个别采访

（四）实验过程

  a. 热身阶段：受试者被要求读阅读一段带有儿化词的文本，此举意在帮助受试者熟悉儿化词，不至于在正式实验阶段出现紧张或阅读僵硬的情况。

  b. 读词阶段：受试者按照要求阅读《北京语言变异调查表》上面的测试词。

  c. 询问问题：每读完一个词或一组词（不同研究主题的要求略有区别，比如测试儿化词阶段要读完一组词，测试变调和合口呼阶段要读一个词）需要回答"是、否"问题。

  d. 个别采访：由于这是一个案例研究，在数据收集的过程中必不可少地会产生问题，个别采访阶段就是针对数据所产生的问题具体采访特定的受试者。例如，在测试重叠式变调过程中，有的受试者将嫩嫩的读成/len len de/，这种特殊的问题需要安排额外对该受试者的采访，了解该种读法的原因以及使用状况。

（五）分析方法

本文的定量分析共关注三类数值：概率，卡方值，线性回归分析 Significance F 的值。

  a. 计算北京话儿化韵同音率、重叠词变调率及合口呼圆唇率。此举意在考察这三类现象的显著水平。

b. 这次调查共采集了5名男性的数据和5名女性的数据。每位参与者的归类方式只有四种可能：男性/有影响，男性/无影响，女性/有影响，女性/无影响。有无影响在此处意为是否同音、是否变调以及是否圆唇。这种四格分布的情况，适用于使用卡方分布检验的方法来研究性别因素与北京话儿化韵同音、重叠词变调及合口呼圆唇现象的相关性。通过卡方值及其对应的概率，我们可以判断差异是由偶然因素造成的，还是由相关因素造成的。根据卡方分布的规则，如果差异的分布概率 $P \geq 0.05$，就说明这种差异是偶然因素造成的，如果差异的分布概率 $0.01 < P < 0.05$，就说明这种差异是由相关因素造成的，如果差异的分布概率 $P \leq 0.01$，就说明该因素对结果的影响是极其显著的。

c. 由于北京话语音变异受各种社会因素和其他随机因素影响，它们在年龄和文化程度这两类因素的不同分组中的分布不可能是线性的，时有波动，因此可以用线性回归来确定变异趋势。线性回归分析中的 Significance F 值是该影响因素的显著性概率，如果这一列的数值均小于 0.05，则说明这个拟合出来的方程是可信的，即表明所测试的影响因素与北京话儿化韵同音、重叠词变调或合口呼圆唇现象具有相关性。

二、分析结果

（一）对儿化韵读音的分析

表1　儿化韵对比组同音率统计

序号	词	同音率（%）	序号	词	同音率（%）
1	刀把儿—花瓣儿	20	11	对过儿—小柜儿	10
2	鸭儿梨—烟儿煤	20	12	眼镜儿—有劲儿	10
3	小褂儿—小罐儿	30	13	花瓶儿—粉皮儿	0
4	小车儿—小吃儿	0	14	电影儿—马尾儿	0
5	唱歌儿—鞋跟儿	0	15	门缝儿—两份儿	20
6	这儿—一阵儿	10	16	麻绳儿—眼神儿	30
7	树叶儿—玩意儿	30	17	肩膀儿—木板儿	10
8	木橛儿—金桔儿	10	18	蛋黄儿—铁环儿	10
9	爷儿俩—姨儿	10	19	娘儿俩—窗帘儿	0
10	红果儿—打滚儿	10			

对儿化韵读音的调查要求受试者阅读每组儿化词，并判断是否具有相同读音。表1中的同音率是基于作者对受试者语音的听辨和受试者的回答而计算得出的。

同音率＝读音相同的人数/总人数

结果显示这 19 组儿化词的同音率均不高，均未超过 30%，而且有 5 组儿化词的同音率为零。从概率角度而言，尖村村民对北京话儿化韵同音现象辨识程度较高。

1. 性别因素与儿化韵同音现象的相关性

此次调查共采集 5 名男性和 5 名女性数据。每位受试者的归类方式只有四种可能：男性/有影响，男性/无影响，女性/有影响，女性/无影响。此处的有影响为受试者对儿化韵同音现象不敏感，即同音率高；无影响为受试者对儿化韵同音现象敏感，即同音率低。统计结果如表 2 所示。

表 2　性别因素对于儿化韵同音现象的卡方及概率的统计结果

组别	实际频数				理论频数	
	有影响	无影响	合计	有效率	有效	无效
男性	3	2	5	0.6	1.5	3.5
女性	0	5	5	0	1.5	3.5
合计	3	7	10	0.3	3	7
卡方值	0.4				P 值	0.527089

通过计算卡方值和概率，儿化韵同音现象的概率 P≥0.05，因此说明儿化韵同音现象在性别的差异是由偶然因素造成的。故此性别不是儿化韵同音现象的影响因素。

2. 年龄因素与儿化韵同音现象的相关性

年龄可能是影响儿化韵同音现象的相关因素，因此，本文将年龄列为考察因素。此次调查共分为五个年龄段：40 岁以下、40—50 岁、50—60 岁、60—70 岁、70 岁以上。这五个年龄段可以视为五个小样本，由于各个年龄段的人数不一，我们对儿化韵同音现象做了归一化处理，以同音率来研究年龄对儿化韵同音现象的影响。

此处的同音率 = 该年龄段受试者总共出现同音的词组数/总词组数×该组人数

对儿化韵同音现象年龄段的调查人数进行汇总，每组不同年龄段儿化韵同音现象统计如表 3 所示。

表 3　不同年龄段儿化韵同音率的统计结果

	年龄段	有影响	无影响	合计	同音率（%）
儿化韵同音现象	40 岁以下	8	30	38	0.21
	40—50 岁	2	17	19	0.11
	50—60 岁	0	57	57	0.00
	60—70 岁	8	49	57	0.14
	70 岁以上	5	14	19	0.26
	合计	23	167	190	

通过回归分析,我们得到分析结果如表4所示。

表4 不同年龄段儿化韵同音现象的概率统计结果

	df	SS	MS	F	Significance F
回归分析	1	20.25078	20.25078	0.042279	0.850252
残差	3	1436.949	478.9831		
总计	4	1457.2			

根据统计结果,该组数据的Significance F列不满足数值小于0.05的条件,说明年龄与儿化韵同音现象不具有相关性。

3. 文化程度因素与儿化韵同音现象的相关性

不同文化程度的人处于不同的话语体系内,日常的交际状况也不尽相同,因此,文化程度可能会影响到儿化韵同音现象。此次调查共分为四个文化程度段:初中文化水平、高中文化水平、大学文化水平、研究生文化水平。各个文化程度段的人数不一,不同文化程度的儿化韵同音率如表5所示。

表5 不同文化程度的儿化韵同音率统计结果

	文化水平	有影响	无影响	合计	同音率(%)
儿化韵同音现象	初中文化水平	7	69	76	0.09
	高中文化水平	8	68	76	0.11
	大学文化水平	6	13	19	0.31
	研究生文化水平	2	17	19	0.10
	合计	23	167	190	

通过回归分析,我们得到分析结果表6。

表6 不同文化程度儿化韵同音现象概率统计结果

	df	SS	MS	F	Significance F
回归分析	1	1539.834	1539.834	2.313947	0.267615
残差	2	1330.916	665.4578		
总计	3	2870.75			

根据统计结果,该组数据的Significance F列不满足数值小于0.05的条件,说明文化程度与儿化韵同音现象不具有相关性。

（二）对重叠式变调的分析

表7 重叠式词语（句子形式）变调率统计

序号	句子	变调率（％）
1	悄悄儿进去。	100
2	站了一个多小时，孤零零儿的。	80
3	好好儿站着，别到处瞎转悠。	60
4	他站在屋角，直愣愣儿的，不敢出声。	0
5	远远儿走来一个人。	40
6	屋子里热腾腾儿的。	50
7	慢慢儿吃，别噎着。	60
8	嫩嫩儿蒸了碗鸡蛋羹。	0
9	孤零零儿站了一个多小时。	60
10	这回可吃够了，饱饱儿的。	20
11	直愣愣儿站外头不敢出声。	30
12	他整天躲在背旮旯儿，不知干什么呢	20
13	热腾腾儿吃点儿可口的。	60
14	麻利儿给我找去，找不着别回来！	70
15	想想法儿啊，总不能坐以待毙吧。	0
16	背旮旯儿站着去，别让人看见。	30
17	你好模样儿站着，别动这动那的！	0
18	小脸儿嫩嫩的。	10
19	变着法儿做各种你喜欢的菜	60
20	干了一天活儿，终于饱饱儿吃了一顿。	20

表8 重叠式词语（词语形式）变调率统计

序号	词语	变调率(%)	序号	词语	变调率(%)	序号	词语	变调率(%)
1	孤零零	80	19	安安静静	0	37	犹犹豫豫	0
2	黄澄澄	20	20	地地道道	20	38	遮遮掩掩	0
3	亮堂堂	20	21	敦敦实实	10	39	枝枝节节	0
4	慢腾腾	90	22	伏伏贴贴	90	40	破破烂烂	0
5	热腾腾	50	23	干干净净	0	41	曲曲折折	0
6	湿淋淋	40	24	光光溜溜	90	42	散散漫漫	0
7	水淋淋	30	25	厚厚道道	0	43	堂堂皇皇	0
8	文绉绉	100	26	豁豁亮亮	0	44	拖拖沓沓	80

续表

序号	词语	变调率(%)	序号	词语	变调率(%)	序号	词语	变调率(%)
9	硬朗朗	50	27	机机灵灵	70	45	完完整整	20
10	直瞪瞪	60	28	精精神神	0	46	阴阴沉沉	0
11	直愣愣	10	29	宽宽敞敞	0	47	圆圆满满	0
12	直挺挺	0	30	凉凉快快	0			
13	黑洞洞	0	31	糊糊涂涂	50			
14	昏沉沉	10	32	晃晃荡荡	10			
15	急喘喘	0	33	啰啰唆唆	100			
16	泪涟涟	0	34	毛毛糙糙	30			
17	乱腾腾	40	35	勉勉强强	0			
18	阴沉沉	0	36	磨磨蹭蹭	0			

对重叠式变调现象的调查要求受试者阅读每个重叠词,并判断重叠词第二个重叠字的声调是否变成阴平。表7和表8中的变调率是基于笔者对受试者语音的听辨和受试者的回答而计算得出的。

变调率 = 读音发生变调的人数/总人数

数据表明句子中的重叠词变调率普遍高于单个重叠词变调率,20个句子中只有4个句子中的重叠词被认为是不发生声调变化的,但是47个词语中有23个词语均被认为不变调,23/47已经接近50%。这个现象的原因很可能是由于重叠式词语易于随着阅读句子时的语流音变而发生变调;而单个重叠词的阅读易使受试者出现僵化阅读现象,即端着正式阅读的架子去读这些词,这些都是不可忽视的影响因素。整体而言,重叠式词语变调率普遍较高,大多数在50%以上,甚至有100%变调率的情况出现,例如悄悄儿、文绉绉、啰啰唆唆被受试者公认为一定会变调。较高的变调率表明重叠式词语变调现象在尖村村民语言交流过程中较为普遍。

1. 性别因素与重叠式变调现象的相关性

调查包括5名男性和5名女性。每位受试者的归类方式只有四种可能:男性/有影响,男性/无影响,女性/有影响,女性/无影响。此处的有影响为受试者对重叠式变调现象敏感,即变调率高;无影响为受试者对重叠式变调现象不敏感,即变调率低。统计结果如表9所示。

表9 性别因素对于重叠式变调现象的卡方及概率的统计结果

组别	实际频数				理论频数	
	有影响	无影响	合计	有效率(%)	有效	无效
男性	3	2	5	60	1.5	3.5

续表

	实际频数				理论频数	
女性	0	5	5	0	1.5	3.5
合计	3	7	10	30	3	7

通过计算卡方值和概率，重叠式变调现象的概率 $P \geq 0.05$，说明重叠式变调现象在性别的差异是由偶然因素造成的。故此性别不是重叠式变调现象的影响因素。

2. 年龄因素与重叠式变调现象的相关性

年龄调查仍使用 40 岁以下，40－50 岁，50－60 岁，60－70 岁，70 岁以上这五个年龄段，计算变调率。

此处的变调率 = 该年龄段受试者总共出现变调的词数/总词数 × 该组人数

每组不同年龄段重叠式变调现象统计如表 10 所示。

表 10　不同年龄段重叠式变调率的统计结果

	年龄段	有影响	无影响	合计	变调率（%）
重叠式变调现象	40 岁以下	38	96	134	28
	40—50 岁	26	41	67	39
	50—60 岁	49	152	201	24
	60—70 岁	56	145	201	28
	70 岁以上	29	38	67	43
合计		198	472	670	

通过回归分析，我们得到分析结果如表 11 所示。

表 11　不同年龄段重叠式变调现象的概率统计结果

	df	SS	MS	F	Significance F
回归分析	1	11033.43	11033.43	37.62391	0.008714
残差	3	879.7675	293.2558		
总计	4	11913.2			

根据统计结果，该组数据的 Significance F 列满足数值小于 0.05 的条件，说明年龄与重叠式变调现象具有相关性，而且重叠式变调现象受年龄因素影响极其显著。

尖村村民对重叠式变调特征的使用程度从变调率就可看出，五个年龄段的受试者变调率均在 30% 上下浮动，甚至出现了 43% 的情况。如此数值的变调率并不低。

3. 文化程度因素与儿化韵同音现象的相关性

文化程度分类沿用在表 12 中的四个分组，此处计算变调率（计算公式与表 13 相同）。

每组不同文化水平的重叠式变调现象统计如表 12 所示。

表 12 不同文化程度的重叠式变调率统计结果

	文化水平	有影响	无影响	合计	变调率（%）
儿化韵同音现象	初中文化水平	80	188	268	9
	高中文化水平	80	188	268	11
	大专文化水平	15	52	67	31
	研究生文化水平	23	44	67	10
	合计	198	472	670	

通过回归分析，我们得到分析结果如表 13 所示。

表 13 不同文化程度重叠式变调现象概率统计结果

	df	SS	MS	F	Significance F
回归分析	1	19287.52	19287.52	111.9806	0.008812
残差	2	344.4796	172.2398		
总计	3	19632			

根据统计结果，该组数据的 Significance F 列满足数值小于 0.05 的条件，说明文化程度与重叠式变调现象具有相关性，而且重叠式变调现象受文化程度因素影响极其显著。

4. 重叠式词语作状语与变调的相关性

表 14 重叠式词语的句子成分统计

句子成分	序号	句子	变调人数	不变调人数
状语	1	悄悄儿进去。	10	0
	3	好好儿站着，别到处瞎转悠。	6	4
	5	远远儿走来一个人。	4	6
	7	慢慢儿吃，别噎着。	6	4
	8	嫩嫩儿蒸了碗鸡蛋羹。	0	10
	9	孤零零儿站了一个多小时。	6	4
	11	直愣愣儿站外头不敢出声。	3	7
	13	热腾腾儿吃点儿可口的。	6	4
	20	干了一天活，终于饱饱儿吃了一顿。	2	8
非状语	2	站了一个多小时，孤零零儿的。	8	2
	4	他站在屋角，直愣愣儿的，不敢出声。	0	10
	6	屋子里热腾腾儿的。	5	5
	10	这回可吃够了，饱饱儿的。	2	8

续表

句子成分	序号	句子	变调人数	不变调人数
非状语	15	想想法儿啊,总不能坐以待毙吧。	0	10
	18	小脸儿嫩嫩的。	1	9
非重叠	12	他整天躲在背旮旯儿,不知干什么呢?	2	8
	14	麻利儿给我找去,找不着别回来!	7	3
	16	背旮旯儿站着去,别让人看见。	3	7
	17	你好模样儿站着,别动这动那的!	0	10
	19	变着法儿做各种你喜欢的菜	6	4

暂时排除这20个句子中的非重叠词情况,计算重叠式词语作状语与句子成分的相关性可以使用卡方测试来计算。调查包括9个做状语的重叠词和6个不做状语的重叠词。每个重叠词的归类方式只有四种可能:状语/有影响,状语/无影响,非状语/有影响,非状语/无影响。此处的有影响为该重叠词第二个字读阴平,无影响为不读阴平。统计结果如表15所示。

表15 句子成分因素对于重叠词变调现象的卡方及概率的统计结果

组别	实际频数				理论频数	
	有影响	无影响	合计	有效率	有效	无效
状语	43	47	90	0.47778	35.4	54.6
非状语	16	44	60	0.26667	23.6	36.4
合计	59	91	150	0.39333	59	91
卡方值	6.72378469				P值	0.009513553

通过计算卡方值和概率,句子成分因素的分布概率 $P \leq 0.01$,说明重叠词做状语对变调现象的影响是极其显著的。

方梅指出,小称手段"儿化"加上"阴平变调"特征形成一种生成副词的语法手段,而且其作用范围已经从重叠式副词扩展到了其他词类上。[①] 表14中的非重叠词一类正好印证了方梅的研究。"背旮旯儿"属于名词演化为副词;"麻利儿"属于从形容词演化为副词;"好模样儿"属于从名词短语演化为副词;"变法儿"属于从动宾短语演化为副词。表7的变调率统计结果显示除了"好模样儿"外,其他四个非重叠词均有发生变调的情况。方梅认为名词演化做副词并不常见,而且此处的"好模样儿"受北京方言中意为"平白无故"的"好模样儿"的影响。导致受试者认为这个词不变调的原因有可能是受试者没有接触过意为"平白无故"的"好模样儿"这个词。这可能与通州区尖村的地理位

---

① 方梅. 北京话儿化词语阴平变调的语法意义 [J]. 语言学论丛, 2015 (1): 33-51.

置有关，该地区方言与北京话或有区别。

（三）对合口呼（零声母）的分析

表16　合口呼词语圆唇率统计

音节	字	圆唇率（%）	字	圆唇率（%）
wa	袜子	100	青蛙	100
wang	网兜	100	国王	70
wan	晚上	100	茶碗	100
wai	外围	100	国外	100
wei	围巾	100	党委	100
wen	蚊子	100	新闻	100
wo	窝头	100	鸡窝	100
wu	屋子	100	中午	100

对合口呼圆唇现象的调查要求受试者阅读每个测试词，并判断在阅读过程中是否发生了上齿咬下唇的情况（使用唇齿近音/v/）。表16中的圆唇率是基于笔者对受试者语音的听辨和受试者的回答而计算得出的。

圆唇率 = 目标字发音为/w/的人数/总人数

数据显示，只有三个受试者认为读"国王"的"王"字时上齿咬下唇，即不圆唇。由于合口呼圆唇现象的统计数据之间差异甚小，相关因素分析不具备显著性，故此在这部分取消线性回归分析。但是这三个发生不圆唇现象的受试者均为男性，故此性别因素值得进行卡方验证。

1. 性别因素与合口呼圆唇现象的相关性

调查包括5名男性和5名女性。每位受试者的归类方式只有四种可能：男性/有影响，男性/无影响，女性/有影响，女性/无影响。此处的有影响为受试者对合口呼圆唇现象敏感，即区分圆唇与不圆唇；无影响为受试者对合口呼圆唇现象不敏感，即圆唇率高。统计结果如表17所示。

表17　性别因素对于合口呼圆唇现象的卡方及概率的统计结果

组别	实际频数				理论频数	
	有影响	无影响	合计	有效率（%）	有效	无效
男性	3	2	5	60	1.5	3.5
女性	0	5	5	0	1.5	3.5
合计	3	7	10	30	3	7

通过计算卡方值和概率，合口呼圆唇现象的概率 $0.01 < P < 0.05$，说明合口呼圆唇现

象在性别的差异是由性别因素造成的。故此性别是合口呼圆唇现象的影响因素。

(四) 小结

此次调查结果显示,北京话儿化韵同音现象与性别、年龄和文化程度因素均不相关。同时,北京话重叠式变调现象与性别因素也不相关。但是重叠式变调现象与年龄、文化程度因素和重叠词做状语的因素相关。除此之外,一些不重叠的词也发生变调的情况和方梅的调查进行了对比,结果印证了方梅的结论。从变调率来看,尖村村民在日常语言中普遍具有重叠式变调这个语音特征。但由于样本量较小,本文未能总结出重叠式变调与年龄和文化程度因素之间的规律。北京话合口呼词语圆唇现象与年龄因素相关,同样限制于样本容量,未能发现其内在规律。因此,如果想得到更确切、更可靠的结果,必须扩大样本容量,并且科学地选取样本进行分析。除了计算相关性之外,一些在调查过程中遇到的问题也被一一记录。

结 语

本文通过对尖村村民语料的分析,回答了调查之初设计的三个问题(问题 a/b/c),并记录了在调查过程中遇到的问题(问题 d)。性别是影响北京话合口呼圆唇现象的重要因素,年龄、文化程度和重叠词做状语是影响北京话重叠式词语变调现象的显著因素。四个异于北京话和普通话的词语读音被记录。"刀把儿"中的"把"有一名受试者读成上声。"嫩嫩的"中两个"嫩"均被五名受试者读成/len/。"马尾儿"中的"尾"加了儿化音后依旧有三名受试者读成/wei/。"孤零零"中的两个"零"均被四名受试者读成/lin/。在采访阶段,这几名受试者认为这些读音偏误是正确的。这些语音偏误很可能是其在母语习得过程中所产生的化石化偏误。同时,这些语音也有可能属于通州方言。

本文第三部分以定量研究为主,定量研究的基础是数据。因此更多、更完善的数据需要被收集。同时,一些调查过程中的社交因素也应更加重视。例如,本次调查提供了调查酬劳,但同时也不可避免地遇到了某些参与者忽视调查而重视酬劳的现象。这些因素在一定程度上影响了调查结果的有效性。

在未来的研究中,可通过扩大样本容量进一步巩固和确认影响因素相关性分析结果。同时,可以对尖村村民的北京话语音变异现象进行纵向长期调查,收集更丰富的语料以及文化、社会生活各方面的资料,从而形成一个更为完善的定性研究。除此之外,所收集的尖村语料还可以用于编纂通州区乡村民族志。

参考文献

[1] 董建交. 北京话去声连读变调模式再探 [J]. 语言研究集刊, 2010 (1).
[2] 方梅. 北京话儿化词语阴平变调的语法意义 [J]. 语言学论丛, 2015 (1).
[3] 耿振生. 北京话"儿化韵"的来历问题 [J]. 吉林大学社会科学学报, 2013 (2).

[4] 林焘.北京话去声连读变调新探[J].中国语文,1985(2).

[5] 林焘,沈炯.北京话儿化韵的语音分歧[J].中国语文,1995(3).

[6] 刘振平.现代汉语儿化韵读音的社会调查研究[J].语文知识,2009(1).

[7] 汪大昌.北京方言与文化[M].北京:中国国际广播出版社,2015.

(杨平悦　首都师范大学2018级硕士生　指导教师:李子鹤)

留学生使用"所以"的语用偏误分析

杨 琳

摘 要：留学生在口语中表达因果关系时，多用"所以"，有一些句子会让汉语母语者感到别扭。因果关系作为最常见的一种逻辑关系，其实在汉语各种复句关联中并不算难，"所以"在HSK词汇等级大纲中是甲级词汇，使用也十分频繁，在所有转写的语料中就出现了1461次。为什么留学生使用"所以"会这么频繁，但同时为什么很多句子也出现了偏误。文章首先会对语料中"所以"句进行偏误分析，从汉语本体方面找出问题所在，并和英语进行对比分析，并认为很大一部分的偏误来自留学生将"so"和"所以"等同，没有学习到两者使用的差异，最后给出教学建议。

关键词：所以；语用功能；偏误

对外汉语教学中留学生学习到的汉语更多的是书面语，我们对其使用汉语的偏误分析也更多地集中在书面语中，这种基于书面语分析所得出的结论只反映了留学生使用连词的部分情况，还需要我们把范围扩大到实际的口语对话中。因果关系作为最常见的一种逻辑关系，也是留学生最早学习的逻辑关系之一，在学习表达因果关系的连词中，"所以"在HSK词汇等级大纲中是甲等词汇，往往初级阶段就会学习。我们在对留学生口语中"所以"的使用情况进行分析发现，在所收集的转写语料中"所以"出现了1461次，比起其他因果连词的使用更频繁，其中有很大一部分是偏误句，但同时也有惊喜的地方：留学生能够正确地使用"所以"的话语标记功能，但究其原因，多数并不是其真正的掌握，而是将英语中"so"的话语标记功能迁移到"所以"的使用上。

我们在日常交际中，会有话语标记作为衔接，保证上下文的连贯性。"所以"是汉语口语中常用的连词，"so"也有表因果关系，两个词在口语对话中传递的都是非真值语义，两者在功能上也有很多的相同之处，学习汉语的留学生在口语对话中会频繁地使用"所以"，通过留学生的语料转写，对"所以"句进行偏误分析，找出问题所在的原因以便更好地指导我们进行汉语教学。

一、留学生语料分析和偏误分析

文中所有的语料，均来自 69 名中高级留学生将近 10 小时约 27 万字的采访录音语料的转写。根据对转写语料的分析，留学生使用"所以"十分频繁，"所以"是留学生初级阶段就能学习到的连词，准确率高的同时，也出现了不少偏误，而且很顽固，究其产生偏误有如下几个原因。

（一）母语的负迁移影响

以英语为母语或用英语进行交际的留学生会把"所以"和"so"等同，而且在一些汉语教材中也会把"so"和"所以"等同，但在实际的口语交际中，汉语的"所以"并没有"so"的语用功能那么多样，"所以"的口语弱化还在过程中。如下面例子，其中"A"是中国学生，"B"是留学生，[ ] 表示言语重叠，不确定的话语 ＜X　X＞，（#PHO/ / 表示发音错误，/正确的形式/，#LEX/ / 表示词汇错误/，正确的形式/，#SYN/ / 表示句法错误，/正确的形式/）。

（1）那个时候你得做那个＜X 备 X＞毕业论文，

啊＝做那个答辩，

但是现在不用，

所以我……更轻松一些但是，

还……算是［比较忙。］

（2）A23：［你们那边没有啊？］

B23：（0）有……但是不是特别……怎么说？

＜S 普及了？S＞

所以就……［有］

A24：［＜F 我们这边还可以刷脸。F＞］

B24：对……有一些地方可以接受但是，

啊＝你出去的话……一定要带你的信用卡……或者现金，

啊……有些地方也不接受现金所以……

留学生在下一句开头会不自觉地频繁使用"所以"，给听话人的感觉：留学生想要强行确定因果关系，在母语者听来逻辑是非常不顺畅的，这种行为背后的动因我们认为更多是留学生受母语"so"的影响，将其与"所以"等同。

（二）误用"所以"

（3）A：微波炉？

B：不是微波炉，嗯……那个烤箱，

对，放在烤箱里面，

所以……对有各种各样的做法，

但是菜，我觉得在中国更丰富一些。

嗯……有一些菜，我们在家里没有，

比如说那个菜？

（4）B：但是我……我老家……在=澳大利亚的北部，

所以我们的……就是我们有很多^中国移民，

就是我们从小就开始学习……用筷子吃饭，

（5）B：因为，

啊=有一些情况，

……摇滚音乐不合适所以=最好听一些经典音乐，

但是……有一些情况是一些场合，

例（3）中前后没有明显的因果关系，不宜用"所以"；例（4）、例（5）前后没有明显的因果关系，而是一种递进，用"所以"并不符合汉语母语者的使用习惯。在留学生叙述一个事件的因果关系时，会容易搞混"于是"和"所以"，而且更多地倾向于使用"所以"。

（三）冗余

"所以"的冗余和重复使用，其实都是留学生没有搞清楚"所以"与"so"不是完全等同，"所以"虽然在口语中有其一定的语用功能，但是"所以"的口语弱化是存在一定的语义背景和隐性条件的。

（6）B：这个挺有意思的就是北方的，

所以有一些语言我……不是=完全听得懂。

（7）B：但是我喜欢@我的国家的电脑和音乐@，

所以#LEX/可是/我不可以（听）。

（8）B：连读这个方式所以你……你们可能……听不太懂就是……有很多部分你们可能听不懂。

上述的三个例子"所以"的使用都是不符合语感的，前后没有明显的因果逻辑关系，同时也并不是"所以"话题标记的功能。去掉"所以"会更好。

（四）"所以"的连续重复使用

留学生会在叙述一件事情时，将先后发生的两个事件，并且有因果关系的，全部使用"所以"进行连接，句中话题在不断变化或是递进，使得整个对话的叙述，没有一个通顺的逻辑。

（9）B：我从来没有说过这……这件事情所以就是……我脑子里面还是英语我现在都是啊……都是翻译过来的所以不知道……是不是对的。

(10) B：对，姑姑，她的女儿，

她的女儿说，中国人学习好，什么的什么的。

所以，我来#PHO/ lāi /的时候，四年。

不过他在武汉。

所以他知道文化，什么的什么的。

她告诉我。

所以，我来，我看，中国有什么人。

<@中国人，很好的人@ >。

所以，现在，我在7月

(11) A：我发现了@@

B：对……所以……厦门很漂亮而且海鲜很多，

因为我很喜欢吃海鲜。

所以……

(12) B：对对对，

所以很……方便但是在埃及还没发展吧，

没发展到这个程度，

所以还……嗯……不会去。

通过语料统计"所以"的使用情况发现：汉语水平不是很高的留学生使用"所以"会更加频繁，但"所以"在口语中会有话语标记的功能，中级、中高级水平的留学生使用也很频繁，认为这是在英语中"so"和"所以"在语用功能上有很多相同之处。但尽管如此，两者还是有使用上的差异，在汉语中有很多情况是可以省略或者使用其他的连词、副词等更恰当。

（五）逻辑混乱、主语位置混乱

"所以"使用前后主语位置混乱，使整个句子不够流畅。

(13) B：一般回国的时候会胖，因为我吃得很香、吃得很多，

@@所以很胖。

朱德熙认为，如果前后小句的主语相同，连词就倾向后置于主语，反之则倾向前置的说法。当前后小句都有主语的时候，且主语不一致，为了满足话题连续性，连词处于句首边缘位置的要求就凸显出来；而当后一小句是零主语时，话题的连续性要求就凸显出来，主语放在连词之前就能最大程度让说话人保持话题的连续性。在同一个话题下，语篇组合并不需要每个小句都要出现主语，通常是第一个小句出现主语的话，后面小句的主语用指代词或零形回指替代，但对于留学生来说，特别是母语为英语的留学生，在用汉语进行交际时，总是喜欢在每一个小句前面都加上主语或者主语位置很乱，使得每个小句都成为一个独立的句子，但这样的话就会使句子彼此孤立，没有任何联系，与汉语的语言习惯背道

而驰，使汉语母语者听后感觉非常混乱没有逻辑。

二、"所以"高频使用的原因分析

在所抽取的语料中，使用"所以"有1461条，一方面，留学生在日常交际中表示因果关系的时候更多地倾向于使用"所以"，很少使用其他表示因果关系的连词，原因在于"所以"是HSK词汇大纲中甲级词汇，是最先开始学的，也是留学生相对好理解和掌握的。另一方面，从1461条语料中发现，留学生在使用"所以"时并不完全是用在明显的因果逻辑关系中，有的是属于使用上的偏误，语法上没什么大的问题，但结合语境，和汉语作为母语的人来说，是多少有些别扭和不舒服的。

但有一些反而是一种语用的正确用法，是一种话语标记，具备信息追加、话题起始、话题连续、话题转换、语用缓和等作用，这是让人惊喜的地方。可能是有一小部分的高水平留学生确实掌握了"所以"的话语标记功能，如下面例句，但笔者认为更多的是英语母语中"so"的迁移影响。

（14）B：……他们都很累，

所以我还好，

……你呢？

你是研究生所以……还要上课吗？

（15）B：因为我学的是十不是十（平舌），……特别搞笑。

A：所以说学中文还是得……来……大都市这边学。

例（14）第一个"所以"并没有与前文构成明显的因果逻辑关系，是一种话题的找回，例（15）也是，更多是说话人话题找回，继续说回："学中文还是来大城市更好。"

（一）语用功能分析

我们知道在汉语和英语的口语对话中"所以"和"so"都是一种话语标记。根据上文的偏误分析，有必要对"so"和"所以"的话语功能进行对比分析。首先要知道两个标记的概念：信息追加标记和命题态度标记。

1. 信息追加标记

为了交际的顺利，为了使对方更好理解，说话者总是会尽力对上文进一步地进行补充说明，目的是解释清楚自己的意思，表达完整、明确的话语意义。此时的话语标记语起到的便是预示的作用，预示新信息的补充。而且信息追加标记语用功能在中西方话语中占据着主要的比例。

2. 命题态度标记

说话者为了突出自己的观点、态度会用到话语标记语，以此来加强命题，表达在特定语境中自己的立场、语气等。英语命题态度标记语的使用要多于汉语。而且"so"的词义不再局限于"所以",意义的传达也依附于一定的语境,而汉语中的"所以"还是依靠因果关系来传达命题态度。这就是英语为母语的留学生为何在表达态度时候,倾向于"所以",是受到了母语负迁移的影响。

(二)"So"和"所以"口语中的功能比较分析

"所以"和"so"之所以留学生会等同,是因为两者还是有一定使用上的相同点,两者在口语中都具有类似的信息组织功能和话语标记功能。两个词都有开启新的话题的共同特点,从说话人的话语中找到了新的信息作为下一轮谈论的话题;也具有话题延续的功能,尤其当说话人脱离主题时,可以起到拉回主线的作用;也具有总结话题的功能,但"所以"有整个的叙述状态的动态交替:叙述或描写到结论或是评论的动态过渡,而"so"是多用于句首或是首轮话题的开端,有打破尴尬,避免冷场的作用,符合面子原则。"so"还可以用来引出自己与对方不一致的意见或回答,有缓和情感避免冲突的作用,"所以"这类功能的使用非常有限。两个词各有不同的侧重功能。

1. 话题起始标记

当话题刚刚开始,为了避免生硬,说话人需要使用标记语"so"来展开话题,当之前的话题还在继续,突然转换话题就会破坏话轮的连贯性,说话人想要涉及新信息或重新开启新话题时,就需要使用"so"来表达意图,以此来吸引听话人关注接下来的话题。

2. 话题转换标记

Schiffrin 认为,在对话中,当我们需要对话进行过渡——也就是对话题进行转换的时候,需要使用一定的语言手段来转换话题,同时提醒听话人接下来的内容与前面无关,这时候就可以使用"so"起到转换话语的作用。在实际生活对话中,我们谈论的不止是一个话题,当说话人不想继续现有话题时,就会使用"so"来进行自然过渡。"所以"正与"so"相反,方梅认为"所以"有扯回话题的作用,当两人对话的话题逐渐偏离主题时,这时候一方就会用"所以"来把话题拽回来,"所以"是拉回主题,"so"是话题转换。①

3. 语用缓和标记

缓和的作用,其实就是调节说话气氛、人际关系,降低威胁面子的力度,为了避免直接表达观点或不同意见所带来的面子威胁,我们会使用"所以"来缓和语气。

(16)你看我们中午要休息,所以,那您是不是可以把声音调小一些呢?

三、汉语连词"所以"

(一)前人的研究成果

《现代汉语八百词》中"所以"表示结果或者结论,主要研究有:从认知的角度,客

---

① 方梅. 自然口语中弱化连词的话语标记功能 [J]. 中国语文, 2000 (5): 459-470, 480.

观性与主观性、自然语序和特异语序区别"所以"和"于是"。① 说明"所以"是如何发展为成熟的连词的过程及其在句子中位置的变化原因。② 通过对"所以"在口语和书面语中分布的大致情况,以此来推论"所以"在口语中的语义弱化,与它使用的高频率有很大的关系。③ "所以"在复句连接层面上,主要用于引出说话人的认知,是非意愿性的结果,尤其在书面语的篇章中,"所以"是有全局连接的功能的,不仅仅是小句之间的连接,其功能是强调结果或结论。

(二) 口语中"所以"的话语功能

我们都知道通常情况下汉语中的因果复句是遵循着先因后果的逻辑顺序,汉语是遵循时间相似性原则的语言,语法规律和思维规律统一了起来。同时也要注意到汉语是一种意合语言,表示语法手段用的虚词和语序,相当数量的自然语序如:因果复句都用意合的形式表现,即无标记形式。而且除了制约句式和关联词使用、说话人的思维定式之外,还有很多实际交际需要和社会因素的影响。在口语中我们发现会有一些"所以……"的格式,这样的格式除了表示因果关系之外,还可以表示强烈的语气,而且表示出与上文的密切衔接关系,是不能省略的。

汉语中"所以"这种似乎超越常规的用法可以看作听话人的一种会话的"修辞",越是违反常规的用法越能有一种强烈的效果,也更能让听话人和自己接受,是一种在交际上的主动行为,用来预防裂缝或者填补遗漏。这是语言中交际活动、协调所决定的。上文中我们提到了"so"和"所以"的异同,可以给我们一些启示:首先,不同语言在话语策略上是可以有相似的地方,其次,不同的语言结构、类型可能导致话语表现细节上的不同。

在汉语语料中有大量"所以"的使用是不用于表因果句的存在,这种超乎常规的用法一定有其交际的理据。人们在学习一种语言时会建立一个心理语料库,而人们的语感很多也是来自这个语料库的,由于人的记忆是有限的,因此那些语义简单、明显的用法就会被经常使用,"所以"语义逐渐弱化,尤其是像"所以"这样的连词,不表达因果关系,成了用作辅助话语单位的衔接。

方梅提到,"所以"这样连词的前景化,在句子层面,前景小句与背景小句的差别可以通过一系列对立的形态—句法特征得以表现。④ 所谓的前景化,用话语标记将一个不在当前状态的话题,再放在当前状态的话题处理过程,"所以"这种用法还是非常明显的,在双方日常生活中进行交际对话时,难免会渐渐脱离原本的讨论话题,那一方想继续原本的话题,就会使用连词将话题重新引入当前的对话中。

---

① 张亚茹."于是"句的多角度分析 [J]. 云南师范大学学报(对外汉语教学与研究版). 2008 (1): 51-57.
② 陈默."所以"语法化初探 [J]. 绵阳师范学院学报. 2009 (7): 104-108.
③ 姚双云. 口语中"所以"的语义弱化与功能扩展 [J]. 汉语学报,2009 (3): 16-23、95.
④ 方梅. 自然口语中弱化连词的话语标记功能 [J]. 中国语文,2000 (5): 459-470,480.

以上我们会发现，"so"在实际会话中没有实际意义，但语用功能具有多样性，虽然不会增加话语的命题内容，但其功能性作用的发挥不可少，而"所以"语用缓和情感的功能是通过单一的因果关系来体现的。"所以"较多用于缓和语气的功能和拉回话题功能。而之所以存在这样的差距可能是受到中西文化不同的影响，西方提倡个人主义，中国更多讲求以和为贵。

四、"所以"的对外汉语教学

（一）教学方式和教材的内容安排

教师的教学方式和使用教材编排的顺序也有可能是引起"所以"高频使用并有偏误的原因之一。教师讲解时可能没有给予可选择的例子来说明在写作中可以用其他连词代替说明因果关系，也没有说明"所以"使用前后条件，以及在口语中的语用功能。

我们通过上文的分析知道在口语对话里"所以"有以下三种情况：表示因果关系，引导结果、结论；找回话题，话题前景化；话题的延续。"所以"的话语标记功能是其语义弱化的一种表现，但其使用是有一定的语义背景和使用条件的，并不是只要出现在口语中就是话语标记的使用，这一点也是留学生难以掌握，汉语教师讲不明白的地方，需要教师改变之前只讲意义的方式，要随着学生汉语水平的逐渐提高，循序渐进地给予更多实例详细讲解分析。

（二）连词"所以"的教学建议

在语段中，留学生自己表达因果关系时，要注意不要在一个语段中接连使用多个"所以"，尤其要明确如果有几个结果，一般出现一个"所以"就可以；不是明确表示因果关系的最好不用"所以"人们所共知的常识性的不要用因果关系；不要把叙事顺承关系也用"所以"来连接。

留学生学习"所以"时，会用"so"对应，用媒介语来解释汉语的基本意义对于初级阶段的学习者来说，是最有效直接的，但是随着留学生水平的逐渐提高，用汉语进行交际时，两个词的话语标记功能的使用差异会逐渐显现，使得偏误增多，因此，尤其在口语课堂上教师要给予足够的重视，教师在对中高级学生学习"所以"时，给出口语中例子时，"所以"的使用表达了怎样的语法意义，什么样的情况下使用表达了使用者怎样的心理。

参考文献

[1] 潘凤翔. 话语标记语"so"和"所以"的语用功能对比分析 [J]. 海外英语, 2017（2）.

[2] 曹沸. 英语母语者对汉语因果篇章连接标记习得的动态研究 [J]. 苏州大学学报, 2015（3）.

[3] 陆琳. 中高级水平留学生"因为……所以……"习得情况研究 [J]. 语文学刊, 2010（1）.

[4] 姚双云. 口语中"所以"的语义弱化与功能扩展 [J]. 汉语学报, 2009（3）.

［5］徐丽华．外国学生连词使用偏误分析［J］．浙江师范大学学报，2001（3）．
［6］方梅．自然口语中弱化连词的话语标记功能［J］．中国语文，2000（5）．
［7］吕叔湘．现代汉语八百词［M］．北京：商务印书馆，2009．

（杨琳　首都师范大学2018级硕士生　指导教师：李秉震）

·文化产业、影视文学·

浅析疫情下的网络媒体泛娱乐化现象

张 越

摘 要：新冠肺炎疫情期间，网络媒体泛娱乐化的现象层出不穷。网友针对疫情构建低幼化粉丝性话语体系，媒体也借鉴粉丝文化初步尝试严肃议题"轻松叙事"。"严肃议题"娱乐化为公众提供情感支持，建立身份认同，是传统媒体话语转型的大胆尝试；但同时，主流媒体转型过程中自身定位的失焦，官媒带领下的"政治萌化"和粉丝文化对宏大叙事的渗入，也会引起媒体理性缺位和公众身份受侵的负面影响。

关键词：泛娱乐化；疫情；粉丝文化

近年来，网络泛娱乐化的现象比比皆是，严肃议题娱乐化、政治"萌化"也似乎被斩获为一种新的消遣手段。越来越多的主流媒体也不断放低姿态，贴近网络亚文化，借助微博、抖音、哔哩哔哩（B站）等平台打造亲民形象，"共青团中央"微博账号塑造的爱国、年轻、幽默且融于时代的形象，使其一度成为政务媒体成功转型的榜样。2019年国庆期间的由央媒发起的"饭圈女孩为阿中哥哥打call"活动使"阿中哥哥"一词一度风靡全网；而新冠肺炎疫情期间，主流媒体的泛娱乐化尝试却屡屡使其深陷舆论旋涡。从2020年1月29日央视频发起的"火神山医院施工直播打榜"活动遭质疑，到2月17日"共青团中央"推出的虚拟动漫偶像"江山娇"和"红旗漫"仅上线6小时就被网友强制"下线"，都体现了新媒体背景下主流媒体转型过程中自身定位的失焦和传播路径的偏差。对此类现象不可简单肯定或者简单否定，而是应该结合新媒体环境、特殊时期背景和主体身份的语境去探寻现象背后的深层原因及其双重影响，为媒体转型和社会留下一些思考。

一、疫情下的泛娱乐化表现

（一）网民建构低幼化粉丝性话语体系

武汉疫情暴发初期，部分网民或出于缓解心情，或固于习惯性的粉丝话语体系，将

"疫情进况"或"抗疫行为"等严肃议题传统叙事转化为娱乐化的"萌语系"表达——"现在被夸的河南像一个憨厚的农家小子,曾经一直被欺负嘲笑,脸朝黄土默默做事,终于被夸奖也不太会说话……来抄河南作业啊。"① 类似的"抄作业""开卷考""武汉小笨蛋""阿冠"等直白低幼,带有粉丝属性的拟人化表述甚至在整个疫情期间呈现出一种社会趋势。

(二)媒体借鉴粉丝文化尝试严肃议题"轻松叙事"

疫情加剧后很多媒体也开始迎合这样的趋势,以"央视频"为代表的主流媒体甚至借鉴了粉丝文化内的一整套运作体系,开始用"打榜"和"爱豆养成"的方式为抗疫"应援",用粉丝文化的规则尝试严肃议题的"轻松叙事"方式。2020年1月29日央媒体开直播号召给"小火"(火神山医院)、"小雷"(雷神山医院)施工现场的挖掘机"营业"打榜,7000万被困在家的网民也通过"慢直播"的形式对两所医院的施工进行"云监工"。在央视频的直播评论区,满屏都是官方引导下网友对"医院建造"这一素材的二次创作,叉车和挖掘机等建造工具不再是原来的名字,"叉酱"和"呕泥酱"昵称成了它们的符号。"建超话""建反黑站""写同人文""发周边"等粉丝圈层内的一整套程序完整地被套用在了建造医院的这些机器上,成了一种网民自发"玩梗儿"的方式。此时部分无法理解的网民的反对声音也开始冒出来。2月17日下午14时,共青团中央在微博、B站宣布,代表共青团的虚拟偶像"江山娇""红旗漫"正式上线,这次面向二次元和粉圈文化的"政治符号拟人化"的传媒实践,本希望继续沿袭曾经大受追捧的《那年那兔那些事》漫画中活泼亲民的形象,抑或像洛天依一样深入人心,却受到了网民的强烈批判,上线不到6小时便匆匆下线。

二、疫情下媒体叙事娱乐化的正面解读

(一)公众——提供情感支持,建立身份认同

网络媒体的社区导向和互动性可以使"同一圈层"里的人在良好的交流氛围中通过对符号的相似性解码寻求自我群体的归属感,提供情感支持,获得彼此间和群体外的认同和支持,并集体进行个人诉求的表达和权益的争取。疫情之下,隔离在家的公众面对超载的负面信息本就处于极度焦虑和神经紧绷的状态,不免感到社会安全感缺失。固然,严肃议题"饭圈化"是一种奇特的媒介景观,但这种幽默的呈现,在某种程度上可以补救人们坍塌的心理堤坝,人们在直播间中以起昵称式的"饭圈"话语获得兴奋剂和归属感,原子式的个体在网络中形成"想象的共同体"。

英国学者威廉·史蒂芬森"传播游戏观"(communication play)理论认为,传播具有

---

① 引自微博网友@时而有鲜花的微博文案,截至2020年4月26日,此条微博转评赞分别为523,1178,1.7万,https://m.weibo.cn/2068947681/4464267719856578。

信息传递的功能，同时更加强调传播本身就能给人带来快乐，所以传播活动本身就是目的。[①] 央媒体通过直播的方式将关注同一社会议题的公众聚集到同一个"空间"，这种具象的集体行动和轻松有趣的互动方式唤起了集群中特有的身份聚集的在场性记忆，建构起公众对公民身份和民族身份的认同。

（二）媒体——传统媒体话语转型的大胆尝试

"流量文化"引导着互联网的内容生产和技术变迁，而泛娱乐作为获取流量的重要入口，主导着内容生产框架和平台运营逻辑。此次"慢直播+打榜"就是央视频 App 在"粉丝文化"主导的流量规则里的一次大胆实践。在以社交媒体为代表的新的重大政治社会议题探讨平台上，传统的叙事和互动程序被颠覆，组成了新的新媒体背景下的行为情境，使得严肃的社会政治类议题与过去不相关的网络文化、粉丝文化的思维和行为逻辑被链接，形成了政治表达的一种新的象征符号和表现形式。

借鉴粉丝文化的"打榜"行为和推出虚拟偶像事件，不以传统的严肃的宏大叙述构建为目的，旨在夺回网友注意力，提供一个用粉丝文化包裹政治意义的文本素材，唤起网友的"二次创作"，从而创造出新的意义。这也正符合了福柯的"权力"观，即没有人是权力中心，每个人既是权力的发出者又是权力的接受者。

三、疫情下媒体叙事娱乐化的负面解读

（一）灾难背景下的泛娱乐化，消解苦难

不同于此前的《那年那兔那些事》和全民奋起的"香港事件"，这次的娱乐化、拟人化解读背后是内核更为沉重的灾难现实。在这个灾难背景下，严肃语境和娱乐表述的不兼容是一道鸿沟，粉丝内部轻松的话语体系和语言环境，并不适用于重大灾难下所需要的深层次的动员号召和情感归属。当被反复赋予太多意识形态的圈内文化与网络民族主义情绪绑定，只会进一步消解其中的理性面，放大其疯狂面，尤其是在爱国这一事件上，更是需要警惕娱乐冲淡其严肃厚重意味。当采用娱乐性的方式来构建严肃议题的叙事时，娱乐性完全盖过事件本身的粉圈话语代替了严肃的宏大叙事，娱乐的话语抢占了公众的媒介注意力，攻占了公共的议题讨论场，疫情下的苦难和抗争也在粉丝话语的轻描淡写中消解了。毕竟在家国情怀和人类命运面前，粉丝情怀未免显得太矫揉和小家子气。粉丝文化起逆臣、组 CP 的游戏戏谑和麻痹着社会神经，人们沉溺于短暂的轻松之中，躲避现实，钻进幻想的乌托邦大厦。这种暂时的狂欢，实际上隐藏着一场对现实结构质疑和冲击的大爆发，十分危险。"娱乐自由"也应该有边界，这条边界便是对进入某些重大严肃议题时的克制。

---

① William Stephenson. *The Play Theory of Mass Communication* [M]. Chicago：University of Chicago Press，1967.

(二) 官媒带领下的"政治萌化",理性缺位

不论网友在自己圈层内对疫情这一议题作何解读,都只停留在个体与个体身份对等的传播空间,而主流媒体带领下的娱乐化行为,直接将网友的"圈地自萌"变成了官方主导的群体麻痹式狂欢,主张拥抱娱乐,显得理性缺失和不合时宜,甚至具有冒犯意味。

央媒体给建造方舱医院的工具"叉车"和"挖掘机"设置打榜平台,机器成为被歌颂的对象,人的主体性在这里就被消解了,真正的劳动者们在一定程度上被忽视。过度娱乐化的手段干扰了我们对事件中人的关注和对一线工作者的敬畏。主流媒体出现对自身定位的失焦,缺乏理性的引导。在灾难的语境下,在碎片化、娱乐化的信息激流面前,一个成熟理性的讨论空间难能可贵,主流媒体需要保持警醒克制,不能为追求网络传播效果,遗忘自己本该保持的身段。一度追求娱乐,不带着痛苦的历史烙印前行,那么只有支离破碎的娱乐感受被记忆。

(三) 粉圈文化渗入宏大叙事,逻辑错位

圈层文化盛行的当下,社会共有的公共性和政治性被压缩,粉丝文化并不能引起大部分公众的理解和共鸣。在亚文化圈层内部,每个趣缘群体在发展过程中形成了自己独特的语言表达方式与世界观,建立了自己的"拟宏大叙事",圈层间的壁垒深厚,圈内和圈外的个体也存在文化代际差异。由于当下网络环境中粉丝文化具有不规范性、狂热性和排他性,非粉丝圈层的民众容易将自身原有的对粉丝文化的陌生感甚至负面情绪投射到这次事件中,造成多角度误读;粉丝圈层的"原住民"也会觉得小众文化的界限感被破坏,甚至自己的"粉丝"身份被污名化。官方将属于二次元的"粉圈文化"的逻辑体系运用到政治和社会性的重大严肃议题中,当极具悲情色彩的公共议题和戏谑娱乐的文化工业形式碰撞,就会显得生硬而不兼容,出现逻辑错位,"阿中哥哥""呕泥酱"和"打榜"、推出虚拟偶像等带有文化壁垒色彩的语言和手段强化了圈层间的差异和矛盾,就会造成受众的进一步文化区隔与对立的负面效果,陷入不同圈层之间无法互相理解、自说自话的困窘。

而且基于个人审美选择"爱豆"而形成的粉丝身份和基于地缘和文化而形成的公民身份具有很大的差异,二者画上等号会忽略了它们之间的思维和行为逻辑的差异,而且一旦它吸纳了粉圈的战斗力和组织性,也就要沾染粉圈非黑即白、拒绝反思等弊病,造成反噬。互联网本身具有意义流动性和解构性,互联网的解构性并不会因为"非主流文化"上位就有所改变,当"严肃议题娱乐化粉丝化"成为主流的时候,它也必将面临新的解构。

(四) "低幼化"话语体系对话公众,身份受侵

David Levy 在 1939 年讨论过度保护的教养方式 (maternal overprotection) 时,提出了低幼化 (Infantilization) 这个概念。他将其定义为:超出儿童成长发展阶段的属于童年时期的特定照顾教养活动过程。[①] 简单来说,就是父母在孩子成年后仍把他当作小孩一样对

---

① Levy, D. M.. Maternal Overprotection [J]. *Psychiatry*, 1939, 2 (4): 563-597.

待。运用到社会中的表现就是,通过将对象以低幼化的话语对待,使对象处于更弱小的地位。在官方打榜和制造偶像的事件中,隐藏着官方引导下的,希望受众进入这场狂欢游戏,从公民话语体系转变为粉丝文化所固有的低幼性话语体系的信息,这一深层暗示背后的逻辑传达出一种不安,使受众的公民身份和成年人意识受到侵略。因为在国家面前,我们应当是以公民的身份而自立,有同等的参与公共话题的责任和能力,而不是一个粉丝。

结　语

疫情之下信息混杂,容易谣言滋长,紊乱公众情绪,在这种特殊情境下,具有"喉舌"功能的主流媒体更应当承担起较之于平时更多的社会责任感,发挥好舆论引导职能,做好"把关人"和"权威消息源"的角色,而不是无限度自降姿态"下沉"到网民自娱自乐的粉圈文化中消费公众情绪。在信息海量化、碎片化的互联网时代,在"反权威反精英""什么都可以被消解"的"娱乐至死"的逻辑下,如果还有最后一抹"严肃议题"的幽幽绿洲,希望看到是媒体在坚守。

参考文献

[1] 严三九,刘峰.试论新媒体时代的传媒伦理失范现象、原因和对策[J].新闻记者,2014(3).
[2] 张诗悦,公晓青.论新媒体时代新闻伦理失范的现实表现与应对[J].新闻研究导刊,2018(10).
[3] 杨国斌.英雄的民族主义粉丝[J].国际新闻界,2016(11).
[4] 喻国明,景琦.传播游戏理论:智能化媒体时代的主导性实践范式[J].社会科学战线,2018(1).
[5] 刘海龙.像爱护爱豆一样爱国:新媒体与"粉丝民族主义"的诞生[J].现代传播(中国传媒大学学报),2017(4).
[6] 黄鸿业.论网络亚文化的"反智"传播现象[J].传媒,2015(4).
[7] 刘国强.作为仪式互动的网络空间集体行动[J].国际新闻界,2016(11).
[8] 刘海龙.传播游戏理论再思考//[C].新闻学论集(第20辑),北京:中国传媒大学出版社,2008.

（张越　首都师范大学2018级硕士生　指导教师：徐海龙）

粉丝参与网络文学改编剧生产的机制与影响研究

和 爽

摘 要：近几年我国网络文学改编剧的生产处于稳定发展的态势，在电视剧市场中一直占据着重要位置。粉丝作为网络文学改编剧的基础受众，以更加活跃的姿态参与网络文学改编剧的生产活动。粉丝的参与不只是局限于网络文学改编剧播出后的讨论，而是越来越多地参与了网络文学改编剧的生产过程，这一变化对网络文学改编剧的未来发展产生了重要影响。

关键词：粉丝；粉丝文化；网络文学改编剧

一、粉丝与网络文学改编剧的相关概念

网络文学改编剧在我国电视剧行业已经成为一种重要的支撑力量，但是随着观众欣赏水平的变化，一味依靠"IP+流量明星"的行业改编模式逐渐失去影响力。这就需要我们探索新的改编方式，只有以受众为中心，更好地了解受众需求，在此基础上才能打破原有的影视行业对于观众的简单化认知，获得新的发展。粉丝作为网络文学改编剧中最典型的观众，具有很强的主动参与性和消费带动性，因此本文主要对粉丝参与网络文学改编剧的生产机制与影响进行研究，以求为处于瓶颈期的影视行业发展找到一个新的突破口。

（一）粉丝的界定

粉丝作为最忠实的观众，是网络文学改编剧的制作方最关注的对象。丹尼斯·麦奎尔在《受众分析》中指出粉丝是"特定媒介内容的受众"。本文中所探讨的粉丝，即是网络文学改编剧这一特定媒介内容的受众。同时，亨利·詹金斯指出"粉丝是生产的消费者，写作的读者和表演的观众"。[①] 这一定义表明了粉丝作为特殊的受众，具有生产性特征。

---

① ［美］亨利·詹金斯. 文本盗猎者：电视粉丝与参与式文化 [M]. 郑熙青译. 北京：北京大学出版社，2006：10.

在网络文学改编剧的生产过程中,也同时伴随了粉丝的生产活动,并且这一活动随着技术水平的发展在逐渐提高。

(二)网络文学改编剧的发展

网络文学改编剧在我国的发展也已经由早期的火爆逐渐步入平稳发展的阶段,网络文学改编剧起步于1998年痞子蔡创作的网络言情小说《第一次亲密接触》,这部小说也是"网络小说开山之作"。由于网络小说自身发展的限制,网络文学改编剧在市场中一直未能占据重要位置。一直到2008年后,伴随着网络文学网站的相继建立以及网络文学作品的数量积淀,网络文学改编剧开始获得了市场认可,出现了像《蜗居》这样的优秀作品。从2015年之后,网络文学改编剧逐渐火热起来,出现了像《花千骨》、《琅琊榜》和《三生三世十里桃花》等引发收视热潮的现象剧,网络文学IP的价值迅速攀升,影视行业IP虚高现象明显。以2018年影视行业出现崔永元披露阴阳合同的事件为起点,国内影视行业进入"寒冬"阶段,到了2019年,有2996家影视文化公司关停。① 影视行业近几年探索出来的"大IP"+"流量"的捞钱制片模式不再能让观众买账。影视行业亟须找出网络文学改编剧的制作新模式,以推动影视行业度过瓶颈期。

二、粉丝参与网络文学改编剧生产的机制分析

(一)粉丝在制作前期的参与

网络文学改编剧的粉丝主要可以分为原著粉和明星粉丝,这两类粉丝在网络文学改编剧的生产过程中参与度最高。一方面,在网络文学官方宣布改编后,网络上会聚集起大批原著粉对于自己所喜爱的作品的改编进行讨论。比如《陈情令》在官宣改编之后,由于原作是耽美文学,引起了原著粉的激烈讨论。在网络上传出这部作品要将剧中的双男主改变为加入女主,立刻激起了原著粉的强烈抵制,在《陈情令》的官博以及其他社交平台上表示对于这种改编行为的抵制。《陈情令》剧组也一再删减剧中这一女性角色的戏份来达到原著粉的要求。由此可见,原著粉在当今网络媒体盛行的条件下,以越来越主动的姿态参与网络文学改编剧的生产。另一方面,明星粉丝的建议也成为网络文学改编剧角色选取的一个重要依据。比如《三生三世十里桃花》的选角,就在网络上进行过投票活动,以此来寻找观众心目中最适宜的角色,并引发一波关注的热潮。

在一部网络文学改编成电视剧时,最先引起的就是原著粉的关注。这些原著粉作为对剧情了解的知情受众,在作品改编的消息一出现,就起着重要的舆论引导作用。对于改编的作品也表现出爱屋及乌的路径依赖式关注。在网络文学改编过程中,并非所有的粉丝都支持作品改编。很多原著粉都将原作视为心目中的"白月光",不能忍受一部自己喜爱的

---

① 新文化商业:2019年2996家影视文化公司关停,文企平均寿命不足2.6年[EB/OL]. (2019-12-04) [2020-03-10]. https://mp.weixin.qq.com/s/XyBLRB2PaZtGgGx0v9itdA.

优秀作品被改编得脱离了原著的韵味。这也就出现了原著粉对原文本改编的接受与抵抗现象。另外，明星粉丝作为重要的参与者，心目中各自有最佳角色饰演人选。但角色只有一个，选择了这一个演员来担任角色主演就不能选择另一个，这使得一些粉丝直接弃剧；另此粉丝也会因个人对于某一演员的不认可而放弃观看。这就会形成粉丝因角色选取而对网络文学改编剧产生的接受与抵抗现象。

（二）粉丝在拍摄制作时期的参与

随着技术发展进步以及粉丝消费意识的改变，越来越多的粉丝通过各种渠道参与网络文学改编剧的制作过程。探班和路透吸引了渴望先睹为快的观众的眼球。基于粉丝的强烈诉求与自身的宣传需求，制作组会有媒体及粉丝代表的探班活动，以了解电视剧拍摄的相关动态，保持观众对剧集的关注度。一些狂热的粉丝甚至会私底下跟随剧组的拍摄工作而偷偷进行拍摄，虽然这一行为受到众多理智粉丝的抵制，但对于剧集的好奇心又难免使人不去阅读观看。比如《有翡》在拍摄过程中，就出现了有粉丝偷偷拍摄然后在网络平台上放出路透图，一些理智粉丝在评论下方表达了对于这一行为的抵制，而更多的人却只是为了满足自己的好奇心。

粉丝应援是粉丝群体的重要的活动内容，这一饭圈的重要活动形式，因流量明星与演员身份的重叠，也越来越多地出现在演员拍摄电视剧作品的生产过程当中。比如通过选秀节目出道的杨超越在拍摄《长安诺》时，粉丝就通过制作精美海报，为剧组提供带有甜点、便当和奶茶的餐车以及赠给剧组人员包装精美的礼物等活动进行应援。《长安诺》的制片人也在微博上表达了对杨超越粉丝大力应援的感激。粉丝应援已然成为粉丝参与网络文学改编剧生产的一种重要方式，推动了剧集的无偿宣传。

（三）粉丝在播出时期的参与

粉丝作为网络文学改编剧最忠实的观众，既是狂热的观看者，也是热烈的讨论者。在电视剧弹幕中，评论区，甚至社交平台，都可以窥见原著粉和明星粉丝的身影。二者既有区分，也有重合。综合起来，粉丝在网络文学改编剧播出时，主要承担着以下几种角色。

首先是积极的观众。粉丝是积极的观众，对于剧集拍摄结束进入后期制作阶段，粉丝并没有就此停住关注的目光。粉丝在社交平台上关注剧集的动态，期待着剧集的播出。这些积极的粉丝，会跟随剧集的播出而"追剧"，积极地关注着每周更新的情况。

其次是活跃的讨论者。无论是在与剧集实时存在的弹幕、剧集底下的评论区、视频平台形成的专门的讨论社区，还是各种社交平台上，都不难见到粉丝的身影。粉丝作为讨论中最活跃的组成部分，为剧集内容的丰富和推广提供了重要支持。

最后是文本的"盗猎者"。正如亨利·詹金斯对于电视粉丝的形容：电视粉丝热衷于对电视剧文本进行各种自主性的符号阐释，并且从大众文化资源中盗取零散的片段，用来讲述自己的故事，阐述自己的欲望。① 粉丝会成为网络文学改编剧的"文本盗猎者"，利用电视剧文本和自己掌握的相关素材生产出自己心目中的理想内容。在《陈情令》播放期间，"#B站审核员审核陈情令要吐了#"也登上了微博热搜榜。B站作为粉丝"盗猎"再生产作品的重要平台，是年轻粉丝群体活动的一个重要阵地，B站关于《陈情令》审片量的剧增也足见粉丝不可忽视的热情与强大生产力。

三、粉丝参与对网络文学改编剧生产的影响分析

（一）粉丝参与的积极影响

首先是有力监督，防止"魔改"。粉丝的参与能够对网络文学改编剧的生产提供有力的监督。一些粉丝由于对原作的强烈喜爱，因此会对原作进行反复阅读，搜索观看与作品有关的内容，更有甚者还会对作品中描写的事物进行考据。这些精于作品相关知识的粉丝，成了对这部作品十分了解的"专家"。在拍摄过程中，这些"专家"粉丝的参与，能够带给作品更加精细化的创作思路，使作品更完美地呈现在观众面前。

其次是引起话题，营造热度。粉丝是最狂热的网络文学改编剧的消费者，在作品的生产与传播过程中都有着非常重要的作用。这些粉丝基于对作品或是演员或是拍摄团队的关注，总能在网络上引起一阵又一阵的讨论热潮。粉丝讨论引发的话题热度无疑能够带给网络文学改编剧免费的宣传，为网络文学改编剧的营销带入了更多的流量，形成了更高的热度。

再次是口碑营销，推动传播。粉丝作为网络文学改编剧的主要观众，既通过讨论引起话题热度，同时也会根据自身的观看感受形成相关评价。虽然一些网络文学改编剧出现了高收视率低评分的现象，但剧集品质与收视指数之间的关系总体上仍然是正相关关系。随着观众欣赏水平的提高，IP失灵与流量失灵现象会越发明显，保持剧集高品质，推动口碑传播才是制作方未来重要的努力方向。

最后是粉丝经济推动产业链延伸。粉丝对于网络文学改编剧的关注不只存在于剧集播出之后的评价，还更多地参与了其他的相关产业链环节。粉丝基于对原作的喜爱，处于路径依赖的消费心理而对于相关产品的消费行为，推动了产业链的延伸，促进了一部作品IP价值的深入开发，形成了一个更完整的产业模式。

（二）粉丝参与的消极影响

粉丝参与的确会给网络文学改编剧的发展带来诸多有益影响，但粉丝带来的影响并非完全是正面积极的，他们的参与也会对网络剧生产带来消极的影响。

一方面是非专业眼光的质疑。虽然一些粉丝作为对原作十分熟悉的"专家"能够提出

---

① ［美］亨利·詹金斯. 文本盗猎者：电视粉丝与参与式文化 ［M］. 郑熙青，译. 北京：北京大学出版社，2006：22－24.

一些有益的建议，但大部分的粉丝都是没有专业知识作支撑的观众，他们对于网络文学与影视之间的转换情况并没有专业知识的支撑，更多的建议是弥补零零散散的问题，在整体上缺乏一种宏观的认识。因此，这些粉丝非专业眼光的质疑，可能并不适于网络文学改编剧的制作。这就需要编剧利用自身的专业知识进行辨别，做到"取其精华，弃其糟粕"。

另一方面，负面评价的传播会使一部分还未进行观看的观众直接否定整部剧集。粉丝作为重要的意见领袖和讨论行为的主力军，如果对于剧集相关内容的不满没有得到及时的回应，其对于剧集本身的抨击也会影响普通观众的观看情绪，这就需要制作方对于粉丝意见的重视和及时回应，防止这些负面评价带给剧集不可估量的负面影响。

结　语

可见，网络文学改编剧的发展未来仍会占据电视剧市场的重要位置。随着技术与能力的双重支持，粉丝对于网络文学改编剧的生产会产生不可忽视的影响。重视这一特殊群体的力量，让粉丝积极参与进来，能够使网络文学改编剧获得更多可改进的发展空间，获得更多观众认可，有利于突破网络文学改编剧目前面对的瓶颈，获得新的发展。

参考文献

［1］［美］亨利·詹金斯. 文本盗猎者：电视粉丝与参与式文化［M］. 郑熙青，译，北京：北京大学出版社，2006.
［2］［美］劳伦斯·莱斯格. 免费文化：创意产业的未来［M］. 王师，译，北京：中信出版社，2009.
［3］李法宝. 影视受众学［M］. 广州：中山大学出版社，2008.
［4］［法］丹尼斯·麦奎尔. 受众分析［M］. 刘燕南，译. 北京：中国人民大学出版社，2006.
［5］胡畅. 互联网条件下粉丝参与电影生产的机制与影响研究［D］. 杭州：浙江大学硕士学位论文，2019.
［6］黄湘宜. 基于参与式文化的粉丝行为研究［D］. 兰州：兰州大学硕士学位论文，2018.
［7］常爽. 网络小说改编电视剧的策略研究［D］. 长春：东北师范大学硕士学位论文，2019.
［8］顾苏. 网络 IP 影视改编热现象的原因分析［J］. 戏剧之家，2019（22）.
［9］刘婷婷. 粉丝思维与网络剧营销——解读《陈情令》热播现象［J］. 新闻研究导刊，2019（17）.

（和爽　首都师范大学 2018 级硕士生　指导教师：秦勇）